U0165736

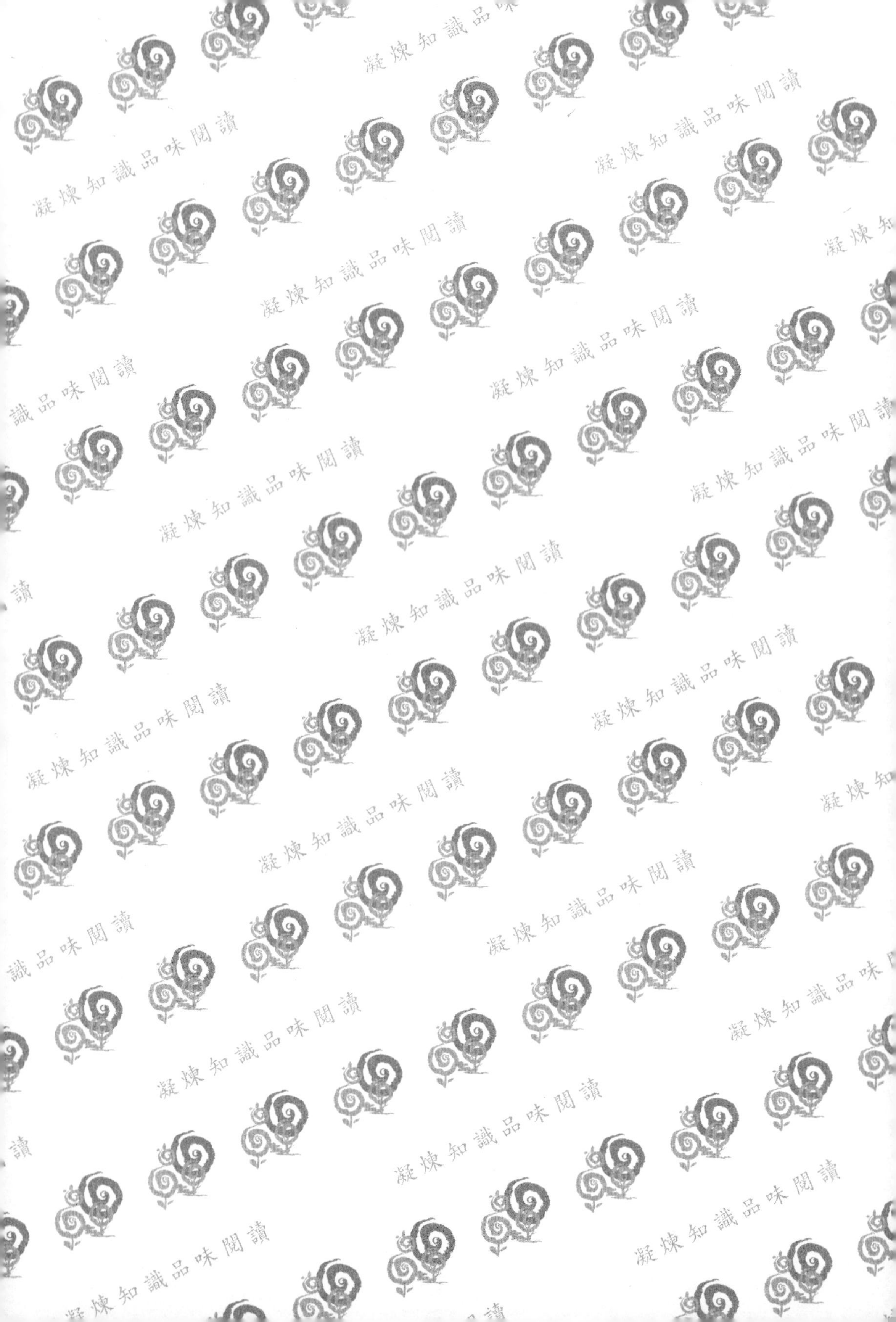
凝煉知識品味閱讀

凝煉知識品味閱讀

楚辭探析

周秉高 著

五南圖書出版公司 印行

序一

周秉高先生的大著《楚辭探析》即將應邀在臺灣出版，他囑我為此書寫篇序。作為他多年的摯友，我為自己能承擔這項使命而感到欣悅，儘管從年歲和資歷上說，我都比他低，這序由我來寫，按一般慣例，似乎不太妥當，但我們的友情，特別是他數十年來對學術孜孜不倦、熱切追求的精神，令我應該為此書的問世寫上幾句眞誠的感言。

周秉高先生從事楚辭教學和研究已長達四十多年，這在一般學者來說，恐怕不易做到，因為畢竟《楚辭》本身由於歷史和文字的緣故，有相當難度，更何況還有兩千多年來汗牛充棟、異說紛紜的各類文獻資料，要在那麼漫長的日子裡，始終如一地深入研討，不間斷地有成果問世，並闖出一條富有個人特色的治學路子，何其難也！然而，周秉高先生卻是四十餘年如一日地堅持不懈，研究不止、成果不斷——一九九二年出版《屈原賦解析》，其後陸續問世《風騷論集》（一九九五年）、《新編楚辭索引》（一九九九年）、《楚辭解析》（二〇〇三年）、《楚辭原物》（二〇〇八年）、《楚辭故事》（二〇一三年），直到如今即將在臺灣出版《楚辭探析》，七本著作堪稱是他四十多年勤奮耕耘最有說服力的證明。可以說，他這四十多年中，前二十來年，是結合教學深入研讀，打基礎、作鋪墊階段（期間包括眾所周知的十年不正常時期），後二十多年，則是瓜熟蒂落、水到渠成，成果疊現階段——七本專著的編著凝結了他大半生的心血精力，體現了其獨到的具自家風格特色的治學成就。

綜觀周秉高先生的楚辭研究，特別是他的這本《楚辭探析》，正如他自己總結的，其最主要的特色，或者說其中最令人刮目看重、也最能體現他個人獨家研究結晶的，乃是兩個重要特點：其一，作品層次分析；其二，釐清屈賦篇第。在周秉高先生看來，對於像《楚辭》這樣歷史久遠、辭章繁難的上古時代詩歌作品，我們今天的讀者首先應理清作者的寫作思路，辨明作品的辭章層次，而後才能真正讀懂理解，才能談得上欣賞和感受。在這方面，周秉高先生確實花費了不少時間和精力，他力圖理清作品的脈絡，把握作者的思路，為此，他對《楚辭》每篇作品的結構層次都一一作了條分縷析。這個工作，對於讀者，特別是初學者，無疑是提供了一把打開《楚辭》疑難大門的寶貴鑰匙，誠如他書中所說，理清《楚辭》層次，搞清《楚辭》作品的結構體制，是理解和欣賞《楚辭》的關鍵，此話點到了要害。其次是釐清屈賦篇第，也即將屈原作品的創作時序作系統的梳理，排定大致的寫作年代，這是周秉高先生研究重點的第二方面。對這個問題，歷來的《楚辭》研究似乎並不十分重視，但實際上它對於讀者準確了解屈原本人的創作歷程乃至生平經歷，熟知《楚辭》在歷代的傳播狀況，都很有參考價值。我們可以看到，從西漢劉向編訂《楚辭》，東漢王逸《楚辭章句》問世，以及此後歷代問世的各種《楚辭》注本，其實都多少要牽涉到屈原作品的篇第問題，對此，現代《楚辭》學者姜亮夫、湯炳正等，都曾有專文予以考證和闡述，而周秉高先生在這個問題上用力甚多，闡述周詳，有著自己明確的考訂和結論。當然，我們不能肯定說，他所排定的篇第，一定會被楚學界全然接受，但他在這方面體現的研究功力和所作的精細闡發，對於我們搞清這個問題，無疑是大有助益的。

需要在此特別一說的是，筆者曾拜讀到周秉高先生的《楚辭今譯》，這真是別具一格的古詩今譯，它不僅做到了辭明、言順、意達，且全部譯詩均呈整齊劃一的七言句式，這何其難也！據我知道，至少大陸《楚辭》學界，曾有過不少學者的《楚辭今譯》（包括郭沫若等著名學者），但他們的譯詩，能像周秉高先生這樣，清一色的七言句式，且辭明、言順、意達者，至少我沒見到過。為此，我曾在全國性《楚辭》學術年會的發言中特別予以了彰揚。可惜，由於篇幅關係，這今譯詩未能納入《楚辭探析》一書，不免有點遺憾。

周秉高先生對今天的楚辭學界而言，除了其本人的精到研究外，他還從事著一項一般學者不可能做的事，即他同時還長期擔任著一家學術刊物的主編，這本刊物（《職大學報》）在他任主編期間，專門開闢了一個楚辭研究專欄（至今已有二十四年之久），這是到目前爲止，大陸所有學術刊物中的「唯二」——南方湖南的《雲夢學刊》和北方內蒙的《職大學報》。應該承認，這本《職大學報》在大陸衆多學術刊物中屬於一本不起眼的普通期刊，並不在所謂的核心期刊範疇之內，但它卻有著自家的獨到風格，敢於大膽設立楚辭研究的特色專欄，迄今已發表了近二百篇楚辭研究論文，並不時地以圖文並茂的形式，報導楚辭學界的動態資訊，從而深得楚辭學界同仁們的好評，著名學者、編輯曲冠傑先生曾專門在《光明日報》上發表頌揚此刊的駢體文。正由於此，已年屆七旬的周秉高先生，至今還在主編崗位上發揮餘熱，這是他所在單位、刊物同人、楚學界人士對他多年出色工作的高度褒獎和首肯。

筆者深信，這部《楚辭探析》在臺灣的問世，一定會博得臺灣學界和大中學師生們的歡迎，正因此，筆者願欣然命筆，爲此著在臺灣的正式出版寫下以上實事求是的薦語。

是爲序。

復旦大學中文系教授
徐志嘯
二〇一六年元旦

序二

我與中國屈原學會副會長周秉高教授結識於二〇〇五年夏天，記得那一年春末，目前任教於彰化師範大學國文學系的蘇慧霜教授，邀約我一起參加在中國內蒙包頭舉辦的「慶祝中國屈原學會成立二十周年」《楚辭》國際學術研討會，我欣然答應，那是我第一次參加在中國大陸舉辦的《楚辭》國際學術會議，而會議的東道主就是秉高教授。雖然會議庶務十分繁忙，但是秉高教授非常熱情地接待我們遠道從寶島臺灣來到北疆的《楚辭》同好。那時見面的第一印象，就覺得秉高教授講話聲如宏鐘，底氣十足，精神矍爍，具有大漠男兒的豪爽誠懇的個性。此後十年間我曾多次參加在湖北省黃岡、浙江省杭州、湖北省宜昌、湖北省襄陽、福建省漳州、河南省南陽西峽等地舉辦的《楚辭》國際學術研討會，與秉高教授有了較深入的接觸與交談，一方面對他爽朗豪邁個性的印象一直沒變，一方面，又發現秉高教授另有儒雅細膩、謙謙君子的氣質。後來得知秉高教授本籍不是鹿城包頭，而是江蘇海門，始悟其先天秉賦江南秀婉之淑氣，後又長期薰染塞北遼闊草原氣息，故兼有雅正與豪朗之個性與處世態度。

二〇一〇年湖北襄陽「第一屆宋玉國際學術研討會」的會議上，承蒙秉高教授贈我新出的大作《楚辭原物》，此書由內蒙古大學出版社出版。會議期間匆匆讀過，頗受教益，本書主體分七編，包括「楚辭天文研究」、「楚辭地理研究」、「楚辭動物研究」、「楚辭器物研究」、「楚辭飲食研究」、「楚辭服飾研究」和「楚辭建築研究」，並附有「主要參考資料」目錄，全書對《楚辭》作品中涉及的自然客觀事物，分門別類進行了研究，彰顯出《楚辭》「多識草木蟲魚鳥獸」的認識價值，這類主題也是《楚辭》學界較少關注與研究的。正如秉高教授在此書〈後記〉

中說：「如果說吳仁傑等研究了《楚辭》中的植物，那麼《楚辭》中的天文、地理、動物、器物、飲食、服飾和建築等等，則似乎少有人系統整理和研究。這個任務再也不能留給後人了！」這本書體現了秉高教授勤於思考、細讀文獻的治學工夫，他的觀點與結論都建立在經驗實證的基礎上，對治《楚辭》學者以重要的方法示範，此書也成爲我日後教學、研究《楚辭》時，案頭必備的參考書。

在繁重的教研工作之餘，秉高教授還擔任中國大陸四十一所職工高校聯合編審出版之學術期刊《職大學報》的主編，經由他辛勤的努力，特別在這本刊物中開闢了《楚辭》研究的專欄，二十餘年來持續刊登與《楚辭》相關的最新研究成果，頗受學界好評及重視，成爲中國大陸北方極具影響力的《楚辭》研究陣地。我的一篇研究論文也曾獲得《職大學報》編審的青睞，而有幸刊登於此權威刊物。

二〇一五年底，秉高教授來信，告知臺灣五南出版社將出版他積四十多年教學研究實踐成果而撰就的《楚辭探析》一書，並邀我寫一篇序文。承蒙秉高教授厚愛，我欣然應允，因此也得以先睹本書的樣稿。本書主要可以概括出三個特點：一是運用篇章布局結構法，分析《楚辭》各篇作品的主從層次；二是釐清屈賦各篇創作的先後次第；三是全書論斷都充分運用文獻資料，讓證據說話。這三個特點是相互關聯在一起的，第一個特點是關於屈賦作品文本的研究，也就是關於屈賦篇章結構層級的探討；第二個特點是關於屈原生平生活的研究，也就是關於創作者「知人論世」方面的探討，此二者如車之兩輪，鳥之雙翼，欲明屈騷之本心本旨，絕對不可偏廢。第三個特點則更爲重要，是關於治學態度的問題，對於上述屈賦研究中最有爭議、衆說紛紛的兩個問題，秉高教授凡所作結論皆信而有徵，其研究基礎始終建立在多方引證文獻與謹慎分析資料之上，絕不妄作臆測與推斷。古人有云「文如其人」，我不禁領悟到，年屆七十的秉高教授爲學精神始終一貫如斯，爲人處事亦始終一貫如斯，此確能予後學深刻的反思與啓發。以上僅是個人初讀秉高教授《楚辭探析》初稿的一點想法，相信此書出版後，也必將成爲我教學、研究《楚辭》時，案頭必備的另一本重要參考書籍。是爲序。

臺灣靜宜大學中國文學系教授
魯瑞菁
二〇一六年早春

目錄

前言

楚辭優秀，金相玉質，百世無匹。劉勰《文心雕龍．辨騷》對此有一段十分精闢的議論，其云：

（楚辭）雖取熔經意，亦自鑄偉辭。故《騷經》《九章》，朗麗以哀志；《九歌》《九辯》，綺靡以傷情；《遠遊》《天問》，瓌詭而慧巧；《招魂》《大招》，耀豔而深華；《卜居》標放言之致，《漁父》寄獨往之才。故能氣往轢古，辭來切今，驚采絕豔，難與並能矣。[1]

因此，千百年來，無數文人學士喜愛有加，爭相誦讀。楚辭已被公認為是中華民族文學寶庫中一顆永遠璀璨奪目的明珠。在漫長的中國文學史上，楚辭已經成了與《詩經》並列的一座高標。那麼，怎樣欣賞楚辭的「驚采絕豔」呢？劉勰還有一段名言：

（楚辭）其衣披詞人，非一代也。故才高者菀其鴻裁，中巧者獵其豔辭，吟諷者銜其山川，童蒙者拾其香草……酌奇而不失其貞，玩華而不墜其實……[2]

這段話可從兩個方面理解：一是敘述不同文化層次的人欣賞楚辭的角度和對象不同；二是敘述一個人對楚辭的欣賞有漸進的過程，由低到高，一步一步，最高層次是「菀其鴻裁」。「菀」，「宛」的假借，取的意思。所謂「菀其鴻裁」，就是要把著眼點放到楚辭作品宏大的結構體制

【1】楊明照《文心雕龍校注》，北京：中華書局，一九五九年版，頁二七。

【2】同上。

上。而要了解作品的結構體制，關鍵在層次分析。如果連楚辭各篇的層次都不清楚明瞭，還能侈談什麼「思想藝術」的探析呢？

從理論上而言，文學創作，以形象思維爲主，但也必須輔之以抽象思維。如高爾基所說：「藝術家應該努力平衡自己的想像、邏輯、直覺和理性的力量。」[3]這種「抽象思維」或曰「理性思維」，行文時就體現出層次井然、綱目清晰。如劉勰所云：「章句在篇，如繭之抽緒；原始要終，體必鱗次」；「外文綺交，內義脈注」；「搜句忌於顛倒，裁章貴於順序」[4]；「凡大體文章，類多枝派。整派者依源，理枝者循幹。是以附辭會義，務總綱領，驅萬塗於同歸，貞百慮於一致，使衆理雖繁，而無倒置之乖；群言雖多，而無棼絲之亂。」[5]這些都是中外歷代文學批評家對於作品層次重要性的闡述。文學批評作爲一種科學活動，儘管允許角度各異，方法多樣，甚至不妨多元並存，兼收並蓄，但有一個共同點，即必須強調理性認識，必須從對作品形象的感知中抽象出理性的結論，必須將分散的、片斷的、表面的感性印象加以集中歸納，找出各部分印象之間的內在聯繫，獲得由局部到整體，又由整體到局部的正確理念。如果只是停留在作品各個部分的孤立掃描上，或者乾脆尚未理清作品本身的層次脈絡，那麼，就恐怕很難準確地判斷出作品的思想藝術價值。

從楚辭研究史的角度看，自王逸開始，到朱熹之前，中國的楚辭研究往往忽略作品的層次分析，一味「順文滾解」。朱熹是第一個開始重視對楚辭進行層次分析的人，《楚辭集注》和《楚

[3] 高爾基《文學論文選》，人民文學出版社，一九五八年，頁三一三。
[4] 楊明照《文心雕龍校注》，北京：中華書局，一九五九年版，頁二三一。
[5] 上書頁二七二—頁二七三。

辭辯證》二書中對王逸「順文滾解」式的研究方法進行過尖銳的批評。其曰：

今王逸爲《騷》解，乃於上半句下便入訓詁，而下半句下又通上半句文義而再釋之，則其重複而繁碎甚矣。[6]

大率前人讀書，不先尋其綱領，故一出一入，得失不常，類多如此。[7]

爲了糾正王逸等前人的失誤，朱熹在《離騷》、《九辯》等作品的解讀中努力採用層次分析法。他首先更動體例，把逐句解釋改爲「放《詩傳》之例，以章爲斷，先釋字義，然後通解章句內之意」[8]，因爲「一章之內，上下相承，首尾相應大指，自當通全章而論之，乃得其意」[9]；其次，他在「章」的基礎之上，又進一步將幾章內容相同的加以合併，「因各標章次以別之」[10]。儘管朱熹未能對所有楚辭作品採用層次分析法，但他確實是明確批評王逸等前人不注意層次分析之「蔽陋」，且踐行層次分析之中華第一人。

朱熹之後，明末李陳玉在《楚辭箋註》中亦提倡層次分析法。他將楚辭研究分爲「箋疏傳注」四法，其中，「箋」爲「上上人語」，「注」爲「下下人語」，「疏」爲「中人語」，

[6]《楚辭集注》，上海古籍出版社，一九七九年版，頁一七四。
[7] 上書頁一八二。
[8] 上書頁一七四。
[9] 上書頁一七四。
[10] 上書頁一二〇。

「傳」為「包上中下人而為語者也」。其釋「箋」曰：「線也」，「一線孤引」也。[11]所謂「線」，意同「綱舉目張」之「綱」，只有「綱舉」，方能「目張」；只有「提綱」，方能「挈領」。這也就是層次分析法之含義。

清人林雲銘《楚辭燈》一書，亦力主層次分析，並且身體力行。林氏批評道：

楚辭自漢迄明，讀者各出意見，或稱揚，或指摘，總未嘗細心體認本文脈絡，止沿習舊，訛以傳訛。[12]

而林氏云其本人「精研四十年，痛掃從前謬誤，逐字分析，逐句融合，使每篇中意義脈絡，無不躍躍眼前」[13]；其「凡例」強調「總要理會全面血脈，再尋出眼目來」[14]；其《離騷》後敘中再次強調要「尋出頭緒，分出段落」[15]，等等。據此，儘管林氏此書頗多可議、甚至可批之處，但凡此種種說法及其實踐，都可以證明林雲銘是中國楚辭研究史上一位頭腦清醒、具有獨立見解的學者，值得欽佩。

最近幾十年來，中國的楚辭研究，成果頗豐，但可惜在層次分析這點上，未能沿著朱、李、林等前代楚辭研究者開創的道路前進，依然沒有大的突破。

本人研究楚辭已有四十餘年，我深感，只有理清楚辭各篇的層次，才能眞正「賞奇析

[11] 李陳玉《楚辭箋註》〈自敘〉，復旦大學圖書館藏清康熙十一年魏學渠刻本。
[12] 林雲銘：《楚辭燈》，見《楚辭文獻叢刊》第四十五冊，北京：國家圖書館出版社，二〇一四年版，頁四三〇。
[13] 上書頁四一五。
[14] 上書頁四三二。
[15] 上書頁四九一。

疑」，「撥蒙洗晦」。換言之，理清楚辭層次，是欣賞楚辭的關鍵。一九九二年，我根據十多年鑽研楚辭的心得，並結合教學實踐，出版了《屈原賦解析》一書，專門對屈賦各篇層次進行分析。二〇〇三年，根據此書出版後自己又十餘年的研讀心得和教學實踐，對此書作重大修改和增補，再次出版，將書名改爲《楚辭解析》。在此版「後記」中我講到出版斯書的動機——

秉高治騷，始於名物、訓詁、音讀、對譯及背景考證等。後來在多年教學實踐中發現，僅止於此，遠不能滿足青年學子們的要求，因爲所有這些內容，一般的通行本上都有，大學生們都識文認字，還用得著你老師來「炒冷飯」？《牡丹亭》中杜麗娘曾尖銳地批評她的冬烘老師陳最良，說：「師父，依注解經，學生自會。但把《詩經》大意敷演一番。」那麼，如何「敷演」作品的大意？即如何把作品的思想內容正確地系統地表達出來並加分析、評論、昇華，使學生們容易接受且得到啓發？我曾長期苦苦思索這個問題。[16]

經過多年的教學實踐，我認定（也是學生們愛聽我講課的原因之一），要想教授好楚辭及其他古代文學作品，關鍵的一點，是必須梳理清楚作品的脈絡，即把握作者的思路，用現代寫作學的術語來說，就是要理清文章的層次。

又十餘年過去了，我在繼續教學和深入研究的實踐中，更加感到了層次分析對於楚辭欣賞和研究的重要性。所以，這次應出版社之約撰寫此書，我決定在上述兩本書的基礎上作大幅度修訂，保留前兩本書的風格——多作冷靜解析，少事主觀評價；但同時作出重大改動，即爲保證層

【16】周秉高《楚辭解析》，內蒙古大學出版社，二〇〇三年版，頁四二八。

次分析和作品篇第這兩個重點，特將前述兩本書中的對譯、注釋和散論三項內容（二十多萬字）基本刪除，大量修訂和增補層次分析的內容，並將書名改爲《楚辭探析》。這已是一本新書。用七言句式翻譯楚辭作品，我曾花費多年心血，數易其稿，《楚辭解析》一書出版後，復旦大學徐志嘯教授曾幾度給予高度評價，但這次只能忍痛割愛。

除對楚辭作品進行層次分析之外，本書還要努力解決屈原作品的篇第問題。

今本《楚辭》並未按作品寫作年代先後排列。洪興祖補注「目錄」後注云：

> 按《九章》第四、《九辯》第八，而王逸《九章》注云，皆解於《九辯》中，知《釋文》篇第蓋舊本也，後人始以作者先後次敘之爾。[17]

洪氏所說的「後人」，當指宋人陳說之。宋人陳振孫《直齋書錄解題》卷十五引朱侍講語云：「天聖十年陳說之序，以爲舊本篇第混並，乃考其人之先後，重定其篇第。然則今本說之所定也。」[18]陳說之等宋人只講清《九辯》因作者宋玉後於屈原，故由「第二」移至「第八」，然屈賦二十多篇作品之次序，則仍未釐清。

已故著名楚辭專家湯炳正先生《〈楚辭〉成書之探索》一文經過詳盡考證後指出：「《楚辭》一書的纂成，既非出於一人之手，也不出於一個時代；它是不同時代和不同的人們逐漸纂輯增補而成的，故造成上述的淩亂現象。」[19]這個「淩亂現象」至今仍在，而且嚴重影響著對楚辭

---

[17] 洪興祖《楚辭補注》，北京：中華書局，一九八三年版，頁三。

[18] 陳振孫《直齋書錄解題》卷十五，見《欽定四庫全書》史部．目錄類．經籍之屬。

[19] 湯炳正《屈賦新探》，齊魯書社，一九八四年版，頁九二。

作品的欣賞和研究。如，因爲《悲回風》在今本《楚辭．九章》中被排在最末，列在《懷沙》和《惜往日》之後，一些楚辭學家以此爲據來解讀，鬧出了大笑話。王夫之云：

以下言（屈子）沉湘之後，精神不泯，游翱天宇之內，脫濁世之汙卑，釋離愁之菀結，以一死自靖於先君，逌然自得也。[20]

陳本禮云：

此設言（屈子）死後之神遊也……悲屍在水中隨波漂泊，無所定止。[21]

王夫之和陳本禮都是歷史上有名的楚辭研究專家，居然對《悲回風》作如此離奇的解讀，開始覺得匪夷所思，但再一想，也就釋然了，這都是今本《楚辭》淆亂屈原作品篇第惹的禍。如果不對屈原作品的篇第作深入研究，在今後的楚辭探析中，這樣的笑話還會繼續出現，因此，根據現有資料，儘量釐清屈原作品篇第這項工作，再也不能拖延下去了。

本書經過考證，整理出屈原作品的篇第如下：

《橘頌》第一，作於楚懷王五年（屈原二十歲）二月；

《惜誦》第二，作於楚懷王十六年秋季；

【20】王夫之《楚辭通釋》，清同治四年本，卷四頁二三九。

【21】陳本禮《屈辭精義》卷四，頁五一九，見《續修四庫全書》史部．楚辭類，上海古籍出版社，二〇〇一年本。

《離騷》第三，作於其後，亦當在楚懷王十六年秋季；
《抽思》第四，作於楚懷王十七年夏季；
《思美人》第五，作於楚頃襄王元年春季；
《大招》第六，作於楚頃襄王二年；
《招魂》第七，作於頃襄王四年春季；
《卜居》第八，作於頃襄王七年；
《哀郢》第九，作於頃襄王十三年；
《涉江》第十，作於其後，當在頃襄王十三年之後，剛到漵浦之時；
《九歌》第十一，作於屈原流蕩湘西初期；
《天問》第十二，作於屈原流蕩湘西時期；
《悲回風》第十三，作於屈原流蕩湘西後期；
《遠遊》第十四，作於屈原流蕩湘西末期；
《漁父》第十五，作於屈原行將離開湘西之時；
《懷沙》第十六，作於屈原前往汨羅的途中；
《惜往日》第十七，乃屈原絕筆。

勾勒這個篇第，並非一時草率，乃四十年研究楚辭之心得，而且有些文章已經公開發表，還被一些友人評價爲當今楚辭研究的「前沿」成果。此書出版後，並不奢望這個篇第能迅速取得廣泛認同。然不見椎輪，焉有大輅？而且，我相信，只要按照上述篇第來欣賞楚辭，自會十分順暢。當然，學養不夠，失誤難免；歡迎批評，希望切磋；倘能拋磚引玉，即我內心所願。

第一章　《楚辭》概說

第一節 《楚辭》界說

欣賞楚辭，研究楚辭，首先要弄清「楚辭」這個概念的內涵與外延。

歷史上，關於「楚辭」有兩個並不完全相同而又往往混淆的概念。一個是司馬遷《史記》第一百二十二卷（張湯傳）「買臣以『楚辭』與助俱幸」[1]這句話中之「楚辭」，乃一種獨特的詩歌形式；另一個是漢代劉向所編、王逸續編並作「章句」之《楚辭》，是中國第一本總集的名稱。我們這本書要講的是前一種「楚辭」，乃產生在西元前四世紀、即戰國後期楚國地區以屈原、宋玉爲代表的一種有別於《詩經》的詩歌形式。換言之，我們要講的是「楚辭」，而非《楚辭》。

也許有人會問：這二者之間到底有什麼區別？王逸《楚辭章句》前十卷收的是屈原、宋玉的作品，是眞正的楚辭，而後七卷收的乃大多非楚人的仿騷之作，無論其思想水準還是藝術水平，均遠遠不如屈原之作。漢代班固是非議屈原性格的人，但講到屈原作品，他也不得不說：

然其文弘博麗雅，爲辭賦宗。後世莫不斟酌其英華，則象其從容。自宋玉、唐勒、景差之徒，漢興枚乘、司馬相如、劉向、揚雄，騁極文辭，好而悲之，自謂不能及也。[2]

由此可知，連漢代那些著名賦家都「自謂不能及也」，我們今天爲什麼還要用大量精力去探析那些二流甚至三流的作品呢？宋代朱熹《楚辭辯證》中寫道：

---

[1] 司馬遷《史記》第十冊，北京：中華書局，一九八二年版，頁三一四三。

[2] 班固《離騷》序，見《四部叢刊》影明翻宋本《楚辭》卷一。

王逸所傳《楚辭》篇次，本出劉向，其《七諫》以下，無足觀者……[3]

所以他的《楚辭集注》中已將東方朔、王褒、劉向、王逸等人的作品從「楚辭」中刪除。明代張京元更明確寫道：

屈平、宋玉、景差之徒，皆楚大夫也，故《離騷》等篇稱「楚詞」焉。王逸注《楚辭》十七卷，並劉安、賈誼、嚴忌、東方朔、王褒諸人之作，具載其中。彼漢人自爲漢語，冒楚於漢，其義何居？……漢諸君沿波襲流，情不肖貌，效顰增醜，代哭不悲，總屬葛藤，自當刪去。[4]

清代不少楚辭學家亦乾脆將漢人仿騷之作全部刪除，其理由，林雲銘講得頗爲明白：

《楚辭》原本，皆有《續離騷》諸作，綴附末卷。大約無屈子之志而襲其文，猶不哀而哭，不病而吟，詞雖工，非其質矣……余止知注屈，不知屈之外尚有人能續，尚有人敢續者。[5]

歷代清醒的楚辭學者均已有此明見，今日吾等更不能倒退。

戰國後期以屈宋爲代表的楚辭作品，包括《離騷》、《九歌》（十一篇）、《天問》、《九

[3] 朱熹《楚辭集注》，上海古籍出版社，一九七九年版，頁二〇六。
[4] 明·張京元《刪注楚辭》引首，北京：國家圖書館出版社，二〇一四年版。
[5] 林雲銘《楚辭燈》，見《楚辭文獻叢刊》，北京：國家圖書館出版社，二〇一四年版，第四十五冊，頁四二九—頁四三〇。

章》（九篇）、《遠遊》、《卜居》、《漁父》、《九辯》、《招魂》和《大招》諸篇。我們這本書要探析的就是以上諸篇。

第二節　《楚辭》產生的背景

欣賞文學，必須知人論世。欣賞楚辭，研究楚辭，當然也一定要了解楚辭產生的背景以及作者的身世。

楚辭的產生，並非偶然。

楚國是一個具有悠久歷史、疆域廣闊和獨特語言習慣、民情風俗的具體行政區域，生活在這片地域之上的人民具有極強的凝聚力。

楚國歷史悠久。《楚世家》載曰：

> 周文王之時，季連之苗裔曰鬻熊。鬻熊子事文王，蚤卒……熊繹當周成王之時，舉文、武勤勞之後嗣，而封熊繹于楚蠻，封以子男之田，姓芈氏，居丹陽。[6]

西漢賈誼《新書》中有周文王、周武王「問於鬻子」以及「周成王六歲即位享國，新以其身見於鬻子之家而問焉」的記載。此類史料表明，楚國的先人早在商周之際就已在丹陽附近的土地上創業、耕耘，而且在政壇上的地位也很高。從鬻熊「爲人君者，敬士愛民以終其身，此道之

【6】司馬遷《史記》第五冊，北京：中華書局，一九八二年版，頁一六九一。

要也」[7]的敘述看來，他是一個比較開明的領頭人。從商周之際到楚懷王元年，時間長達六七百年，由此可見楚國歷史之悠久。

楚國疆域廣闊。早在西周時期即已衝出江漢，迅速向外開拓。《楚世家》載曰：

當周夷王之時，王室微，諸侯或不朝，相伐。熊渠甚得江漢間民和，乃興兵伐庸、楊粵，至於鄂。[8]

春秋時，楚國疆域更加遼闊，西北到武關（陝西），東北到昭關（安徽），北到南陽（河南），南到洞庭湖以南。戰國時東北到山東南部，西南到廣西東北角，楚懷王攻滅越國，又擴大到今天的江浙一帶。用《戰國策．楚策一》所載蘇秦語云：

楚，天下之強國也……楚地，西有黔中、巫郡，東有夏州、海陽，南有洞庭、蒼梧，北有汾陘之塞郇陽，地方五千里……[9]

當時的楚國不僅歷史悠久、疆域廣闊，而且國力強大。西周時期，如前所述，楚國已有「江上楚蠻之地」，「甚得江漢間民和」。這點十分重要，如孟子所說：「天時不如地利，地利不如

【7】賈誼《新書》卷九《修政語下》，見《四庫全書》子類．儒家類。
【8】司馬遷《史記》第五冊，北京：中華書局，一九八二年版，頁一六九二。
【9】高誘注《戰國策》，上海書店影印出版社，一九八七年版，卷十四，頁二〇。

人和……故君子有不戰，戰必勝矣。」[10]到春秋時期，北方齊桓公稱霸，各國諸侯都不得不屈服於他，但南方楚國就不吃他那一套。「楚之苞茅不貢于天子三年矣」[11]，齊桓公以此爲藉口，於《左傳》僖公四年春率領各諸侯的部隊，聯合攻打楚國。管仲趾高氣揚，責備楚國君主：

爾貢苞茅不入，王祭不共，無以縮酒，寡人是征；昭王南征而不復，寡人是問。

楚國針鋒相對，毫不示弱地回答：

貢之不入，寡人之罪也，敢不共給？昭王之不復，君其問諸水濱！

北方聯軍進兵到楚國邊境（陘地），「楚成王使將軍屈完以兵禦之」（《楚世家》）。齊桓公企圖以強兵壓境之勢來逼楚國屈服，恫嚇道：「以此衆戰，誰能禦之？以此攻城，何城不克？」但楚將屈完義正辭嚴的回答：

君若以德綏諸侯，誰敢不服？君若以力，楚國方城以爲城，漢水以爲池，雖衆，無所用之！[12]

【10】《孟子》〈公孫醜〉下，《諸子集成》，石家莊：河北人民出版社，一九八六年版，頁一四八。

【11】《韓非子．外儲說左上》，《諸子集成》，石家莊：河北人民出版社，一九八六年版，頁二〇五－頁二〇六。

【12】《春秋左傳正義》僖公四年，見《十三經注疏》下冊，北京：中華書局，一九八〇年版，頁一七九二－頁一七九三。

齊國到最後也沒有撈到多少好處。

其後，楚國伐許、伐黃、滅英，射傷宋襄公，不僅稱雄南國，而且矛頭已經伸入中原。西元六〇八年，滅庸之後，楚國「伐宋，獲五百乘」，兩年後打到今洛陽市西，「觀兵于周郊」，問九鼎之輕重。[13]到屈原爲官之初，楚國國力達到頂峰。《楚世家》載曰：

（懷王）十一年，蘇秦約從山東六國共攻秦，楚懷王爲從長。[14]

於是形成了當時「縱合則楚王，橫成是秦帝」的大格局。也由此可見當時楚國國力之強大。悠久的歷史，相同的地理條件和強盛的國勢，使得生活在這個區域內的人民逐漸養成了自己獨特的語言習慣、民情風俗和民間文藝。例如，《左傳》成公九年載有這樣一件事：

晉侯觀於軍府，見鐘儀，問之曰：「南冠而縶者，誰也？」有司對曰：「鄭人所獻楚囚也。」使稅，召而吊之。再拜稽首。問其族，對曰：「伶人也。」公曰：「能樂乎？」對曰：「先人之職官也，敢有二事？」使與之琴，操南音。……文子曰：「楚囚，君子也。言稱先職，不背本也；樂操土風，不忘舊也……不背本，仁也；不忘舊，信也」。[15]

---

[13] 司馬遷《史記》第五冊，北京：中華書局，一九八二年版，頁一七〇〇。
[14] 上書頁一七二二。
[15] 《春秋左傳正義》成公九年，見《十三經注疏》下冊，北京：中華書局，一九八〇年版，頁一九〇五—頁一九〇六。

又如，《史記．項羽本紀》載曰：

夜聞漢軍皆楚歌，驚曰：「漢皆已得楚乎？是何楚人多也？」[16]

還如，《漢書．禮樂志》有云：

高祖樂楚聲，故《房中樂》，楚聲也。[17]

以上資料可以證明，楚國人對自己國家獨特的語言習慣、民情風俗和民間文藝是多麼的鍾愛。其中講到的「楚歌」、「楚聲」，並非虛語，在先秦典籍中可以找到不少例證。如，《說苑．正諫篇》載曰：楚莊王築層台，延石千重，延壤百里……大臣諫者七十二，皆死矣。有諸禦己者，違楚百里而耕，謂其耦曰：「吾將入見於王。」……委其耕而入見王，遂解層台而罷民。楚人歌之曰：

薪乎萊乎，無諸禦己，訖無子乎！
萊乎薪乎，無諸禦己，訖無人乎！[18]

【16】司馬遷《史記》第一冊，北京：中華書局，一九八二年版，頁三三三。
【17】班固《漢書》第四冊，北京：中華書局，一九六二年版，頁一〇四三。
【18】《說苑．正諫篇》卷九，見《欽定四庫全書》子部．儒家類。

還如，《吳越春秋》載伍子胥逃楚，追者在後。至江，江中有漁父，子胥呼之，漁父欲渡，因歌曰：

㈠ 日月昭昭乎寖已馳，與子期乎蘆之漪。

㈡ 日已夕兮，予心憂悲；
月已馳兮，何不渡爲？
事寖急兮當奈何？

㈢ 蘆中人，蘆中人，豈非窮士乎？[19]

還如，《論語》有載：楚狂接輿歌而過孔子曰：

鳳兮鳳兮，何德之衰？
往者不可諫，來者猶可追。
已而已而，今之從政者殆而！[20]

【19】趙曄《吳越春秋》王僚使公子光傳第三，見《欽定四庫全書》史部．載記類卷一。

【20】《論語．微子》，見《諸子集成》第一冊，石家莊：河北人民出版社，一九八六年版，頁三九〇。

還如，《孟子》載有一首《孺子歌》：

> 滄浪之水清兮，可以濯我纓；
> 滄浪之水濁兮，可以濯我足。[21]

按，「滄浪之水」即漢水，離郢都很近的一條河，即上文屈完所謂的「漢水以爲池」也，所以《孺子歌》也是一首楚歌。

這類大量存在的「楚歌」、「楚聲」，以及《招魂》、《大招》等作品中記載的《涉江》、《采菱》、《勞商》、《揚阿》和《激楚》等楚地歌舞名稱，說明楚國在漫長的歷史發展過程中，確實形成了自己獨特的語言習慣、民情風俗和民間文藝。屈原、宋玉等人的作品正是在這塊肥沃的土地上孕育、發展和加工、創作而成的。誠如王國維所說：

> 《滄浪》、《鳳兮》二歌，已開楚辭體格。[22]

---

[21]《孟子·離婁上》，見《諸子集成》第二冊，石家莊：河北人民出版社，一九八六年版，頁二九三。

[22]王國維《人間詞話》，見《傳世藏書》，北京：華藝出版社，一九九七年版，頁三五四四。

第三節　《楚辭》的特徵

敘述楚辭的特徵，就是要分辨《楚辭》與《詩經》、漢賦的區別。這個問題，劉勰在《辨騷》中其實已經講得很清楚，其云：

> 自風雅寢聲，莫或抽緒，奇文鬱起，其《離騷》哉！固已軒翥詩人之後，奮飛辭家之前，豈去聖人未遠，而楚人之多才乎？[23]

按，漢時辭賦不分，此處「辭家」當指「辭賦之家」。劉勰明確指出，《詩經》、《楚辭》和漢賦是三個不同歷史階段的三種不同的文體。但因漢人曾將辭賦混爲一淡，以致後代衆多學者對此問題議論紛紛，所以這裡還須略作說明。

先講述楚辭與此前統治整個中華文壇幾百年的《詩經》之區別。

首先，楚辭具有濃郁的楚國地方色彩。宋人黃伯思歸納得好：

> 蓋屈、宋諸騷，皆書楚語，作楚聲，紀楚地，名楚物，故可謂之楚詞。[24]

這是與具有強烈中原文化色彩的《詩經》第一大區別。此可從作品所記載的地名、植物名和所描寫的風景上看出來。黃伯思舉例較少，特作如下補充。

【23】楊明照《文心雕龍校注》，北京：中華書局，一九五九年版，頁二六。

【24】黃伯思《新校〈楚辭〉》序，轉引自《楚辭文獻研讀》，廣西師範大學出版社，二〇一一年版，頁七。

地名如：沅、湘、洞庭、雲夢、郢都、夏首、夏浦、涔陽、辰陽、鄂渚、漵浦、方林、枉渚、澧浦、九嶷、等等，明顯是楚國所特有的地名。

植物名如：橘、桂、蘭、蕙、茝、荃、蓀、白芷、留夷、揭車、杜衡、杜若、申椒、菌桂、木蘭、薜荔、胡繩、辛夷、石蘭、蘪蕪、芙蓉、芰荷、女羅、三秀、江離、宿莽、菱、蘋、萹、茶、薺、薠、蘅、菰、苴、薋、籙、葹、樧等等，其中，有些是楚地獨有的，有些是楚地大量生長的，所以也明顯帶有楚地的特色。

詞語有：羌、蹇、些、只、邅、周章、相羊、閶闔、侘傺、猖披、繽紛、荒忽……等。這些詞語明顯帶有楚地方言的特點。

風景更能體現地方色彩。楚辭尤其如此。如：

嫋嫋兮秋風，洞庭波兮木葉下。（《湘夫人》）

杳冥冥兮羌晝晦，東風飄兮神靈雨……

采三秀兮於山間，石磊磊兮葛蔓蔓……

雷填填兮雨冥冥，猿啾啾兮狖夜鳴……（《山鬼》）

人們一看到這些景物描寫，就知作品一定是楚地的產品。

其次，楚辭強烈的浪漫主義創作方法，也是與質樸、寫實的《詩經》完全不同的。試看同是寫出行遠遊題材的，《詩經．鄘風．載馳》寫道：

載馳載馳，歸唁衛侯。驅馬悠悠，言至於漕。大夫跋涉，我心則憂。

既不我嘉，不能旋反。視爾不臧，我思不遠。
既不我嘉，不能旋濟。視爾不臧，我思不閟。
陟彼阿丘，言采其蝱。女子善懷，亦各有行。許人尤之，眾穉且狂。
我行其野，芃芃其麥。控於大國，誰因誰極！
大夫君子，無我有尤。百爾所思，不如我所之！[25]

這段文字，如實地表達了自己急於歸國的心情，也描寫了一路上所見到的一些景物和人物，但質樸無華，缺少幻想，是典型的《詩經》寫法。

而《離騷》中描寫遠遊的一段則與此完全相反：

邅吾道夫昆侖兮，路修遠以周流。揚雲霓之晻藹兮，鳴玉鸞之啾啾。
朝發軔于天津兮，夕余至乎西極。鳳皇翼其承旗兮，高翱翔之翼翼。
忽吾行此流沙兮，遵赤水而容與。麾蛟龍使梁津兮，詔西皇使涉予。
路修遠以多艱兮，騰眾車使徑待。路不周以左轉兮，指西海以爲期。
屯余車其千乘兮，齊玉軑而並馳。駕八龍之婉婉兮，載雲旗之委蛇。
抑志而弭節兮，神高馳之邈邈。奏《九歌》而舞《韶》兮，聊假日以愉樂。[26]

【25】孔穎達《毛詩正義》，見十三經注疏》上冊，北京：中華書局，一九八〇年版，頁三二〇。
【26】洪興祖《楚辭補注》，北京：中華書局，一九八三年版，頁四三—頁四六。

這段文字，充滿著奔放的感情，豐富的想像，文采華美，風格絢爛，是典型的浪漫主義創作方法。這樣的文字，在楚辭中，特別是《九歌》中，往往俯拾皆是。楚辭與《詩經》的區別由此可見一斑。

再次，《詩經》與四言爲主、句式整齊、結構單調、且大多篇幅簡短，與楚辭的句式、結構與篇幅相比，顯然有極大的差異。楚辭中既有四言詩，如《天問》、《橘頌》；更有五言詩，六言詩和七言詩。二十多年前，我曾發表過一篇文章，專門駁斥有些文學史教材中將曹丕《燕歌行》說成是中國文學史上「最早最完整的一首七言詩」。我講到了中國詩歌史上七言詩發展的過程，其中就舉到了《九歌．山鬼》這個例子——

若有人兮山之阿，被薜荔兮帶女蘿。
既含睇兮又宜笑，子慕予兮善窈窕。
乘赤豹兮從文狸，辛夷車兮結桂旗。
被石蘭兮帶杜衡，折芳馨兮遺所思。
余處幽篁兮終不見天，路險難兮獨後來。
表獨立兮山之上，雲容容兮而在下。
杳冥冥兮羌晝晦，東風飄兮神靈雨。
留靈修兮憺忘歸，歲既晏兮孰華予？
采三秀兮於山間，石磊磊兮葛蔓蔓。
怨公子兮悵忘歸，君思我兮不得閒。
山中人兮芳杜若，飲石泉兮蔭松柏，

君思我兮然疑作。
雷填填兮雨冥冥，猨啾啾兮狖夜鳴。
風颯颯兮木蕭蕭，思公子兮徒離憂。

這難道不是一首完整的七言詩嗎？曾有位朋友對我說：「此詩每句有『兮』字，並非嚴格意義上的七言詩。」我答：有「兮」無「兮」是兩種詩格，從歌唱和朗誦的角度講，不能忽略這個音節的存在，因此，這也是七言詩。[27]

《詩經》三〇五首，特別是風詩，大多數是比較簡短的，而楚辭中，《離騷》、《天問》、《遠遊》、《九辯》和「二招」諸詩，大多爲鴻篇巨制，結構複雜，一般人看了會有眼花繚亂之感。至於句式參差，在《九章》諸篇中表現更爲明顯。

下邊要講楚辭與漢賦的區別。

漢賦本與楚辭有相承關係。劉勰《詮賦》有云：

至如鄭莊之賦大隧……雖合賦體，明而未融。及靈均唱騷，始廣聲貌。然賦也者，受命于詩人，拓宇于楚辭也。[28]

唯因如此，漢人一般稱「辭」爲「賦」，或者辭賦連稱，不甚區別。如，太史公《屈原列傳》有

【27】詳見拙著《風騷論集》，內蒙古大學出版社，一九九五年版，頁一二三—頁一三三。
【28】楊明照《文心雕龍校注》，北京：中華書局，一九五九年版，頁五〇。

「乃作《懷沙》之賦」之說，班固《藝文志》有「屈原賦二十五篇」之說。但實際上，楚辭與漢賦是兩種不同的文體，楚辭是詩歌，漢賦則是一種帶韻的散文。具體區別如下：

第一，從內容角度說，楚辭以抒情爲主，而漢賦則「以事形爲本」。劉勰論騷，云「《騷經》《九章》明麗以哀志，《九歌》《九辯》綺靡以傷情。」，他一針見血地指出，楚辭著重的是「情」「志」；而其論賦，則云：「寫物圖貌，蔚似雕畫」，「極聲貌以窮文」。以漢賦代表作——司馬相如《子虛賦》爲例，其中寫到君王雲夢田獵一段，作者從東、南、西、北幾個方位進行鋪陳描寫，場面可謂雄偉壯觀，但其最初打算表達的諷諭之義則完全被淹沒了。班固曾尖銳地批評這類漢賦「競爲侈麗閎衍之詞，沒其風諭之義」（《漢書》〈藝文志〉），跌入揚子所謂「雕蟲篆刻」、「壯夫不爲」（揚雄《法言》〈吾子〉）之末流！

第二，從形式角度說，漢賦有個最明顯的特點，就是往往以主客問答開篇，所謂「述主客以首引」。楚辭則沒有這個寫法。

第三，漢賦是不可歌唱的，如《子虛》、《上林》以及枚乘的《七發》、《梁王菟園賦》等，均洋洋灑灑，長篇巨制，但極難找到一個「兮」字。引人注目的是，這些賦中有「兮」的部分恰恰是可以歌唱的。如司馬相如的《美人賦》，全篇極大部分找不到一個「兮」字，僅有五句有「兮」字，而恰恰這五句是可以歌唱的，因爲相如已在賦中明文標出——「女乃歌曰」：

獨處室兮廓無依，思佳人兮情傷悲。

有美人兮來何遲，日既暮兮華色衰，敢托身兮長自私！[29]

【29】嚴可均《全上古三代秦漢三國六朝文》，北京：中華書局，一九五八年版，頁二四五。

這個例子有力地說明，《美人賦》的其它極大部分是不可歌唱的。而楚辭是可以歌唱的。班固《漢書·藝文志》曾引文曰：「不歌而誦謂之賦」[30]，後人視此爲準繩，代代相因，致使屈賦不可歌唱之說幾乎已成定讞。二十多年前，我在編撰《新編楚辭索引》的過程中，通過對楚辭大量用「兮」的現象進行分析、考證，結果發現，楚辭大多具有強烈的音樂性，當時可以歌唱；其歌唱的形式大致可分爲四種類型。因此，我專門寫了一篇題爲《「兮」字與楚辭的音樂性》的論文於一九九四年公開發表。後來發現，似乎有不少人漸漸接受了我這個觀點。

【30】班固《漢書》第六冊，北京：中華書局，一九六二年版，頁一七五五。

第二章　屈原考論

第一節　兩則被埋沒了八百多年的資料

《屈原列傳》載曰：「王怒而疏屈平。屈平……憂愁幽思而作《離騷》。」[1]《太史公自序》則曰「屈原放逐著《離騷》」。[2]《報任少卿書》亦曰「屈原放逐乃賦《離騷》」。[3]上述資料中，司馬遷時而云屈原「疏」後「憂愁幽思而作《離騷》」，時而云「屈原放逐著《離騷》」。而王逸《楚辭章句》裡有一段話居然「疏」「放」連用：

> 王乃疏屈原。屈原執履忠貞而被讒邪，憂心煩亂，不知所朔，乃作《離騷》，離，別也；騷，愁也……言己放逐離別，中心愁思……[4]

由此可見，「疏」、「放」在漢代人心目中是一回事。

但此事到宋代朱熹則發生了變化。他斷然推翻了司馬遷等漢代學者一直堅持的看法。其《楚辭集注》名爲「既集王、洪騷注」，實際有刪有改，而在《離騷》寫作背景這個問題上尤其突出。凡是王逸等人言屈原「流」、「放」、「逐」之後作《離騷》的地方，他不是刪節，就是將「流」、「放」、「逐」統統改爲「疏」（詳見拙文《評朱熹對〈離騷〉寫作年代的改

【1】司馬遷《史記》第八冊，北京：中華書局，一九八二年版，頁二四八一。

【2】司馬遷《史記》第十冊，北京：中華書局，一九八二年版，頁三三〇〇。

【3】班固《漢書》第九冊，北京：中華書局，一九六二年版，頁二七三五。

【4】洪興祖《楚辭補注》，北京：中華書局，一九八三年版，頁二。

動》〔5〕）。朱熹疑端一開，從此雜說蜂起，造成了《離騷》寫作年代問題上的一場長達八百多年的混戰，一直沿續到今天。

那麼，朱熹的懷疑究竟對不對呢？關鍵在於理解「疏」與「放」究竟是什麼關係。直到上世紀八、九十年代，楚辭學大家姜亮夫先生《史記屈原列傳疏證》一文在「王怒而疏屈平」句下還明確寫道：「此言疏謂疏遠之，非放逐也。」他甚至云：「後世言此疏即放逐，大誤！」〔6〕姜先生的文章說明，這個問題解決不了，自朱熹以來這場已經長達八百多年的混戰還將持續下去。

二〇一三年冬季的一天，我再次翻閱《十三經注疏》，讀到孔穎達《春秋左傳正義》宣公元年「晉放其大夫胥甲父于衛」一句的疏文時，看到兩則資料，不覺眼前一亮，意識自己找到了能夠解決楚辭學史上這場長達八百多年混戰的兩個關鍵證據。

唐人孔穎達疏文中引用了司馬遷的同時代人，漢代學者孔安國的一段話，這對於我們今天理解「疏」與「放」的同異十分重要。孔安國原話云：

> 是放者，有罪當刑而不忍刑之，寬其罪而放棄之也；三諫不從待放而去者，彼雖無罪，君不用其言，但令自去，亦是放逐之義。〔7〕

孔安國的這段話告訴人們，先秦時大臣被「放」有兩種情況：一是臣有罪，而國君「寬其罪而放

〔5〕拙著《風騷論集》，呼和浩特：內蒙古大學出版社，一九九五年版，頁一六三。
〔6〕姜亮夫《楚辭學論文集》，上海古籍出版社，一九八四年版，頁一四－頁一五。
〔7〕孔穎達《春秋左傳正義》，見《十三經注疏》，北京：中華書局，一九八〇年版，頁一八六五。

棄之也」；二是臣無罪，而「君不用其言，但令自去，亦是放逐之義。」「君不用其言」即「王怒而疏屈平」之「疏」。司馬遷與孔安國都是漢武帝時代人，對「疏」與「放」的認知，他與孔氏自然完全相同，所以，他時而講屈原「被疏」後作《離騷》，時而講屈原「放逐」後作《離騷》，二者其實並無矛盾。

還有一則資料是對於「奔」的解釋。《惜誦》有云：「欲高飛而遠集兮，君罔謂汝何之？欲橫奔而失路兮，蓋堅志而不忍。」《抽思》有云：「數惟蓀之多怒兮，傷余心之憂憂。願搖起而橫奔兮，覽民尤以自鎮。」這幾句詩，再現了懷王十六年時屈原被疏之後的心境。那麼，何謂「奔」？對此「橫奔」一詞，王逸以來諸多學者均未解釋清楚。林雲銘釋爲「不俟命而擅行」[8]，義近正確而言之不詳。《春秋左傳正義》孔穎達的疏文中引自晉朝杜預《春秋釋例》中的一段話，對此有簡明扼要的解釋，說清了「奔」與「放」的區別。其云：

「奔」者，迫窘而去，逃死四鄰，不以禮出也。放者，受罪黜免，宥之以遠也。臣之事君，三諫不從，有待放之禮，故《傳》曰：「義則進，否則奉身而退」，迫窘而出奔，及以禮見放，俱去國。[9]

這裡兩次講到「以禮」。「奔」乃「不以禮出」，「放」即「以禮」而行。今查《禮記．曲禮》，果然有「人臣三諫不從去國之禮」[10]。「三諫不從」即謂「疏」。杜預曰「臣之事君，三

【8】林雲銘《楚辭燈》〈抽思〉注，見《楚辭文獻叢刊》，北京：國家圖書館出版社，二〇一四年版，第四十六冊頁二五。

【9】孔穎達《春秋左傳正義》，見《十三經注疏》，北京：中華書局，一九八〇年版，頁一八六五。

【10】孔穎達《禮記正義》，見《十三經注疏》，北京：中華書局，一九八〇年版，頁一二五八。

諫不從，有待放之禮」，可見「王怒而疏」之後，屈原定有「待放之禮」，只是開始因爲十分困窘，情緒激動，「欲橫奔而失路」，「願搖起而橫奔」，即擬不按禮數「逃死四鄰」，這就意味著要與懷王徹底決裂再不返回，但「覽觀衆民多無過惡而被刑罰，非獨己身，故自鎮止而慰己也。」[11]即最後找了個藉口，自我安慰，頭腦冷靜下來，還是決定「以禮」去國。其後「有鳥自南兮，來集漢北」，這自然是「以禮見放」之後的事了。孔安國有云：「放之與奔俱是去國而去，情小異。」[12]《春秋釋例》中的這則資料對於確認「疏」與「放」的同一性提供了有力的旁證。

可是，後人對「疏」與「放」這兩個概念的認知漸漸模糊，甚至發生偏頗，大多只看到「異」而忽略了「同」。朱熹是個大學問家，但在這個問題上他未能達到杜預和孔穎達的知識範圍，所以他不僅將王、洪騷注中關於屈原懷王朝時被「放」的文字刪改殆盡，而且在《楚辭辯證》中講到王逸釋「離騷」之意爲「言己放逐離別」時，他還明確斥責道：「此說非是」。由於他知識的欠缺而引發的疑端，挑起了楚辭學史上這場至少長達八百多年的混戰！

今天，既然從古籍中找到了兩個確切的根據可以證明「疏」是「放」的另一種形式，那麼，這場混戰似乎也應該告一段落了。

另外，《十三經注疏》中引述的孔安國之語及杜預的「釋例」之語，還有另一個更重要的價值，即爲理清屈原的人生軌跡及其作品篇第確定了歷史「座標」。

【11】洪興祖《楚辭補注》，北京：中華書局，一九八三年版，頁一三七。

【12】孔穎達《春秋左傳正義》，見《十三經注疏》，北京：中華書局，一九八〇年版，頁一八六五。

第二節　屈原的人生軌跡梳理

關於屈原的生年，從古到今，學術界說法種種。本書不欲墜入此團迷霧之中，只想採用自認爲比較可靠的清人丁元正之推算[13]（清人鄒漢勳、陳瑒和劉師培三人的推算與之大致相同）來解讀楚辭。其云，屈原大約出生於楚宣王二十七年（西元前三四三年）正月。

古代士大夫家的兒子一般都在弱冠之年才能入仕。從《橘頌》所表現的強烈感情看，屈原可能在楚懷王五年（屈原已屆二十歲）後開始入仕爲官。

楚懷王十六年時，屈原已三十一歲，官至左徒，「入則與王圖議國事，以出號令；出則接遇賓客，應對諸侯。王甚任之。」佞臣「爭寵而心害其能」，在國君面前「讒之」，「王怒而疏屈平。」《惜誦》一詩生動地描述了屈原被疏之後的心境：

> 情沉抑而不達兮，又蔽而莫之白。心郁邑余侘傺兮，又莫察余之中情。固煩言不可結詒兮，願陳志而無路。退靜默而莫余知兮，進號呼又莫吾聞。申侘傺之煩惑兮，中悶瞀之忳忳。

在這種心境支配下，屈原一度想不辭而別，拂袖而去，「逃死四鄰」，即《惜誦》所寫之「欲橫奔而失路」。不過，最後理智戰勝了感情，他沒有這麼去做。「古者臣有罪待放於境，三年不敢去。與之環則還，與之玦則絕。」[14]既然還有「還」朝的可能，再加與懷王的感情等因素，屈

【13】丁元正《楚辭輯解‧擬屈原大夫年譜》，見《楚辭文獻叢刊》第六十二冊，頁三四五—頁三五六。

【14】《荀子》〈大略〉篇注，見《諸子集成》第三冊，石家莊：河北人民出版社，一九八六年版，頁三二三。

原當然不會就此與懷王徹底決裂。詩中「願春日以爲糗芳」句下，王逸注曰：「以供春日之食也。」這證明，《惜誦》之作絕不在春日。《抽思》一詩中回憶這「願搖起而橫奔」的環境是：「悲秋風之動容兮，何回極之浮浮。」由此可證，《惜誦》作於楚懷王十六年秋季。

屈原選擇了「以禮」去國這條路。《禮記．曲禮》載有「人臣三諫不從去國之禮」。這個禮節十分莊重。其原文云：

大夫、士去國，逾境爲壇位，鄉國而哭，素衣，素裳，素冠，撤緣，鞮屨，素簚，乘髦馬，不蚤鬋，不祭食，不說人以無罪，婦人不當御，三月而復服。【15】

此「國」，即《哀郢》詩中「出國門」之「國」，指郢都。「去國」，就是離開郢都。「逾境」，指離開郢都邊界，即今之所謂郊外。「爲壇位」，即築起一個用土堆成的有臺階的高臺。據此可知，楚懷王十六年屈原被「疏」（「放」）離開郢都時，亦當在郢都郊外築台行「去國之禮」：白衣，白衫，白褲，白帽，去冠敝屣，披頭散髮，面向郢都，痛哭流涕，情緒十分激動。其實，《離騷》文本所載：

曾歔欷余鬱邑兮，哀朕時之不當。攬茹蕙以掩涕兮，沾余襟之浪浪。
跪敷衽以陳辭兮，耿吾既得此中正。

【15】孔穎達《禮記正義》，見《十三經注疏》，北京：中華書局，一九八〇年版，頁一二五八。

此恐並非想像，而當是詩人行「去國之禮」時的實況寫照。《離騷》就是在這樣的背景下寫出來的。從有意「不以禮」「逃死四鄰」到決定「以禮去國」，這個時間不會、形勢也不允許他拖延很久，且文本明言「紉秋蘭以為佩」，因此可判，《離騷》亦作於楚懷王十六年秋季，距今已有二三二七年。

行「去國之禮」之後，屈原離開郢都，前往漢北。漢北是個寬泛的概念，大約包括襄陽、鄖陽和南陽等地。至今鄖陽和南陽等地仍保留有一些屈原的遺跡和影響。《九章．抽思》具體描述了屈原離開郢都流放漢北的心緒：

> 有鳥自南兮，來集漢北。
> 好姱佳麗兮，判獨處此異域。既惸獨而不群兮，又無良媒在其側。
> 道卓遠而日忘兮，願自申而不得。望北山而流涕兮，臨流水而太息。
> 望孟夏之短夜兮，何晦明之若歲？惟郢路之遼遠兮，魂一夕而九逝。
> 曾不知路之曲直兮，南指月與列星。願徑逝而未得兮，魂識路之營營。

不過，這段流放的日子並不很長。楚懷王因為聽信佞臣讒言和張儀邪說，「遂絕強齊之大輔。楚既絕齊，而秦欺以六裡。懷王大怒，舉兵伐秦，大戰者數，秦兵大敗楚師，斬首萬級……是時懷王悔不用屈原之策以至於此，於是複用屈原。」[16]《楚世家》載，丹陽大敗在懷王「十七年春」，屈子「望北山而流涕」是在「孟夏」，因此，「懷王悔不用屈原之策以至於此，於是複

【16】盧元駿《新序今注今譯》，天澤古籍出版社，一九八七年版，頁二四〇—頁二四一。

用屈原」的時間，不會拖到翌年。換言之，屈原在懷王十七年秋、冬，當已被召回郢都重新任用，出使去齊國。懷王十八年他從齊國回到郢都。《屈原列傳》證明了這一點：

（楚懷王十八，）秦割漢中地與楚以和。楚王曰：「不願得地，願得張儀而甘心焉。」張儀聞，乃曰：「以一儀而當漢中地，臣請往如楚。」如楚，又因厚幣用事者靳尚，而設詭辯于懷王之寵姬鄭袖。懷王竟聽鄭袖，復釋去張儀。是時屈平既疏，不復在位，使于齊。顧反，諫懷王曰：「何不殺張儀？」懷王悔，追張儀，不及。【17】

《楚世家》載此事曰：

張儀已去，屈原使從齊來，諫王曰：「何不誅張儀？」【18】

《張儀列傳》亦載有此事，曰：

於是楚王已得張儀而重出黔中地與秦，欲許之。屈原曰：「前大王見欺于張儀，張儀至，臣以爲大王烹之；今縱弗忍殺之，又聽其邪說，不可。」【19】

【17】司馬遷《史記》第八冊，北京：中華書局，一九八二年版，頁二四八四。
【18】司馬遷《史記》第五冊，北京：中華書局，一九八二年版，頁一七二五。
【19】司馬遷《史記》第七冊，北京：中華書局，一九八二年版，頁二二九二。

屈原是年三十三歲。

其後直至懷王三十年，屈原一直在朝擔任他們家族世襲的三閭大夫之職。此期間，史籍上沒有記載他被疏（被放）的文字，但似乎也一直未能恢復到原來「入則與王圖議國事，以出號令；出則接遇賓客，應對諸侯。王甚任之」的程度。屈子對此耿耿於懷，以爲是「媒絕路阻」之故。

懷王三十年（屈原四十五歲）時，秦昭王寫信給懷王，表示願意嫁女給楚懷王，同時邀請楚懷王到武關相會。懷王對此事猶豫不決。本傳記載，此時屈原勸諫道：「秦，虎狼之國，不可信，不如毋行。」但懷王的小兒子子蘭等佞臣極力勸行，懷王最後聽信了他們的話。楚懷王一進入武關，早已埋伏在那裡的秦國官兵立即關閉城門，並將楚懷王押解到咸陽。楚國這邊便立即扶懷王之子即位，這就是頃襄王。

頃襄王即位之初，屈原開始觀望、徘徊。《思美人》詩中先是唱道：

遷逡次而勿驅兮，聊假日以須時。指嶓冢之西隈兮，與纁黃以爲期。

「嶓冢」即今之秦嶺，當時乃秦之腹地，詩人借此暗喻懷王當時被扣之地，從而表現了自己對懷王的深深的思念之情。詩歌接著又唱道：

開春發歲兮，白日出之悠悠。吾將蕩志而愉樂兮，遵江夏以娛憂。

頭兩句寫春天到來萬象更新的景象，如王夫之所云，暗喻頃襄王剛剛即位，政權更迭，給屈原帶來了一線希望。總之，他一面記掛著被囚在秦國的懷王，盼望他有朝一日能回國繼續執政；一面企盼頃襄王能革舊用新，重振朝綱。但是，從《懷沙》詩中「巧倕不斫」、「玄文處幽」和「離婁微睇」這三個比喻所透露的訊息看來，頃襄王上臺後沒有重用屈原。他漸漸失望了。

楚懷王被扣秦國期間，堅守氣節，未出賣楚國的利益，深得楚人崇敬。《楚世家》載曰：

頃襄王三年，懷王卒于秦。秦歸其喪于楚，楚人皆憐之，如悲親戚。[20]

悲痛之餘，

楚人既咎子蘭以勸懷王入秦而不反也……令尹子蘭聞之大怒，卒使上官大夫短屈原于頃襄王。頃襄王怒而遷之。[21]

《哀郢》記載屈原第二次被遷在「仲春」二月，而上述頃襄王三年時懷王客死，歸喪於楚，楚人悲戚，既咎子蘭，子蘭大怒，使人短屈和頃襄怒遷等等這一系列事件不可能在一個月之內完成，所以可判斷屈原這次被逐離郢的時間當在頃襄王四年「仲春」。屈原這年四十九歲。《哀郢》開篇記載了他被趕出郢都時的狼狽景象——

皇天之不純命兮，何百姓之震愆？民離散而相失兮，方仲春而東遷。

【20】司馬遷《史記》第五冊，北京：中華書局，一九八二年版，頁一七二九。
【21】司馬遷《史記》第八冊，北京：中華書局，一九八二年版，頁二四八五。

去故鄉而就遠兮，遵江夏以流亡。

用「皇天之不純命」、「百姓震愆」和「民離散而相失」作爲「東遷」的背景，可見屈原第二次被逐，是既遭君王怒遷，又遇自然災害，倉皇離京，妻離子散，孤身一人，乘船沿著夏水流亡，其狼狽、尷尬之情可想而知。

所謂遷逐，實際就是趕出國都，任其自生自滅，而其人身還是比較自由的。屈原乘船沿著夏水往東流放，且行且停。這一路上，他「心嬋媛而傷懷」，「心絓結而不解」，「思蹇產而不釋」，「既放三年」（頃襄王七年）時，他「心煩慮亂，不知所從，往見太卜鄭詹尹」以占卜。然最後，太卜「釋策而謝」曰：「龜策誠不能知事」。九年之後來到夏浦（今之漢口）。屈原是年五十八歲。前已有述，古時士大夫被放，三年爲限，「與環則還，與玦則絕。」屈原此時被放已經九年，也就是說，屈原苦苦等了九年，但還朝複官無望，他內心十分煩悶、痛苦。

絕望之餘，屈原南渡長江，登上鄂渚。《涉江》一詩記載了他南行的軌跡：乘鄂渚，邸方林，上沅江，發枉渚，宿辰陽，入漵浦。總之，以後這段時光，屈原是在湘西萬山叢中度過的。這段時光有多長？今不得而知，但從《悲回風》一詩可知，屈原在湘西最後時光的思想感情與《哀郢》所表達的已迥然不同。《哀郢》儘管也是一首悲歌，但他此時哀念的仍是國家的前途命運，「哀州土之平樂兮，悲江介之遺風」，強烈的責任感、使命感讓他——

曼余目以流觀兮，冀壹反之何時？鳥飛反故鄉兮，狐死必首丘。

信非吾罪而棄逐兮，何日夜而忘之？

但《悲回風》中已很難看到這種激情了。孤獨寂寞，前途渺茫，詩人在結尾處絕望地喊道：

吾怨往昔之所冀兮，悼來者之愓愓。

……

驟諫君而不聽兮，任重石之何益？心絓結而不解兮，思蹇產而不釋。

不能不死，死又不能——詩人的思想感情跌入了低谷。失望之極便是絕望。《遠遊》表明，屈子此時企圖用遠遊成仙來解脫痛苦，這是詩人徹底絕望的表現。由此可證，《遠遊》當作於《悲回風》之後，即屈子流蕩湘西的末期。

從《哀郢》到《悲回風》、《遠遊》，詩人的思想感情發生了如此冰火兩重天的變化。《哀郢》記載屈原於頃襄王四年離開郢都到夏浦，時間長達九年；那麼，從《涉江》到《遠遊》，其時間之長可想而知，大概不會是一、二年而已。

屈原在湘西的時光大約到《漁父》產生爲止。因爲在《漁父》中，屈原悲憤地喊道：

安能以身之察察，受物之汶汶者乎？

寧赴湘流葬于江魚之腹中，

安能以皓皓之白而蒙世俗之塵埃乎？

其曰「寧赴湘流」，言外之意，詩人此時尚未在「湘流」，故蔣驥云詩人此時仍在沅江流域，良有以也。屈原此時既然已有「寧赴湘流」的想法，自然也就即將離開湘西地區。此時的屈原，

「顏色憔悴，形容枯槁」，這不僅是他心情頹喪的表現，恐怕與詩人年屆暮歲也有很大關係。屈原寫作《哀郢》時已五十八歲，至《漁父》時恐怕至少也有六十多歲。

清人蔣驥對《懷沙》一詩的題解很有見地。其云：

《懷沙》之名，與《哀郢》、《涉江》同義。沙本地名……即今長沙之地，汨羅所在也。曰「懷沙」者，蓋寓懷其地，欲往而就死焉耳。[22]

詩篇開頭有一段景物描寫：

滔滔孟夏兮，草木莽莽。傷懷永哀兮，汨徂南土。

這段景物描寫表明詩人正在向汨羅前行。他已決定最後自沉汨羅：

知死不可讓，願勿愛兮！明告君子，吾將以爲類兮！

不過，屈原眞正的絕筆詩不是《懷沙》，因爲《懷沙》儘管已有死意，但詩中仍有牢騷，仍有痛苦，說明他內心還有一點熱情，還對人生抱有一絲留戀。而在屈原眞正的絕筆詩《惜往日》中，連這最後的一點牢騷和痛苦都沒有了——

【22】蔣驥《山帶閣注楚辭》，上海古籍出版社，一九八四年版，頁一二九。

願陳情以白行兮，得罪過之不意。情冤見之日明兮，如列宿之錯置。

詩人此時對宦海浮沉已較冷靜，只講得罪不意，冤情日明，餘皆略而不言。最終他毅然決然地投向汨羅江中——

不畢辭而赴淵兮，惜壅君之不識！

這一跳，彷彿晴天裡的一聲霹靂，驚醒了三湘子弟！

這一跳，躍出了世界文明史上又一個絕世高潔的偉人形象！

這一跳，迸射出了中國文學史上最絢麗的一束火花！

第三節　屈原的思想軌跡梳理

屈原是中華民族悠久歷史上一位偉大的愛國詩人。這點是毫無疑問的。但他的思想發展並非一成不變，始終如故，而是波瀾起伏，軌跡曲折。

有些楚辭學者不了解這一點，反倒因爲有些作品與《離騷》的思想不一致而否定屈原的著作權。如，胡念貽先生在《先秦文學論集》中公然宣稱：

這些作品裡寫進了一些和屈原的思想感情不符合的東西。它們表現出來的屈原，有時很奢侈，有時又懼禍，有時忽想遁世潛形，修生煉道，這些都不是屈原的思想。在屈原的作品裡，表現了他的熱愛祖

> 國、關心人民、嫉惡如仇、堅持理想、不屈不撓的思想和性格，一些可疑的作品和這些表現有差異。[23]

胡先生未免太形而上學了。在他及與他類似的學者眼中，屈原彷彿是廟宇中的泥塑木雕，從生到死，總是那樣的崇高偉大，總是那樣的令人仰望。

我十分崇敬屈原，但我還要說，屈原是人，不是神，他不是廟宇中的神像，而是生活在塵世中的一個活生生的人。他的思想感情像大江流水，波瀾起伏，奔騰不息。即使在同一篇作品中，屈原的思想不也是經常不斷變化的嗎？如《離騷》中，究竟是離還是留，他不是在反覆矛盾和鬥爭嗎？不是最後才決定留下的嗎？縱觀屈原的全部作品，他的思想發展過程中，有高潮，也有低谷，但最終還是以純潔高尚的思想告別人世的。

在屈原現存流傳下來的作品中，《離騷》是第一個高潮。在這個作品中，作者唱出了「九死未悔」、「上下求索」，留戀故鄉，「存君興國」的強音，確像魯迅所說：「逸響偉辭，卓絕一世」[24]。在屈原生命最後階段寫出的《懷沙》、《惜往日》，臨終明志，毫無猶豫，「知死不可讓」，「不畢辭而赴淵」，可謂斬釘截鐵，錚錚有聲，上薄雲霄，響徹環宇，從戲劇的角度說，這也是一種高潮。但屈原不是由《離騷》時期一步跨入《懷沙》、《惜往日》階段的，中間有曲折，有低谷。《悲回風》和《遠遊》就是屈原後期思想發展到低谷的表現。

把《離騷》與《悲回風》作比較，可以看到有以下三點差異。

【23】胡念貽《先秦文學論集》，北京：中國社會科學出版社，一九八一年版，頁三二〇—頁三二一。

【24】魯迅《漢文學史綱要》，北京：人民文學出版社，一九七三年版，頁二〇。

首先，思想鬥爭焦點不同

《離騷》回顧過去的志向、遭遇和決心，陳詞重華，上下求索，但最後，思想鬥爭的焦點表現在遠逝去國和留戀舊鄉的矛盾上。屈子歷盡坎坷，前途無望，只好借巫祝之語，抒胸中之情——不能不離，離又不能。正是在這種尖銳的感情衝突中，詩人的思想昇華到最高境界。特別是最後一段，他用浪漫主義的筆法，描寫「遠逝」途中的路線、侍從、修遠、艱難、聲勢和心情，「神高馳之邈邈」，「聊假日以愉樂」，但就在這一片歡快氣氛中，「陟升皇之赫戲兮，忽臨睨夫舊鄉。僕夫悲余馬懷兮，蜷局顧而不行。」作者從幻想世界回到現實生活，文氣嘎然而止，猶如駿馬注坡，愛國主義的思想感情在這個強烈的逆反中得到了最充分的表達。

《悲回風》思想鬥爭的焦點，不是去和留，而是生與死，是不能不死，死又不能。他三次提到彭咸，還提到介子、伯夷、子胥和申徒，曾想追隨他們「逝死」、「流亡」，但詩人並未完全絕望，還有一絲幻想，所以「心調度而弗去兮，刻著志之無適」，並且意識到「任重石之何益」——死有什麼用？正是這必死和不死的尖銳矛盾，使得他「心絓結而不解兮，思蹇產而不釋。」儘管《悲回風》在極度悲傷痛苦的感情中也流露出了「存君興國」的主旋律，但相比起來，其熱烈程度遠遠不如《離騷》。

其次，政治色彩濃淡有別

《離騷》具有十分強烈的政治色彩，從頭到尾，不管是現實、歷史還是神話傳說，不管是講個人、君王還是揭露黨人，也不管是敘事、抒情還是議論，幾乎字字句句都滲透著政治。詩人一心考慮的是國家、君主：「指九天以爲正兮，夫唯靈修之故也！」詩中的香草美人，象徵高潔的品格或政治上的知音。在《離騷》中，詩人不僅要活，而且要活得精彩，活得有價值，爲實現舉賢授能、修明法度的「美政」而奮力「馳騁」。他「傷靈修之數化」，「哀衆芳之蕪穢」，主要原因正在於此；他悼念三后、重華，求教靈氛、巫咸，立足之點也在於此。在黑暗的現實面前，屈子雄心猶在：「路曼曼其修遠兮，吾將上下而求索！」他面對現實，關心現實，力圖改變現實；他留戀舊鄉，熱愛故國，寧死也不「遠逝」他方。因此，《離騷》是一首眞正的政治抒情詩。

《悲回風》則不然，政治激情已經較前冷卻，政治色彩也並非十分強烈。全詩百分之六十以上的篇幅抒寫自己的日夜憂愁，孤獨寂寞，甚至大發牢騷：「憐思心之不可懲兮，證此言之不可聊。」詩中兩次提到「佳人」，似有所指，但好像是彭咸一類「孤子」、「放子」，再也不是高丘神女、洛濱宓妃、瑤台簡狄和有虞二姚，再也不是歷史上或想像中的明君賢相。在詩篇第二部分，詩人剛剛用浪漫主義的筆法展現了一下心底的政治幻想，但旋即用「忽傾寤以嬋媛」一句收結，從而徹底粉碎了剛才那一點點「雄心壯志」。「馮昆侖以瞰霧兮，隱岷山以清江」二句，胡文英釋爲「去在上之蒙蔽」、「別在下之濁流」[25]，即使符合屈子原意，也只是一種十分籠統、抽象的想法，同《離騷》中「乘騏驥以馳騁兮，來吾導夫先路」、「豈余身之憚殃兮，恐皇輿之敗績」、「忽奔走以先後兮，及前王之踵武」、「余固知謇謇之爲患兮，忍而不能舍也」、「舉賢而授能兮，循繩墨而不頗。皇天無私阿兮，覽民德焉錯輔」等詩句比較，相差何止十萬八千里！

政治色彩的濃淡，標誌著一個人進取心的強弱。《悲回風》中過多注重個人感情，而對政治比較淡漠的表現，意味著此時的屈原已遠遠不如寫作《離騷》時那樣積極奮發。

【25】胡文英《屈騷指掌》，北京古籍出版社，一九七九年版，卷三頁三六。

第二，風格情調剛柔相異

《離騷》表現出的是堅強果斷、斬釘截鐵般的風格。受人嫉妒諂毀，遭到疏遠放逐，但詩人寧折不彎，骨氣凜然。他高唱道：「雖不周於今之人兮，願依彭咸之遺則！」「亦余心之所善兮，雖九死其猶未悔！」「伏清白以死直兮，固前聖之所厚！」「雖體解吾猶未變兮，豈余心之可懲！」等等，這些詩句，可謂驚天地，泣鬼神，擲地有金石之聲，雖然歷盡滄桑，今日依然鏦鏦錚錚，「氣往轢古，辭來切今」！

《悲回風》中表現出的則是優柔寡斷、纏綿悱惻的情調。詩人開始被內心的愁苦壓抑得痛不欲生：「憐思心之不可懲兮，證此言之不可聊。寧逝死而流亡兮，不忍爲此之常愁。」他簡直到了自我否定的地步，於是決心「淩大波而流風兮，託彭咸之所居」。但當他意識到這是消極頹廢、有違初衷時，「心調度而弗去兮，刻著志之無適」、「吾怨往昔之所冀兮，悼來者之愓愓」、「驟諫君而不聽兮，任重石之何益。心絓結而不解兮，思蹇產而不釋。」這完全是進退維谷、徘徊彷徨的心理表現。

一剛強，一優柔；一果斷，一猶豫：對比多麼鮮明！哪是高潮，哪是低谷，不言而喻。

《遠遊》一詩，是屈原在政治上絕望之後所追求的一種內心解脫，是對當時楚國黑暗腐朽統治集團的控訴、抗議，也流露了對故國的熱愛、留戀之情；但從總體上來說是企圖擺脫現實，是《離騷》思想的退坡。這點十分明顯，不必再用篇幅去闡述。

拿《悲回風》同《懷沙》相比，屈原思想發展變化的軌跡就更加明顯。

屈原寫《悲回風》時想到了死，但又懷疑死。作品第一部分表現了必從彭咸的決心和原因。長期被放以後，屈原徹夜愁苦，終日憂思，孤獨寂寞，前途無望，決心「淩大波而流風兮，託彭咸之所居。」但在第二部分中，詩人則表示自己不甘心就此死去。他首先想像：

上高岩之峭岸兮，處雌霓之標顛。據青冥而攄虹兮，遂倏忽而捫天。
吸湛露之浮涼兮，漱凝霜之紛紛。

這段描寫，不像「反映了道家方士的思想」[26]，因爲「吸湛露」等意思，不僅《悲回風》、《遠遊》中有，《離騷》中也這樣寫：

朝飲木蘭之墜露兮，夕餐秋菊之落英。

「五臣」、朱熹等注得有理，這不過是比興手法的運用而已。何況《悲回風》這段描寫的最後，詩人唱道：

依風穴以自息兮，忽傾寤以嬋媛。

這兩句詩點明以上的內容只是一個夢境，一個想像。這個夢境表明：屈原即使在痛不欲生的時刻，理想尚未泯滅，抱負仍在閃光。但他的理想在當時是絕不可能實現的，屈原深明此點，所以「忽傾寤以嬋媛」。

夢醒之後，詩人又回到昏暗濁亂的現實中來，於是就有以下「觀江」一層。「馮昆侖以瞰霧兮，隱岷山以清江」以下十四句，從聲形、曲折、上下、左右、前後、冷熱等不同角度描繪江水

[26] 胡念貽《先秦文學論集》，北京：中國社會科學出版社，一九八一年版，頁三二六。

的形狀。這是象徵手法，如王逸、洪興祖所解釋的：「此言楚國上下昏亂，無綱紀也」；「此言楚國變亂舊常，無定法也」；「言己思念君國，而衆人俱共毀己」[27]，等等。就是說，詩人對現實社會仍然十分關心，因此，屈子不願意立即去死：

心調度而弗去兮，刻著志之無適。

對此二句，清人胡文英的解釋似頗中肯：

心雖若有所調度而實不能去者，以深明吾志，不他適而已。前「證此言之不可聊」，於此益足以證明其托言而非本志矣。[28]

姜亮夫先生對這兩句的譯文也很實在：

心裡在這兒躊躇還未前去，下了決心，一處也不去。[29]

在作品的最後，詩人又一次表示了這個意思：

【27】洪興祖《楚辭補注》，北京：中華書局，一九八三年版，頁一六〇。
【28】胡文英《屈騷指掌》，北京古籍出版社，一九七九年版，卷三頁三七。
【29】姜亮夫《屈原賦今譯》，北京出版社，一九八七年版，頁一九〇。

驟諫君而不聽兮，任重石之何益！心絓結而不解兮，思蹇產而不釋。

這再次表明，屈原此時憂愁、悲傷、猶豫、徘徊，思想正處於低潮。

《懷沙》則恰恰相反。詩人在開頭八句中通過對環境的勾勒，氛圍的渲染，表現了因孤獨寂寞而引起的委屈、痛苦：「鬱結紆軫兮，離慜而長鞠。」這種情緒很像是從《悲回風》中延續過來的，但下面四十四句，詩人從紛亂的情緒中冷靜下來，撫情效志，冤屈自抑。他首先敘述自己被黜被放之後的處境：「內厚質正」，絕不改變志向而隨波逐流；但是再也不能施展自己傑出的才能，反倒處於「同糅玉石」、「一概相量」的尷尬境地。其次，詩人分析身遭廢黜、處境狼狽的原因：一是黨人鄙固，二是不遇明君（「重華不逢」，「湯禹久遠」）。詩人清理自己冤屈情懷的結果是：「懲連改忿兮，抑心而自強」，「舒憂娛哀兮，限之以大故」。貌似解脫，實爲絕望。「亂詞」中詩人作出決定：

知死不可讓，願勿愛兮。明告君子，吾將以爲類兮！

總之，在《懷沙》中，屈原思想明確，義無反顧，決心要用自己的生命去殉自己的祖國，去殉自己曾日夜追求過的「美政」理想。這是何等偉大！何等崇高！這是屈原思想發展的最高峰，也是中華民族思想史上的一座高峰！

我們這樣分析屈原的思想發展史，並沒有要否定《悲回風》高度的藝術成就，也沒有貶低屈原高尚的人格。恰恰相反，爲了充分渲洩自己極其痛苦、悲傷的感情，屈原充分運用了各種藝術手法，使《悲回風》的藝術成就達到了一個新的高峰；而且，詩人儘管消沉、頹廢，但在痛苦到極點企圖一死了之的時刻，他一想到國家，一想到君王，就「心調度而弗去」、「心絓結而不解」，這再次表明，屈原確實是一個堅定的、高尚的愛國者！

有痛苦，有歡樂；有憎惡，有熱愛；有激昂，有消沉；有高潮，有低谷。這就是屈原！這就是活生生的屈原！有些人爲什麼一定要把活生生的屈原僵化成廟堂中貌似高不可盼的泥塑木雕呢？

第四節 屈原對後代的深遠影響

屈原及其作品對後代的深遠影響是顯而易見的。從文學角度說，王逸早有定論：

> 屈原之詞，誠博遠矣。自終沒以來，名儒博達之士著造詞賦，莫不擬則其儀表，祖式其模範，取其要妙，竊其華藻，所謂金相玉質，百世無匹，名垂罔極，永不刊滅矣。[30]

劉勰《辨騷》亦讚美屈原及其作品：

> 氣往轢古，辭來切今，驚采絕豔，難與並能矣。[31]

然而，屈原及其作品對後代的深遠影響，遠不僅僅止於文學範疇之內。

[30] 洪興祖《楚辭補注》，北京：中華書局，一九八三年版，頁四九。
[31] 楊明照《文心雕龍校注》，北京：中華書局，一九五九年版，頁二七。

回眸歷史，每當中華民族生死存亡之際，屈原及其作品總會成爲號召民衆同仇敵愾、共赴國難的時代強音和精神大纛。

如，屈原死後不久，「楚人高其行義，瑋其文采，以相教傳。」[32]「其行義」者，愛國也。楚國人民本來就有強烈的鄉土情結和悠久的愛國傳統，屈原的精神，屈原的作品，自然能引起楚人的共鳴。一代又一代的楚人紛紛紀念他，吃粽子，划龍舟……並以他爲榜樣，熱愛祖國，抵抗強秦。楚國被秦國滅掉後，民間流傳有兩句話，曰：「楚雖三戶，亡秦必楚！」人們從這兩句話中不難看到屈原詩中「身既死兮神以靈，子魂魄兮爲鬼雄」的鬥志。歷史事實是，楚亡短短十幾年之後，陳勝、吳廣這兩位楚人，揭竿而起，轉而攻秦；後來，楚人項羽、劉邦，幾年之間，便推翻了強大的秦國。批判的武器化爲武器的批判，精神的力量變成干戈的力量，最終改變了歷史！這就是屈原及其作品在秦楚相爭時代的巨大影響。郭沫若生前的七言詩《屈原》抒寫此事道：

寧赴江流終不悔，卒死雄鬼亦堪奇。
亡秦三户因何故，日月江河一卷詩。[33]

「一卷詩」者，屈原作品也。

其後，每當國難當頭，中華民族處於生死存亡的關鍵時刻，人們總會想起屈原，並且高歌屈

【32】王逸《楚辭章句》〈離騷〉敘，見《楚辭補注》，北京：中華書局，一九八三年版，頁四八。
【33】史秋鶯《日月江河一卷詩—郭沫若、傅抱石和〈屈原澤畔行吟圖〉》，見《人民日報》海外版一九九八年三月十三日。

原的作品。例如，有宋一代，國勢孱弱，民族危機嚴重，當時許多的愛國志士，紛紛高歌屈子，誦讀《離騷》。張元幹在《水調歌頭．登垂虹亭》中寫道：

洗盡人間塵土，掃去胸中冰炭，
痛飲讀《離騷》。

陸遊《哀郢》（其一）詩中寫道：

離騷未盡靈均恨，志士千秋淚滿裳。

著名愛國詞人辛棄疾，平時或「手把《離騷》讀遍」（《水調歌頭．賦松菊堂》），或「窗前且把《離騷》讀」（《踏莎行．賦木樨》），或盛讚「千古《離騷》文字，芳至今猶未歇」（《喜遷鶯》）。宋末愛國詩人們更是紛紛歌詠《離騷》：

歎沉湘去國，懷沙弔古，江山凝恨，父老興哀。
正直難留，靈修已化，三戶眞能存楚哉！
（劉過《沁園春．觀競渡》）
傷心千里江南，怨曲重招，斷魂在否？
（吳文英《鶯啼序》）

去國情懷，草枯沙遠，尚鳴山鬼。

（張炎《征招．聽袁伯長琴》）

宋末著名愛國者文天祥在《端午感興》詩中寫道：

當年忠血墮讒波，千古荊人祭汨羅。
風雨天涯芳草夢，江山如此故都何？

可以說，正是屈原及其作品所表現的愛國精神，孕育了一個又一個高歌「人生自古誰無死，留取丹心照汗青」式詩句的愛國英烈！

又如，現代史上，政權腐敗，列強入侵，中華民族又到了生死存亡的關頭，志士仁人們再一次高歌屈子，誦讀《離騷》。衆所周知，戊戌變法中泣血的六君子之一的譚嗣同，明知有難，絕不逃避，從容就義，視死如歸。如果再留意一下他的《畫蘭》詩：

雁聲吹夢下江皋，楚竹湘舲起暮濤。
帝子不來山鬼哭，一天風雨寫離騷。

人們從詩中不難看出，譚嗣同的英雄壯舉顯然也受到了屈原精神的激勵。

魯迅在日本留學期間，爲示革命，剪髮留影，並《自題小像》：

寄意寒星荃不察，我以我血薦軒轅！

「荃不察」一典出自《離騷》。他並在《吶喊》扉頁題《離騷》詩句道：

路曼曼其修遠兮，吾將上下而求索！

他還集《離騷》中的兩句詩作爲自己的座右銘：

望崦嵫而勿迫
恐鵜鴂之先鳴

魯迅先生逝世之後，被人們稱爲「民族魂」，而在這個「民族魂」身上，我們明顯地看到了屈原及其作品的巨大影響。

除以上文字表述外，從古至今，衆多著名文人或政治家個人也紛紛到湖南汨羅拜謁屈原，祭奠屈原。據湖南汨羅屈原紀念館提供的資料看，有原始記錄和傳世詩文記載的有：宋玉、景差、賈誼、司馬遷、程堅、張邵、顏延之、杜甫、蔣防、戴叔倫、韓愈、孟郊、柳宗元、徐希仁、馬博、李德裕、李商隱、貫休、洪州將軍、朱熹、蕭振、胡哲、仲仁、孫天才、易先、王守仁、夏元吉、戴嘉猷、史謹、施笠、魏源、郭嵩燾、左宗棠、李元度、鄧旭、潭紹琬、查慎行、李勳、毛澤東、任弼時、仇鼇、郭沫若、胡繩、費孝通、姚雪垠、曹禺、李長春、劉雲山、李鐵映、李源潮、余光中、厲以寧、紀寶成……等。

屈原及其作品，除對歷代文人有巨大影響外，對整個社會、甚至對上層統治階級的影響，也是十分巨大的。歷史上曾有多位帝王加封屈原之事可以證明這一點。唐玄宗李隆基開歷代帝王爲屈原加封之先河。湖南汨羅屈原紀念館最近提供了一個資料——

歷史上加封屈原的，目前可知有：唐玄宗、唐哀帝、晉高祖、宋神宗（兩次加封）、宋徽宗、元仁宗和明太祖，而且數量與帝王加封孔子相當。概述如下：

唐哀帝封屈原爲「昭靈侯」；

後晉高祖進封屈原爲「威顯公」；

北宋神宗封屈原爲「清烈公」；

宋神宗再敕封屈原爲「忠潔侯」；

北宋徽宗封屈原爲「清烈公」；

元仁宗封屈原爲「忠潔清烈公」；

明太祖頒詔封屈原爲「楚三閭大夫屈平氏之神」。

郭嵩燾的《湘陰縣圖志》中曾有記錄：清代汨羅地方縣令祭祀屈原，端午前要率官員提前一天來打掃祠廟、墓地。參與祭祀的人，先一天晚上要沐浴、更衣。祭祀那天，包括祭品、服裝、音樂、祭文、舞蹈、祭器、主持和參與者的選擇與決定，都有嚴格的規定。至清雍正時定型爲王的規格來祭祀，行「太牢」之禮，即要用整頭牛、整頭羊、整頭豬來祭祀，要行三叩九拜之大禮，規格與祭祀孔子相當。更爲詳細的記載是雍正九年，重建屈子祠，恢復春秋二祭，帛一爵三，羊豕同俎，簠一、簋一、籩二、豆三。

另外，從各地衆多紀念屈原的廟宇等建築上也可看出屈原對後代的巨大影響。據清光緒《湖南通志》載，在嘉慶以前湖南有供奉屈原的專祠廟宇六十多處，除了汨羅有多處外，古老而又有名氣的還有長沙嶽麓書院的屈子祠、平江縣天岳書院的屈子祠、巴陵（今岳陽）縣新牆河相公山的屈左徒廟、衡陽縣的屈左徒祠、武陵縣的屈左徒祠、澧洲的屈左徒祠、黔陽縣的三閭大夫祠、桂東縣的三閭大夫祠、湘陰縣城的屈子行宮等。而目前在各地史料中也發現了不少紀念屈原的廟宇建築，如《後漢書．延篤傳》記載的河南南陽的屈原廟、湖北秭歸的屈原故宅、屈田、女嬃廟，江陵的濯纓台，武漢市的行吟閣，安徽東流的忠潔祠、望江縣忠潔侯廟，四川忠縣的屈原塔等。福建、陝西、江西、貴州、雲南、臺灣等地，也都有紀念屈原的歷史建築。[34]

至於民間廣大百姓對屈原的紀念，從晉朝就已開始。《北堂書鈔》卷一百三十七引葛洪《抱撲子》佚文有載：

> 屈原投汨羅之日，人並命舟楫以迎之至今以爲渡，或謂之買光凫……州將士庶，悉臨觀之。[35]

《續齊諧記》載曰：

> 屈原五月五日投汨羅水，楚人哀之，至此日，以竹筒子貯米投水以祭之。……今五月五日作粽並帶楝葉五花絲，遺風也。[36]

【34】以上內容見任遠《汨羅祭屈史略》，見《職大學報》二〇一五年第四期。

【35】葛洪《抱撲子》佚文，見《欽定四庫全書》子部．類書類。

【36】吳均《續齊諧記》，見《欽定四庫全書》子部．小說家類．異聞之屬。

李時珍《本草綱目．穀部甲》載曰：

古人以菰蘆葉裹黏米煮成，尖角，如椶櫚葉心之形，故曰粽，曰角黍，近世多用糯米矣。今俗五月五日以爲節物，相饋送。或言爲祭屈原，作此投江，以飼蛟龍也。[37]

這樣的記載，不勝枚舉。崔富章先生曾著文詳載歷代端午節日裡各地紀念屈原的資料。他總結說：

到東晉時期，屈原已經成爲端午節目的主角。這是端午習俗發展演化史上的大事件。屈原故事爲端午節注入了新的血液、新的生命力，逐漸發展爲除春節之外的中國最隆重的傳統節日之一。[38]

端午永存！屈原永存！這就是民心所向！

一九五三年，世界和平理事會在赫爾辛基頒布「世界四大文化名人」名單，即中國的偉大詩人屈原、波蘭的天文學家哥白尼、法國作家拉伯雷、古巴作家何塞．馬蒂。這一年端午節，蘇聯各界在莫斯科集會，隆重紀念屈原逝世二千二百三十周年，前蘇聯費德林院士作了《屈原及其創作》的報告，中國駐蘇大使戈寶權在大會上致辭。九月二十七日，由中國人民保衛世界和平委員會等五部門組織，在北京舉行了隆重的紀念屈原逝世二千二百三十周年、哥白尼逝世四百一十周

【37】李時珍《本草綱目》卷二十五，見《欽定四庫全書》子部．醫家類。
【38】崔富章《民俗節日裡的屈原故事與士人嚮往的屈原形象》，見《職大學報》二〇〇四年第一期。

年、拉伯雷逝世四百周年、何塞·馬蒂誕生一百周年紀念大會，有十多個國家和地區一千二百多名代表參加。從此，屈原的影響就從中國走向了世界。

白雲蒼狗，滄海桑田。屈原雖然在兩千八百多年前就已經離開人間，但他的魂魄——

如閃電，一直奪目在血火洗禮風雨衆多的中華民族漫漫征途之上！

如磁鐵，一直吸引著古往今來東南西北的忠臣義士之心！

如高峰，一直矗立在多種多樣豐富駁雜的世界文明史上！

如航標，一直導引著千秋萬代奮發堅定的炎黃子孫的人格指向！

第三章 《離騷》求眞

第一節 《離騷》題解

關於「離騷」這個題目，解釋紛紜，迄今爲止，至少已有三十一種，其中，大部分大同小異。也有少數離奇的，如，錢鍾書的「與愁告別」說，《管錐編》云：「蓋離者，分闊之謂，欲擺脫憂愁而遁避之，與『愁』告『別』，非因『別』生『愁』……憂思難解而以爲遷地可逃者，世人心理之大順，亦詞章抒情之常事，而屈子此作，其巍然首出者也。」[1]此說歪曲《離騷》主題，醜化屈原形象，當屬大謬！還有「太陽之歌」說，龔維英認爲，「離」爲太陽（《易・說卦》有云「離為日。」），「離騷」即太陽家族的悲歌。[2]還有「圖騰鳥悲歌」說，有臺灣學者認爲「離」通「鴷（音li）」，即鴷鳥，乃古代一種圖騰；而「騷」乃悲歌，故曰「離騷」即「圖騰鳥悲歌」[3]。這些說法，僅僅從訓詁角度解釋，背離了詩歌內容，實在不敢苟同。

比較傳統、影響廣泛的有三種：一曰「遭憂」說。《史記》本傳云：「《離騷》者，猶離憂也。」「離」通「罹」，即「遭」。班固《離騷贊序》將此說闡述得更明確：「離，猶遭也；騷，憂也。明己遭憂作辭也。」[4]二曰「別愁」說。王逸《楚辭章句》云：「離，別也；騷，愁也。言己放逐離別，中心愁思。」三曰「曲名」說。游國恩先生《學術論文集》云：「我以爲《離騷》可能本是楚國一種歌曲的名稱，其意義則與『牢騷』二字相同。」[5]這三種說法也是主

[1] 錢鍾書《管錐編》第二冊，中華書局，一九八六年版，頁五八三。
[2] 龔維英《〈離騷〉即「太陽之歌」》，發表於瀋陽〈社會科學輯刊〉一九八七年第六期。
[3] 《江海學刊》一九八七年第三期蕭兵引。
[4] 洪興祖《楚辭補注》，北京：中華書局，一九八三年版，頁五一。
[5] 《游國恩學術論文集》，中華書局，一九八九年版，頁二一三。

要從訓詁角度解題，所以見仁見智，不能統一。

如果將訓詁與對全詩內容的分析結合起來，那麼，我認爲，「離騷」，即離別的憂愁，更具體地說，是離別祖國的憂愁——不能不離，離又不能。這個解釋，既符合「離騷」二字的本義，也符合詩歌全篇的主要內容。在《離騷》中，詩人回顧自己的遭遇——「靈修數化」、「衆芳蕪穢」，面對這樣惡劣的政治環境，詩人曾經萬般設法，上下求索，然而無果而終；他的思想鬥爭十分激烈，既然在國內已經沒有前途，就不能不離開；但是，故土不可離，所以當詩人滿心喜悅，想像就要離開祖國時，一看到故土舊鄉，他就又猶豫了，停下了——「陟升皇之赫戲兮，忽臨睨夫舊鄉。僕夫悲余馬懷兮，蜷局顧而不行。」《離騷》正是在這愛國主義的最強音上嘎然而止，鮮明地突現了作品的主題。

總之，把「離騷」解釋爲「離別祖國的憂愁」，是最符合詩歌內容的。（詳見下文層次分析。）

關於《離騷》寫作時地，以前衆說紛紜，現在我們認爲可以有明確的結論了。上章第三節中，我們根據新發現的兩則資料，結合《屈原列傳》、《楚世家》及劉向《新序·節士篇》等史料，可以斷定：屈原第一次放逐（「王怒而疏屈平」）是在楚懷王十六年。《抽思》在回憶離郢時的情景時寫道：「思蹇產之不釋兮，曼遭夜之方長。悲秋風之動容兮，何回極之浮浮。」由此可推斷，《惜誦》當寫於懷王十六年秋。屈子本擬不「以禮」「橫奔」而去，但理智占了上風，後來還是「以禮」見放，這個時間不會隔得很長，且《離騷》明言「扈江離與辟芷兮，紉秋蘭以爲佩。」由此可知，《離騷》當亦作於楚懷王十六年（西元前三一二年）秋季，地點當在郢都城郊。

第二節　《離騷》的層次

劉勰的《文心雕龍．辨騷》講到如何看懂《離騷》，就應——

若能憑軾以倚《雅》《頌》，懸轡以馭楚篇，酌奇而不失其眞，玩華而不墜其實……[6]

「酌」「玩」兩句乃互文見義，「奇」「華」指《離騷》華麗的形式，「眞」「實」指《離騷》豐富的內容。劉勰本意爲：要想看懂《離騷》，就必須透過其華豔麗奇的形式，探求其豐富充實的內容。那麼，怎樣才能求得《離騷》的眞實的思想內容呢？那就首先要理清《離騷》的層次。我對《離騷》層次的理解，可用下圖來表示。

[6]　楊明照校注拾遺《文心雕龍校注》，北京：中華書局，一九五九年版，頁三七。

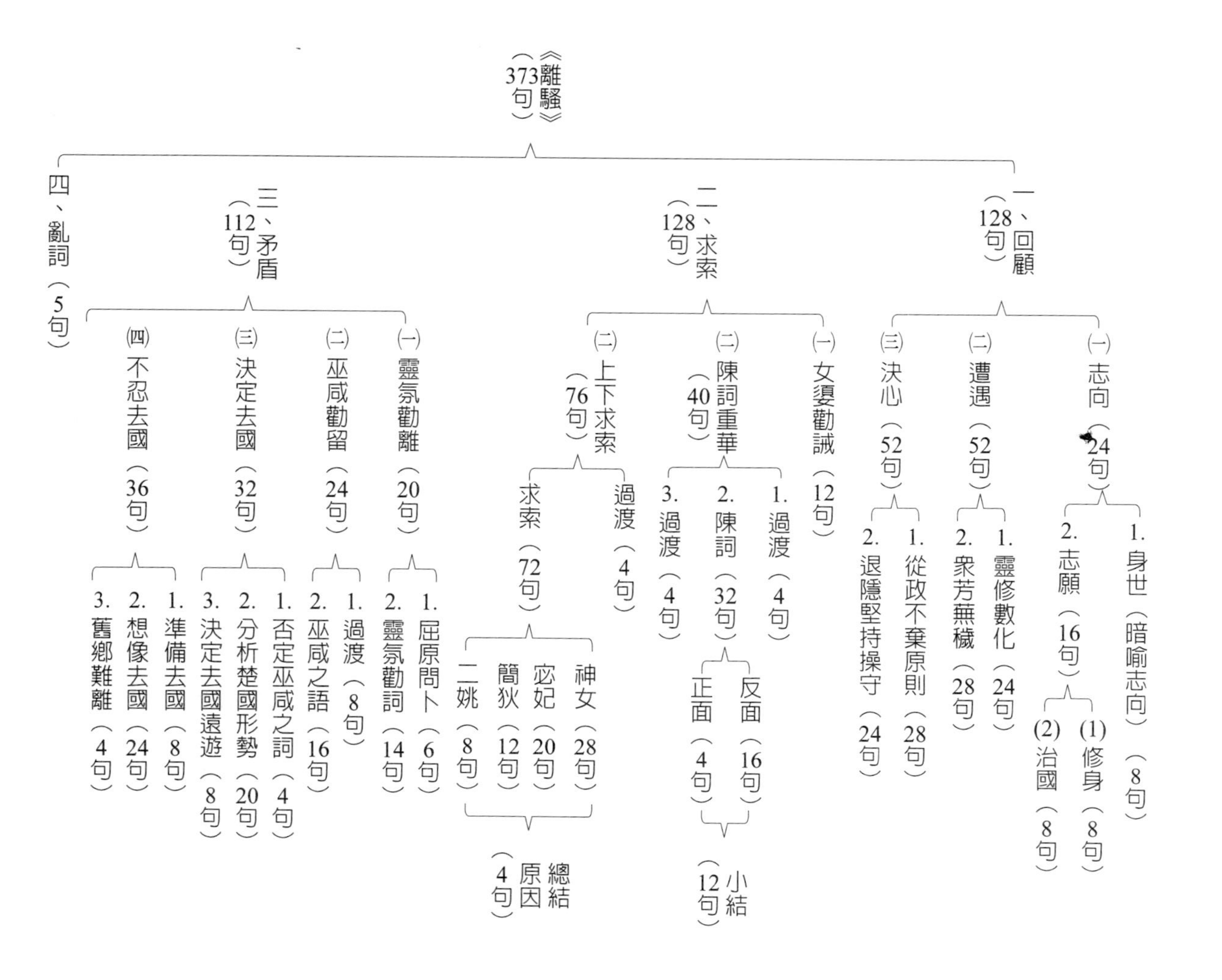

《離騷》（373句）
一、回顧（128句）
㈠志向（24句）
1. 身世（暗喻志向）（8句）
2. 志願（16句）
(1) 修身（8句）
(2) 治國（8句）
㈡遭遇（52句）
1. 靈修數化（24句）
2. 衆芳蕪穢（28句）
㈢決心（52句）
1. 從政不棄原則（28句）
2. 退隱堅持操守（24句）
二、求索（128句）
㈠女嬃勸誡（12句）
㈡陳詞重華（40句）
1. 過渡（4句）
2. 陳詞（32句）
反面（16句）
正面（4句）
小結（12句）
3. 過渡（4句）
㈢上下求索（76句）
過渡（4句）
求索（72句）
神女（28句）
宓妃（20句）
簡狄（12句）
二姚（8句）
總結原因（4句）
三、矛盾（112句）
㈠靈氛勸離（20句）
1. 屈原問卜（6句）
2. 靈氛勸詞（14句）
㈡巫咸勸留（24句）
1. 過渡（8句）
2. 巫咸之語（16句）
㈢決定去國（32句）
1. 否定巫咸之詞（4句）
2. 分析楚國形勢（20句）
3. 決定去國遠遊（8句）
㈣不忍去國（36句）
1. 準備去國（8句）
2. 想像去國（24句）
3. 舊鄉難離（4句）
四、亂詞（5句）

說明

《離騷》全篇三七三句（兩句衍文除外），「逸響偉辭，卓絕一世」（魯迅語），可分四大層次：回顧、求索、矛盾和亂詞。前三層次之間為連貫關係，亂詞是對前三層次的總結。

第一層次　回顧（一百二十八句）

此層主要內容是回顧自己的志向、遭遇和決心，為下文幻想中的求索和思想上的矛盾作鋪墊。可分三個小層次：

(一)志向（二十四句）

其中包括兩個內容：

1.交代身世（八句）

帝高陽之苗裔兮，朕皇考曰伯庸。攝提貞于孟陬兮，惟庚寅吾以降。
皇覽揆余初度兮，肇錫余以嘉名；名余曰正則兮，字余曰靈均。

作品開端兩句就講明身世，表示與楚君同祖同宗，為下方的愛國思想張本。接著六句交代生日、名字，暗喻人格的獨特和品行的高潔。

2.表明志願（十六句）

其中有兩點內容：

(1)**修身**（八句）

紛吾既有此內美兮，又重之以修能；扈江離與辟芷兮，紉秋蘭以爲佩。汩余若將不及兮，恐年歲之不吾與。朝搴阰之木蘭兮，夕攬洲之宿莽。

「內美」，內在的美好品質；「修能」，優異的才能。江離、辟芷、秋蘭、均爲香草，比喻自己從小就培養品德，增進才能。「木蘭，去皮不死；宿莽，遇冬不枯」，詩人以此暗喻自己歷來堅持原則，絕不輕易妥協。

(2)**治國**（八句）

日月忽其不淹兮，春與秋其代序。惟草木之零落兮，恐美人之遲暮。不撫壯而棄穢兮，何不改乎此度？乘騏驥以馳騁兮，來吾導夫先路！

「美人」，在此處指懷王。詩人殷切希望君王趁年富力壯之機修明政治，杜絕讒佞。並表示，只要君王任用賢能，自己願意效勞，爲王前驅。

㈡**遭遇**（五十二句）

包括兩個內容：

1.靈修數化（二十四句）

昔三后之純粹兮，固眾芳之所在。雜申椒與菌桂兮，豈惟紉夫蕙茝。
彼堯舜之耿介兮，既遵道而得路；何桀紂之猖披兮，夫唯捷徑以窘步！
惟夫黨人之偷樂兮，路幽昧以險隘。豈余身之憚殃兮，恐皇輿之敗績。
忽奔走以先後兮，及前王之踵武。荃不察余之中情兮，反信讒而齌怒。

余固知謇謇之爲患兮，忍而不能舍也。指九天以爲正兮，夫唯靈修之故也。
初既與余成言兮，後悔遁而有他。余既不難夫離別兮，傷靈修之數化。

頭八句引史爲鑒。「三后」，指夏禹、商湯和周文王。詩人希望君王以「三后」爲榜樣，廣泛任用賢才。又以「堯舜」與「桀紂」作對比，說明君主德行之重要。中八句講「數化」原因：群小嫉妒忠貞，苟且偷樂，以致君道不明，國家前途黯淡；自己忠言直諫，不怕自身遭殃，但恐國家傾危。可惜君王不察自己之「中情」，反而聽信讒言齌怒自己，詩人因而痛心疾首——末八句直抒忠懷，詩人呼天爲證，表明自己一切都是爲了君王，可是君王開始相信自己，與自己一同商議國事，但後來聽信讒言，懷疑自己，疏遠自己。按照當時禮節，大臣「三諫不從」就該自己離去。自己並不因離郢而難過，傷心的是君王三心二意。

2.眾芳蕪穢（二十八句）

余既滋蘭之九畹兮，又樹蕙之百畝；畦留夷與揭車兮，雜杜衡與芳芷。

冀枝葉之峻茂兮，願俟時乎吾將刈。
雖萎絕其與何傷兮，哀眾芳之蕪穢。
眾皆競進以貪婪兮，憑不厭乎求索。羌內恕己以量人兮，各興心而嫉妒。
忽馳騖以追逐兮，非余心之所急。老冉冉其將至兮，恐修名之不立。
朝飲木蘭之墜露兮，夕餐秋菊之落英。
苟余情其信姱以練要兮，長顑頷亦何傷？
攬木根以結茝兮，貫薜荔之落蕊；矯菌桂以紉蕙兮，索胡繩之纚纚。
謇吾法夫前修兮，非世俗之所服；雖不周於今之人兮，願依彭咸之遺則！

頭六句寫自己當年的希望。蘭、蕙、留夷、揭車、杜衡、芳芷均爲香草，此處喻指人才。滋、樹，爲栽培之意。屈原官居三閭大夫，職掌王族三姓，即管理王族三姓子弟，「序其譜屬，率其賢良，以厲國士」，也就是負責教育三大姓中的貴族子弟，希望他們能成才，將來爲國效力。中六句寫群小的墮落。屈子本來期望很高，但現實十分殘酷。他教育下的那些貴族子弟一個個腐敗墮落，貪得無厭，夤緣鑽營，爭權奪利，而且又互相算計，彼此嫉妒。後十六句寫自己追求高尚純潔的情操，因而不爲世俗贊同。「忽馳騖以追逐兮」一句是對上面六句的小結。「非余心之所急」一句領起下面十四句。「修名」，即高潔之名。木蘭、秋菊、薜荔、菌桂、蕙草、胡繩均爲香木、香花和香草，比喻美好的品德。「攬木根」和「結茝」均喻自己把握根本。詩人表示，自己一定堅持美好的品德（立身之本），努力效法前賢，因此不合世俗，遭人嫉恨。

㈢決心（五十二句）

面對嚴酷的現實，作者從兩個方面表達了自己的決心。

1.從政不棄原則（二十八句）

(1)堅持理想愛好（頭八句）——「雖九死其猶未悔」

長太息以掩涕兮，哀民生之多艱。余雖好修姱以鞿羈兮，謇朝誶而夕替。
既替余以蕙纕兮，又申之以攬茝。亦余心之所善兮，雖九死其猶未悔！

「民」，一說指萬民，一說指個人。「誶」（音shi或xun），一說爲「諫言」，一說爲誣諂。我以爲後者爲是。此八句可譯爲：常常歎息與痛苦，可哀人生多艱難。唯因愛美不隨俗，群小不斷誣陷我。縱然毀我蕙香囊，我采蘭茝重佩上。只要理想眞美好，雖遭萬死也不悔！

(2)絕不放棄原則（中十二句）——「寧溘死以流亡」

怨靈修之浩蕩兮，終不察夫民心。衆女嫉余之蛾眉兮，謠諑謂余以善淫。
固時俗之工巧兮，偭規矩而改錯。背繩墨以追曲兮，競周容以爲度。
忳郁邑余侘傺兮，吾獨窮困乎此時也！寧溘死以流亡兮，余不忍爲此態也！

「靈修」，指懷王。「浩蕩」，喻指糊塗。此處「民」，亦爲個人，當指詩人自己。此層透露了屈原與群小矛盾衝突的焦點在於「規矩」——法令制度。群小要「偭規矩」、「背繩墨」；屈子卻正好相反，堅定地主張法治，因此遭遇厄運。但詩人斬釘截鐵地表示：「寧溘死以流亡」，也絕不放棄原則！

(3)絕不同流合污（末八句）——伏清白以死直

鷙鳥之不群兮，自前世而固然。何方圜之能周兮，夫孰異道而相安？
屈心而抑志兮，忍尤而攘詬。伏清白以死直兮，固前聖之所厚！

「鷙鳥」，是比喻，指忠正之人。「不群」，不隨世俗之意。「方」，指方正之士；「圜」，指圓滑小人。「周」，相容、相合之意。前四句交代自己與群小的矛盾絕不能調和。後四句表示自己決心服膺清白，死於直道，而絕不隨同世俗。

以上二十八句，是敘述自己從政時的處世原則。下面則是敘述退隱後的操守。

2.退隱堅持操守（二十四句）

先是「初服」爲喻（二十句）：

悔相道之不察兮，延佇乎吾將反。回朕車以複路兮，及行迷之未遠。
步余馬于蘭皋兮，馳椒丘且焉止息。進不入以離憂兮，退將複修吾初服。
制芰荷以爲衣兮，集芙蓉以爲裳。不吾知其亦已兮，苟余情其信芳。
高余冠之岌岌兮，長余佩之陸離。芳與澤其雜糅兮，惟昭質其猶未虧。
忽反顧以遊目兮，將往觀乎四荒。佩繽紛其繁飾兮，芳菲菲其彌章。

前八句講「回車」「複路」，退修「初服」。汪瑗注曰：「此章以行路爲譬，實悔其初輕出仕而欲將隱去耳，非設言也。」[7]《禮記．曲禮》有載：「爲人臣之禮……三諫不聽則逃之。」[8]此時屈原被疏，故將退隱離去。下面十二句具體描寫「初服」，實際是一組比喻。「制芰荷以爲衣兮，集芙蓉以爲裳」，「高余冠之岌岌兮，長余佩之陸離」，「佩繽紛其繁飾兮，芳菲菲其彌章」。所有這一切，都仍是那樣的「信芳」「昭質」。詩人表示，即使退隱，自己仍絕不同世俗小人同流合污，而要堅持自己的原則！

從古以來，一位政治家的操守，不能僅看他在朝執政時的表現，還要看他離開政壇後的表現。所謂「達則兼濟天下，窮則獨善其身」；所謂「居廟堂之高則憂其民，處江湖之遠則憂其民」。其實，這些格言難道不都是源自屈原之志嗎？

最終表明決心（四句）：

民生各有所樂兮，余獨好修以爲常。雖體解吾猶未變兮，豈余心之可懲？

「民生」，即人生。屈子表示，人生各有所愛，自己只願修身潔行，即便粉身碎骨也絕不改變志向。此等金石之言，千年之後仍擲地有聲，撼人心魄！

第二層次　求索（一百二十八句）

回顧往昔，信而見疑，忠而被謗，屈子迷惑，於是求索。此層次也可分爲三個小層次。

---

[7] 汪瑗《楚辭集解》，北京：北京古籍出版社，一九九四年版同，頁五二。

[8] 孔穎達《禮記正義》，見《十三經注疏》，北京：中華書局，一九八〇年版，頁一二六七。

㈠女嬃勸誡（十二句）

女嬃之嬋媛兮，申申其詈予。曰「鯀婞直以亡身兮，終然夭乎羽之野。
汝何博謇而好修兮，紛獨有此姱節？薋菉葹以盈室兮，判獨離而不服。
衆不可户説兮，孰云察余之中情？世並舉而好朋兮，夫何煢獨而不予聽？」

「女嬃」，古來說法種種，其實就是指自己最親近的女性。「女嬃」懾於「鯀」的悲慘結局而誡勸屈子妥協、隨俗。此層表明作者在現實生活中已十分孤立，連最親近的人也不能理解和支持他。

㈡陳詞重華（四十句）

此層次徵引歷史上大量的正反事例，證明失道則亡，得道則興，於是拒絕女嬃的勸誡，決定不改初衷。這四十句詩的層次可作以下分析：

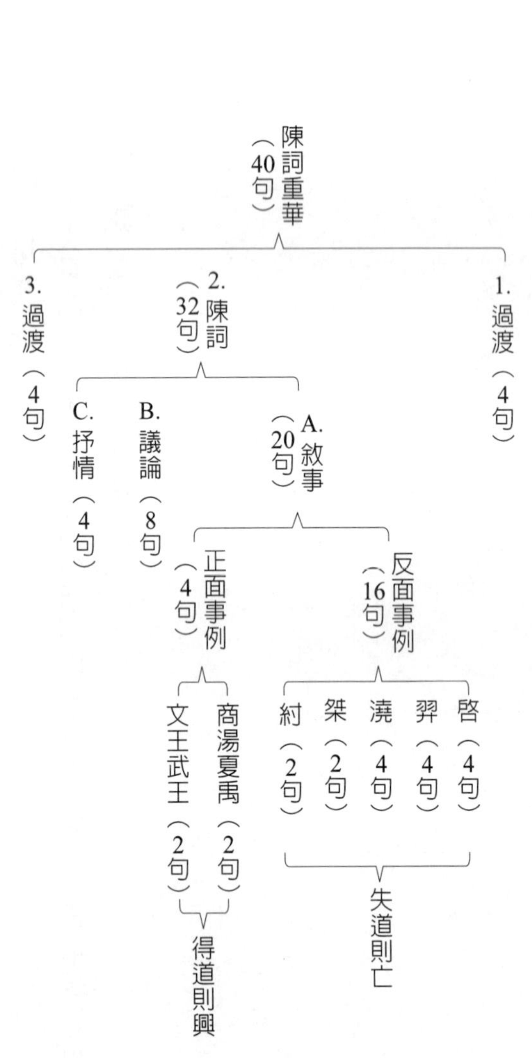

頭四句過渡：

依前聖以節中兮，喟憑心而歷茲。濟沅湘以南征兮，就重華而陳詞。

「節中」一詞，又注釋種種，似應與前文「伏清白以死直兮，固前聖之所厚」聯繫起來考察。服膺清白，死於直道，乃前聖所稱道之事，或曰是前聖之原則、標準。此處「節中」，可直譯為「節度中正之道」，亦為原則、標準。前二句是說，因為自己依照前聖的原則辦事，所以屢遭厄運，滿心憂悶，直到今日。如此忠貞之心，連平時最親近的人都理解不了，所以後二句說，只好去向冥界中的聖君傾吐胸懷。

以下三十二句爲陳詞主體。先述反面事例：啓、羿、澆、桀、紂，說明失道則亡，共十六句：

啓《九辯》與《九歌》兮，夏康娛以自縱。不顧難以圖後兮，五子用失乎家巷。羿淫遊以佚畋兮，又好射夫封狐。固亂流其鮮終兮，浞又貪夫厥家。澆身被服強圉兮，縱欲而不忍。日康娛以自忘兮，厥首用夫顚隕。夏桀之常違兮，乃遂焉而逢殃。後辛之菹醢兮，殷宗用而不長。

後述正面事例：商湯、夏禹、文王、武王，說明得道則興，共四句：

湯禹儼而祗敬兮，周論道而莫差。舉賢而授能兮，循繩墨而不頗。

以上史實，衆所皆知。通過對以上正反歷史事實的回顧，詩人總結出一條眞理：蒼天無私不偏袒，誰有品德幫助誰。只有聖人和美行，才可享受這天下。研究前朝和後代，考察民心這標準：非義之人哪可用，不善之徒豈能信！

在以上敘事的基礎上，作者作小結，議論抒情，共十二句：

皇天無私阿兮，覽民德焉錯輔。夫維聖哲以茂行兮，苟得用此下土。瞻前而顧後兮，相觀民之計極。夫孰非義而可用兮，孰非善而可服？

阽余身而危死兮，覽余初其猶未悔。不量鑿而正枘兮，固前修以菹醢。

最後四句過渡：

曾歔欷余鬱邑兮，哀朕時之不當。攬茹蕙以掩涕兮，沾余襟之浪浪。

道理清楚，而且歷史事實也證明：失道則亡，得道則興，但是，自己卻信而見疑，忠而被謗，身遭疏放，行將危死。於是詩人涕流滿面，哀歎生不逢時。既然詩人在現實中找不到出路，於是就要進入「上下求索」的幻境。此四句領起下文。

(三)上下求索（七十六句）

此層也可分三個小層次。

1. 過渡（頭四句）

跪敷衽以陳辭兮，耿吾既得此中正。駟玉虬以乘鷖兮，溘埃風余上征。

「衽」字，過去曾被稱為「百注難得其解」。近年來，沈從文等古代服飾史專家根據最新出土的地下文物，才釐清了「衽」的本意。原來，「衽」是人身「兩腋窩處」的「兩塊嵌片」[9]，

【9】 沈從文《中國古代服飾研究》，上海書店出版社，二〇〇五年版，頁一〇〇。

平時因爲雙臂下垂而緊閉。當雙臂向上張開時，「嵌片」自然布展（「敷」）開來。前二句形容詩人當時的情景：他情緒十分激動，曲腿跪地，雙臂向天張開，仰天號啕，盡情渲洩。這個鏡頭十分形象、生動。後二句是說，屈子在哭訴之後，找到了現實中屢屢碰釘子的原因，所以就要以虬爲馬，以鳳爲車，乘著大風上天求索。總之，頭二句承上，後二句啓下。

2. 四次求索，四次失敗（六十八句）

(1) 求高丘神女，欲見不得（二十八句）

朝發軔於蒼梧兮，夕余至乎縣圃。欲少留此靈瑣兮，日忽忽其將暮。
吾令羲和弭節兮，望崦嵫而勿迫。路曼曼其修遠兮，吾將上下而求索。
飲余馬于咸池兮，總余轡乎扶桑。折若木以拂日兮，聊逍遙以相羊。
前望舒使先驅兮，後飛廉使奔屬。鸞皇爲余先戒兮，雷師告余以未具。
吾令鳳鳥飛騰兮，繼之以日夜。
飄風屯其相離兮，帥雲霓而來禦。紛總總其離合兮，斑陸離其上下。
吾令帝閽開關兮，倚閶闔而望予。時曖曖其將暮兮，結幽蘭而延佇。
世溷濁而不分兮，好蔽美而嫉妒。

此層寫日夜兼程到昆侖去求高丘神女。前十二句寫終日求索，「路曼曼其修遠兮，吾將上下而求索」兩句，乃千古名句，可謂一切志士仁人之箴言。次六句進而寫日夜兼程；末十句寫求女不得。古代男女有贈送香花香草「結其恩情以爲信約」[10]的習慣。這裡寫抒情主人公手拿幽香的蘭花欲送給神女以示相愛之情，但吃了閉門羹。「吾令帝閽開關兮，倚閶闔而望予。時曖曖其將暮兮，結幽蘭而延佇」這四句，寫盡人世間一廂情願者的狼狽、尷尬之相。

求不到昆侖山上的神女，（「哀高丘之無女」），詩人打算去找下界美女，即宓妃、簡狄和二姚。

先過渡（八句）：

朝吾將濟於白水兮，登閬風而緤馬。忽反顧以流涕兮，哀高丘之無女。
溘吾游此春宮兮，折瓊枝以繼佩。及榮華之未落兮，相下女之可詒。

前四句承上，後四句領起下邊三層內容。

(2) **求宓妃，中途違棄**（十二句）

吾令豐隆乘雲兮，求宓妃之所在。解佩纕以結言兮，吾令謇修以爲理。
紛總總其離合兮，忽緯繣其難遷。夕歸次於窮石兮，朝濯發乎洧盤。
保厥美以驕傲兮，日康娛以淫遊。
雖信美而無禮兮，來違棄而改求。

【10】孔穎達《毛詩正義》/《十三經注疏》，中華書局，一九八〇年版，頁三四六。

前四句寫追求宓妃的過程；中六句描寫宓妃的性格品行；末二句表示決心「違棄而改求」。

(3) 求簡狄，苦無良媒（十二句）

覽相觀於四極兮，周流乎天余乃下。望瑤台之偃蹇兮，見有娀之佚女。
吾令鴆鳥爲媒兮，鴆告余以不好。雄鳩之鳴逝兮，余猶惡其佻巧。
心猶豫而狐疑兮，欲自適而不可。
鳳皇既受詒兮，恐高辛之先我。

前四句過渡，次四句寫苦無良媒，再二句寫自己猶豫，末二句寫結果（「高辛先我」）。

(4) 求二姚，理弱媒拙（八句）

欲遠集而無所止兮，聊浮游以逍遙。及少康之未家兮，留有虞之二姚。
理弱而媒拙兮，恐導言之不固。世溷濁而嫉賢兮，好蔽美而稱惡。

四次求女，感情一次比一次冷淡，此層最爲消極。頭二句表明詩人心情已經十分頹廢，因爲遠集無止，只好浮游逍遙；次二句特別勉強；再二句更加灰心；末二句發牢騷。

(5) 總結原因（末四句）

閨中既已邃遠兮，哲王又不寤。懷朕情而不發兮，余焉能忍與此終古！

詩人把求女無獲歸結爲君王之不覺悟。「哲王不悟」一句說明：「求女」是幻想。如何理解《離騷》「求女」，衆說紛紜，莫衷一是。游國恩先生的「女性中心說」影響最大。其云：

> 屈原之所謂求女，不過是想求一個可以通君側的人罷了。因爲他既自比棄婦，所以想要重返夫家，非有一個能在夫主面前說得到話的人不可。又因爲他既自比女子，所有通話的人當然不能是男人，這是顯然的道理。所以他所求的女子，可以看作侍女婢妾的身份，並無別的意義。【三】

游先生是我敬重的騷界前輩，他的著述，我讀得很多很細，且收藏較豐。另外，他還是我老師的恩師。可是，對他上述這段話，我實在不敢苟同。儘管詩中有「衆女嫉余之蛾眉」一句，但這僅僅是比喻，而且講的是女人與女人的關係，絕不是「棄婦」與「夫主」的關係。其次，《離騷》開篇就說：「帝高陽之苗裔兮，朕皇考曰伯庸……」，這明明是說自己是一個堂堂正正的男子漢、大丈夫，怎麼能說是「自比女子」？再次，抒情主人公或「結幽蘭」，或找媒人，這是古代青年男子求偶的作法，焉是「棄婦」「想要重返夫家」的作派？第四，游先生說屈子找的女子是「侍女婢妾的身份」，可宓妃是嗎？簡狄是嗎？二姚是嗎？均不是。所以，游先生之說不能成立。我認爲，這裡的「美女」只是一種象徵，象徵「亂詞」中所說的「美政」；「求女」就是希望實現美好的政治理想。其他任何說法，特別是游先生的說法，實際是在矮化屈子的高大形象，是在貶低《離騷》的思想高度，絕不可取。

【三】《游國恩學術論文集》，中華書局，一九八九年版，頁一五八。

第三層次　矛盾（一百一十二句）

屈子歷經坎坷，前途無望，只好借巫祝之語，抒胸中之情——不能不離，離又不能。在這種尖銳的感情衝突中，詩人的愛國主義思想昇華到最高境界。此層次可分四個小層次。

㈠靈氛勸離（二十句）

前六句寫屈原問卜：

索藑茅以筳篿兮，命靈氛爲余占之。
曰：「兩美其必合兮，孰信修而慕之？思九州之博大兮，豈唯是其有女？」

詩人滿腔悲憤，迷茫絕望，只好求神問卜。

後十四句爲靈氛之語：

曰：
勉遠逝而無狐疑兮，孰求美而釋女？何所獨無芳草兮，爾何懷乎故宇？
世幽昧以昡曜兮，孰云察余之善惡？民好惡其不同兮，惟此黨人其獨異。
户服艾以盈腰兮，謂幽蘭其不可佩。覽察草木其猶未得兮，豈珵美之能當？
蘇糞壤以充幃兮，謂申椒其不芳。

靈氛借釋卜詞勸屈子去國遠逝，理由是楚國朝野好壞不分，賢愚莫辨。

㈡巫咸勸留（二十四句）

巫咸的意思與靈氛截然相反，他舉前世之事爲例，勸屈原姑且留下，等待明君。前八句過渡。屈子愛國，故雖「欲從靈氛之吉占」，但「心猶豫而狐疑」，只好「懷椒糈而要」巫咸：

欲從靈氛之吉占兮，心猶豫而狐疑。巫咸將夕降兮，懷椒糈而要之。百神翳其備降兮，九疑繽其並迎。皇剡剡其揚靈兮，告余以吉故。

後十六句爲巫咸之語。內含有三層意思：

前四句：

曰：

勉升降以上下兮，求矩矱之所同。湯禹嚴而求合兮，摯咎繇而能調。

此四句以伊尹、皋陶爲例，說明「求同」是雙方的，不僅國君要「嚴而求合」，而且臣子也應與國君協調。巫咸此語頗有深意，似在勸屈子講究策略。

次八句：

苟中情其好修兮，又何必用夫行媒？說操築于傅岩兮，武丁用而不疑。呂望之鼓刀兮，遭周文而得舉。寧戚之謳歌兮，齊桓聞以該輔。

此八句以傳說、呂望和寧戚爲例，說明只要「中情好修」，「求同」不必「行媒」。末四句總結：

及年歲之未晏兮，時亦猶其未央。恐鵜鴂之先鳴兮，使夫百草爲之不芳。

巫咸鼓勵詩人趁年紀未老，繼續留在故國，努力上下「求同」。巫咸的勸詞實際上是要以妥協代替鬥爭，屈子當然不能同意，於是反倒堅定了去國遠逝的信念。

㈢ **決定去國（三十二句）**

本層次是屈原答巫咸之詞，說明不可留下的緣故。這三十二句可分爲三個層次。

1. **否定巫咸之詞**（前四句）

何瓊佩之偃蹇兮，衆薆然而蔽之？惟此黨人之不諒兮，恐嫉妒而折之。

詩人採用設問答疑的形式，指出邪正不能相容，難以留下求同。

2. **分析楚國形勢**（次二十句）

時繽紛其變易兮，又何可以淹留？蘭芷變而不芳兮，荃蕙化而爲茅。
何昔日之芳草兮，今直爲此蕭艾也！豈其有他故兮，莫好修之害也！
余以蘭爲可恃兮，羌無實而容長。委厥美以從俗兮，苟得列乎衆芳！

椒專佞以慢慆兮，樧又欲充夫佩幃。既干進而務入兮，又何芳之能祗！
固時俗之流從兮，又孰能無變化？覽椒蘭其若茲兮，又況揭車與江離？

這段文字劈頭二句就表明，是講楚國內部的形勢，「言世亂變易不可住也」（五臣語）。下邊十八句，詳細地寫到了蘭、芷、荃、蕙、茅、艾、椒、樧、揭車、江離等等草木「變易」，實際都是用比，各有喻意，即抨擊當時腐朽、墮落的楚國統治集團，揭露楚國混亂黑暗的內政。這樣一個醜惡的環境，還怎麼能住下去呢？詩人自然要決心去國遠遊。

3.決定去國遠遊（次八句）

惟茲佩之可貴兮，委厥美而歷茲。芳菲菲而難虧兮，芬至今猶未沫。
和調度以自娛兮，聊浮游而求女。及余飾之方壯兮，周流觀乎上下。

如果說在「上下求索」的道路上，屈原曾經消沉過、懷疑過，那麼，這時他又振作起來，堅定起來。但是，新的求索與第二層次中的求索有本質的區別。屈原向靈氛問卜時有兩句話：「思九州之博大兮，豈惟是其有女？」此處「是」，指第二層次中屈原求索過的昆侖、春宮、有娀和有虞等地，可泛指楚國；「九州」則指整個華夏，地域更加廣袤。而屈原即將開始的新的「上下」「求女」，正是要聽從靈氛的「吉占」，衝出楚國去「遠逝」，前往「九州」那個更加廣大的世界。所以，儘管都是上下求索，但前後涵義已大不一樣。

為互逆關係。

㈣不忍去國（三十六句）

此三十六句可分為三個小層次。前兩個小層次為連貫關係。第三小層次與前兩個小層次之間為互逆關係。

1.準備去國（八句）

靈氛既告余以吉占兮，曆吉日乎吾將行。折瓊枝以為羞兮，精瓊爢以為粻。為余駕飛龍兮，雜瑤象以為車。何離心之可同兮，吾將遠逝以自疏。

首句只講「靈氛告余以吉占」，而未提「巫咸」，證明那兩個巫者對屈子的占詞內容截然不同。不少前人以為兩者占詞內容相同，此為大誤。這八句話中寫出詩人從曆日、備糧、車馬和思想四個方面作準備。

2.想像去國（二十四句）

邅吾道夫崑崙兮，路修遠以周流。揚雲霓之晻藹兮，鳴玉鸞之啾啾。
朝發軔于天津兮，夕余至乎西極。鳳皇翼其承旗兮，高翱翔之翼翼。
忽吾行此流沙兮，遵赤水而容與。麾蛟龍使梁津兮，詔西皇使涉予。
路修遠以多艱兮，騰衆車使徑待。路不周以左轉兮，指西海以為期。
屯余車其千乘兮，齊玉軑而並馳。駕八龍之蜿蜿兮，載雲旗之委蛇。
抑志而弭節兮，神高馳之邈邈。奏《九歌》而舞《韶》兮，聊假日以愉樂。

此層充滿浪漫主義色彩，極寫去國途中的路線、侍從、修遠、艱難、聲勢和心情。請看：雲旗招展遮天日，玉飾鸞鈴叮噹響。鳳凰展翅擎龍旗，高空飛揚隨我車。指揮蛟龍架橋梁，詔令西皇幫我渡。積聚車輛千乘多，玉軸並駕向前方。駕車八龍蜿蜒動，車上雲旗隨風揚。奏起《九歌》舞《韶》樂，姑且在此尋歡樂。這作派，儼然一位叱吒風雲的大將軍；這心情，豪邁歡樂，氣薄雲霄。可游先生卻說屈子如一個「棄婦」，太離譜了！

以上三層實爲下層作鋪墊。

3.不忍去國（四句）

陟升皇之赫戲兮，忽臨睨夫舊鄉。僕夫悲余馬懷兮，蜷局顧而不行。

此四句可譯爲：旭日東昇光明中，忽然看見我故鄉。僕人悲傷馬止步，曲身徘徊不前行。這是一百八十度的大轉彎！在遠逝去國的歡快氣氛中，突然看到故鄉，作者立即從幻想回到現實中來，文氣嘎然而止，猶如駿馬注波，愛國主義的思想感情得到了最充分最淋漓的表達。

楚國內政黑暗腐朽，詩人不能不離；可這是自己的故鄉，生養過自己的故鄉，詩人離又不能！這也就是《離騷》全篇的主題！

第四層次　亂詞（五句）

這是全篇的尾聲，具有相對的獨立性。戴震《屈原賦注》引韋昭注《國語》之語云：「凡作篇章，篇義既成，撮其大要爲亂辭。」[12]《離騷》的這個「亂辭」高度概況了全篇的主要內容，簡潔而深刻地表明屈原當時複雜而又強烈的矛盾心理，再次突現了詩篇的主題。五句話，分三個層次：

第一句：

已矣哉！

「所有一切都算了吧！」這是絕望的語氣。全篇複雜纏綿的思想感情，至此一刀斬斷。其理由有二，即下邊兩層意思。

中二句：

國無人莫我知兮，又何懷乎故都！

從個人角度說，既然朝中無人理解我、重用我，那我就可以離開故都。

末二句：

既莫足以爲美政兮，吾將從彭咸之所居。

[12] 戴震《屈原賦注》，見《楚辭文獻叢刊》，北京：國家圖書館出版社，二〇一四年版，第六十二冊，頁三五。

從祖國角度說，既無賢人能行美政，國家將亡，作爲一個愛國者，又怎麼能一走了之？不能不離，離又不能，這正是「離騷」的本義。矛盾的解決辦法只能是「從彭咸之所居」，即有意用自己的生命來殉祖國。這是一個多麼偉大高尚的形象！以至成爲後世百代愛國士子仰慕之聖者、仿效之圭臬，名垂罔極，永不刊滅！

第三節　《離騷》的價值

一、使千百年來的廣大讀者能深刻認識到社會政治的某些規律

《離騷》及其他楚辭篇章典型地反映了戰國後期上層社會黑暗腐朽的政治生活場景，甚至可以說，其典型性已經超過了戰國後期的楚國，從空間角度說，可以擴展到整個中華；從時間角度說，至少可以延伸到二千多年以後。「信而見疑，忠而被謗」這八個字，大約是兩千年來中國政壇的一條黑色規律；中國幾千年的封建王朝，曾經長時期由不少昏君佞臣統治著，演出了一幕又一幕的悲劇。這也就是千百年來《離騷》能在許多政治人物中引起強烈共鳴的原因。面對這一黑色規律，有兩種態度：一種是消極避世，這就是道家「出世」思想歷經千年仍大有市場的根據；一種是積極入世，直視現實，干預現實，這就是儒家思想千年流行不絕的原因。屈原是位積極入世者。

二、塑造了一位崇高的愛國英雄的形象

屈原身上有三種品德：

1.理想主義者。他對個人的要求十全十美

紛吾既有此内美兮，又重之以修能。

他對國家的要求也十分理想：

舉賢而授能兮，循繩墨而不頗。

2.英雄主義者。面對邪惡和強暴，屈子意志剛強，寧折不彎

亦余心之所善兮，雖九死其猶未悔。

寧溘死以流亡兮，余不忍爲此態也。

伏清白以死直兮，固前聖之所厚。

雖體解吾猶未變兮，豈余心之可懲！

3.愛國主義者。屈原蒙冤受屈，長期被放，但絕不離開祖國

陟升皇之赫戲兮，忽臨睨夫舊鄉。

僕夫悲余馬懷兮，蜷局顧而不行。

不但不離開祖國，而且還時時想著爲國效勞，爲挽救國家危亡的命運而奮鬥：

不撫壯而棄穢兮，何不改乎此度也？
乘騏驥以馳騁兮，來吾道夫先路！

車爾尼雪夫斯基曾說過：「如果人把自己的一身和一生都獻給某一個德性的憧憬，而且不憚精力，所以，就（這一）方面來說，別人在他面前都顯得渺小，那麼，我們便看到人的善性的崇高。」[13]屈原就是這樣一位偉大崇高的愛國英雄！

三、中華文藝寶庫中的一大瑰寶

劉勰云：（《離騷》）

氣往轢古，辭來切今，驚采絕豔，難與並能。
驚才風逸，壯志煙高；山川無極，情理實勞；金相玉式，豔溢錙毫。

【13】車爾尼雪夫斯基《美學論文選》，北京：人民文學出版社，一九五七年版，頁八三。

第四章　《九歌》釋疑

第一節 《九歌》題解

在楚辭研究中，疑問最多，討論最熱烈的恐怕要數《九歌》。關於《九歌》的寫作時地、文體性質、名稱、篇數，以及著作權等……問題，歷來爭議衆多，見仁見智，討論不休。

關於《九歌》的寫作背景和作者問題，漢代王逸《章句》有云：

> 《九歌》者，屈原之所作也。昔楚國南郢之邑，沅、湘之間，其俗信鬼而好祀。其祀，必作歌樂鼓舞以樂諸神。屈原放逐，竄伏其域，懷憂苦毒，愁思沸鬱，出見俗人祭祀之禮、歌舞之樂，其詞鄙陋，因爲作《九歌》之曲。[1]

《漢書．地理志》對於楚地民俗「信鬼而好祀」一說有較詳細的解說：

> 楚有江漢山林之饒。江南地廣，或火耕水耨，民食魚稻，以漁獵山伐爲業，果蓏蠃蛤，食物常足。故呰窳偷生，而亡積聚，飲食還給，不憂凍餓，亦亡千金之家；信巫鬼，重淫祀。[2]

班固此段文字，明確記載了楚地民間「信巫鬼，重淫祀」的風俗，而且釐清了產生這種民俗的原因，對於了解《九歌》產生的背景十分重要。

《舊唐書．劉禹錫傳》有段記載表明，一直到唐代，中南西南民間一帶仍盛行此風俗：

[1] 洪興祖《楚辭補注》，北京：中華書局，一九八三年版，頁五五。

[2] 班固《漢書》第六冊，北京：中華書局，一九六二年版，頁一六六六。

貶朗州司馬，地居西南夷，土風僻陋，舉目殊俗……蠻俗好巫，每淫祠鼓舞，必歌俚辭。[3]

這段記載對於今天理解王逸所述也有益處。

後人大多認同王逸的說法。如唐人李嘉佑《夜聞江南人家賽神因題即事》：

南方淫祀古風俗，楚嫗解唱迎神曲。槍槍銅鼓蘆葉深，寂寂瓊筵江水綠。

雨過風清洲渚閒，椒漿醉盡迎神還。……

聽此迎神送神曲，攜觴欲弔屈原祠。[4]

又如宋人朱熹《楚辭集注》亦云：

《九歌》者，屈原之所作也，昔楚南郢之邑，沅、湘之間，其俗信鬼而好祀。其祀必使巫覡作樂，歌舞以娛神。蠻荊陋俗，詞既鄙俚，而其陰陽人鬼之間，又或不能無褻慢淫荒之雜。原既放逐，見而感之，故頗爲更定其詞，去其泰甚……[5]

但是，後代、特別是當代一些學者否定前人以上說法，提出過種種稀奇古怪的看法，甚至要

【3】劉昫等撰《舊唐書》第一百六十卷，見《欽定四庫全書》史部．正史類。

【4】李嘉佑《夜聞江南人家賽神因題即事》，見《全唐詩》卷二〇六，頁二一四四—頁二一四五。

【5】朱熹《楚辭集注》，上海古籍出版社，一九七九年版，頁二九。

否定王逸的《九歌》序。如，有些學者，不少還是著名的學者，就因爲《九歌》「歌辭的清新，調子的愉快」[6]，「不但在內容上毫無放逐的情調，在文字上也找不出放逐的跡象」[7]，就否定這組詩歌是作於頃襄王時代屈原第二次放逐期間。也就是說，這些學者要求屈原所有作品，都必須「字字句句爲念君憂國之心」，這就要用明人汪瑗的評語了——「則楚辭掃地矣！」[8]唐代著名詩人劉禹錫被貶朗州，但亦作過不少「歌辭清新，調子愉快」的詩歌，如《竹子詞》等，他甚至在《竹枝詞》前的序文中寫道：

四方之歌，異音而同樂。歲正月，余來建平，裡中兒聯歌竹枝，吹短笛擊鼓以赴節。歌者揚袂睢舞，以曲多爲賢。聆其音，中黃鐘之羽。其卒章激訐如吳聲。雖傖儜不可分，而含思宛轉，有淇濮之豔。昔屈原居沅湘間，其民迎神，詞多鄙陋，乃爲作《九歌》。到於今，荊楚鼓舞之。故余亦作竹枝九篇，俾善歌者揚之。[9]

這是史有明載的，難道這些學者也要去否定劉禹錫對這組《竹子詞》的著作權嗎？作爲學術討論，假如那類學者還在、或還有興趣，自然還可以就《九歌》的著作權等問題繼續爭論下去；但是，根據漢代以來《九歌》研究中的主流看法和上世紀以來王國維、青木正兒、姜亮夫及褚斌傑

---

[6] 郭沫若《屈原賦今譯》，上海書店出版社，二〇〇三年版，頁三六。
[7] 《游國恩學術論文集》，北京：中華書局，一九八九年版，頁二三三—頁二三四。
[8] 汪瑗《楚辭集解》，北京：北京古籍出版社，一九九四年版，頁一〇八。
[9] 劉禹錫《竹枝詞》，引自朱東潤主編《中國歷代文學作品選》中編第一冊，上海古籍出版社，一九八〇年版頁一七一。

等前賢的研究成果，我們認爲，《九歌》的寫作背景是：

頃襄王四年之後，屈原被逐出郢都，先是漂流於江夏一帶，時間長達九年之久。絕望之後，他涉江南行，流蕩於湘西地區。初到異地，「舉目殊俗」，目睹民間大量的祭祀活動，他自然感到新奇，於是用《九歌》這組詩歌記述了那種生動清新的場面。屈原作《哀郢》時已五十八歲，其後涉江南行，初至湘西時當在六十歲左右。

「九歌」，本是一種古曲的名稱。《山海經．大荒西經》有云：

> 夏后上三嬪於天，得《九辯》與《九歌》以下。[10]

《離騷》中也兩次提到《九歌》，其云：

> 啓《九辯》與《九歌》兮，夏康娛以自縱。

又云：

> 奏《九歌》而舞《韶》兮，聊假日以婾樂。

《天問》中也提到了《九歌》，其云：

【10】《山海經．大荒西經》，見《傳世藏書》，北京：華藝出版社，一九九七年版，頁三五九三。

啓棘賓商，《九辯》《九歌》。

以上資料足以證明，《九歌》是古曲名稱，屈原只是借用而已，就像宋玉借用《九辯》這個名稱僅寫了一篇作品一樣。知道了這一點，也就不必過分在於這組詩歌的篇數問題。

關於《九歌》的文體性質，是賞析《九歌》迴避不了的，也是歷來爭論不休的問題。早期是以王逸、朱熹爲代表，認爲《九歌》是祭歌，是屈原在民間祭歌的基礎上「更定其詞，去其泰甚」而再創作的作品。

這種說法與《九歌》作品的實際情況不符。清人戴震在《屈原賦注．東皇太一》的章節附註中指出：此詩乃「就當時祀典賦之，非祀神所歌也。」[11]上世紀初，王國維先生在《宋元戲曲史》第一節「上古至五代之戲劇」中提到《九歌》時，就指出此作品已存有「後世戲曲之萌芽」。其後，日本學者青木正兒、著名楚辭學家聞一多先生、姜亮夫先生等均沿著這個思路解讀《九歌》。可以說，這些學者把對《九歌》文體性質的探討向前推進了一大步。

褚斌傑先生生前對《九歌》文體進行過專門研究。一九九五年，他接連發表了三篇文章[12]來探討這個問題。他首先確定界說的原則是：「應從《九歌》作品做具體考察」，「決定體制的主要根據還應在作品本身。」經過對《九歌》作品具體分析之後，他明確地指出：「詩中記載

【11】戴震《屈原賦注》，見《楚辭文獻叢刊》第六十二冊，國家圖書館出版社，二〇一四年版，頁三九。

【12】褚斌傑《論〈九歌〉的性質和作意》，發表於《雲夢學刊》一九九五年第一期；《屈原〈九歌〉文體研究》，發表於《中國文化研究》一九九五年第一期；《論〈楚辭．九歌〉的來源、構成和性質》，發表於《河北大學學報》哲學社會科學版一九九五年第二期。

了祀神典禮的儀式和祀神的歌舞場面，以及祭者的感受和祝願。」「《九歌》是詩人屈原創作的一組賦事兼抒情的作品」，「我認爲至終只能說它一篇『祭事詩』，而不是祭歌或戲劇。」[13]應該說，褚先生的這些結論符合《九歌》作品的實際情況。詩歌從內容分，有兩種類型，一爲抒情詩，一爲敘事詩。按照褚先生的上述分析，《九歌》應當屬於敘事詩。可是褚先生對此有所保留，又說《九歌》是「賦事兼抒情」的作品。另外，褚先生在一九八六年出版的電大教材《中國文學史（先秦、秦漢文學）》中對《九歌》下過一個定義：「《九歌》是屈原吸取楚地民間的神話故事、並利用民間祭歌的形式寫成的一組風格清新優美的抒情詩。」[14]而一九九五年他將「抒情詩」改爲「賦事兼抒情」，且「賦事」列於「抒情」之前，意味著《九歌》以「賦事」爲主。這就修正了他一九八六年的觀點。令人不解的是，他二〇〇四年出版的《楚辭選評》中卻又回到了一九八六年的觀點之上，幾乎照搬了一九八六年電大教材中的原文[15]。前後矛盾，不知何故。

總而言之，在《九歌》文體性質問題上，清代以來開始爭論，但學術界的認識一直在前進，在逐漸接近眞相。我們認爲，早期的「祭歌」說不符合《九歌》作品實際，不可再用。「戲曲萌芽」說有一定道理，不能全盤否定。褚先生一九九五年的三篇文章揭示了《九歌》文體的本質，可惜他二〇〇四年卻又退了回去。

借鑒前賢的研究成果，我們可以認爲：《楚辭．九歌》屬於敘事詩範疇，是記述戰國後期湘西地區民間祭祀各種不同場面的一組敘事詩。因爲那種民間祭祀實際是一種歌舞活動，如青木眞

【13】褚斌傑《論〈楚辭．九歌〉的來源、構成和性質》，發表於《河北大學學報》哲學社會科學版一九九五年第二期。

【14】褚斌傑《中國文學史綱要》第一冊，北京大學出版社，一九八六年版，頁二〇六。

【15】褚斌傑《楚辭選評》，三秦出版社，二〇〇四年版，頁一三二。

兒所說：

在娛神時所表演的歌舞，實際上也是人在那裡觀看，故其結局，名義上是娛神，實際上是民眾自娛。[16]

爲了吸引觀衆，那種歌舞自然帶有「戲曲之萌芽」。各個祭祀場面中出現的主祭、群巫，實際都是民間的歌舞演員。用這個理念來解讀，人們就能欣賞到《九歌》這組詩歌的藝術之美。

第二節　《九歌》各篇的層次

一、《東皇太一》的層次

《東皇太一》是一首群巫合唱曲，描寫祭祀時迎接上皇駕臨時的隆重禮儀。祭祀時，似乎是一位男巫在祀堂中央或獨座，或獨舞，群巫與樂隊在旁載歌載舞，吹拉彈唱，場面十分熱鬧。全詩十五句，分四個層次，各層次之間爲連貫關係。圖示如左：

《東皇太一》（15句）
1. 主祭升座（4句）
2. 陳設祭品（4句）
3. 鼓樂喧闐（3句）
4. 主祭起舞（4句）

【16】日本．青木正兒《楚辭〈九歌〉之舞曲的結構》，原載一九四八年《國文月刊》第七十二期。

說明

第一層次 主祭升座（四句）

吉日兮辰良，穆將愉兮上皇；撫長劍兮玉珥，璆鏘鳴兮琳琅。

《東皇太一》中的主祭（一位男巫）扮演天帝的角色。這一層次是寫：吉日良辰，人們祭祀天神，氣氛莊嚴肅穆。扮演上皇的主祭快快樂樂地升座，手握飾有美玉的寶劍，腰間佩玉鏗鏘作響。《禮記．玉藻》有云：「君子必佩玉……進則揖之，退則揚之，然後玉鏘鳴也。」[17]《東皇太一》所載與此相符。這鏗鏘作響的玉鳴之聲，不僅讓讀者想像到此神祇的風度儀表，也反襯出了當時氣氛的莊嚴肅穆——惟有衆人肅穆，才能聞見玉聲。

第二層次 陳設祭品（四句）

瑤席兮玉瑱，盍將把兮瓊芳；蕙肴蒸兮蘭藉，奠桂酒兮椒漿。

上皇的寶座，鋪的是光潔的瑤草席，而且有美玉爲鎮，周圍簇擁著成把成把潔白芬芳的鮮花。女巫們獻上用蘭草墊底、蕙草薰成的祭肉，以及甘美的桂酒和椒漿。人們虔誠的敬神之心表現得淋漓盡致。

[17] 孔穎達《禮記正義》，見《十三經注疏》，中華書局，一九八〇年版，頁一四八二。

第三層次　鼓樂喧闐（三句）

揚枹兮拊鼓，疏緩節兮安歌，陳竽瑟兮浩倡。

在陳設祭品的同時，樂師們舉槌擊鼓，節拍緩慢；有巫啓唇，歌聲徐起。接著，吹竽彈瑟，眾樂合奏，群巫引吭，歌聲嘹亮。

第四層次　主祭起舞（四句）

靈偃蹇兮姣服，芳菲菲兮滿堂；五音紛兮繁會，君欣欣兮樂康！

在這場禮儀的最後，主祭翩翩起舞，服飾美好，香氣滿堂。此時五音大作，交響齊奏，充分表現出上皇快樂而又安康的樣子。

二、《雲中君》的層次

《雲中君》描寫祭祀雲神時的場面。這個場面似乎是由扮演雲神的女巫一人獨舞，而一群男巫在旁歌唱。「雲中君」即雲神。雲神不見得就是雲彩，而是居於雲中主宰雲彩的一位神祇。何劍熏以爲「電神」[18]。電、雲相伴，似有聯繫；但是話說太實，即非神話。全詩十六句，分三個

【18】何劍熏《楚辭拾瀋》，四川人民出版社，一九八四年，頁三〇。

層次。圖示如下：

《雲中君》（14句）
- 1. 神臨（近，舒緩）（6句）
- 2. 神去（遠，疾速）（6句）
- 3. 感慨（2句）

說明

第一層次 神臨（六句）

浴蘭湯兮沐芳，華采衣兮若英。靈連蜷兮既留，爛昭昭兮未央。蹇將憺兮壽宮，與日月兮齊光。

女巫表現雲神降臨。頭二句寫女巫翩翩起舞，做出浴蘭湯、沐香水的動作，她穿著五彩衣服，好象身披鮮花一樣。次二句寫女巫的身體舒曲回環不斷蠕動，最後慢慢停止。這時的女巫容光煥發，充滿生機。末二句彷佛一個特寫鏡頭：女巫亮相、造型。她安然快樂地出現於神堂之上，光彩動人，堪與日月齊光。

第二層次 神去（六句）

龍駕兮帝服，聊翱游兮周章。靈皇皇兮既降，猋遠舉兮雲中。覽冀州兮有餘，橫四海兮焉窮？

女巫繼續表演。在短暫的亮相之後，她又繞場而舞，似乎乘著龍車，身穿彩服，逍遙遨遊，各處流覽。她神彩奕奕地落下，又一個急速翻騰，好像飛到高高的雲中。飛得那麼高、那麼遠，彷彿不僅能看到區區中原，還可越過四海遠望到無窮盡的地方。

飄來飄去，是雲彩之本性。以上兩個層次之間爲並列關係。第三層次是對前面兩個層次的總結。

第三層次　群巫感慨（二句）

思夫君兮太息，極勞心兮忡忡。

「夫」，代詞。「君」，指雲中君。看了女巫出色的表演，想到雲彩的生動變化，男巫們連連歎息，心中激動。蔣驥認爲「此篇皆貌雲之辭」，末二句「因神之急去而情未盡，故勞思而歎息也。」

三、《湘君》的層次

《湘君》描寫對湘水男神的祭祀場面。這種祭祀同南楚民間傳說緊密結合在一起。大舜南行，死於蒼梧；二妃追蹤，溺於湘水。這是一齣十分淒美而動人的愛情悲劇。這齣悲劇的特點是：情深而未聚。《湘君》、《湘夫人》正是形象地表現出了這個特點。《湘君》一詩，描寫湘夫人追蹤湘君（大舜）路上各種複雜的情懷和想像，似由一女一男兩巫輪流獨舞，周圍男女群巫時而對唱，時而合唱。全詩三十八句，分七個層次。圖示如下：

《湘君》（38句）

1. 往迎（8句，女巫獨唱）
2. 北征（6句，男巫獨唱）
3. 相思（4句，女巫獨唱
4. 議論（6句，衆巫合唱）
5. 怨恨（4句，女巫獨唱）
6. 抵達（4句，衆巫合唱）
7. 矛盾（6句，女巫獨唱）

說明

第一層次　往迎（八句）

君不行兮夷猶，蹇誰留兮中洲？美要眇兮宜修，沛吾乘兮桂舟！
令沅湘兮無波，使江水兮安流。望夫君兮未來，吹參差兮誰思？

女巫獨唱。表現湘夫人的心理活動，即對湘君熱烈的等待和期望：湘君啊，你猶豫不來，究竟爲誰還逗留在那小島之上？她等待不到，便立即前往迎接：我把自己的容貌打扮得十分俊俏，駕起桂船前往相迎。請沅水湘江不要掀起波瀾，讓江水安安靜靜地流淌。湘君，我盼望你啊，你卻不來，我吹起幽幽的簫管，又能思念誰呢？

第二層次　北征（六句）

駕飛龍兮北征，邅吾道兮洞庭。薜荔柏兮蕙綢，蓀橈兮蘭旌。
望涔陽兮極浦，橫大江兮揚靈。

男巫獨唱。從下文「蓀橈」、「橫大江」等詞語看，此「飛龍」絕非王逸、洪興祖所謂之天上神龍，而是朱熹所釋之「以龍翼舟」，即後世所謂之「龍舟」。「飛龍」與「桂舟」有異，乘者似非一人：龍船男駕，桂舟女乘。大舜南行，二妃追蹤，「北征」一詞只能適用於湘君：（聽說你倆跟來的消息，我立即）乘著龍船往北行駛，改變航道駛向洞庭；薜荔艙壁蕙草捆，蓀荃桅頂蘭草飄；朝著涔陽遠水邊，橫渡大江顯精誠。如說此層主角是湘夫人，那麼「北征」「洞庭」恐與湘夫人行蹤背道而馳，故彼說非是。

第三層次　相思（四句）

揚靈兮未極，女嬋媛兮爲余太息。橫流涕兮潺湲，隱思君兮悱側。

女巫獨唱。表現湘夫人一路上對湘君的刻骨相思。頭二句寫思念之深，引得侍女同情，長聲歎息；後二句寫未見親人的憂傷。

第四層次 議論（六句）

桂棹兮蘭枻，斲冰兮積雪。采薜荔兮水中，搴芙蓉兮木末。

心不同兮媒勞，恩不甚兮輕絕。

衆巫合唱。此層情調比較冷峻，與湘夫人火熱的愛情不大相容。另外，從行文看，與上下層次不能一氣呵成。因此，本層不是湘夫人的心理，而像旁觀者的議論。頭二句可譯爲：桂板作槳木蘭舵，劈開航道雪浪翻。形容湘夫人尋夫路上的辛苦。中二句是比喻：薜荔緣木，但人們卻去水中採摘；芙蓉在水，但人們卻去樹梢尋找。言外之意，說這是沒有結果的愛情。末二句指出：兩心不同，媒人徒勞；恩情不深，容易斷裂。這兩句似乎更多地滲透了詩人自己的思想感情。

第五層次 怨恨（四句）

石瀨兮淺淺，飛龍兮翩翩。交不忠兮怨長，期不信兮告余以不閒。

女巫獨唱。表現湘夫人久追不及的怨恨。頭二句寫對湘君的想像。此處「飛龍」與前文「飛龍」相呼應，喻指夫君之船。湘夫人由眼前石間溪水不斷流淌，聯想到夫君之船駛得又快又遠，自己久追不上。後二句寫湘夫人對夫君的怨恨：相交不忠使人怨，不守信約藉口忙。

第六層次 抵達（四句）

朝騁騖兮江皋，夕弭節兮北渚。鳥次兮屋上，水周兮堂下。

眾巫合唱。敘述湘夫人一路辛苦，早晨奔走在江邊，晚上停留於北渚，但趕到預定的會面場所，不見情人，只見一片寥落之景——群鳥棲息在屋上，流水環繞於堂下。

第七層次 矛盾（六句）

捐余玦兮江中，遺余佩兮澧浦。采芳洲兮杜若，將以遺兮下女。

時不可兮再得，聊逍遙兮容與！

女巫獨唱。湘夫人面對眼前這片清冷之景，滿腔絕望，用行動表現出決絕之情：把過去湘君送給她的玉玦、玉佩扔到水中，把原準備送給湘君的芳草隨手送給侍女。但這種激烈的行動正表現了刻骨相思的逆反心理，所以到底不能決然離去，而是逡巡徘徊，仍有所待。關於此篇「捐玦遺佩」及下篇「捐袂遺褋」，游國恩先生有很好的解釋，其云：「玦也，佩也，男子之所贈也；袂也，褋也，女子之所贈也。夫彼此既心不同而輕絕矣，故各棄其前此相詒之物，以示訣絕之意。」[19]此言得之。

【19】《游國恩學術論文集》，北京：中華書局，一九八九年版，頁二九三。

四、《湘夫人》的層次

《湘夫人》描寫對湘水女神的祭祀場面，與《湘君》相配，表現湘君等待湘夫人到達時的種種複雜情懷，像是扮演湘君的男巫獨唱曲。全詩四十句，分六個層次。可圖示如左：

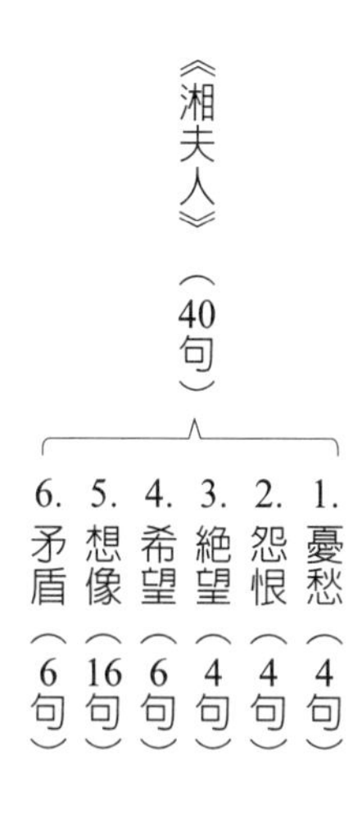

第一層次　憂愁（四句）

帝子降兮北渚，目眇眇兮愁予。嫋嫋兮秋風，洞庭波兮木葉下。

說明

此層與《湘君》銜接得很緊。《湘君》中寫湘夫人「夕弭節兮北渚」，此詩開頭便唱：夫人已降北渚上。但是湘君望而不見，十分憂愁，只覺得秋風吹來陣陣涼意，洞庭波湧一片渺茫，樹葉紛飛愁緒纏綿。此層「敘物言情」，開悲秋之先河。

第二層次 怨恨（四句）

白薠兮騁望，與佳期兮夕張。鳥何萃兮蘋中？罾何爲兮木上？

由於望而不見，等而不到，湘君十分煩躁，站在白薠地上朝遠方眺望，想起曾經相約黃昏把帳幔掛起，現在空等一場，事與願違，簡直象小鳥飛進水草中、魚網掛到樹梢上！

第三層次 絕望（四句）

沅有茝兮澧有蘭，思公子兮未敢言。荒忽兮遠望，觀流水兮潺湲。

王逸注云：「公子，謂湘夫人也。」沅江香茝，澧水蘭花，均爲芳香之物，此處用來形容湘夫人，表明湘君愛戀湘夫人，但是他不能說出口來，兩眼迷茫，恍恍惚惚，抬頭遠望，不見心上之人，只見流水潺湲。故蔣驥云：「思而不敢言，幾絕望矣。」

第四層次 希望（六句）

麋何食兮庭中？蛟何爲兮水裔？朝馳余馬兮江皋，夕濟兮西澨。
聞佳人兮召予，將騰駕兮偕逝。

麋鹿爲何到院中吃食？蛟龍爲何在水邊出現？難道是個美好的徵兆嗎？難道是夫人的使者嗎？湘君絕望深處產生希望，於是早晨策馬馳往江邊，傍晚渡水到達西岸，彷彿聽到夫人在召喚，急忙拉上使者一起走。

第五層次　想像（十六句）

築室兮水中，葺之兮荷蓋；蓀壁兮紫壇，播芳椒兮成堂；
桂棟兮蘭橑，辛夷楣兮藥房。罔薜荔兮爲帷，擗蕙櫋兮既張；
白玉兮爲鎭，疏石蘭兮爲芳。芷葺兮荷屋，繚之兮杜衡。
合百草兮實庭，建芳馨兮廡門。九嶷繽兮並迎，靈之來兮如雲。

鹿、龍的出現，帶來了希望，當然也帶來了想像。湘君滿腔熱情地設計著未來的美好生活。頭六句寫築室材料：洞庭湖中把房造，采來荷葉作屋頂；蓀草飾壁貝鋪院，布撒香椒滿中堂；桂木作棟木蘭椽，辛夷門楣芷飾房。次四句寫室中所陳：編織薜荔作帷帳，蕙草隔扇分列開；潔白玉石作鎭席，布陳石蘭播芬芳。再四句寫上下內外的裝飾布置：荷葉屋頂加香芷，四周再繞杜衡草；各種香草滿院栽，芬芳四溢廊門外。末二句寫衆神的歡迎隊伍。史載大舜死後「葬於江南九嶷」。故而湘君歡迎湘夫人自然要動員衆多九嶷之神。如此想像，何等奇特！何等新鮮！何等美好！何等熱烈！

第六層次　矛盾（六句）

捐余袂兮江中，遺余褋兮澧浦。搴汀洲兮杜若，將以遺兮遠者。時不可兮驟得，聊逍遙兮容與。

想像多麼美好，但夢醒了，眼前仍然是嫋嫋秋風，洞庭落葉。於是湘君把湘夫人過去送給他的短襖、汗衫統統扔到水裡，把原準備贈給夫人的香草隨手交給客人們，以表示決絕之情。但這種激烈的行動也是刻骨相思的逆反心理。所以末二句寫不願絕情，而是自我安慰：良機不能很快來，姑且徘徊再等待。這種動作舉止、心理狀態，同《湘君》的結尾完全一樣，眞實、生動地刻畫出了熱戀中的青年男女在愛情偶遭挫折時的複雜情狀。

五、《大司命》的層次

《大司命》是描寫對壽命之神的祭祀場面。詩中有兩個角色，對於這點，古今學者見解頗爲一致。而此二角色之面目及關係，則說法不一。王逸以爲君臣關係，朱熹、蔣驥以爲君尊女親，汪瑗以爲乃大小司命「彼此贈答之詞。」近代有的學者以爲人神戀愛悲劇。反覆涵詠，以人神戀愛悲劇說爲是。全詩爲男女對唱，二十八句，分八個層次。可圖示如下：

《大司命》（28句）

1. 司命下凡（4句）
2. 凡女追從（2句）
3. 司命自負（4句）
4. 人神同行（4句）
5. 司命膽怯（2句）
6. 凡女言情（4句）
7. 司命高馳（2句）
8. 凡女憂怨（6句）

說明

第一層次　司命下凡（四句）

廣開兮天門，紛吾乘兮玄雲。令飄風兮先驅，使涷雨兮灑塵。

男巫獨唱：天帝宮門大開，我乘黑雲下凡來。命令旋風先開路，再讓暴雨掃塵埃。此表現大司命下凡時的威風與氣勢。

第二層次　凡女追從（二句）

君回翔兮以下，逾空桑兮從女。

女巫獨唱：見你盤旋從天下，我越空桑追隨你。此表現凡女看見大司命下凡後的心理。

第三層次　司命自負（四句）

紛總總兮九州，何壽夭兮在予！高飛兮安翔，乘清氣兮禦陰陽。

男巫獨唱：九州之內人衆多，壽夭多少盡在我！高空飛翔又安祥，協調陰陽空氣新。此表現大司命執行任務時躊躇滿志、趾高氣揚的神情。

第四層次　人神同行（四句）

吾與君兮齊速，導帝之兮九坑。靈衣兮被被，玉佩兮陸離。

女巫獨唱：整齊迅速與君行，傳達帝命到九州。漫長雲衣舞翩翩，玉飾參差光彩美。此抒寫與戀人同行起舞的歡快心情。

第五層次　司命膽怯（二句）

壹陰兮壹陽，衆莫知兮余所爲。

男巫獨唱：一女一男在一起，衆人不知我所爲。此表現大司命的膽怯與疑懼。他怕人們議論，似乎不願意再與凡女同行。

第六層次 凡女言情（四句）

折疏麻兮瑤華，將以遺兮離居。老冉冉兮既極，不寖近兮愈疏。

女巫獨唱：折支神麻白色花，鄭重送給離別人。光陰冉冉年將老，不漸親近更疏遠。此表現凡女深沉纏綿的愛情。頭二句與《國風》中贈花定情的場面何等相似！只是沒有溱洧之濱的歡樂與輕鬆。後二句寫凡女渴望愛情的心理，又與《山鬼》極爲相同。但是大司命卻不敢接受她的愛情信物——

第七層次 司命高馳（二句）

乘龍兮轔轔，高馳兮沖天。

男巫獨唱：轔轔作響我龍車，馳向高空入雲天。此敘寫司命情意淡薄，迅速離去的景象。

第八層次 凡女憂怨（六句）

結桂枝兮延佇，羌愈思兮愁人。

愁人兮奈何，願若今兮無虧。固人命兮有當，孰離合兮可爲？

女巫獨唱：手拿桂枝佇立望，越思越想越心煩。內心愁悶無奈何，願他康健像現在。本來人生有常規，悲歡離合誰能免？頭二句表現凡女一片癡情，後四句寫凡女被棄後萬般無奈、自我安慰的心理活動。

此歌雖短，但情節搖曳多姿，人物性格鮮明。那位男性，既狂妄傲慢，又膽怯畏葸，性格乖戾，令人不屑。倒是那位女性，大膽潑辣，專注執著，令人欽敬，又令人同情。

六、《少司命》的層次

《少司命》原是一曲對送子女神的讚歌，通篇爲男巫獨唱。似乎祭祀時少司命由一女巫扮演，由靜而動，翩翩起舞，而男巫則在一旁深情歌唱，抒發他對送子護子女神的各種感情。實際上，此詩表現了人世間失意男子的複雜心情。全詩二十六句，分五個層次。可圖示如下：

《少司命》（26句）
- 1. 關心（6句）
- 2. 愛慕（4句）
- 3. 傷別（4句）
- 4. 苦惱（8句）
- 5. 讚頌（4句）

說明

第一層次 關心（六句）

秋蘭兮麋蕪，羅生兮堂下。綠葉兮素華，芳菲菲兮襲予。
夫人兮自有美子，蓀何以兮愁苦。

開頭四句描寫少司命周圍的環境：秋日蘭花香麋蕪，四處分布生堂下。綠色葉子白色花，香氣菲菲撲我鼻。後二句寫在這芳草鮮花的簇擁之中，送子護子女神似乎正想著自己的職守，秀眉微蹙，默默無語，所以男巫十分關心：人們自有好子女，你爲何這麼愁苦？

第二層次 愛慕（四句）

秋蘭兮青青，綠葉兮紫莖。滿堂兮美人，忽獨與余兮目成！

頭二句起興：秋日蘭花眞茂盛，綠色葉子紫色莖。如此生機勃勃，暗喻某種希望。後二句寫男巫的驚喜之情：濟濟一堂盡好人，偏偏向我拋飛眼。這是典型的單相思，寫盡了世間單戀男子的心境。

第三層次 傷別（四句）

入不言兮出不辭，乘回風兮載雲旗。悲莫悲兮生別離，樂莫樂兮新相知。

上層是火，滿腔熱情；此層是冰，失望透頂。頭二句敘述女神別去：進門無話出不辭，乘駕旋風飄雲旗。字裡行間，洋溢著感傷、幽怨之情。後二句直抒其情，重點在傷別。

第四層次 苦惱（八句）

荷衣兮蕙帶，儵而來兮忽而逝。夕宿兮帝郊，君誰須兮雲之際？與女沐兮咸池，晞女髮兮陽之阿。望美人兮未來，臨風怳兮浩歌。

頭二句寫女神的穿著和行爲：荷花爲衣蕙草帶，倏忽而來倏忽去。後六句寫男巫的複雜心理：時而懷疑——傍晚宿在帝城郊，你在雲端等待誰？時而希望——想在咸池洗你頭，想在山頭曬你髮；時而失望——眼望美人卻未來，只好臨風大聲唱。

第五層次 讚頌（四句）

孔蓋兮翠旌，登九天兮撫彗星。竦長劍兮擁幼艾，蓀獨宜兮爲民正。

男巫強壓下個人心頭失戀的苦惱，大聲謳歌少司命崇高的使命：前二句贊其「誅惡」：孔雀車蓋翡翠旗，九天之上擒妖星。《晉書．天文志》有云：「妖星，一名彗星，所謂掃星。」後二句頌其「護善」：高舉寶劍護兒童，司命宜作民主宰。

詩中少司命是一位神性與人性相結合的十分動人優美的女性。詩人採用了一個獨特而又巧妙的視角，即通過一個單戀男子的眼睛來觀察、描寫。少司命的美貌和個性與周圍環境融爲一體；「何以兮愁苦」、「忽獨與余目成」等敘寫，又傳神地刻畫出了少司命多愁多情的個性；而「撫彗星」，「擁幼艾」等細節更彰顯了這位女神頂天立地誅惡護善的高尚品德。這確是一個具有很強藝術魅力的文學形象。

七、《東君》的層次

《東君》是對太陽神的一曲頌歌。要釐清此詩層次，必須首先解決人稱問題。古人王逸、近人馬茂元等，以爲詩中「吾」、「余」都是日神自稱，那麼詩中不少對日神自身形象描摹的語言在寫作上就頗難解釋。朱熹、蔣驥以爲，「吾，主祭者自吾也」，此說甚妥。當時的祭祀場面，似乎是衆巫簇擁一位飾演日神之巫，頻頻舞蹈，而主祭女巫在旁獨自高歌，表現對日神——一位健美男性的企慕、熱愛之情。《東君》即此歌辭。全詩二十四句，分三個層次。可圖示如下：

《東君》（24句）
1. 旭日東昇（8句）
2. 萬衆歡騰（8句）
3. 太陽勳勞（8句）

說明

第一層次 旭日東昇（八句）

暾將出兮東方，照吾檻兮扶桑。撫余馬兮安驅，夜皎皎兮既明。
駕龍輈兮乘雷。載雲旗兮委蛇。長太息兮將上，心低徊兮顧懷。

前四句可譯爲：旭日將升在東方，照我們檻耀扶桑。我騎馬兒慢慢走，黑夜已逝天將亮。此屬代言體，即代日神說話，通過日神的心理，描寫太陽升起時的情景，後四句爲敘述體，客觀地描寫旭日東昇時的聲勢容姿，使用比擬手法，尤其生動感人。瞧，日神駕起龍車，響聲如雷，雲旗招展，他似乎一邊歎息一邊上升，彷彿留戀故居，徘徊猶豫。

第二層次 萬衆歡騰（八句）

羌聲色兮娛人，觀者憺兮忘歸。緪瑟兮交鼓，簫鐘兮瑤簴。
鳴篪兮吹竽，思靈保兮賢姱。翾飛兮翠曾，展詩兮會舞。

頭二句可譯爲：有聲有色眞娛人，衆人安樂忘了回。這是講旭日東昇引人注目，令人歡欣。洪興祖補注云：「東方既明，萬類皆作，聲者以聲聞，有色者以色見，耳目之娛，各自適焉。」從而領起以下歡騰的場面：群巫疾速地彈瑟擊鼓，用力地敲鐘乃至震動了鐘架；大家既吹竹篪又吹竽，像群鳥兒輕快地飛翔，縱情歌唱起舞。這是一個多麼熱鬧生動的場面！

第三層次 太陽勳勞（八句）

應律兮合節，靈之來兮蔽日。青雲衣兮白霓裳，舉長矢兮射天狼。操余弧兮反淪降，援北斗兮酌桂漿。撰余轡兮高馳翔，杳冥冥兮以東行。

前四句寫太陽除暴滅害。在萬眾熱烈的簇擁中，日神昂然挺起，大顯神威：青色雲衣白色霓裳，舉起長箭射中天狼。天狼星代表侵略者，因此日神又是一位反侵略的民族英雄。後四句寫日神除暴之後，拿著木弓落入西山：端起北斗盛滿酒漿來喝。這是何等偉大的氣魄！而英雄凱旋，並未消停，他又不辭辛勞，揚鞭急馳，爲著明日的事業而不斷奮進！

八、《河伯》的層次

《河伯》是描寫祭祀黃河神的場面。史載，楚懷王時已有對河神的祀典。[20]對本詩的內容，說法種種。朱熹以爲乃主祭女巫與飾演河伯男巫同遊，較他說更合情理。通篇似爲男女對舞，群巫合唱，敘寫男女二巫同遊的行跡和心情，此詩即唱詞。全詩十八句，分三個大的層次。可圖示如下：

---

[20] 董說《七國考》曰：「陸璣《要覽》，楚懷王於國東偏起沉馬祠，歲沉白馬，名饗楚邦河神，欲崇祭祀拒秦師。」見《欽定四庫全書》史部．政書類．通制之屬《七國考》卷九。

《河伯》（18句）
- 一、同遊（14句）
  - 1. 下遊（4句）
  - 2. 源頭（4句）
  - 3. 水底（3句）
  - 4. 河面（3句）
- 二、送別（4句）

說明

第一層次 同遊（十四句）

通過主祭女巫與河伯同游的想像，描繪黃河下游、源頭、水底及河面的綺麗景象。

1. 下游（四句）

與女遊兮九河，沖風起兮橫波。乘水車兮荷蓋，駕兩龍兮驂螭。

「九河」，指黃河下游衆多的支流。「女」，汝，指代河伯。頭一句交代人物（女巫與河伯）、地點（黃河下游）及事因（同遊）。第二句寫黃河下游的景致：旋風一起，大波洶湧。後二句寫出遊的方式：乘坐水車荷葉蓋，兩龍駕轅螭作驂。

2. 源頭（四句）

登崑崙兮四望，心飛揚兮浩蕩。日將暮兮悵忘歸，惟極浦兮寤懷。

此四句可譯爲：登上昆侖望四方，心意飛揚胸襟暢。日落心悅忘歸返，長天遠水在胸膛。寫同游至源頭昆侖山時的心情，從而映襯出昆侖山的奇麗高峻，因爲只有高峻，方能心曠神怡，方能遠水一覽胸中。

3. 水底（三句）

魚鱗屋兮龍堂，紫貝闕兮朱宮，靈何爲兮水中？

寫女巫對黃河水下深淵的想像和驚異：魚鱗蓋屋，滿堂紋龍，紫貝作闕，朱丹堊殿。並進而發問：神屋爲什麼蓋在水中呢？

4. 河面（三句）

乘白黿兮逐文魚，與女遊兮河之渚，流澌紛兮將來下。

寫黃河水面的魚類及水勢。黃河水中，既有巨大的白黿能乘，又有機靈的鯉魚可逐，急湍洶湧，滾滾東流。

從下游到源頭，喻黃河縱橫綿長；從水底到河面，寫黃河淵深富饒。屈子在這首詩中爲人們勾勒了一幅他想像中的立體的黃河印象圖。

第二層次　送別（四句）

子交手兮東行，送美人兮南浦。波滔滔兮來迎，魚鄰鄰兮媵予。

兩人依依惜別，情深意長。群巫合唱，到此結束，但餘音嫋嫋，引人深思。既已道別，河伯仍遣波濤相迎，魚兒伴送，可見河伯對女伴情意綿綿。此詩確是人神戀愛之佳作。

九、《山鬼》的層次

《山鬼》描寫祭祀山神的場面。通篇由飾演山鬼（「巫山神女」）的女巫獨唱。作品細膩深刻地描寫了一位山中女神由熱戀到等待，由等待而懷疑、而失望，直至絕望的過程。全詩二十七句，分七個層次。可圖示如下：

《山鬼》（27句）

1. 想像（4句）
2. 迎接（4句）
3. 懺悔（4句）
4. 等待（4句）
5. 猜測（4句）
6. 失望（3句）
7. 絕望（4句）

說明

第一層次 想像（四句）

若有人兮山之阿，被薜荔兮帶女羅。既含睇兮又宜笑，子慕予兮善窈窕。

此處「人」，非山鬼自身，而是山鬼心目中的情人。否則，「被薜荔兮帶女羅」一句與下文中「被石蘭兮帶杜衡」之間的矛盾就無法解釋；且「子慕予兮善窕窕」一句也無法解釋。此層次是山鬼想像自己的情人正出現在山的拐彎處，服飾芬芳美麗，而且遙對自己，含情脈脈。這些想像，表現了山鬼喜悅、激動的感情，也必然引起下文的迎接場面。

第二層次 迎接（四句）

乘赤豹兮從文狸，辛夷車兮結桂旗。被石蘭兮帶杜衡，折芳馨兮遺所思。

因爲確信情人正向自己走來，所以山鬼欣然前往迎接。她駕著赤豹，帶著花貓，坐著香車，插著桂旗，披著石蘭，系著杜衡，手中還折取一朵芬芳的鮮花，其激越亢奮之情溢於言表。

第三層次 懺悔（四句）

余處幽篁兮終不見天，路險難兮獨後來。表獨立兮山之上，雲容容兮而在下。

到達目的地後，山鬼沒有見到情人。她以爲自己沒有掌握好時間，再加道路艱難而遲到了，錯過了見面的機會，因此，一個人落寞地獨立山頭，心中難過，眞誠懺悔。

第四層次　等待（四句）

杳冥冥兮羌晝晦，東風飄兮神靈雨。留靈修兮憺忘歸，歲既晏兮孰華予。

儘管天色昏暗，雨絲風片，但山鬼執著地等待著。她希望心上的人能如願到來，然後設法留住他，樂而忘歸。因爲年華老大，還有誰能把她當作花一樣美麗的年輕人呢！

第五層次　猜測（四句）

采三秀兮於山間，石磊磊兮葛蔓蔓。怨公子兮悵忘歸，君思我兮不得閒。

「巫山神女」的傳說中包含著纏綿眞摯的愛情佳話。山鬼「采三秀（靈芝）于於（通「巫」）山間」正是表現了她對愛情的熱烈追求。但報答她的卻只是荒涼的「石磊磊兮葛蔓蔓」。在埋怨和煩惱之際，她還存有一線希望，猜測心上人是想念自己的，只是不得空閒而已。

第六層次　失望（三句）

山中人兮芳杜若，飲石泉兮蔭松柏。君思我兮然疑作？

山鬼自許很高，自認爲香如杜若，而且飲石泉，倚松柏，但爲什麼情人總不見來呢？難道他眞的對自己半信半疑嗎？

第七層次　絶望（四句）

雷塡塡兮雨冥冥，猿啾啾兮狖夜鳴。風颯颯兮木蕭蕭，思公子兮徒離憂。

雷聲大作，暴雨傾盆，猿猴啼泣，秋風蕭瑟，落葉紛飛，夜幕降臨。心上人絕不會來了，再想他也不過是白白的憂傷！山鬼徹底絕望了。

如果說詩中失敗的戀愛能用來比喻君臣關係，那麼，讀者完全可以從山鬼身上看到詩人自己的影子。

十、《國殤》的層次

《國殤》描寫祭祀爲國捐軀者的悲壯場面。既有將士們出征時的激昂慷慨、苦戰失利時的英勇頑強，還有他們捐軀時的悲憤壯烈，最後是對烈士們的激情讚頌。全詩十八句，分二個大層次。可圖示如下：

《國殤》（18句）
- 一、敘事（10句）
  - 1. 激戰（4句）
  - 2. 堅持（4句）
  - 3. 捐軀（2句）
- 二、贊頌（8句）
  - 1. 背景（2句）
  - 2. 特寫（2句）
  - 3. 禮贊（4句）

說明

第一層次　敘事（十句）

此層敘述楚軍與敵人一次壯烈的戰鬥過程，有始有終，有聲有色；既有大場面的鳥瞰，也有小環節的雕琢，生動傳神，嘆爲觀止。根據事態發展，可分爲三個小層次。

1. 激戰（四句）

操吳戈兮被犀甲，車錯轂兮短兵接。旌蔽日兮敵若雲，矢交墜兮士爭先。

當由飾演國殤的主祭男巫昂首獨唱，群巫簇擁舞蹈。描寫士兵們手拿吳戈，身披犀甲，面對黑壓壓一片蜂湧而來的敵人毫不氣餒，在箭雨之中舉刀揮劍，奮勇爭先。

2. 堅持（四句）

凌余陣兮躐余行，左驂殪兮右刃傷。霾兩輪兮縶四馬，援玉枹兮擊鳴鼓。

在一陣劇烈的舞蹈動作之後，仍由主祭男巫獨唱。描寫強大的敵人衝亂了自己的陣地，驂馬死傷，戰車陷坑，但主將仍然掄槌擊鼓，指揮戰鬥，何等英勇頑強！但畢竟寡不敵衆，士兵傷亡慘重。

3.捐軀（二句）

天時墜兮威靈怒，嚴殺盡兮棄原野。

以少敵衆，拼死決戰；天昏地暗，日月無光；上蒼震驚，神鬼發怒；最終，寡不敵衆，全軍覆沒；壯士捐軀，屍陳原野。這是一幅何等悲痛慘烈的畫面！

第二層次　讚頌（八句）

本層以時間先後爲序安排層次，即昔日、眼前、將來（禮贊），共三個小層次。在表現手法上，先敘述描寫，後議論抒情。

1.昔日（二句）

出不入兮往不反，平原忽兮路超遠。

此時群巫舞蹈的動作漸慢，最後定格、造型。當由另一男巫獨唱，歌聲緩慢、凝重，目光移向遠方，彷彿陷入回憶——那是將士們離開家鄉奔赴前線時的悲壯情景：儘管征途遙遠，前程渺茫，但既然出征，保家衛國，就絕不僥倖偷生，無功而返！他們甘願從軍拼命，決心為國捐軀，這是多麼堅強的意志！汪瑗《楚辭集解》云：「『出不入往不反』，『易水之歌』其意蓋如此。此句表壯士從軍之初心，自誓之志便若是也。」

2.眼前（二句）

帶長劍兮挾秦弓，首身離兮心不懲。

男巫收回目光，低頭俯視腳下，歌聲激昂，雙手造型，彷彿表現烈士們遺容的一個特寫鏡頭：茫茫原野之上，烈士們身首分離，但仍然帶劍持弓，毫無恐懼的表情，顯示出他們英勇戰鬥到最後一息，悲憤壯烈，雖死猶生！

3.禮贊（四句）

誠既勇兮又以武，終剛強兮不可凌。身既死兮神以靈，子魂魄兮為鬼雄！

群巫齊聲高唱，讚頌死難將士英勇剛強，忠魂義魄，永不泯滅！

《國殤》，中國文學史上一曲愛國主義的絕唱，影響了代代炎黃子孫。李易安「生當作人傑，死亦為鬼雄」句，脫化於此。這組為國捐軀的群雄，必將永遠矗立於中華民族的思想發展史上！

十一、《禮魂》的層次

《禮魂》是《九歌》這齣大型歌舞劇的尾聲。當爲衆巫大合唱。五句詩可分爲二個層次。可圖示如下：

《禮魂》（5句）
- 1. 禮成（3句）
- 2. 希望（2句）

說明

第一層次　禮成（三句）

成禮兮會鼓，傳芭兮代舞，姱女倡兮容與。

鼓聲大作，祭禮成功，姑娘們手拿鮮花，輪番起舞，婀娜多姿，歌聲婉轉。這是一個多麼熱烈、繽紛的場面。

第二層次　希望（二句）

春蘭兮秋菊，長無絕兮終古。

詩人用春蘭、秋菊來形容季節歲月的更替，兼寓時光的美好以及心願的純潔，還表現出希望祭禮永不間斷的強烈感情。

第三節 《九歌》的藝術特色

《九歌》是記述戰國後期湘西地區民間祭祀各種不同場面的一組敘事詩。這組詩歌與《離騷》、《天問》和《九章》諸篇在寫作上有著明顯的不同，在寫人記事上有著很高的藝術成就。

一、人物描寫特點鮮明，心理刻畫細膩生動

黑格爾《美學》一書中專有一節講「美的個性」，他認爲藝術的理想就是要在「外在形象裡顯現爲活的個性」【21】。他還在「活的個性」四個字上打了著重號。魯迅也強調敘事作品「要極省儉的畫出一個人的特點」【22】。《九歌》所寫諸神，身份各異，特點亦不同。這點足以證明《九歌》的藝術成就之高。

如寫《東皇太一》，顯其威嚴：「吉日兮辰良，穆將愉兮上皇；撫長劍兮玉珥，璆鏘鳴兮琳琅。」瞧，這位「上皇」，恭恭敬敬、快快樂樂地升座，手握飾有美玉的寶劍，腰間佩玉鏗鏘作響。你看他有多威風！

如寫《雲中君》，一位美麗的雲中女神，顯其豔美：「浴蘭湯兮沐芳，華采衣兮若英。靈蜷兮既留，爛昭昭兮未央。」這位女神，浴蘭湯，沐香水，穿著五彩衣服，好似身披鮮花一樣。她

【21】黑格爾《美學》，人民文學出版社，一九五八年版，頁一九六。
【22】魯迅《我怎麼做起小說來》，見《南腔北調集》，人民文學出版社，一九五四年版，頁一一一。

的身體舒曲回環不斷蠕動，最後慢慢停止。這時的女神容光煥發，充滿生機，安然快樂地出現於神堂之上，光彩動人，堪與日月齊光。

如寫《少司命》，顯其崇高：「孔蓋兮翠旍，登九天兮撫彗星。竦長劍兮擁幼艾，蓀獨宜兮爲民正。」這位護子女神，乘坐著用孔雀尾巴作車蓋的車子，車上插著飾有翡翠的旗幟，登上高高的九天擒住妖星。她高舉寶劍，立誓保護天下的兒童。這是一個何等崇高的文學形象，絕不遜於後代人們心目中的「送子觀音」！

如寫《東君》，顯其英雄：「應律兮合節，靈之來兮蔽日。青雲衣兮白霓裳，舉長矢兮射天狼。操餘弧兮反淪降，援北斗兮酌桂漿。撰余轡兮高馳翔，杳冥冥兮以東行。」這當是中國文學史上出現的第一個頂天立地的民族英雄形象。

如寫《國殤》，顯其壯烈：「帶長劍兮挾秦弓，首身離兮心不懲！」這是一個特寫鏡頭：茫茫原野之上，烈士們身首分離，但手中仍然握劍持弓，臉上毫無恐懼的表情，顯示出他們是英勇戰鬥到最後一息，悲憤壯烈，雖死猶生！

總之，《九歌》對於不同的人物，有不同的描寫，顯示出各個形象不同的特點，栩栩如生，令人印象深刻。

《九歌》對於人物的描寫，除特點鮮明外，其心理描寫也十分成功。

如《山鬼》一詩，描寫一位山中女神由熱戀到等待，由等待而懷疑、而失望、直至絕望的全過程，細膩生動，堪稱經典。詩歌先寫其想像：

若有人兮山之阿，被薜荔兮帶女羅。既含睇兮又宜笑，子慕予兮善窈窕。

此層次是山鬼想像自己的情人正出現在山的拐彎處，服飾芬芳美麗，而且遙對自己，含情脈脈。這些想像，表現了山鬼喜悅、激動的感情，也必然引起下文的迎接場面。

再寫其迎接心中情人的亢奮、激動之情：

乘赤豹兮從文狸，辛夷車兮結桂旗。被石蘭兮帶杜衡，折芳馨兮遺所思。

因為確信情人正向自己走來，所以山鬼欣然前往迎接。她駕著赤豹，帶著花貓，坐著香車，插著桂旗，披著石蘭，系著杜衡，手中還折取一朵芬芳的鮮花，其激越亢奮之情溢於言表。

到達目的地後，山鬼沒有見到情人。她以為自己沒有掌握好時間，再加道路艱難而遲到了，錯過了見面的機會，因此，一個人落寞地獨立山頭，心中十分難過，內心產生了懺悔之情：

余處幽篁兮終不見天，路險難兮獨後來。表獨立兮山之上，雲容容兮而在下。

她以為責任在自己，所以，儘管天色昏暗，雨絲風片，但山鬼執著地等待著。她希望心上的人能如願到來，然後設法留住他，樂而忘歸。因為年華老大，誰還能把她當作花一樣美麗的年輕人呢！詩歌這樣寫道：

杳冥冥兮羌晝晦，東風飄兮神靈雨。留靈修兮憺忘歸，歲既晏兮孰華予。

久等不見心上人，山鬼內心猜測：

怨公子兮悵忘歸，君思我兮不得閒。

在埋怨和煩惱之際，她還存有一線希望，猜測心上人是想念自己的，只是不得空閒而已。等啊等，還是一直不見心上之人到來，山鬼開始失望，心想難道他真的對自己半信半疑嗎——

山中人兮芳杜若，飲石泉兮蔭松柏。君思我兮然疑作？

山鬼自詡很高，但為什麼情人總不見來呢？難道他真的對自己半信半疑嗎？此時詩歌描寫周圍環境：

雷填填兮雨冥冥，猿啾啾兮狖夜鳴。風颯颯兮木蕭蕭，思公子兮徒離憂。

雷聲大作，暴雨傾盆，猿猴啼泣，秋風蕭瑟，落葉紛飛，夜幕降臨。心上人絕不會來了，再想他也不過是白白的憂傷！山鬼徹底絕望了。

《山鬼》就是這樣將一個失戀少女複雜多變的心理層面，微妙微肖的表現了出來。這樣的描寫在《湘夫人》中也同樣十分成功。《湘夫人》一詩具體刻劃出湘君在久候情人不至時那種憂愁—怨恨—絕望—希望—想像—矛盾的整個心理過程，也是十分細膩生動。有些「文學批評家」認為心理描寫的寫法「最早」成熟於西方的說法，實在可笑、無知！

二、《九歌》中的環境描寫總是融貫著詩歌所要表現的思想感情，或者烘托出某種氣氛

如《湘夫人》爲了表現湘君思念情人久候不至的愁情，特意描寫了一個典型的自然環境：

嫋嫋兮秋風，洞庭波兮木葉下。

秋風陣陣，洞庭波湧，落葉紛飛，正好烘托出了那種纏綿之情。

還如《少司命》，爲了表現男巫獲得女巫拋給他一個飛眼後充滿希望的心情，詩歌描寫周圍的環境是：

秋蘭兮青青，綠葉兮紫莖。

看到這個環境，難道不給人一個生機勃勃、充滿希望的感覺嗎？

還如《山鬼》一詩的最後，爲了表現少女對情人徹底絕望的心情，特別刻畫了一個生動的景物描寫：雷聲大作，暴雨傾盆，猿猴啼泣，秋風蕭瑟，落葉紛飛，夜幕降臨。此眞可謂情景交融，意境深遠。

在《九歌》中，不僅有生動的景物描寫，而且還有成功的場面描寫。《九歌》中的場面描寫，往往動靜結合，有聲有色。《東皇太一》就是一個很好的例子：

吉日兮辰良，穆將愉兮上皇；撫長劍兮玉珥，璆鏘鳴兮琳琅。
瑤席兮玉鎮，盍將把兮瓊芳；蕙肴蒸兮蘭藉，奠桂酒兮椒漿。
揚枹兮拊鼓，疏緩節兮安歌，陳竽瑟兮浩倡。
靈偃蹇兮姣服，芳菲菲兮滿堂；五音紛兮繁會，君欣欣兮樂康！

在這首詩裡，有靜態的描寫：上皇寶座上鋪的是光潔的瑤草席，四周有美玉爲鎮，周圍簇擁著成把成把潔白的鮮花；女巫們獻上用蘭草墊底、蕙草薰成的祭肉以及甘美的桂酒和椒漿。同時還有動態描寫：在陳設祭品的同時，樂師們舉槌擊鼓，節拍緩慢，歌聲悠揚；接著竽瑟合奏，群巫大聲歌唱。在禮儀最後，主祭翩翩起舞，服飾美好，香氣滿堂。此時五音大作，交響齊奏，十分熱鬧。有動有靜，有聲有色，彷彿今世之錄影一樣。

《東君》中的祭祀場面也很生動：

羌聲色兮娛人，觀者憺兮忘歸。縆瑟兮交鼓，簫鐘兮瑤簴。
鳴篪兮吹竽，思靈保兮賢姱。翾飛兮翠曾，展詩兮會舞。

這是一個多麼歡騰的場面：群巫疾速地彈瑟擊鼓，用力地敲鐘乃至震動了鐘架；大家既吹竹篪又吹竽，像群鳥兒輕快地飛翔，縱情歌唱集體起舞。在這個歡騰的場面之後，又一個高潮出現了：

應律兮合節，靈之來兮蔽日。青雲衣兮白霓裳，舉長矢兮射天狼。
操余弧兮反淪降，援北斗兮酌桂漿。撰余轡兮高駝翔，杳冥冥兮以東行。

在萬衆熱烈的簇擁中，飾演日神的男巫昂然挺起，大顯神威：青色雲衣白色霓裳，舉起長箭射中天狼。天狼星代表侵略者，因此日神又是一位反侵略的民族英雄。日神除暴之後，拿著木弓落入西山，他端起北斗盛滿酒漿來喝。這是何等偉大的氣魄！而英雄凱旋，並未消停，他又不辭辛勞，揚鞭急馳，爲著明日的事業而不斷奮進！

《國殤》中的戰爭場面極爲壯觀：

> 操吳戈兮被犀甲，車錯轂兮短兵接。旌蔽日兮敵若雲，矢交墜兮士爭先。
> 凌余陣兮躐余行，左驂殪兮右刃傷。霾兩輪兮縶四馬，援玉枹兮擊鳴鼓。
> 天時墜兮威靈怒，嚴殺盡兮棄原野。

試想一下：一群群手拿吳戈、身披犀甲的楚國將士，面對黑壓壓一片蜂湧而來的敵人，毫不氣餒，在箭雨之中舉刀揮劍，奮勇爭先。當強大的敵人衝亂了自己的陣地，驂馬死傷，戰車陷坑，但主將仍然掄槌擊鼓，指揮戰鬥，這又是何等英勇頑強！但畢竟寡不敵衆，士兵傷亡慘重。天昏地暗，日月無光；上蒼震驚，神鬼發怒；最終，寡不敵衆，全軍覆沒；壯士捐軀，屍陳原野。這是一幅何等悲痛慘烈的畫面！能用簡練的語言刻劃出如此壯觀生動的場面，屈原眞詩人也！

三、《九歌》在總體結構上可謂匠心獨運

《九歌》十一首詩歌，彷佛是一台歌舞晚會，在節目次序的安排上考慮十分周到，冷熱結合，張弛有度。請看左邊列表：

《東皇太一》：主角爲男巫，演出時，男巫獨舞，一群女巫在旁合唱。
《雲中君》：主角爲女巫，演出時，女巫獨舞，一群男巫在旁合唱。
《湘君》：男女兩巫，輪流獨舞，旁邊男女群巫時而對唱，時而合唱。
《湘夫人》：全篇男巫獨唱。
《大司命》：男女二巫對唱。
《少司命》：女巫獨舞，男巫獨唱。
《東君》：群巫頻舞，女巫獨唱。
《河伯》：男女對舞，群巫合唱。
《山鬼》：通篇女巫獨唱。
《國殤》：男巫群舞、合唱。
《禮魂》：女巫群舞、合唱。

這是從角色的變化來設計的。另外，十一首詩歌的藝術效果，即給讀者的感覺、印象，也是參差變化的，讓人只覺得美不勝收，絕無審美疲勞之感。請看下表：

《東皇太一》：隆重熱烈。
《雲中君》：眼花繚亂。
《湘君》：糾結淒涼。
《湘夫人》：淒涼糾結。
《大司命》：冷熱交織。
《少司命》：悲樂相參。
《東君》：群情振奮。

《河伯》：情意纏綿。

《山鬼》：愁苦絕望。

《國殤》：悲憤壯烈。

《禮魂》：熱烈繽紛。

這是對《九歌》十一首詩歌反覆誦讀、分析之後得出的結論。因此，汪瑗所謂《禮魂》「乃前十篇之亂辭」的說法是錯誤的。試問，熱烈繽紛的《禮魂》怎能與愁苦絕望的《山鬼》、糾結淒涼的《湘君》等詩歌「配」在一起？

能在角色和效果的配置上考慮得如此周密、精細，即使在今天，屈原也可稱得上是一位合格的大型晚會的總導演！

《九歌》在想像、語言諸方面也多有造詣，但他人已說得不少，本書就不再贅言了。

第五章　《天問》層次

第一節 《天問》題解

關於「天問」這個題目，從古以來，說法種種，有「問天」（王逸）、「問天命」（孫作雲）、「設天以問人」（柳宗元、王夫之）、「天的問題」（游國恩、陳子展）、「以篇首所陳之事」（姜亮夫）命題，等等。這些各異說法，均未能得到廣泛認同。

我認爲，「天問」就是對天發問。「天」，在此處是「對天」、「向天」之意；「問」，在此處是「發問」、「提問」之意。在語法上，這叫名詞用作狀語。與「時至」、「東行」、「席捲」、「囊括」、「內立」和「外連衡」等等語詞的用法相仿。

屈原爲什麼要對天發問？這就必須聯繫屈原在政治舞臺上的遭遇、處境來回答。

屈原一生兩次放逐，都是由於「壅君」聽信讒言之故。一旦被逐，遠離國都，遠離政治，孤獨寂寞，再無人理睬。他在作品中反覆表述不爲人知的痛苦：

國無人莫我知兮，又何懷乎故都？（《離騷》）
世溷濁而莫余知兮，吾方高馳而不顧。（《涉江》）
哀南夷之莫吾知兮，旦余濟乎江湘。（《涉江》）
世溷濁莫吾知，人心不可謂兮！（《懷沙》）
不畢辭而赴淵兮，惜壅君之不識！（《惜往日》）

作爲一個政治家，自己有抱負，有見識，但不爲人知，他難受至極：「懷朕情而不發兮，余焉能忍與此終古？」於是，他到處找人解釋、申訴，但都失敗了——

國君不聽他的：「荃不察余之中情兮，反信讒而齌怒。」眾人也不聽他的：「眾不可戶說兮，孰云察余之中情？」他曾一度「濟沅湘以南征兮，就重華而陳詞」，暫時能夠「跪敷衽以陳辭兮，耿吾既得此中正」，於是他上下求索，然而毫無結果：「閨中既已邃遠兮，哲王又不寤。」他也曾多次轉向問鬼神：「命靈氛爲余占之」，結果是「心猶豫而狐疑」。《卜居》更爲典型：「屈原既放三年，不得複見。竭知盡忠，而蔽障於讒；心煩慮亂，不知所從。往見太卜鄭詹尹，曰：『余有所疑，願先生決之。』」結果，「詹尹乃釋策而謝曰：『……龜策誠不能知事。』」

有話無處說，有冤無處申。屈原更加痛苦了。《悲回風》詳細描述了他此時的處境、心情：

惟佳人之獨懷兮，折芳椒以自處。
曾歔欷之嗟嗟兮，獨隱伏而思慮。
涕泣交而淒淒兮，思不眠以至曙。
終長夜之曼曼兮，掩此哀而不去。
寤從容以周流兮，聊逍遙以自恃。
傷太息之愍憐兮，氣於邑而不可止。
糺思心以爲纕兮，編愁苦以爲膺。
折若木以蔽光兮，隨飄風之所仍。
存彷彿而不見兮，心踴躍其若湯。
撫佩衽以案志兮，超惘惘而遂行。

歲忽忽其若頹兮，時亦冉冉而將至。
薠蘅槁而節離兮，芳以歇而不比。
憐思心之不可懲兮，證此言之不可聊。
寧溘死而流亡兮，不忍爲此之常愁。

如此痛苦，生不如死啊！對君王、對衆人、對前賢、對鬼神，都絕望了，剩下的，只有老天爺。他在作品中，一再表示過對上天的依賴：

指九天以爲正兮，夫唯靈修之故也！（《離騷》）
所非忠而言之兮，指蒼天以爲正。（《惜誦》）

於是，他只好對天發問，向天申訴，將他自己胸中的種種疑問全部提了出來。歷史上，洪興祖對《天問》的創作動機，相對來說，理解得最爲深刻，其曰：

《天問》之作，其旨遠矣。蓋曰遂古以來，天地事物之憂，不可勝窮。欲付之無言乎？而耳目所接，有感於吾心者，不可以不發也。欲具道其所以然乎？而天地變化，豈思慮智識之所能究哉？天固不可問，聊以寄吾意耳！楚之興衰，天邪人邪？吾之用舍，天邪人邪？國無人莫我知也，知我者，其天乎？此《天問》所爲作也。太史公讀《天問》，悲其志者以此。

關於《天問》寫作的時間、地點，亦是衆說不一。我們覺得王逸《天問》序文還是較爲可靠的。其云：

屈原放逐，憂心愁悴，彷徨山澤，經歷陵陸，嗟號昊旻，仰天歎息。見楚有先王之廟及公卿祠堂，圖畫天地山川神靈，琦瑋僪佹，及古賢聖怪物行事。周流罷倦，休息其下，仰見圖畫，因書其壁，何而問之，以渫憤懣，舒瀉愁思。

清人胡濬源質疑道：

觀圖而作，或是情理，但云見楚先王廟及公卿祠堂壁畫，呵而問之，則廟與祀當在郢都，何云放逐彷徨山澤？豈廟祠盡立於山澤間乎？[1]

後來有些人，如馬茂元先生等贊同此質疑，進而主張：

王逸說這些壁畫是在江南流放時看到的，而江南的山澤陵陸之間，是否會有如此規模宏偉的楚先王廟和公卿祀堂，很值得懷疑。如果說「呵壁問天」的事發生在漢北，就比較合符實際了。[2]

【1】胡濬源《楚辭新注求確》，見《楚辭文獻叢刊》，國家圖書館出版社，第五十八冊，頁四八六。

【2】馬茂元《楚辭注釋》，湖北人民出版社，一九八五年版，頁一九六。

這類學者的知識面恐怕有點狹窄了。王逸不光說屈原放逐「彷徨山澤」，而且還「經歷陵陸」，沅湘之間，地區廣大，難道就不能建有廟宇祠堂？漢代王逸《九歌章句》序有云：

昔楚國南郢之邑，沅、湘之間，其俗信鬼而好祀。

《漢書．地理志》亦載曰：

楚有江漢山林之饒……信巫鬼，重淫祀。[3]

既「好祀」、「淫祀」，那就肯定有祠堂。至於「先王之廟」，也是有的。《楚世家》載曰：

熊霜元年，周宣王初立。熊霜六年，卒，三弟爭立。仲雪死，叔堪亡，避難濮……（楚武王三十七年，楚武王）乃自立爲武王，與隨人盟而去。於是開濮地而有之。

《楚世家》引劉伯莊注云：「濮在楚西南。」[4]這就證明，楚西南地區早在西周末年已是楚先祖「避難」之地，而春秋初年就已是楚國的疆土。另外，不要以爲湘西南地區自古就是「山澤陵陸」蠻荒之地，「中國二十世紀一百項考古新發現」中有一項——「中國最古老的城市」「城頭

【3】班固《漢書》，北京：中華書局，一九六二年版，頁一六六六。
【4】司馬遷《史記》第五冊，北京：中華書局，一九八二年版，頁一六九四。

山」古城遺址，正是在湖南常德地區，也就是屈原當年流放之地。[5]又，近年湖南漢壽地區（古屬「濮地」）的楚墓中出土了一些文物，其中有一柄上刻「武王之督」銘文的青銅戈和一枚「郢室畏（思）戶之璽」。[6]湖南的一些專家認爲這位「武王之督」可能就是屈原的始祖屈瑕。歷史資料和地下文物證明，「楚西南」地區早在楚武王時期就已成爲楚國疆域，而且還是楚國重要政治人物墓葬之地。有墓就有廟，就有祠堂。因此，胡濬源、馬茂元之輩就不必有所懷疑了。

屈原第二次放逐開始於頃襄王四年，九年之後到過夏浦，其後才涉江南渡，過洞庭，沿沅江而上，到過辰陽、溆浦一帶，《天問》當作於此時此地。其所表現的感情色彩比較沉重，已與「清新」「愉快」的《九歌》迥異，故可判斷，《天問》作於《九歌》之後，屈原此時流蕩湘西已有一段時期了。

關於《天問》的主題，見仁見智，莫衷一是。王夫之《楚辭通釋》有云：

篇內言雖旁薄，而要歸之旨，則以有道而興，無道則喪。黷武忌諫，耽樂淫色疑賢信奸，爲廢興存亡之本。[7]

此言不精準，不全面。《天問》四大層次，前兩層詰問有關天文、地理方面的問題，疑古惑今，對一些傳統的天文觀念進行否定，即對於過去被君王和聖賢視爲金科玉律的宇宙生成觀，一一加

[5] 唐湘嶽等《城頭山，中國最古老的城》，見《光明日報》二〇一五年九月二十一日第五版。
[6] 侯文漢主編《屈原故里研究》，北京：中國戲劇出版社，二〇一二年版，頁二〇—頁二一。
[7] 王夫之《楚辭通釋》，清同治四年本，卷三，頁二一三。

以懷疑和否定。這實際是屈原徹底失望之後所產生的懷疑一切思想的折射，暗示了革故鼎新的必要性。後兩層詰問歷史和現實方面的問題，實際是對歷代先王所鼓吹的「天命」觀念充滿懷疑，同時繼續宣揚《離騷》中所表達過的舉賢授能和修明法度的思想，亦即上層表達的革故鼎新的思想。

第二節 《天問》層次

一部《楚辭》，《天問》最難讀懂，除名物訓詁外，恐怕更難的是層次不易分清。對於《天問》的層次，過去認識不同，矛盾尖銳。王逸《楚辭》章句以爲屈原此篇「文義不次序」，其後千百年間，諸多學者幾乎衆口一聲，墨守陳說，甚至有人建議：對《天問》，「讀者亦宜逐段讀，不宜總作一篇也。」[8]也就是說，《天問》不是一部完整的作品，只是雜湊而成的文字。這賡續千年的說法，實際是從結構角度抹倒《天問》。但《天問》作爲一篇奇氣逼人的長詩，在大浪淘沙的文學史長河中卻一直閃爍著瑰麗的光彩，因此人們不能不對王逸的說法產生疑問。明人陳深開始懷疑王逸之說，其云：「先儒謂其文義不次，乃原雜書于壁而楚人輯之。今讀其文，章句之短長，聲勢之佶幅，皆有法度，似作也，非輯也。」[9]清人更是改弦更張，分出段落。王夫之曰：「篇內事雖雜舉，而自天地山川，次及人事，追述往古，終之以楚先，未嘗無次序存

【8】張萱《疑耀》，轉引自游國恩主編《天問纂義》，中華書局，一九八二年版，頁二。

【9】引自《楚辭評論資料選》，武漢：湖北人民出版社，一九八五年版，頁四一八。

焉。」[10]林雲銘甚至譽之爲「一氣到底，序次甚明，未嘗重複，未嘗倒置」[11]，云云。這些學者開始披文入情，沿波討源，認眞探討《天問》脈絡，努力追尋屈子思路，方向對頭，精神可嘉，只是有的矯枉過正，顯得絕對，不夠實事求是，不能贏得更多研究者的贊同。近人游國恩先生主編的《天問纂義》，薈萃衆家注釋，宏富淵博，堪爲奇觀，爲後人研究《天問》帶來了極大的便利；但說到《天問》層次，也是認爲「《天問》之文，若有序而無序」，「雖問有次序，而篇中所述古事，盡多前後倒置、雜廁不拘者」，「原不以次序拘」[12]。這些見解，基本上又回到了王逸的觀點上。

要想眞正看懂《天問》，就必須理清其中的錯簡。清代學者胡文英有云：「屈賦中有錯簡，緣古者竹帛分裂，師承各異，遂失正定。」[13]聞一多和姜亮夫等近代學者更意識到《天文》可能存在「錯簡」問題[14]。前賢灼見，給我啓迪。上世紀八十年代，我把《天問》錄於一張大白紙，貼在案前壁上，講課之餘，往往一連幾個小時面壁誦讀，潛心思索，既反覆涵泳文本原意，又認眞體會前人成果。經過多年鑽研，終於打通全篇，以爲《天問》之文，主幹層次清楚有序，而且大部分層次內部的小層次也清楚，只是在有關歷史的那一層次內，確實存在著一些錯簡。只要理清這些錯簡，《天文》層次也就一目了然了。

茲先將《天問》全篇的主幹層次，圖解如下：

【10】王夫之《楚辭通釋》，清同治四年本，卷三，頁二一三。

【11】林雲銘《楚辭燈》，見《楚辭文獻叢刊》，北京：國家圖書館出版社，二〇一四年版，第四十五冊，頁五九一。

【12】游國恩主編《天問纂義》，中華書局，一九八二年版，頁四二五、頁三二〇、頁三二六。

【13】胡文英《屈騷指掌》，北京古籍出版社，一九七九年版，「凡例」頁一。

【14】姜亮夫《楚辭今繹講錄》，北京出版社，一九八一年版，頁七七。

上圖第三層次中的「錯簡」情況如下：

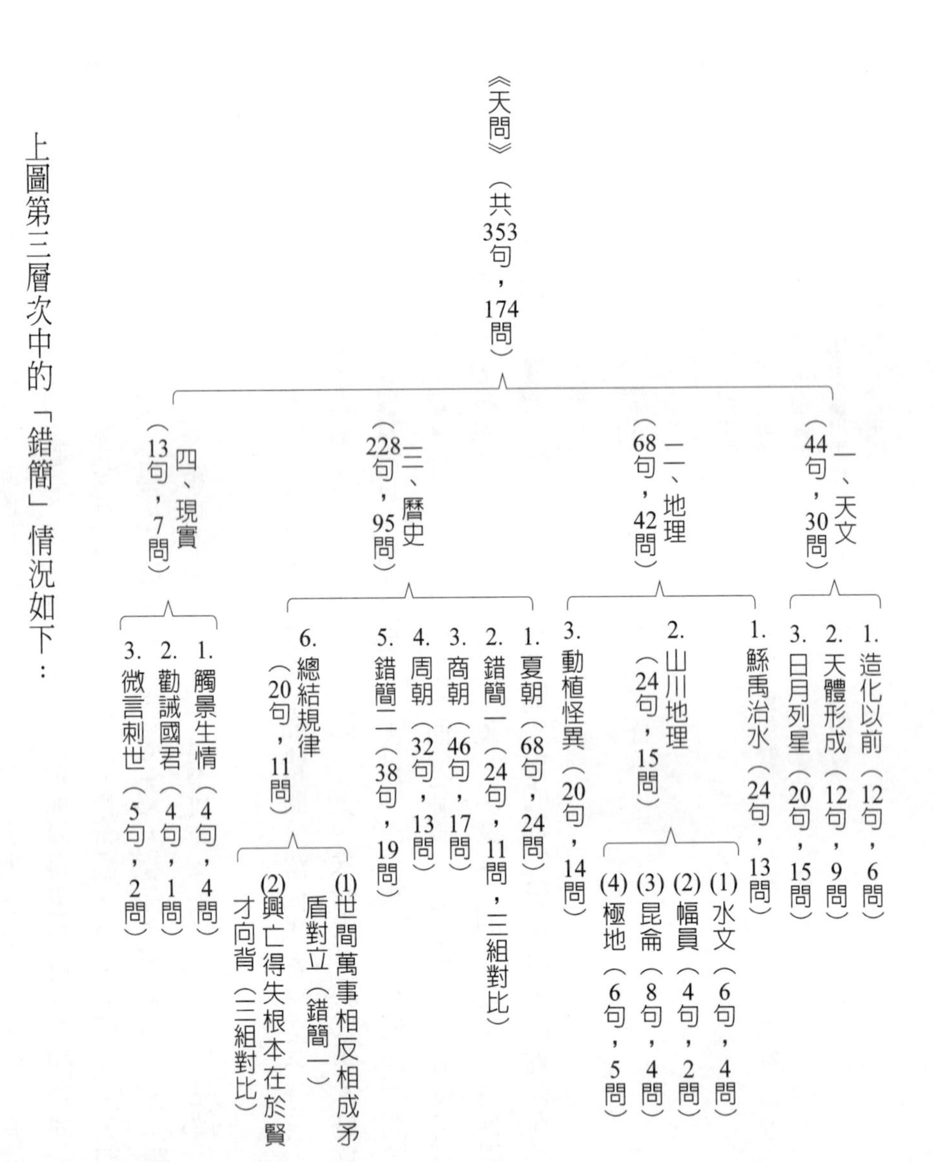

（注：如將10個7字句拆成為4＋3句式，則全詩為373句。）

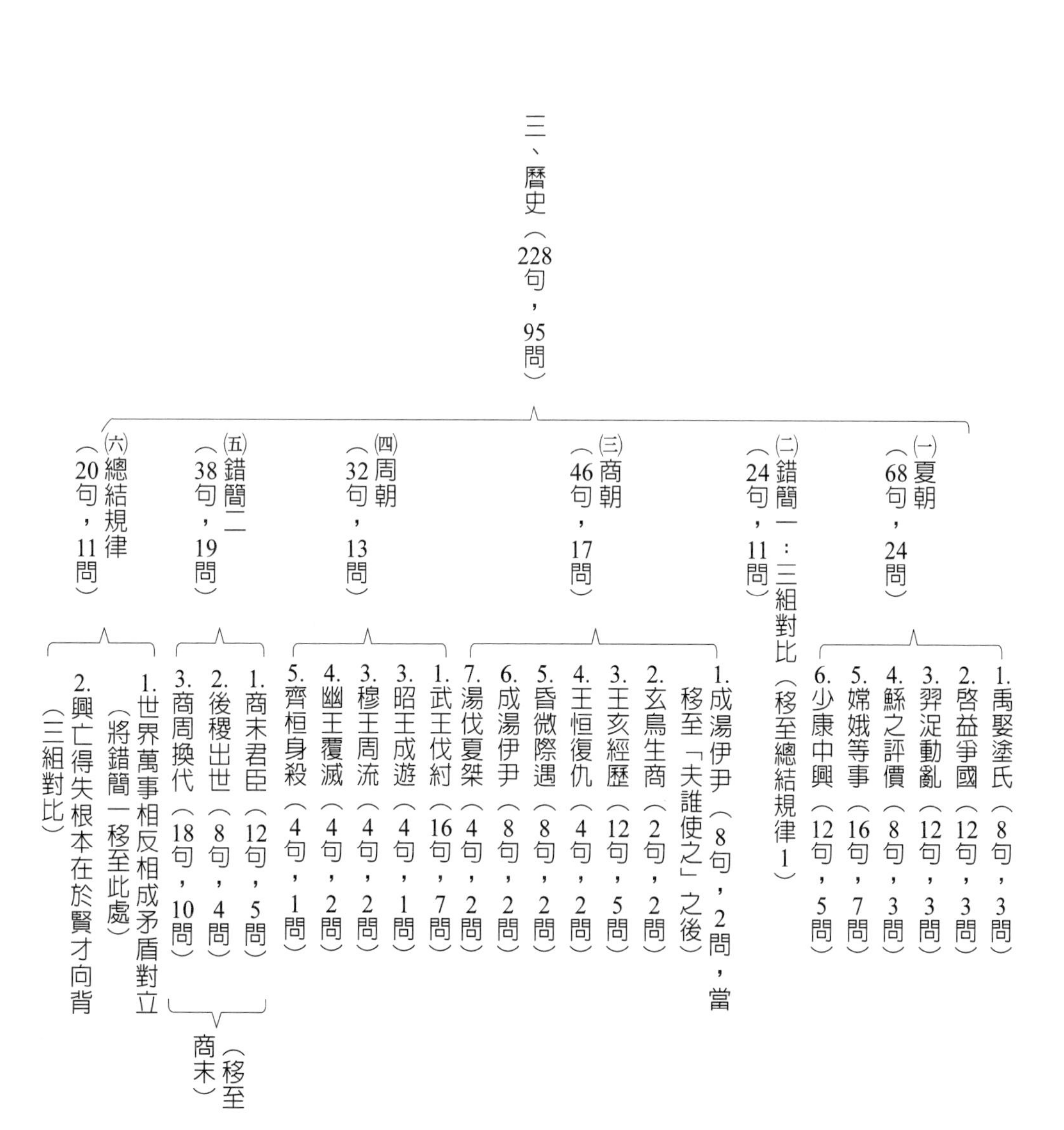
三、曆史（228句，95問）
㈠夏朝（68句，24問）
1.禹娶塗氏（8句，3問）
2.啓益爭國（12句，3問）
3.羿浞動亂（12句，3問）
4.鯀之評價（8句，3問）
5.嫦娥等事（16句，7問）
6.少康中興（12句，5問）
㈡錯簡一：三組對比（移至總結規律1）（24句，11問）
㈢商朝（46句，17問）
1.成湯伊尹（8句，2問，當移至「夫誰使之」之後）
2.玄鳥生商（2句，2問）
3.王亥經歷（12句，5問）
4.王恒復仇（4句，2問）
5.昏微際遇（8句，2問）
6.成湯伊尹（8句，2問）
7.湯伐夏桀（4句，2問）
㈣周朝（32句，13問）
1.武王伐紂（16句，7問）
3.昭王成遊（4句，1問）
3.穆王周流（4句，2問）
4.幽王覆滅（4句，2問）
5.齊桓身殺（4句，1問）
㈤錯簡二（38句，19問）
1.商末君臣（12句，5問）
2.後稷出世（8句，4問）
3.商周換代（18句，10問）
（移至商末）
㈥總結規律（20句，11問）
1.世界萬事相反相成矛盾對立
（將錯簡一移至此處）
2.興亡得失根本在於賢才向背
（三組對比）

上圖第六層次是屈子對夏、商、周三代興亡之事的總結、歸納，亦圖解如下：

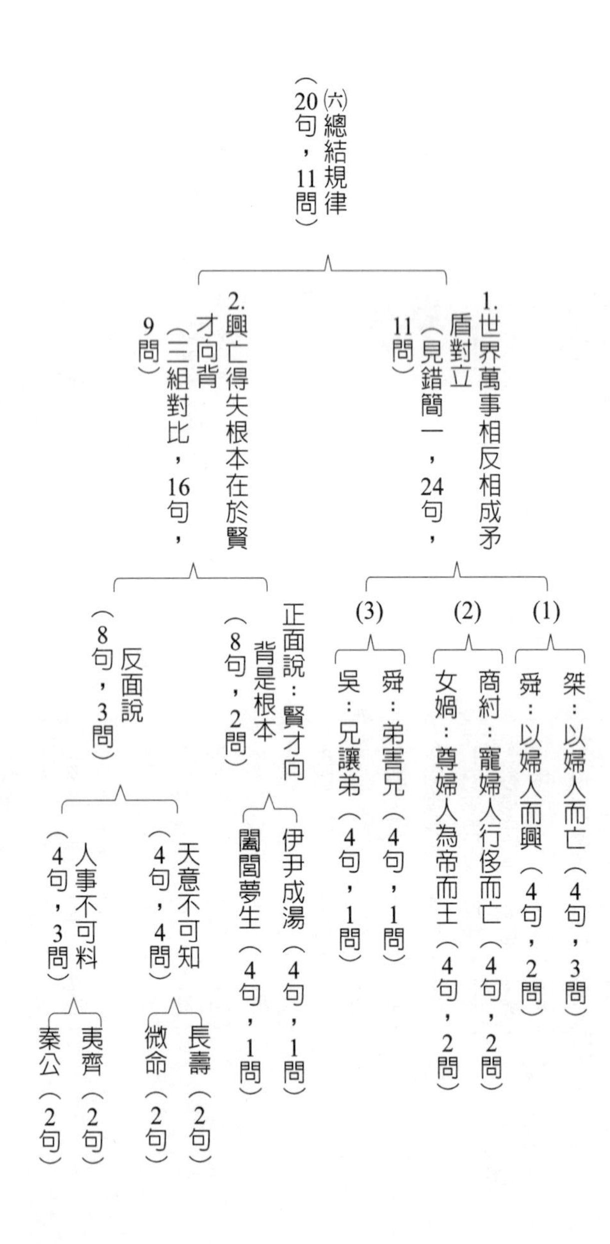

說明

第一層次　天文（從開頭到「曜靈安藏，共四十四句，三十問」）

屈子對天文的探討分三個方面：造化以前、天體形成和日月列星。

1.造化以前（十二句，六問）

曰：

遂古之初，誰傳道之？上下未形，何由考之？

冥昭瞢暗，誰能極之？馮翼惟像，何以識之？

明明暗暗，惟時何爲？陰陽三合，何本何化？

此層從遠近、上下、明暗、有無、變化和源流六個角度發問，對天體宇宙生成之臆說持否定態度。

2.天體形成（十二句，九問）

圓則九重，孰營度之？惟茲何功，孰初作之？

斡維焉系？天極焉加？八柱何當？東南何虧？

九天之際，安放安屬？隅隈多有？誰知其數？

前八句從縱剖面角度發問，後四句從橫剖面角度質疑。

3.日月列星（二十句，十五問）

天何所沓？十二焉分？日月安屬，列星安陳？

出自湯谷，次於蒙汜；自明及晦，所行幾里？
夜光何德？死則又育？厥利維何？而顧菟在腹？
女岐無合，夫焉取九子？伯強何處？惠氣安在？
何闔而晦？何開而明？角宿未旦，曜靈安藏？

前四句總說日、月、列星。次四句問日。又四句問月。再四句問「女歧」與「伯強」。「女岐」與「伯強」都是天神，姜亮夫先生指出：當時「關於日月星辰的傳說也很多，大抵每個都有一種神……這也就是天庭組成的一部分。」[15]末四句敘述陰晴、晝夜，也聯繫到日月。天文知識至此問畢。

第二層次　地理（從「不任汩鴻」到「烏焉解羽」，共六十八句，四十二問）

1. 鯀禹治水（二十四句，十三問）

不任汩鴻，師何以尚之？僉曰何憂，何不課而行之？
鴟龜曳銜，鯀何聽焉？順欲成功，帝何刑焉？
永遏在羽山，夫何三年不施？
伯禹腹鯀，夫何以變化？纂就前緒，遂成考功。
何續初繼業，而厥謀不同？洪泉極深，何以填之？

【15】姜亮夫《楚辭今繹講錄》，北京出版社，一九八一年版，頁七二—頁七三。

地方九則，何以墳之？應龍何畫？河海何曆？
鯀何所營？禹何所成？

蔣驥的分析有理：「問天之後，未及問地，而先言禹者，禹有平地之功；又《爾雅》釋地至九河，皆禹所名；而鼎象之鑄，《山經》之作，諸言遐異者，多托之于禹；故先地而致問也。」[16]

此層二十四句，前十句問鯀；次十二句問禹；末二句作結。

2.山川地理（二十四句，十五問）

此層先問水文，次問幅員，再問高山，最後問極地。

(1) 水文（六句，四問）

康回馮怒，地何故以東南傾？九州安錯？川谷何洿？
東流不溢，孰知其故？

問東南傾陷，九州河深，大海無底。

(2) 幅員（四句，二問）

東西南北，其修孰多？南北順橢，其衍幾何？

[16] 蔣驥《山帶閣注楚辭》，上海古籍出版社，一九八四年版，頁七七。

東西南北，各長多少？這在當時確實是個大問題。而大地南北成橢圓，這個發現同今人對地球形狀的認識有著驚人的相似之處。

(3) **昆侖**（八句，四問）

昆侖縣圃，其居安在？增城九重，其高幾里？四方之門，其誰從焉？西北辟啓，何氣通焉？

此問高山。名山很多，屈子爲何只問昆侖一山？《離騷》有上昆侖之意，姜亮夫先生解釋說：昆侖山在西方，「而西方則是追念祖先，寄託感情的地方，因爲楚國的的發祥地在西方……（屈子祖先高陽氏）就是從昆侖山來的。」[17]

(4) **極地**（六句，五問）

日安不到？燭龍何照？羲和之未揚，若華何光？何所冬暖？何所夏寒？

所謂極地，是極遠的邊地。「燭龍」、「羲和」等，《山海經》中均有記述。由此五問，可見屈原的地理知識似與《山海經》同步。

【17】　姜亮夫《楚辭今繹講錄》，北京出版社，一九八一年版，頁二九。

3.動植怪異（二十句，十四問）

焉有石林？何獸能言？焉有虬龍，負熊以遊？
雄虺九首，倏忽焉在？何所不死？長人何守？
靡萍九衢，枲華安居？一蛇吞象，厥大何如？
黑水玄趾，三危安在？延年不死，壽何所止？
鯪魚何所？鬿堆焉處？羿焉彃日？烏焉解羽？

此層廣泛地介紹了各地出產：石林獸言、虬龍負熊、雄虺九首、長人壽星、靡萍枲華、一蛇吞象、黑水三危、鯪魚鬿堆、烏鴉解羽，等等。這裡面保存了多少古老的神話！地理知識至此問畢。

第三層次　歷史（從「禹之力獻功」到「易之以百兩卒無祿」，二百二十八句，九十五問）

此乃《天問》主體，以三代興亡作骨，層次大致清楚，但有不少錯簡之處。根據文理脈絡，分爲六個小層次。

㈠夏朝（六十八句，二十四問）

1.禹娶塗氏（八句，三問）

禹之力獻功，降省下土四方。焉得彼塗山女，而通之于台桑？
閔妃匹合，厥身是繼？胡維嗜不同味，而快朝飽？

禹，夏之開山聖祖。屈子問娶妻及四日而別之事，贊其不爲色荒，敬事勤民。

2.啓、益爭國（十二句，三問）

啓代益作后，卒然離蠥。何啓惟憂，而能拘是達？
皆歸射鞫，而無害厥躬。何后益作革，而禹播降？
啓棘賓商，九辯九歌。何勤子屠母，而死分竟地？

啓，禹之子。益，禹之臣。故此十二句緊接上層，較具體地寫出了夏初建國時一場激烈的政權之爭。

3.羿浞動亂（十二句，三問）

帝降夷羿，革孽夏民；胡射夫河伯，而妻彼洛嬪？
馮珧利決，封豨是射；何獻蒸肉之膏，而后帝不若？
浞娶純狐，眩妻爰謀；何羿之射革，而交吞揆之？

羿，夏時東夷族一首領，傳說其曾弒夏第五代君主相。故此十二句亦接上層，也寫夏朝早期之事。

4.鯀之評價（八句，三問）

阻窮西征，岩何越焉？化爲黃熊，巫何活焉？
咸播秬黍，莆雚是營；何由並投，而鯀疾修盈？

此層疑爲錯簡，應在「禹娶塗氏」之前。因爲父居子先，理所當然。

5.嫦娥等事（十六句，七問）

白霓嬰茀，胡爲此堂？安得夫良藥，不能固臧？
天式從橫，陽離爰死；大鳥何鳴，夫焉喪厥體？
蓱號起雨，何以興之？撰體協脅，何以膺之？
鼇戴山抃，何以安之？釋舟陵行，何以遷之？

此層爭議甚多。「白霓」等等，王逸等人釋爲王子喬、崔文子之事，致使文理尤顯錯亂。丁晏、蔣驥、姜亮夫等釋爲嫦娥之事，則使文理通順，層次井然。因爲傳說嫦娥爲羿妻，後竊藥以奔月。「白霓」，天上彩雲。「嬰茀」，婦女首飾。以「白霓」爲「首飾」，此與嫦娥奔月之故事相合。然「蓱號」、「神鹿」等與上下層次的關係就十分費解。或許是資料所缺，後人不能確解；或許如清人邱仰文所說：「將敘舊物，故借大鳥消盡一切壘塊。橫插此段作雲間高唱、鳳翥鸞翔之筆」[18]，謹錄以備考。

6.少康中興（十二句，五問）

惟澆在户，何求于嫂？何少康逐犬，而顛隕厥首？
女歧縫裳，而館同爰止；何顛易厥首，而親以逢殆？
湯謀易旅，何以厚之？覆舟斟尋，何道取之？

少康乃夏朝第六代君主，故此層也是夏朝故事，頗爲生動。夏朝史事敘述，至此基本告一段落。

㈡錯簡一（二十四句，十一問）

桀伐蒙山，何所得焉？妹嬉何肆？湯何殛焉？
舜閔在家，父何以鱞？堯不姚告，二女何親？
厥萌在初，何所億焉？璜台十成，誰所極焉？
登立爲帝，孰道尚之？女媧有體，孰制匠之？
舜服厥弟，終然爲害。何肆犬豕，而厥身不危敗？

【18】邱仰文《楚辭韻解》，見《楚辭文獻叢刊》，國家圖書館出版社，二九一四年版，第五十七冊，頁三四—頁三五。

吳獲迄古，南嶽是止。孰期去斯，得兩男子。

此層包括三組對比：(1) 前八句講桀以婦人亡，舜以婦人興；(2) 中八句講商紂寵婦而亡，女媧尊婦而王；(3) 後八句講舜之弟害兄，吳則兄讓弟。十分齊整緊湊，而且中心明確：講相反相成，矛盾對立。這是一個完整的單元，但與上下層關係頗遠，嵌入此處甚是離奇，疑為錯簡，當移至「受禮天下，又使至代之」以後。

㈢商朝（四十六句，十七問）

此層問商朝歷史，層次基本清楚，唯開頭有點錯亂。

1. 成湯伊尹（八句，二問）

緣鵠飾玉，后帝是饗。何承謀夏桀，終以滅喪？

帝乃降觀，下逢伊摯；何條放致罰，而黎服大說？

成湯伊尹，君臣關係。問君臣相知始末。一篇《天問》，三處問及此事。這八句置於「玄鳥生商」之前，顯然不合情理，恐怕亦是錯簡所致，當移至「夫誰使挑之」以後。

2. 玄鳥生商（二句，二問）

簡狄在台嚳何宜？玄鳥致貽女何喜？

此爲兩個七字句，一本拆爲四加三句式，則成四句，二問。《詩經・商頌》有云：「天命玄鳥，降而生商。」簡狄、帝嚳當爲商室之祖，因此本層當爲問商之開端。

3.王亥經歷（十二句，五問）

該秉季德，厥父是臧；胡終弊于有扈，牧夫牛羊
干協時舞，何以懷之？平脅曼膚，何以肥之？
有扈牧豎，云何而逢？擊床先出，其命何從？

「該秉季德」句，王逸以下千百年間盡誤解。清人徐文端、劉夢鵬肇始發疑，王國維先生復以殷之卜辭稽之，傍證博引，遂成定讞。「該」爲王亥，乃簡狄、帝嚳之六世孫，即商先公之一。「季」爲「該」父，故曰「厥父是臧」。[19]此層大意是說，殷的遠祖王亥，與有易氏（即「有扈」）部落發生衝突，被有易的君主綿臣所殺，並奪其耕牛[20]。

4.王恒復仇（四句，二問）

恒秉季德，焉得夫朴牛？何往營班祿，不但還來？

此層講王亥的弟弟王恒爲兄報仇，擊敗有易，遂奪服牛，凱旋頒賞。

【19】見游國恩主編《天問纂義》，中華書局，一九八二年版，頁三一一—頁三一三。
【20】姜亮夫《楚辭繹講錄》，北京出版社，一九八一年版，頁七六。

5. 昏微際遇（八句，二問）

昏微遵跡，有狄不寧；何繁鳥萃棘，負子肆情？
眩弟並淫，危害厥兄；何變化以作詐，後嗣而逢長？

昏微即上甲微，王亥之子。此層敘述上甲微爲父報仇及肆情等事。以上四個層次，問商人立國之前的列祖列宗，由先而後，井然有序。

6. 成湯伊尹（八句，二問）

成湯東巡，有莘爰極；何乞彼小臣，而吉妃是得？
水濱之木，得彼小子；夫何惡之，媵有莘之婦？

講商朝立國之君成湯得到伊尹的經過，亦能承接上層。

7. 湯伐夏桀（四句，二問）

湯出重泉，夫何罪尤？不勝心伐帝，夫誰使挑之？

緊接上層。「不勝心伐帝，夫誰使挑之？」答曰：伊尹挑之。因此，「商朝」一層開頭的「緣鵠飾玉」以下八句，似應移至此處。

㈣周朝（三十二句，十三問）

商、周這兩層之間過度突兀，疑爲錯簡所致，詳見下文。

周朝這層問五件事，也是先後有序。

1.武王伐紂（十六句，七問）

會朝爭盟，何踐吾朝？蒼鳥群飛，孰使萃之？

列擊紂躬，叔旦不嘉。何親揆發，定周之命以諮嗟？

授殷天下，其位安施？反成乃亡，其罪伊何？

爭遣伐器，何以行之？並驅擊翼，何以將之？

武王，周朝開國之君，居先有理。

2.昭王成遊（四句、一問）

昭后成游，南土爰底；厥利惟何，逢彼白雉？

昭王，西周第四代君主，故此層緊接上文。

3. 穆王周流（四句，二問）

穆王巧梅，夫何周流？環理天下，夫何索求？

穆王，西周第五代君主，故此層亦緊接上文。

4. 幽王覆滅（四句，二問）

妖夫曳衒，何號於市？周幽誰誅，焉得夫褒姒？

幽王爲西周末代君主，故此層亦接上文。

5. 齊桓身殺（四句，一問）

天命反側，何罰何佑？齊桓九會，卒然身殺。

齊桓公，東周一霸主，故此層亦接上文。問周之事，至此告一段落。

㈤ 錯簡二（三十八句，十九問）

此層乃《天問》最亂之處，確乎一堆錯簡。分成三層，以利分析。

1.商末君臣（十二句，五問）

彼王紂之躬，孰使亂惑？何惡輔弼，讒諂是服？
比干何逆，而抑沉之？雷開何順，而賜封之？
何聖人之一德，卒其異方？梅伯受醢，箕子佯狂。

此層十二句，若移至「湯出重泉，夫何罪尤？不勝心伐帝，夫誰使挑之」以後，似即合理，正好表現商朝興亡之跡，問商之事也可告一段落。

2.后稷出世（八句，四問）

稷惟元子，帝何竺之？投之於冰上，鳥何燠之？
何馮弓挾矢，殊能將之？既驚帝切激，何逢長之？

后稷，周之始祖。前四句與《詩經．大雅．生民》相符。後四句的解釋不下五種，為釐清《天問》層次帶來極大困難。今參用蔣驥之說，便與前四句融為一體。其曰：「《史記》，稷為兒時，屹如巨人之志，其遊戲好樹麻菽。麻菽美，所謂殊能也……帝之棄稷，不一而足，非驚怪激切不至此。」[21]如將此八句移至「會朝爭盟」之前，則文章契合，豁然貫通。

【21】 蔣驥《山帶閣注楚辭》，上海古籍出版社，一九八四年版，卷三頁一〇二—頁一〇三。

3.商周換代（十八句，十問）

伯昌號衰，秉鞭作牧；何令徹彼岐社，命有殷國？
遷藏就岐何能依？殷有惑婦何所譏？
受賜茲醢，西伯上告。何親就上帝罰，殷之命以不救？
師望在肆昌何識？鼓刀揚聲后何喜？
武發殺殷何所悒？載屍集戰何所急？
伯林雉經，惟其何故？何感天抑地，夫誰畏懼？

此層前四句應與其後二句的位置對換，即將「伯昌號衰」等四句移至「殷有惑婦何所譏」之後。然後整個層次移至「會朝爭盟」上下，稍作調整，文氣暢通，可順利地問清楚商周換代之事。

試將「錯簡二」退回商、周二層交界處，原文面貌大概如下：

……

湯出重泉，夫何罪尤？不勝心伐帝，夫誰使挑之？
（以上爲「商朝」一層結尾。）
彼王紂之躬，孰使亂惑？何惡輔弼，讒諂是服？
比干何逆，而抑沉之？雷開何順，而賜封之？
何聖人之一德，卒其異方？梅伯受醢，箕子佯狂。

稷維元子，帝何竺之？投之於冰上，鳥何燠之？
何馮弓挾矢，殊能將之？既驚帝切激，何逢長之？

遷藏就岐何能依？殷有惑婦何所譏？
伯昌號衰，秉鞭作牧；受賜茲醢，西伯上告。
師望在肆昌何識？鼓刀揚聲后何喜？

何親就上帝罰，殷之命以不救？何令徹彼岐社，命有殷國？
武發殺殷何所悒？載屍集戰何所急？
會朝爭盟，何踐吾期？蒼鳥群飛，孰使萃之？
爭遣伐器，何以引之？並驅擊翼，何以將之？
伯林雉經，維其何故？何惑天抑地，夫誰畏懼？
列擊紂躬，叔旦不嘉？何親揆發，定周之命以諮嗟？
授殷天下，其位安施？反而乃亡，其罪伊何？
（下接「昭王成遊」。）

總之，從「彼王紂之躬」至「夫誰畏懼」這三十八句是一堆錯簡，是從商、周兩層交接處脫落並散裂的一堆竹簡。只要把這堆竹簡送回原處，《天問》層次就更加清楚了。

㈥總結規律（二十句，十一問）

以上，屈子分別探問了夏、商、周三代興亡之事；以下他作總結，把衆多史事的敘述，綜合上升到哲理的高度。

前四句綜束：

皇天集命，惟何戒之？受禮天下，又使至代之？

游國恩先生說得好：「此綜束三代興亡之事，而深慨之也。」[22]那麼，究竟爲何有如此歷代興亡呢？其中有哪些規律呢？屈子思路看來十分清楚。

首先，他認爲，興亡之事，林林總總，不出相反相成、矛盾對立之理，那就是「桀伐蒙山」以下二十四句（即「錯簡一」包含的三組對比）所表現的意思。因此，應該將那堆錯簡移至此處。

其次，即此層後十六句所包含的三組對比。

1.「初湯臣摯」與「勳闔夢生」爲第一組（八句二問）

初湯臣摯，後茲承輔；何卒官湯，尊食宗緒？

勳闔夢生，少離散亡；何壯武厲，能流厥嚴？

【22】游國恩《天問纂義》，北京：中華書局，一九八二年版，頁四二九。

蔣驥認爲：此敘述「賢才向背爲天命去留之本。」

2.「彭祖長壽」與「蜂蛾微命」爲第二組（四句四問）

彭鏗斟雉帝何饗？受壽永多夫何長？
中央共牧后何怒？蜂蛾微命力何固？

此敘述天意不可知。

3.「驚女采薇」與「兄犬弟欲」爲第三組（四句三問）

驚女采薇鹿何祐？北至回水萃何喜？
兄有噬犬弟何欲？易之以百兩卒無祿。

此敘述人事不可料。

後兩組對比從反面證明賢才向背的重要性。因爲天意不可知，人事不可料，所以治理國家不能依靠天意和人事，最重要的是任用賢才。

屈子面對紛紜複雜的社會歷史問題，並沒有停留於表象的敘述，而是深入發掘，總結出了兩條規律：世間萬事相反相成矛盾對立；而興亡得失根本在於賢才向背。因此，「歷史」這一層次儘管有不少錯簡，但基本思路是清晰的。可以用下圖簡析如下：

三、歷史
- 夏朝
- 商朝
- 周朝

總結規律
1. 世界萬事相反相成矛盾對立
2. 興亡得失根本在於賢才向背

第四層次　現實（從「薄暮雷電歸何處」至篇末，共十三句，七問）

此層內容與上文顯然不同。王夫之認爲此層乃「終之以楚先」[23]，林庚先生近作（《天問論箋》）也轉而同意此說，認爲「伏匿穴處」正好與楚昭王的故事相符合。[24]我則認爲，此層已由懷古轉爲傷今，與《涉江》、《懷沙》兩篇在內容、甚至在文字上頗多相似之處。試作三層分析：

1. 觸景傷情（四句，四問）

> 薄暮雷電歸何憂？厥嚴不奉帝何求？
> 伏匿穴處爰何云？荊勳作師夫何長？

「薄暮雷電歸何憂」大意是講：傍晚時分，雷電交加，我回住處，何必擔憂。《懷沙》中也悲愴地唱道：「……日昧昧其將暮；舒憂娛哀兮……」大意是說：太陽黯淡，行將落山；舒展愁

【23】王夫之《楚辭通釋》，清同治四年，卷三，頁二一三。
【24】林庚《天問論箋》，人民文學出版社，一九八三年版，頁一四九。

眉，苦中尋樂。「薄暮雷電」不僅僅是自然現象，而且還是屈子的心理感覺，是楚國的沒落形勢在詩人心理上的反映。

「伏匿穴處爰何云」，大意是說：我已藏身深山洞穴，還有何話能跟人溝通。《涉江》描寫屈子當時的居處是：「深林杳以冥冥兮，乃猿狖之所居？山峻高以蔽日兮，下幽晦以多雨。」兩相比較，可以看出，從「薄暮雷電」開始，作品已轉入一個新的層次，即從對三代興亡的探究，轉入對當時楚國現實的分析。

2.勸誡君主（四句，一問）

悟過改更，我又何言？吳光爭國，久余是勝。

緊接上層。「悟過改更」省略主語。前二句是從正面講，可譯爲：君王如能改過錯，我又何必來多言。吳，吳國。光，吳國國君闔廬之名。闔廬即位後，吳兵曾攻入郢都，大勝楚國。後二句可譯爲：吳國公子得君位，爲何常能勝我國？此二句是用史實從反面告誡楚王：如果再不悟過改更，國家前途將十分危險。

3.微言刺世（五句，二問）

何環穿自閭社丘陵，爰出子文？
吾告堵敖以不長，何試上自予，忠名彌彰？

子文，楚國前代令尹「何環穿自閭社丘陵」一句是敘述子文之母（鄖公之女）在野外與鬥伯比私通生下子文之事。黃文煥指出：前二句實乃「追昔之令尹，傷今之令尹」[25]，即刺子蘭誤國。第三句王逸解釋十分清楚：「堵敖，楚賢人也。屈原放時，語堵敖曰：『楚國將衰，不復能久長也。』」後二句有歧義。「何試上自予」之「試」，洪興祖補注「一作『誠』」，朱熹《集注》曰：「一作『讖』」。「予」字，疑爲「幹」字之誤，因爲解釋這九個字時，王逸注曰：「屈原言我何敢嘗試（按：指譏諷）君上，自干忠直之名，以顯彰後世乎？」將以上王、洪、朱三人的解釋聯繫起來，末三句意思貫通顯豁：臨行告別堵敖兄，國家將衰已不長；怎敢譏諷我國君，自干忠名彰後世？屈子痛斥奸佞，但是對國君仍有所待，此同《離騷》、《哀郢》諸篇精神一致，也與《史記》本傳相符。

結論

一、《天問》分四大層次：天文、地理、歷史、現實。主幹十分清楚。

二、第一、二、四層次內部的小層次也頗清楚。

三、第三層次內部，首先分述夏、商、周三代興亡，然後總結規律，基本脈絡也清楚。但有大量錯簡：

1.「阻窮西征」至「而鯀疾修盈」，共八句，應在「禹之力獻功」之前。

2.「桀伐蒙山」至「得兩男子」，共二十四句，應在「受禮天下，又使至代之」後。

3.「緣鵠飾玉」至「而黎服大說」，共八句，應在「不勝心伐帝，夫誰使挑之」後。

【25】黃文煥《楚辭聽直》卷三，見《楚辭文獻叢刊》，國家圖書館出版社，二○一四年版，第三十八冊，頁九六。

4.「彼王紂之躬」至「夫誰畏懼」，共三十八句，應在「會朝爭盟」之前。

第三節 《天問》的藝術成就

一、思想奇特

《天問》之奇，當爲公認。清人賀貽孫《騷筏》稱《天問》一篇，「自是宇宙間一種奇文。」[26]夏大霖《屈騷心印》讚美《天問》「創格奇，設問奇」，「奇氣縱橫，獨步千古」[27]。那麼，《天問》究竟「奇」在何處？曰，首先奇在立意也。

《天問》前半篇，一百一十二句，七十二問，都是質問天文、地理方面的問題。而這些問題，本是前代君主聖賢早已有了定論的。《周易．繫辭下》曰：

> 古者包犧氏之王天下，仰則觀象於天，俯則觀法於地，觀鳥獸之文、與地之宜。近取諸身，遠取諸物，於是始作八卦，以通神明之行德，以類萬物之情。[28]

《史記．天官書》曰：

【26】賀貽孫《騷筏》，見《楚辭文獻叢刊》，北京：國家圖書館出版社，二〇一四年版，第四十七冊，頁二四二。
【27】夏大霖《屈騷心印》，《楚辭文獻叢刊》，北京：國家圖書館出版社，二〇一四年版，第五十六冊，頁一九。
【28】孔穎達《周易正義》，見《十三經注疏》，中華書局，一九八〇年版，頁八六。

自初生民以來，世主曷嘗不曆日月星辰？及至五家、三代，紹而明之，內冠帶，外夷狄，分中國爲十有二州，仰則觀象於天，俯則法類於地。天則有日月，地則有陰陽；天有五星，地有五行；天則有列宿，地則有州域。三光者，陰陽之精，氣本在地，而聖人統理之。[29]

《呂氏春秋．序意》說得更明白：

嘗得學黃帝之所以誨顓頊矣，爰有大圓在上，大矩在下，汝能法之，爲民父母。蓋聞古之清世，是法天地。凡十二紀者，所以紀治亂存亡也，所以知壽夭吉凶也。上揆之天，下驗之地，中審之人，若此，則是非、可不可，無所遁矣。[30]

總之，遙不可及的昊天蒼穹、熠熠閃光的日月星辰、來去玄妙的風雨雷電、不可捉摸的水旱震災等等無限神秘的天文現象，居然都是統治者「王天下」、「爲民父母」的「象」和「法」，彷彿神聖不可動搖。但是，《天問》對於這些過去被君王和聖賢視爲金科玉律的宇宙生成觀，一一加以懷疑和否定。這該需要多大的勇氣！

「天」，在《天問》中有兩個概念，一是上述之自然天體，即所謂天體宇宙；二是所謂天命觀念。屈原不但對先王、聖賢「觀象」、「觀法」的宇宙生成觀加以懷疑，徹底否定，而且對歷代先王所鼓吹的「天命」觀念也充滿著懷疑。歷代君主強調「天命明威」、「天命弗差」，「天

【29】司馬遷《史記》第四冊，北京：中華書局，一九八二年版，頁一三四二。

【30】高誘注《呂氏春秋》，見《諸子集成》第九冊，河北人民出版社，一九八六年版，頁一二二。

道福善禍淫」（《尚書》〈湯誥〉），彷彿「天命」是正義的主宰，如鐵一樣的規律，不可動搖。然而，《天問》則對此充滿懷疑：

天命反側，何罰何佑？齊桓九合，卒然身殺！

屈原問：天命反覆無常，究竟罰誰佑誰？齊桓公九合諸侯，功勳卓著，最後爲什麼卻遭慘害！

比干何逆，而抑沉之？雷開何順，而賜封之？

屈原問：比干究竟犯了什麼罪，反遭打擊被害身亡？雷開做過什麼好事，反而又賜官又封爵？

舜服厥弟，終然爲害；何肆犬豕，而厥身不危敗？

屈原問：舜對他的弟弟十分寵愛，然而總是受到他弟弟的危害？爲何豬狗不如的壞人，他們的人身反而很安全？總之，世上哪有什麼「弗差」的「福善禍淫」？事實恰恰相反。《天問》一詩對「天命」進行了猛烈的質問，表示極大的懷疑。清人李陳玉對此有過一個不錯的概括：

天道多不可解，善未必蒙福，惡未必獲罪；忠未必見賞，邪未必見誅。冥漠主宰，政有難詰，故著

《天問》以自解。此屈子思君之至所以發憤而為此也。[31]

奇者，異也，即與衆不同。屈原否定傳統的宇宙生成觀，懷疑歷代君王宣揚的「天命主宰觀」，確實與衆不同，「千古奇觀」。這種縱橫的「奇氣」，也確實可以「獨步千古」！《天問》之奇，精髓在此。

二、選材精當

《天問》極大部分文字是在詰問歷史問題，其用意，林雲銘歸納為，「其立言之意，以三代興亡作骨，其所以興在賢臣，亡在惑婦；惟其有惑婦，所以賢臣被斥，讒諂益張，全為自己抒胸中不平之氣耳。」[32]也就是說，《天問》的主要文字用在「自己抒胸中不平之氣」，用現代寫作學的術語說，就叫中心突出，主題鮮明。夏、商、周三代之事，屈子都問到了，而著力最多的則是夏朝。資料如下：問夏朝，有六十八句，二十四問；問商朝，有四十六句，十七問；問周朝，有三十二句，十三問。而他問夏朝時，著眼點又放在夏朝之始末：禹娶塗氏，啓益爭國，羿浞動亂，鯀之評價，少康中興，以及湯伐夏桀。黃文煥評曰：「鯀之後，以皆詳言人事之治亂，亡主奸臣，既使人恨，聖主賢臣亦未易滿人意，種種不齊，眞難致詰，而茲則有夏一代之始末也。」[33]《天問》詳寫禹娶塗氏一事，夏大霖評曰：「謂夫婦大倫斷不可廢，而敬事勤

---

[31] 李陳玉《楚詞箋注》，復旦大學圖書館藏清康熙十一年魏學渠刻本，卷二，頁二五。
[32] 蔣驥《楚辭燈》卷二，見《楚辭文獻叢刊》第四十五冊，國家圖書館出版社，二〇一四年版，頁五九〇。
[33] 黃文煥《楚辭聽直》卷三，見《楚辭文獻叢刊》第三十八冊，頁二九—頁三〇。

民不爲色荒，禹可法也。」[34]柳宗元對此層亦有評價：「惟桀嗜色，戎得蒙姝，淫處暴娛，以大啓厥伐。」[35]總之，從《天問》全篇布局看，絕非歷史上一些學者所攻擊的「詞旨散漫」、一盤「碎金」，而是中心突出，主題明確。另外，對夏、商、周各代的寫法，也並非曆述往事，記流水帳。夏朝一代共有十七位君主，而如前所述，《天問》重點問及禹、鯀、少康和桀四人。商朝一代前後經歷三十一位君主，《天問》用力最多的僅商湯、商紂二人而已。周朝一代前後經歷二十三位君主，諸侯更是無數，而《天問》只寫到武王、昭王、穆王、幽王四位君主和齊恒公一位諸侯。總之，記述三代，《天問》也重點放在基其始末之上，以突出賢能興邦，淫可亡國的主題，選材可謂精當。

三、語言別致

唐人李賀對此已有評論，曰：「《天問》語甚奇崛，于《楚辭》中可推第一，即開闢來亦可推第一。」[36]明人孫鑛亦評論曰：《天問》一詩，「或長言，或短言；或錯綜，或對偶；或一事而累累反覆，或數事而熔成一片。其文或峭險，或淡宕；或佶倔，或流利，諸法備盡，可謂極文章之變態。」[37]這段話講得好，但不具體。從句式角度看，《天問》一詩以四言爲主，雜以五言、六言、七言，乃至八言。這種寫法，總體劃一有致，然整齊中有變化，再加「何」、

【34】夏大霖《屈騷心印》，見《楚辭文獻叢刊》第五十六冊，國家圖書館出版社，二〇一四年版，頁一五〇。
【35】柳宗元《天對》，引自《天問纂義》，北京：中華書局，一九八二年版，頁二七〇。
【36】引自楊金鼎主編《楚辭評論資料選》，武漢：湖北人民出版社，一九八五年版，頁四一七。
【37】上書，頁四一九。

「焉」、「而」、「夫」、「安」、「孰」、「誰」等虛詞或疑問代詞的應用，吟誦之時，參差錯落，圓轉活脫，莊重而不顯呆板，生動又不失典雅。此乃《天問》語言上之一大特色。

這裡又出現了一個問題，即楚辭極大多數是以雜言爲主，而《天問》和《橘頌》爲何卻以四言爲主？答曰，此由作品產生的地點和環境所決定。下文將要講到，《橘頌》作於屈原二十歲舉行「士冠禮」之時，場面莊重肅穆，故而用四言。《儀禮．士冠禮》中所載祝辭爲四言便可作此佐證。《天問》用四言，因爲如王逸序言所云，屈原作時正在「先王之廟及公卿祠堂」，「周流罷倦，休息其下，仰見圖畫，因書其壁，何而問之」。在「先王之廟及公卿祠堂」內作詩禱告，自然是要莊重肅穆，採用傳統的四言體。劉勰《文心雕龍．頌贊》篇寫道：「容告神明謂之頌……哲人之頌，規式存焉……所以古來篇體，促而不廣，必結言於四字之句」。這篇文章中還專門談到了《橘頌》，其云：「及三閭《橘頌》，情采芬芳，比類寓意，又覃及細物矣。」當然，反過來說，《天問》的四言體式恰恰證明王逸的序言所述是可信的。

第六章　《九章》探析

根據現在掌握的資料看，《九章》這個名稱最早出現於西漢劉向《九歎・憂苦》一詩中，其云：

> 歎《離騷》以揚意兮，猶未殫于《九章》。
> 長嘘吸以於悒兮，涕橫集而成行。[1]

在《史記・屈原列傳》中，太史公贊曰：「余讀《離騷》、《天問》、《招魂》、《哀郢》，悲其志。」《哀郢》是幾十年後劉向詩云《九章》之一，然而太史公未提及「九章」一詞，可見彼時尚無此名稱。

王逸《楚辭章句》開篇即云：「漢護左都水使者光祿大夫臣劉向集　後漢校書郎臣王逸章句」[2]。既然劉向是《楚辭》一書的編「集」者，其《九歎・憂苦》中又將《九章》與《離騷》並列，因此今天可以判斷，當是他第一次將那九首詩歌合輯於一起，並加了《九章》這個題名。

「九章」就是九首詩歌之意。根據是，《毛詩正義》之《詩經・周南・關雎》篇末對「章」字有疏云：「自古而有篇章之名。」[3]《禮記・曲禮下》「讀樂章」句下有疏云：「樂章謂樂書之篇章，謂詩也。」[4]至於後世有少數人（周拱辰、劉永濟等）云《九章》爲「古樂名稱」等

【1】洪興祖《楚辭補注》，北京：中華書局，一九八三年版，頁三〇〇。
【2】上書，目錄頁一。
【3】孔穎達《毛詩正義》，見《十三經注疏》，中華書局，一九八〇年版，頁二七四。
【4】孔穎達《禮民正義》，見《十三經注疏》，中華書局，一九八〇年版，頁一二五七。

等，理由乏力，不可信據。

關於《九章》寫作時地問題，班固、王逸認爲作於頃襄王朝屈原被逐江南之時，而根據《九章》中有些詩歌的內容看，這個說法不可信。朱熹《九章》集注序云：「屈原既放，思君念國，隨事感觸，輒形於聲。後人輯之，得其九章，合爲一卷，非必出於一時之言也。」這「非必出於一時之言」的看法較爲可信。而且，也非必出於一地，如《抽思》云「來集漢北」，《哀郢》云「背夏浦而西思」，《涉江》云「乘鄂渚」、「宿辰陽」、「入溆浦」，《惜往日》云「臨沅湘」，如此等等，焉能出於一地？

後世有少數人云《九章》有若干篇章爲「僞作」，其理由不充分。僅憑猜測，就想推翻漢代劉向、王逸等學者根據當時掌握的材料所作出的結論，焉能服人？

這九首詩歌在思想內容上有某種相似之處，即大多屬於在紀實的基礎上抒發自己的思想感情，今天甚至可以將《九章》諸篇當作詩人生平遭際及行蹤的實錄。此與主要抒發感情的《離騷》、描述民間祭祀場面的《九歌》、以及充滿幻想的《遠遊》等詩有著明顯的區別。由此可見，劉向將此九首詩歌合「集」於一卷，足顯其識見之高。可惜劉向對此九篇的次序未能正確把握，而是雜集於一起而已，這給後人欣賞《九章》帶來了麻煩。

本人根據四十餘年來研讀《九章》之心得，認爲這九首詩歌的篇第應當如下：

《橘頌》第一（懷王五年二月、屈子二十歲舉行「士冠禮」時作），

《惜誦》第二（懷王十六年秋季被讒尚未離開郢都時作），

《抽思》第三（懷王十七年夏季已被逐離郢到達漢北時作），

《思美人》第四（頃襄王元年春天時作），

《哀郢》第五（頃襄王十三年、被遷離郢「九年不復」抵夏浦後作），

《涉江》第六（頃襄王十三年之後，因回郢無望，離開夏浦，涉江「登鄂渚」、「入漵浦」後作），

《悲回風》第七（流蕩湘西後期時作），

《懷沙》第八（「汨徂南土」尚未抵達汨羅時作），

《惜往日》第九（絕筆，抵達汨羅、即「臨沅湘之玄淵」時作）。

以下分析各首詩歌時將對此有詳細考證。不過，爲顧習慣，仍按原序。

第一節 《惜誦》探析

解題

關於「惜誦」二字的解釋，自古以來，說法種種，然而中肯者似乎不多。「惜」者，《說文》釋曰「痛也」，今日可理解爲「痛惜」之意。「誦」字是關鍵，因爲這不是語言學本身所能解釋清楚的，此詞還是一個政治術語。《國語·周語》載召公諫厲王曰：

> 故天子聽政，使公卿至於列士獻詩、瞽獻曲、史獻書、師箴、瞍賦、矇誦、百工諫……[5]

《晉語》有曰：

【5】清·董增齡《國語正義》，巴蜀書社，一九八五年版，卷一頁一四。

> 古之王者，政德既成，又聽於民，於是乎使工誦諫於朝……[6]

《楚語》載衛武公語曰：

> 自卿以下至於師長、士，苟在朝者……聞一二言必誦志而納之，以訓導我，在輿有旅賁之規，位佇有官師之典，倚幾有誦訓之諫……[7]

從《惜誦》全詩內容看，此詞乃上述引文中之「誦諫」之意。詩篇前兩句實際已經詮釋了題目的含義：「惜誦以致愍兮，發憤以抒情。」翻譯成白話就是說：痛惜自己忠諫遭禍，所以作詩抒發憤情。

關於《惜誦》的寫作年代，前人曾有不同說法。有些人認為《惜誦》作於江南或將往江南時，如：

1.王夫之《楚辭通釋》卷四云：「此章雖作於頃襄之世遷竄江南之後，與彼（按：指《離騷》《遠遊》）異時，而所述者乃未遷已前、屏居漢北之情事，故與彼同而無決於自沉之意。」[8]王夫之拘泥於《九章》作於頃襄之世而有此語，然其認為《抽思》內容「乃未遷已前」，還是言之有理的，只是後又說此乃「屏居漢北之情事」，則又說偏了。

【6】上書，卷十二頁一。

【7】上書，卷十七，頁二二一。

【8】王夫之《楚辭通釋》，清同治四年三，卷四，頁二二五。

2.胡文英《屈騷指掌》卷三有云：「《惜誦》篇繼《離騷》後所作，玩其中云『儃佪』、『幹傺』，末云『曾思遠身』，大約自郢都將往江南時作也。」[9]胡氏以為「《惜誦》篇繼《離騷》後所作」，此大錯特錯！《惜誦》只是「欲高飛而遠集」，「願曾思而遠身」，即尚未啓程，而《離騷》寫作時已「邅吾道夫昆侖兮，路修遠以周遊」，「路不周以左轉兮，指西海以為期。屯余車其千乘兮，齊玉軑而並馳。」只是「陟升皇之赫戲兮，忽臨睨夫舊鄉」，才「僕夫悲兮余馬懷，蜷局顧而不行。」至於胡氏所云「大約自郢都將往江南時作」，則更是對屈原身世了解甚微之故。

3.現代學者如湯炳正先生，拘泥於班固、王逸和洪興祖等成說，以為《九章》「可能全是襄王時期的作品」[10]，《惜誦》也不例外，「是說過去被疏，今天被放」，但面對《惜誦》篇末的幾句話，他又只好說：「不像是放逐以後的話」，「篇末來看，此篇乃寫於遭放臨行之前，非寫於放逐出走以後。」[11]其實，王逸和洪興祖等人籠統地將《九章》說成是襄王時期的作品，誠如姜亮夫先生所說：他們「編時對『九章』的思想未做細緻的分析」[12]，所以後人不加分析地照搬他們的一些觀點是很危險的。

大多數楚辭學者還是對此篇內容有正確認識的。

1.明人汪瑗有云：「大抵此篇作於讒人交構、楚王造怒之際，故多危懼之詞，然尚未遭放

【9】胡文英《屈騷指掌》，北京古籍出版社，一九七九年版，卷三，頁一。

【10】湯炳正《屈賦新探》，齊魯書社，一九八四年版，頁五九。

【11】上書，頁六四。

【12】姜亮夫《楚辭今繹講錄》，北京出版社，一九八一年版，頁六二。

逐也，故末二章又有隱遁遠去之志。」[13]

2.清初李陳玉有云：「此篇訴其孤忠爲君，而遭黨人之仇，君又不知，呼天自明，熟思遠禍之道，無所從出也。」[14]

3.林雲銘有云：「《惜誦》乃懷王見疏之後，又進言得罪，然亦未放。」[15]

4.蔣驥有云：「此篇曰『願曾思而遠身』，則猶『回車複路』之初願，余固知其作於騷經之前。」又云：「蓋原于懷王見疏之後，複乘間自陳，而益被讒致困，故深自痛惜而發憤爲此篇以白其情也。」[16]

5.游國恩先生云：「這一篇不是放逐時所作的」，「它只是反映了被讒失職時的心情」。[17]

6.姜亮夫先生對《惜誦》寫作年代的說法，有點前後矛盾。先說「這篇《惜誦》可能是在遭讒後，不管朝政而寫的悔恨情況」，後又說「《惜誦》是初放時的作品。」[18]因爲姜先生是認爲「疏」與「放」不是一回事，所以這就有點前後矛盾了。

在未有確切證據前，要想釐清一篇作品的寫作年代，文本本身才是最可靠的。

一、顯示此篇作品寫作背景的關鍵字語：

[13] 汪瑗《楚辭集解》，北京古籍出版社，一九九四年版，頁一四六。
[14] 李陳玉《楚詞箋注》，復旦大學圖書館藏清康熙十一年魏學渠刻本，卷三，頁四六。
[15] 林雲銘《楚辭燈》，見《楚辭文獻叢刊》第四十六冊，北京：國家圖書館出版社，二〇一四年版，頁一、頁一六。
[16] 蔣驥《山帶閣注楚辭》，上海古籍出版社，一九五八年版，頁一一四、頁一一一。
[17] 《游國恩學術論文集》，中華書局，一九八九年版，頁二二二。
[18] 姜亮夫《楚辭今繹講錄》，北京出版社，一九八一年版，頁六二、頁六三。

1.「忠何罪以遇罰兮，亦非余心之所志。」

2.「紛逢尤以離謗兮，謇不可釋也。」

3.「情沉抑而不達兮，又蔽而莫之白。」

「心鬱邑而侘傺兮，又莫察余之中情。」

4.「固煩言不可結而詒兮，願陳志而無路。」

「退靜默而莫余知兮，進呼號又莫吾聞。」

按：《屈原列傳》有云：

屈原者，名平，楚之同姓也。爲楚懷王左徒。博聞強志，明於治亂，嫻於辭令。入則與王圖議國事，以出號令；出則接遇賓客，應對諸侯。王甚任之。上官大夫與之同列，爭寵而心害其能。懷王使屈原造爲憲令，屈平屬草稿未定。上官大夫見而欲奪之，屈平不與，因讒之曰：「王使屈平爲令，眾莫不知，每一令出，平伐其功，以爲『非我莫能爲』也。」王怒而疏屈平。屈平疾王聽之不聰也，讒諂之蔽明也，邪曲之害公也，方正之不容也，故憂愁幽思而作《離騷》。[19]

上文所舉四例關鍵詞語是對本傳「王怒而疏屈平」一句的最好注釋。《史記》用的是客觀冷靜的敘事手法，而《惜誦》用的是激烈澎湃的抒情手法。

二、表示屈原當時複雜矛盾心情的詞語：

[19] 司馬遷《史記》第八冊，北京：中華書局，一九八二年版，頁二四八一－頁二四八二。

1.「欲儃佪而干傺兮，恐重患而離尤。」
2.「欲高飛而遠集兮，君罔謂汝何之？」
3.「欲橫奔而失路兮，蓋堅志而不忍。」
4.「矯茲媚以私處兮，願曾思而遠身。」

以上詞語可證明二點：一是屈原當時尚未離開郢都，只是「欲」、「願」而已。他思想鬥爭十分激烈，但最終還是想「遠集」、「遠身」。二是屈原當時的情緒十分激昂，一度有意不遵禮數拂袖而去（「橫奔」），即與君王徹底決裂，但最終理智占了上風，他拋棄了那種偏激的做法。這一點與《抽思》中所回憶的「願搖起而橫奔兮，覽民尤以自鎮」是相符的。寫《抽思》時詩人已經「來集漢北」，而寫《惜誦》時詩人尚在郢都。不過，《抽思》回憶未離郢都時夜不能寐的情景寫道：「悲秋風之動容兮，何回極之浮浮？」這可表明，作者作《惜誦》當在秋季。

根據以上內外證據，可以判定：《惜誦》當作於楚懷王十六年秋季、《離騷》之前。

層次

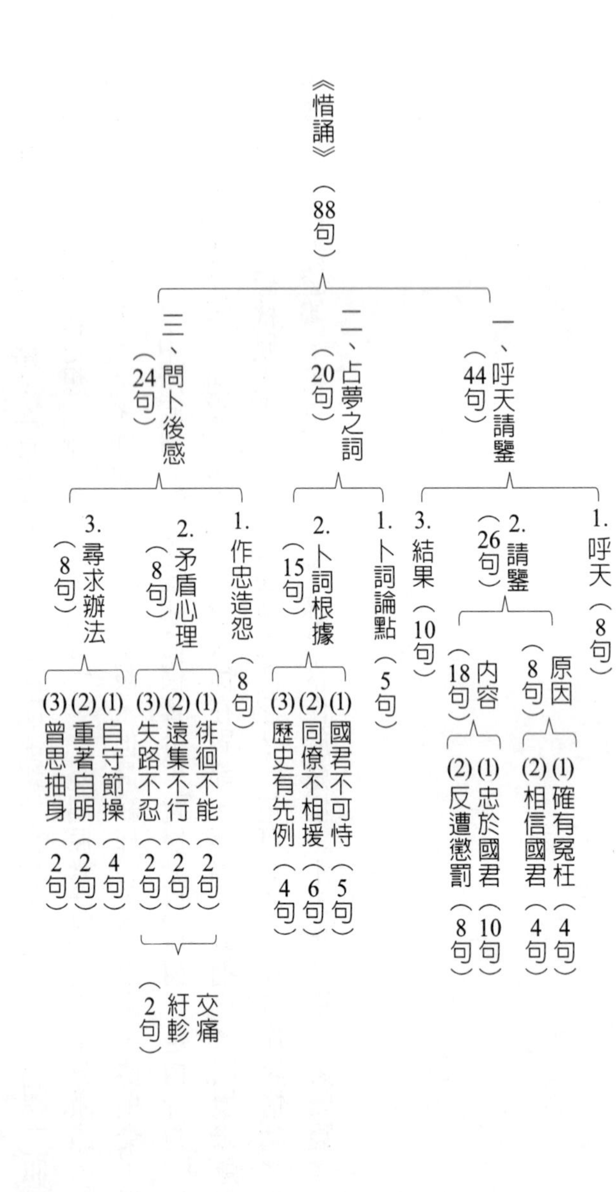

說明

《惜誦》是屈子在楚懷王十六年剛剛被疏，但還尚未離郢時寫作的一首抒情詩，即抒發自己因直言進諫而遭禍的痛惜之情。全篇八十八句，可分爲三大層次。

第一層次 呼天請鑒（四十四句）

此層寫屈子在遭受不公正待遇之後的抗議，呼冤喊屈，滿腔悲憤，又可分三個小層次。

1.呼天（八句）

惜誦以致愍兮，發憤以抒情。所非忠而言之兮，指蒼天以爲正。
令五帝以折中兮，戒六神與嚮服。俾山川以備禦兮，命咎繇使聽直。

頭二句交待呼天的原因，下面六句，呼天搶地，一氣呵成：如說我非忠心諫，可讓蒼天來評理。專請五帝作裁決，還邀六神辨是非。又使山川當陪審，再讓臯陶聽曲直。

2.請鑒（二十六句）

頭八句講請鑒理由，一是確有冤枉（四句），二是相信國君（四句）

竭忠誠以事君兮，反離群而贅疣。忘儇媚以背眾兮，待明君其知之。
言與行其可跡兮，情與貌其不變。故相臣莫若君兮，所以證之不遠。

竭盡忠誠事國君，反被擯棄成多餘。鄙棄諂媚遠小人，單等明君來審察。言論行動有跡尋，內情外貌不易變。考察臣下莫若君，方法何須去遠求。

下邊十八句爲請鑒內容：

(1)一心忠君（十句）

吾誼先君而後身兮，羌眾人之所仇。專惟君而無他兮，又眾兆之所仇。

壹心而不豫兮，羌不可保也。疾親君而無他兮，有招禍之道也。

思君其莫我忠兮，忽忘身之賤貧。

屈子申訴自己忠君非同一般：a.先君後己（二句），b.一心一意（四句），c.疾親無他（二句）。因此末二句他激動地唱道：一心思君我最忠，似忘遭黜身貧賤。

(2)反而遇罰（八句）

事君而不貳兮，迷不知寵之門。忠何罪以遇罰兮，亦非余心之所志。

行不群以巔越兮，又眾兆之所咍。紛逢尤以離謗兮，謇不可釋也。

前二句過渡，承上啓下。次二句說不理解忠而受罰。下四句說：不合世俗而跌跤，反被眾人所譏笑。不斷挨罵遭誹謗，心中迷茫不可解。

3.結果（十句）

情沉抑而不達兮，又蔽而莫之白。心鬱邑余侘傺兮，又莫察余之中情。

固煩言不可結而詒兮，願陳志而無路。退靜默而莫余知兮，進呼號又莫吾聞。

申侘傺之煩惑兮，中悶瞀之忳忳。

前四句講國君受到蒙蔽，不能體察詩人的衷情。次二句講滿腹冤屈而陳志無門。再二句講不管退、還是進，都無人理睬自己。末二句講，在這樣的情況下，詩人惶惑、煩悶，十分迷茫，從而引起下文——問卜。

第二層次　占夢之詞（二十句）

呼天請鑒不靈，詩人只好求助於占卜。此層二十句，邏輯思維頗為清楚。

1.卜詞論點（五句）

昔余夢登天兮，魂中道而無杭。
吾使厲神占之兮，曰：「有志極而無旁，終危獨而離異兮。」

頭二句說夢，接著引起占夢之詞。末二句為厲神（大巫）的中心論點。厲神給屈原算卦的中心論點是：（你屈原）有志成功無旁輔，始終危險又孤獨。

2.卜詞根據（十五句）

(1) 國君不可靠（五句）

曰：
君可思而不可恃，故眾口其鑠金兮，初若是而逢殆。
懲熱羹而吹齏兮，何不變此志也？

厲神又說：君王可盼不可靠，因而眾口能鑠金。當初因此而遭殃。怕碰熱羹吹冷菜，何不改變此想法。這是屈子蒙冤受屈的根本原因，厲神勸詩人要接受教訓，改變過去天眞的想法。

(2) **同僚不相援**（六句）

欲釋階而登天兮，猶有曩之態也。眾駭遽以離心兮，又何以爲此伴也？同極而異路兮，又何以爲此援也？

厲神說，屈原主觀上要做一番事業，報效祖國（「登天」），但周圍的同僚們「離心」、「異路」，不相從，不援助。

3. **歷史有先例**（四句）

晉申生之孝子兮，父信讒而不好。行婞直而不豫兮，鯀功用而不就。

即舉出申生和鯀這兩個前代事例來證明。

如果說，第一層次呼天請鑒是感情的噴湧，那麼這第二層次占夢之詞則是理智的分析，假託厲神之口，實乃屈子自省。

第三層次　問卜後感（二十四句）

本層次是詩人在呼冤和分析之後對前途的探索，可分三個小層次。

1.作忠造怨（八句）

吾聞作忠以造怨兮，忽謂之過言。九折臂而成醫兮，吾至今乃知其信然。矰弋機而在上兮，罻羅張而在下，設張辟以娛君兮，願側身而無所。

頭四句爲一組對比，由「謂之過言」到「知其信然」。信而見疑，忠而被謗，屈子徹底明白了自己的遭遇。後四句用射箭和張網爲喻，說明自己險惡的處境，亦即作忠造怨的原因。

2.矛盾心理（八句）

欲儃佪以干傺兮，恐重患而離尤。欲高飛而遠集兮，君罔謂汝何之？欲橫奔而失路兮，蓋堅志而不忍。背膺牉以交痛兮，心鬱結而紆軫。

前六句分別講徘徊不能，遠集不行和失路不忍這三種矛盾的心理狀態（三個「欲」）。末二句是總結，表達因三種矛盾而引起的極度痛苦。

3.尋求辦法（八句）

擣木蘭以矯蕙兮，鑿申椒以爲糧。播江離與滋菊兮，願春日以爲糗芳。恐情質之不信兮，故重著以自明。撟茲媚以私處兮，願曾思而遠身。

前四句用「擣木蘭」等爲比喻，木蘭、蕙草、申椒、江離、菊花這類芳草香花，喻指各種美德，屈子將之當作「糧」、當作「糗」，即當作生命中萬萬不可缺少的東西，有力地表明，自己決心保持高風亮節。次二句說要重著自明。末二句說反覆思考，想抽身遠去。此處「遠身」與上文的「遠集」涵義似不相同。

第二節 《涉江》探析

解題

涉，渡也。原意爲「履石渡水」，段玉裁曰：「引申爲凡渡水之稱。」[20]江，此處專指長江，因爲詩中明言「登鄂渚而反顧」。洪興祖補注考曰：「楚子熊渠封中子紅于鄂。鄂州，武昌縣地是也。」[21]此足證屈子「涉江」之「江」，必是長江無疑。換言之，屈原是從長江北岸「涉江」登上南岸「鄂渚」的。

那麼，屈子由長江北岸何處「涉江」而「登鄂渚」的？有些學者以爲屈子「自陵陽入漵浦」，純爲臆測。湯炳正先生駁得好，「陵陽已在江南，固然不必『涉江』」！[22]如果聯繫《哀郢》一詩來考察，問題就很清楚了。根據《楚世家》和《屈原列傳》所載，頃襄王三年，因子蘭指使上官大夫等人進讒言，屈原被頃襄王「怒而遷之」。本書第二章第三節已考證，當是在翌年仲春，屈子被迫離開郢都。九年之後，他「東遷」至「夏浦」。蔣驥考曰：「浦，水涯也。夏水東逕沔陽入漢，兼流至武昌而會于江，謂之夏口。」[23]「夏口」即今之漢口，與「鄂渚」（武

【20】段玉裁《說文解字注》，上海古籍出版社，一九八一年版，頁五五六。
【21】洪興祖《楚辭補注》，中華書局，一九八三年版，頁一二九。
【22】湯炳正《屈賦新探》，齊魯書社，一九八四年版，頁七八。
【23】蔣驥《山帶閣注楚辭》，上海古籍出版社，一九五八年版，頁一一九。

昌）隔江相望。由此可知，屈原是由江北夏口涉江而「登鄂渚」的。

屈原「東遷」至夏浦，因「九年而不復」，他慨歎曰：「世溷濁而莫余知兮，吾方高馳而不顧」；「哀南夷之莫吾知兮，旦余濟乎江湘。」因此，他「乘鄂渚而反顧兮，欸秋冬之緒風。」其後，他邸方林、上沅江、發枉渚、宿辰陽，最後「入漵浦」。頃襄四年被迫離郢時，屈子已經四十九歲，作《哀郢》時當爲五十八歲，涉江之後長途跋涉「入漵浦」時可能已經是年過花甲之人了。可以判定：《涉江》是屈原六十來歲進入漵浦以後所作。

層次

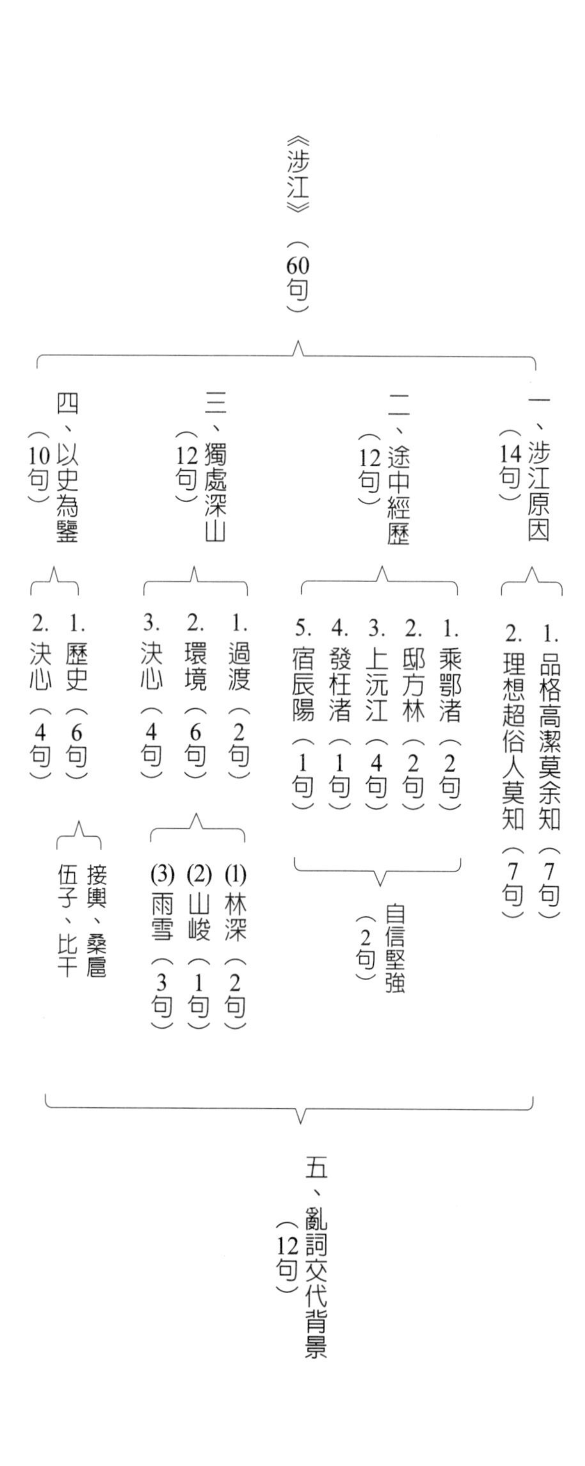

說明

《涉江》寫楚頃襄王時屈子被放後由鄂渚到溆浦這一路上的經歷和心情，尖銳地揭露當時楚國政治的黑暗腐朽。全詩六十句，可分五個層次。

第一層次　涉江原因（十四句）

1.品格高潔莫余知（七句）

余幼好此奇服兮，年既老而不衰。
帶長鋏之陸離兮，冠切雲之崔嵬，被明月兮佩寶璐。
世溷濁而莫余知兮，吾方高馳而不顧。

前五句用帶長鋏、冠切雲、被明月、佩寶璐這些「奇服」，來比喻品格的高潔。後二句說，可惜「世溷濁而莫余知」，所以詩人才決定「高馳而不顧」。

2.理想超俗人莫知（七句）

駕青虬兮驂白螭，吾與重華遊兮瑤之圃。
登崑崙兮食玉英，與天地兮同壽，與日月兮齊光。
哀南夷之莫吾知兮，旦余濟乎江湘。

前五句用駕青虬、驂白螭、遊瑤圃、登昆侖、食玉英以及與天地同壽、與日月齊光來比喻理想的超俗。末二句，因爲「哀南夷之莫吾知」，所以詩人決定渡過長江、洞庭而遠去。按：從資料角度看，「南夷」是指從福建（「閩」）到貴州（「犍為」、「牂柯」）一帶所謂「未開化」的少數民族。南方少數民族之人「莫吾知」似與屈原南行關係不大，甚至相悖。戴震提出一種看法：「是以楚俗爲夷也，陰邪之類讒害君子變于夷也。」[24]就是說，此處「南夷」是屈原對朝中讒佞之徒的一種蔑稱。蔣驥亦曰：「南夷，斥楚人。」[25]可備一考，因爲只有這樣解釋，「哀南夷之莫吾知兮，且余濟乎江湘」方能與上文「世溷濁而莫余知兮，吾方高馳而不顧」相配。

第二層次 途中經歷（十二句）

乘鄂渚而反顧兮，欸秋冬之緒風。步余馬兮山皋，邸余車兮方林。
乘舲船余上沅兮，齊吳榜以擊汰。船容與而不進兮，淹回水而凝滯。
朝發枉渚兮，夕宿辰陽。苟余心其端直兮，雖僻遠之何傷！

前十句勾勒了詩人南行的軌跡：乘鄂渚、邸方林、上沅江、發枉渚、宿辰陽。末二句表現自己的堅強自信：「苟余心其端直兮，雖僻遠之何傷！」

【24】戴震《屈原賦注》卷四，見《楚辭文獻叢刊》第六十二冊，頁八九。
【25】蔣驥《山帶閣注楚辭》，上海古籍出版社，一九五八年版，頁一一六。

第三層次　獨處深山（十二句）

入漵浦余儃佪兮，迷不知吾所如。深林杳以冥冥兮，乃猿狖之所居。山峻高以蔽日兮，下幽晦以多雨。霰雪紛其無垠兮，雲霏霏而承宇。哀吾生之無樂兮，幽獨處乎山中。吾不能變心而從俗兮，固將愁苦而終窮。

前二句總提，交代來到漵浦，是對上層的小結，也引出下面內容。下面六句描繪流放地區的險惡環境：深林昏暗，猿猴出沒、山高蔽日、幽晦多雨、霰雪霏霏，烏雲密布。這段描寫與《山鬼》所寫十分相似。末四句表現自己的決心：寧可愁苦終窮，也不變心從俗。

前三個層次之間爲連貫關係。

第四層次　以史為鑒（十句）

接輿髡首兮，桑扈裸行。忠不必用兮，賢不必以。伍子逢殃兮，比干菹醢。與前世而皆然兮，吾又何怨乎今之人！余將董道而不豫兮，固將重昏而終身！

前六句敘述歷史事例：接輿髡首、桑扈裸行、伍子逢殃、比干菹醢。後四句抒寫自己的想法：從古以來都這樣，我又爲何怨今人？堅守正道不猶豫，哪怕蒙冤到最後！如此堅定不移，如此剛毅果決，屈原眞君子也！

本層次與上一層次之間爲遞進關係。

第五層次 交代背景（亂詞，十二句）

亂曰：
鸞鳥鳳皇，日以遠兮；燕雀烏鵲，巢堂壇兮。
露申辛夷，死林薄兮；腥臊並御，芳不得薄兮。
陰陽易位，時不當兮。懷信侘傺，忽乎吾將行兮。

前八句以鸞鳥鳳皇、露申辛夷與燕雀烏鵲、腥臊之物作鮮明對比，尖銳地揭露當時楚國政治的黑暗腐朽。後四句講，在這「陰陽易位」的社會裡，詩人懷才不遇、失意要離開。這就表明，屈子的悲慘遭遇，並非個別現象，而是當時整個社會的縮影。「亂詞」是對前邊四個層次的總結，同時也深化了全詩主題。

第三節 《哀郢》探析

解題

《哀郢》是屈原被遷途中觸景生情、憂國憂民而寫成的一篇悲歌。這是一首充滿激情的流放曲，它像一顆明珠，將永遠閃耀於中華民族的文學寶庫中。對於《哀郢》的研究，已故劉永濟先生曾經慨歎曰：「古今對此篇的說法最雜。」[26]雜說並存是學術界允許的，但眞理只能有一個。

【26】劉永濟《屈賦音注詳解》，上海古籍出版社，一九八三年版，頁一八一。

「百家爭鳴」的目的正是爲了求得統一，找到眞理。

如關於《哀郢》的寫作時地問題，衆說紛紜，但據我的研究看來，在屈原作品中，寫作時間地點比較明確的，恰恰就是《哀郢》。

《哀郢》詩中開篇有云：「民離散而相失兮，方仲春而東遷。去故鄉而就遠兮，遵江夏以流亡。」這是他回憶離開郢都時的情景。那麼，此「遷」始於何時？《楚世家》載曰：

> 頃襄王三年，懷王卒于秦。秦歸其喪于楚，楚人皆憐之，如悲親戚。

《屈原列傳》：

> 楚人既咎子蘭以勸懷王入秦而不反也……令尹子蘭聞之大怒，卒使上官大夫短屈原于頃襄王。頃襄王怒而遷之。

詩中明言，屈原是「仲春」二月被遷。而「懷王卒于秦」、「秦歸其喪于楚」、「楚人既咎子蘭」、「令尹子蘭聞之大怒，卒使上官大夫短屈原于頃襄王」、「頃襄王怒而遷之」，這一系列事件不可能在一個月之內完成，至少需數月時間（當然也不可能拖得很久），所以，判斷屈原被「遷」離郢時間在翌年仲春似乎比較合理。據此可知，屈原第二次被逐，開始的時間是頃襄王四年仲春，當時屈原四十九歲。

詩中又寫道，「去終古之所居兮，今逍遙而來東」，「背夏浦而西思兮，哀故都之日遠」，「忽若不信兮，至今九年而不復」。這又說明，屈原作《哀郢》時已經離開郢都有九年之久，當在頃襄王十三年，詩人是年五十八歲。換句話說，《哀郢》作於頃襄王十三年，地點在夏浦（今之漢口）。歷史資料和作品文本載之鑿鑿，不容置疑。其他任何猜測之詞均可休矣！

諸種臆測中，《哀郢》作於頃襄王二十一年秦將白起破郢之後說影響巨大，直至當代一些騷學名家還在這麼說（如褚斌傑先生《楚辭選評》），而這確實是一種臆測。此說源頭在明人汪瑗。其《楚辭集解》先是說：

當頃襄王之二十一年，（秦）又攻楚而拔之，遂取郢……秦又赦楚罪人而遷之東方，屈原亦在罪人赦遷之中。悲故都之雲亡，傷主上之敗辱，而感己去終古之所居，遭讒妒之永廢，此《哀郢》之所由作也。[27]

汪氏此說是後代屈原投江「殉國說」的源頭。但汪氏此說確實是不能成立的。首先，屈原第二次被遷之時間、背景，如上文所述，是在頃襄王四年。史籍記載如此明白，但汪瑗非要說屈原第二次被遷是在頃襄王二十一年，而且還是「秦人」將他作爲「罪人」「赦遷」之東的，這不是臆測又是什麼？汪瑗後又注曰：

[27] 汪瑗《楚辭集解》，北京古籍出版社，一九九四年版，頁一七二。

按秦拔郢在頃襄王二十一年，今曰九年不復，則見廢當在頃襄王十三年，但無所考其因何事而廢耳。[28]

這就與上文他所說屈原在頃襄王二十一年白起破郢後被秦人當作「罪人」「赦遷」之事相矛盾。如依他後來的說法，那麼，既然早在頃襄王十三年就已經被遷離郢，爲什麼在頃襄王二十一年屈原又突然出現在郢都、且被秦人當作「罪人」「赦遷」之東呢？如此前後矛盾，後代居然還有人相信！後人如馬茂元先生，爲了替汪瑗圓謊，他解釋說：「但郢都被圍時，屈原恰巧回到郢都，郢都城破，他和難民一同逃出，獨自南下沅、湘，這一點是可以肯定的。」「秦人赦遷」說過於離譜，馬先生只好迴避，但還是要說頃襄王二十一年，只是他要「嚴謹」一點，所以加上此前「屈原恰巧回到郢都」[29]的說明，那麼，馬先生又是根據什麼「可以肯定」此事的呢？直到馬先生離世，人們也未見其對此有何說明。沒有根據，即是臆測。總之，《哀郢》作於頃襄王二十一年說，純屬虛構妄言，不可信據！

題目「哀郢」的意思，就是哀念郢都，即詩中「哀故都」之意。特別需要指出的是，此詩哀念的是故都，是國家的前途，是人民的苦難，而對於國君的感情，已不能與《離騷》、《惜誦》、《抽思》諸篇相比。那幾篇哀念的對象是懷王，所以談到君王時用語頗多，感情十分強烈。《離騷》有「惟草木之零落兮，恐美人之遲暮。不扶壯而棄穢兮，何不改乎此度？乘騏驥以馳騁兮，來吾道夫先路！」「初既與余成言兮，後悔遁而有他。余既不難夫離別兮，傷靈修之數化」等捶胸跺腳含淚陳情之語。《惜誦》八十八句，極大部分文字對懷王而言，有「竭忠誠以事

【28】上書，頁一七八。

【29】馬茂元《楚辭選》，人民文學出版社，一九五八年版，頁一三三。

君」、「吾誼先君而後身」、「事君而不貳」等情眞意切之語。《抽思》中亦有「昔君與我成言兮，曰黃昏以爲期。羌中道而回畔兮，反既有此他志」等等與史載事實相符之語。而《哀郢》一詩主要是記述自己遷逐行蹤，抒發思念故都之情，責斥的主要對象是「衆讒人」，直接諫君的只有二句：「憎慍惀之修美兮，好夫人之慷慨。」雖有不滿，但客氣委婉，屈原與頃襄王感情之淡薄顯而易見。

層次

（如下）

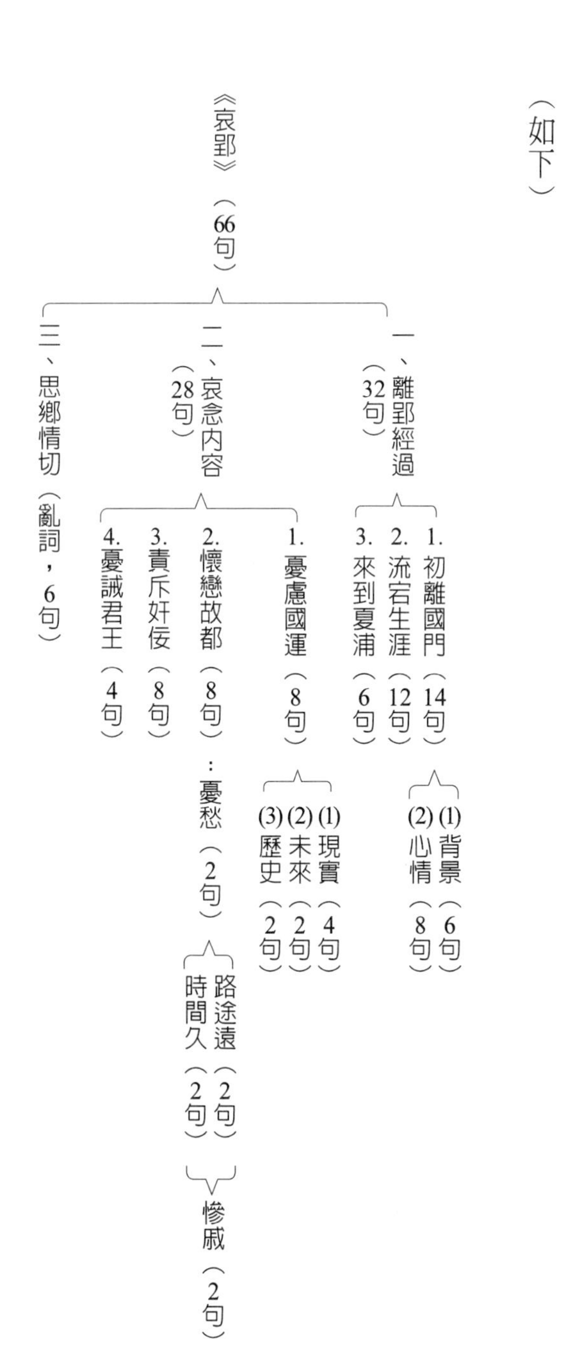

說明

《哀郢》是楚頃襄王十三年時屈子流放到夏浦時寫作的一首悲歌。詩人觸景生情，憂國憂民。全詩六十六句，分三個層次。

第一層次　離郢經過（三十二句）

此層記寫從郢都啓程到達夏浦這一路上的經歷和心情。根據時間和空間的轉移，可以分成三個小層次。

1. 初離國門（十四句）

皇天之不純命兮，何百姓之震愆？民離散而相失兮，方仲春而東遷。
去故鄉而就遠兮，遵江夏以流亡。
出國門而軫懷兮，甲之朝吾以行。發郢都而去閭兮，怊荒忽其焉極？
楫齊揚以容與兮，哀見君而不再得。望長楸而太息兮，涕淫淫其若霰。

前六句勾勒離郢時的背景。對此背景，有多種解釋，其中「白起破郢說」影響甚大，但上文已證明此乃臆測。今從朱熹說，其云：「屈原被放時，適會凶荒，人民離散，而屈原亦在行中。閔其流離，因以自傷；無所歸咎，而歎息皇天之不純其命，不能福善禍淫，相協民居，使之當此和樂之時，而遭離散之苦也。」[30]後八句抒寫繫心君王、惜別國都的「軫懷」。

【30】朱熹《楚辭集注》，上海古籍出版社，一九七九年版，頁八一。

2.流宕生涯（十二句）

過夏首而西浮兮，顧龍門而不見。心嬋媛而傷懷兮，眇不知其所蹠。
順風波以從流兮，焉洋洋而爲客。淩陽侯之氾濫兮，忽翱翔之焉薄？
心絓結而不解兮，思蹇產而不釋。將運舟而下浮兮，上洞庭而下江。

上層是初離國門，至少還可「望長楸」，那麼一過「夏首」，「顧龍門而不見」，流宕生涯才眞正開始。此層記寫從夏首到夏浦的旅途經歷和心情。作者的視角有三種，都伴隨著委屈和憂傷。前四句，「顧龍門而不見」有感，視角朝後。次四句視角時下時上，時而凝視波濤，時而悵望空中。末四句視角朝前。上，逆水行；下，順水行。上洞庭：前往洞庭湖。因爲洞庭之水自南向北，注於長江，故由長江入洞庭可稱爲「上洞庭」。下江：前往長江。因爲江夏之水由西往東，複注入長江，屈原「遵江夏以流亡」，故曰「下江」。因押韻需要，「上」「下」易位。

3.來到夏浦（六句）

去終古之所居兮，今逍遙而來東。
羌靈魂之欲歸兮，何須臾而忘反？背夏浦而西思兮，哀故都之日遠。

頭二句過渡，「去」句承上，「今」句啓下。後四句抒懷：我的靈魂想回歸，哪有片刻忘郢都！背對夏浦思家鄉，哀念郢都愈遙遠。此四句拓開下層。

上層次寫旅途經歷和心情，此層次寫在夏浦時哀念的內容，也可分成三個小層次。

第二層次　哀念內容（二十八句）

1. 憂慮國運（八句）

登大墳以遠望兮，聊以舒吾憂心。哀州土之平樂兮，悲江介之遺風。
當陵陽之焉至兮，淼南渡之焉如？曾不知夏之爲丘兮，孰兩東門之可蕪？

一般的楚辭版本都將這八句攔腰截斷分爲兩層，使得文意滯澀難通，很値得討論。這八句表達的是一組聯繫非常緊密的意思。前四句講現實：爲了排解一路愁悶，詩人登高望遠，他看到的是楚國土地平展廣袤，人民生活平安歡樂；看到的是沿江一帶祖先遺留下來的風俗依舊。假如他是一位「以物喜」、「以己悲」的「遷客騷人」，就定會「心曠神怡，寵辱皆忘，把酒臨風，其喜洋洋者矣」（范仲淹《岳陽樓記》），但屈子居然感到「哀」和「悲」。爲什麼呢？次二句講未來。原來屈子頭腦中有一種危機感：在眼前這一派歌舞昇平、恬然安謐的田園生活背後，一陣狂風惡浪將不知從何而至；到那時，煙波浩渺，百姓南渡又將如何逃脫這場厄運？末二句講歷史。詩人的危機感是從歷史的教訓中得來的，他想起了當年伍子胥率吳兵攻入郢都，使京城高房大廈變成一片廢墟，兩座東門化爲荒蕪之地的往事。面對現實，預測未來，依據的是歷史，因此這八句一氣呵成，十分精彩地表現出一位「先天下之憂而憂」的古代傑出政治家的眼光。歷史證明屈子當時的這種危機感（或者說預言）是準確的。也因此，不要把這八句詩強行分割開來。

2.懷戀故都（八句）

心不怡之長久矣，憂與愁其相接。惟郢路之遼遠兮，江與夏之不可涉。
忽若不信兮，至今九年而不復。慘鬱鬱而不通兮，蹇侘傺而含慼。

前二句寫憂愁之深重。中四句分別寫憂的原因：回郢的路途遙遠，離郢的時間久長。末二句寫憂極而成慘慼。此小層與上一小層之間爲遞進關係。正因爲有那種危機感，所以他才更想念郢都，更急於上達國君。但「至今九年而不復」，歸路已經斷絕，詩人慘慼之極就轉化爲對當時腐朽統治集團的憤怒譴責，這就是下兩層次的內容。

3.責斥奸佞（八句）

外承歡之汋約兮，諶荏弱而難持。忠湛湛而願進兮，妒被離而障之。
彼堯舜之抗行兮，瞭杳杳而薄天。眾讒人之嫉妒兮，被以不慈之僞名。

這一層次責斥的對象是奸臣。詩人痛斥群小諂媚懦弱，沒有骨氣，只是以誣陷忠良爲能事。他舉例道：堯舜行爲多高尚，光明磊落上達天；讒言小人好嫉妒，強加「不慈」荒唐言。讀者彷彿看見屈子咬牙切齒，義憤塡膺之狀。

4.勸誡君王（四句）

憎慍惀之修美兮，好夫人之慷慨。眾踥蹀而日進兮，美超遠而逾邁。

前二句客氣委婉地指出頃襄王之弊病。屈原與頃襄王君臣關係不足三年，感情遠遠不如與懷王的感情，故而勸誡時十分客氣。但後二句講此弊病之惡果，則語氣顯得相當冷峻、尖銳。因爲這正是楚國國勢衰弱甚至危亡的主要原因。《戰國策・中山策》中載有秦將白起破郢後對楚國形勢的一段回憶：

是時楚王恃其國大，不恤國政，而群臣相妒以爲功，諂諛用事，良臣斥疏……[31]

這段話同屈原上面的批評何其相似乃爾！正因爲看透了國政的弊端及其危害，所以屈子痛心嫉首，而又無比憤怒。

第三層次　思鄉情切（亂詞，六句）

亂曰：
曼余目以流觀兮，冀壹反之何時？鳥飛反故鄉兮，狐死必首丘。
信非吾罪而棄逐兮，何日夜而忘之？

上邊，從「登大墳以遠望兮」到「美超遠而逾邁」，是詩人西向而立凝神而望時內心中掀起的一陣又一陣的感情狂濤。我們甚至可以想像，屈子之心爲憂國憂民之情所焚，他痛苦地閉上了

【31】高誘注《戰國策》，上海書店，一九八七年版，第三冊，頁九六。

自己的眼睛。此時，心頭大浪過後，詩人才又慢慢地張開眼睛，眼光從「州土」、「江介」上收了回來。「曼目流觀」，身處異鄉，一種悽楚的感情襲上心來，他多麼希望回到郢都去（重振朝綱，力挽狂瀾）！連禽獸都還思戀故鄉，更何況一個愛國者呢！對國家命運的焦慮，此時又化成了對故鄉郢都眞摯的思念。思念之切已經到了「何日夜而忘之」的程度！

掩卷靜思，一篇《哀郢》，催人淚下。作品通過對流放途中所見所想的描寫和抒情，不僅表達了強烈的愛國主義思想感情，而且塑造了一位具有遠見卓識、憂國憂民的抒情主人公形象。由《哀郢》，不由得不使人想起《岳陽樓記》裡的名句：

> 嗟夫！予嘗求古仁人之心……不以物喜，不以己悲；居廟堂之高則憂其民，處江湖之遠則憂其君。是進亦憂退亦憂，然則何時而樂耶？其必曰「先天下之憂而憂，後天下之樂而樂」乎！

長期漂泊流蕩於岳陽、洞庭、沅湘一帶的屈原，難道不正是范文正公所讚頌的「古仁人」之一嗎？總之，只把《哀郢》理解成「心在楚國」、「心戀郢都」、揮灑愛國之淚、抒發哀傷之情，這是遠遠不夠的，更重要的是，《哀郢》爲我們塑造了一位傑出的具有遠見卓識的愛國政治家的高大形象。這才是《哀郢》更重要的價值！

第四節 《抽思》探析

解題

《抽思》的寫作時地問題也比較容易判斷，因爲文本多次顯示了這一點。

1.詩篇開始即云：「數惟蓀之多怒兮，傷余心之憂憂。願搖起而橫奔兮，覽民尤以自鎮。」此處所講之「橫奔」，與《惜誦》「欲橫奔而失路兮，蓋志堅而不忍」中之「橫奔」，性質完全一樣，連前後表達的內容也相似，足證這兩首詩所寫內容有相關之處，而且寫於大致相同的歷史時期。前已證明，《惜誦》作於懷王十六年，那麼，《抽思》之作，也當與此時期不遠。

2.《抽思》又云：「有鳥自南兮，來集漢北。」王夫之《楚辭通釋》在釋《九章．抽思》時云：「此追述懷王不用時事。時楚尚都郢，在漢南，原不用而去國，退居漢北。」[32]林雲銘《楚辭燈》在《抽思》注的結語中亦寫道：「今讀是篇，明明道出『漢北』、『不能南歸』一大段，則當年懷王之遷原於遠，疑在此地。」[33]蔣驥《山帶閣注楚辭》在解讀《抽思》一詩時就說得更加明確，其云：「此敘謫居漢北以後……漢北，今鄖襄之地。原自郢都而遷於此，猶鳥自南而集北也。」[34]蔣驥第一次明確地提到屈原到過「鄖襄之地」。總之，屈原寫《惜誦》時尚未離開郢都，而寫《抽思》時，他已「謫居漢北」。

3.《抽思》又云：「望北山而流涕兮，臨流水而太息。」我查了一下《漢書．地理志》，其「漢中郡」名下有「旬陽」縣，班固在此條下注曰：「北山，旬水所出，南入沔。」[35]旬陽本為楚國疆土。《戰國策．楚策一》載蘇秦語曰，當時的楚國，「南有洞庭、蒼梧，北有汾陘之

【32】王夫之《楚辭通釋》，續修四庫全書，同治四年本，頁二三〇。
【33】林雲銘《楚辭燈》，見《楚辭文獻叢刊》，北京：國家圖書館出版社，二〇一四年版，第四十六冊，頁三二一。
【34】蔣驥《山帶閣注楚辭》，上海：上海古籍出版社，一九八四年版，頁一二四。
【35】班固《漢書》，北京：中華書局，一九六二年版，第六冊，頁一五九六。

塞旬陽，地方五千里。」[36]《史記・蘇秦列傳》亦載有此語。那麼，屈原爲什麼要「望北山而流涕」呢？《史記・楚世家》載曰：「懷王十七年春，與秦戰丹陽，秦大敗我軍，斬甲八萬，虜我大將軍屈匄、裨將軍逢侯醜等七十餘人，遂取漢中之郡。」當然「北山」也就隨之而淪爲秦國的疆土了。丹陽慘敗，是懷王不用屈原之策而造成的惡果，屈原對此當然會痛心疾首。再加他是一個愛國者，目睹國土之淪喪，又怎能不「望」而「流涕」呢？

4.《抽思》接著還寫道：「望孟夏之短夜兮，何晦明之若歲？」丹陽之役在春天，屈原「望北山而流涕」在「孟夏」，其時間前後銜接，正好吻合。

由以上四點可知，《抽思》一詩，寫於楚懷王十七年孟夏，具體地點是在漢北，即今之襄陽、鄖陽和南陽一帶。

題目「抽思」二字是從全詩八十八個字中選出來的，可以想見屈原是不會隨意爲之的。那麼，他的意思是什麼呢？關於「抽思」二字的含義，自古以來的解釋，均不能與前後文聯接，故不可從。如果按王逸所云「拔除恨意」、朱熹所云「抽繹郁情」、蔣驥所云「剖露其心」等等解釋，那麼，此層當譯爲：我向君王抽繹郁情（或「恨意」、「心跡」），日日夜夜沒有停止。君王卻向我誇讚別人，輕視我的話而不聽。且不說這根本是扭曲了屈子形象（王夫之在釋《思美人》時斥責這類解讀是要將屈原醜化為「患失之小丈夫」），即使從邏輯上來說，前後也缺乏內在聯繫。欣賞作品，不能僅看一個詞一句話，而必須聯繫上下文意，甚至還要聯繫同時期的其他作品，統籌考慮。「與美人之抽思兮，並日夜而無正」的意思，當與「驕吾以其美好兮，敖朕辭而不聽」相反，前後才能相配。

【36】高誘注《戰國策》二，上海書店，一九八七年版，頁二〇。

那麼，君王「不聽」的究竟是什麼呢？「抽」，既有「拔」之意，也有「引」、「理」之意。「理」即整理、梳理。「思」，自然是思路、思想之意。屈子要梳理的是什麼思想、什麼思路呢？是對君王的「恨意」或「鬱情」嗎？顯然不是。細讀《抽思》，可以發現，此詩與《離騷》、《惜誦》有個明顯的不同，那兩篇中有相當多的篇幅是斥責讒諂佞臣的，而《抽思》涉及群小的只有一句「衆果以我爲患」，力度很小，幾乎可以忽略。《抽思》主要談與君王的關係。作爲一個有理想有抱負的政治家，日夜梳理的當然是如何輔弼君王，即日夜不停地梳理與治理國家有關的思路或思想。治理國家的思想或思路，當用「方略」一詞來表達。「梳理」、「整理」可用「謀劃」來表達。君王「不聽」的正是屈原日夜爲他謀劃的治國方略。這個治國方略也就是上文寫到的「吾所陳之耿著」的內容，就是「望三五以爲像」等等。屈原是說，自己爲君王謀劃治國的方略，日以繼夜，不敢停下。但是君王卻向我誇耀別人的想法好，輕視我的諫詞，根本聽不進去。這樣解釋，庶幾可以說清楚屈子詩句的原意，可以表現出一位愛國政治家的心胸，就也能理解屈子眞正的悲劇。

要之，「抽思」二字的含義是：（日夜為君王）謀劃治國方略。其背後的含義，可用「忠臣之心」四字來表達。誠如《離騷》所云：「指九天以爲正兮，夫唯靈修之故也！」又如《惜誦》所云：「所非忠而言之兮，指蒼天以爲正！」

層次

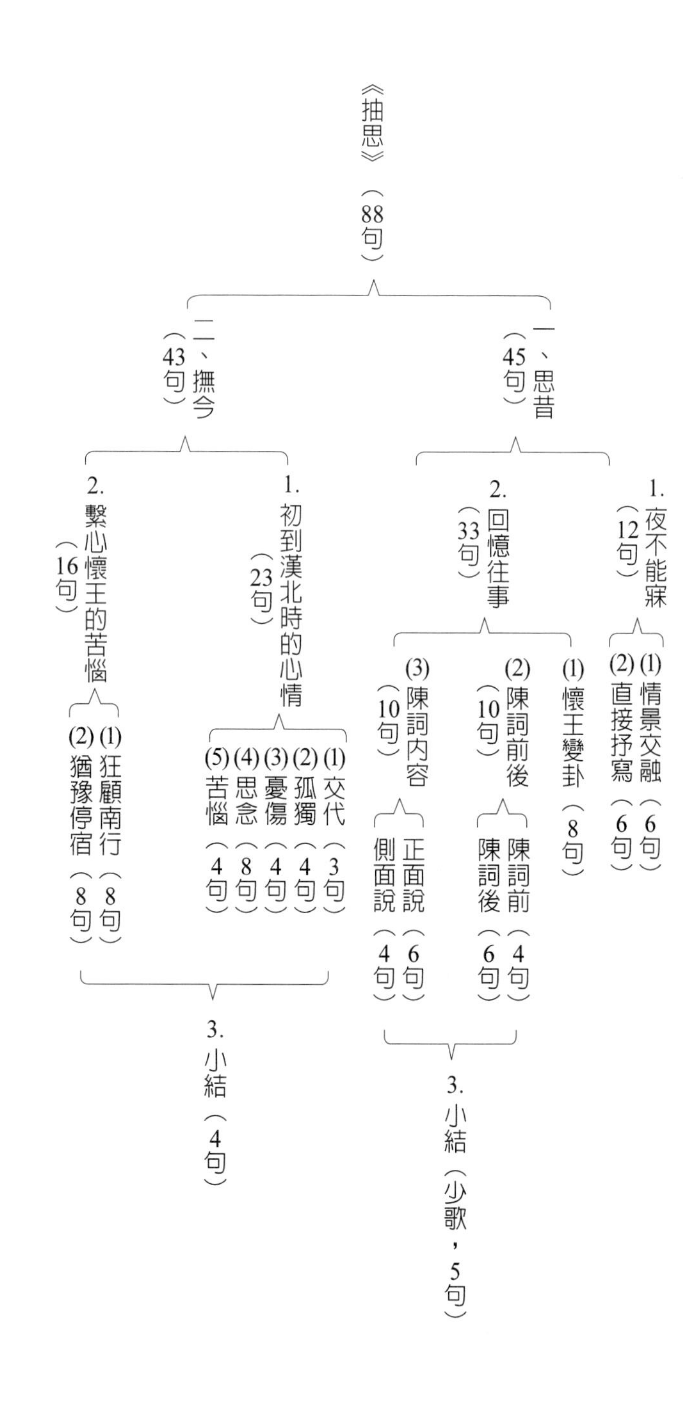

說明

詩人無過被逐，撫今思昔，夜不能寐。此詩寫了兩個夜不能寐：一個是「思蹇產之不釋兮，曼遭夜之方長。悲秋風之動容兮，何回極之浮浮？」一個是「望孟夏之短夜兮，何晦明之若歲？惟郢路之遼遠兮，魂一夕而九逝。」前一個在秋季，後一個在孟夏。前一個以「少歌」收結，後一個以「倡曰」發端，以「亂曰」結尾。很明顯，全詩八十八句，可分兩大層次。

第一層次　思昔（四十五句）

詩人想起以往日夜爲君王謀劃治國方略然而不得重視的那些事情，無比痛苦、憂傷。此層四十五句，分兩個層次。

1.夜不能寐（十二句）

> 心鬱鬱之憂思兮，獨永歎乎增傷。思蹇產之不釋兮，曼遭夜之方長。
> 悲秋風之動容兮，何回極之浮浮？
> 數惟蓀之多怒兮，傷余心之憂憂。願搖起而橫奔兮，覽民尤以自鎮。
> 結微情以陳詞兮，矯以遺夫美人。

前六句向讀者展現這樣一幅畫面：在一個秋風蕭瑟的晚上，詩人夜不能寐，獨自長歎，轉輾反側。

後六句直抒其情，說明君王多怒，自己苦痛悲憤，本想拂袖而去，「逃死四鄰」，但是看到黎民遭罪，便又冷靜下來。他梳理思路，寫成諫辭，爲了糾正時弊，還想呈送君王。由此可見屈子本意實在不想離開郢都。

2.回憶往事（三十三句）

此層次回憶屈子被謫居漢北前與楚王之間的一些事情。三十三句，可分四個層次：

(1)懷王變卦（八句）

昔君與我成言兮，曰黃昏以爲期。羌中道而回畔兮，反既有此他志。
驕吾以其美好兮，覽余以其修姱。與余言而不信兮，蓋爲余而造怒。

寫出了懷王對他由信任到變卦、厭惡，乃至動怒的過程，與《史記》本傳相符。

(2)陳詞前後（十句）

願承閒而自察兮，心震悼而不敢。悲夷猶而冀進兮，心怛傷之憺憺。
曆茲情以陳辭兮，蓀詳聾而不聞。固切人之不媚兮，衆果以我爲患。
初吾所陳之耿著兮，豈至今其庸亡？

懷王動怒後，屈子曾經陳情自白。前四句寫陳詞之前震驚悲痛、憂傷恐懼的心情。中四句寫他陳詞之後懷王不理、群小忌恨的情況。末二句是小結：當初道理已講明，難道今天都忘卻？此二句自然引起下文。

(3)陳詞內容（十句）

何獨樂斯之謇謇兮？願蓀美之可光。

望三五以爲像兮，指彭咸以爲儀。夫何極而不至兮，故遠聞而難虧。善不由外來兮，名不可以虛作。孰無施而有報兮，孰不實而有獲？

前二句一問一答：爲何獨愛此忠直？願王美政可光大。次四句正面說明只有君明臣賢方能做成一切，聲名久遠。末四句從側面勸喻懷王：美德名譽靠自己努力，「無施」、「不實」就不會有好報和收穫。這些內容，史書罕見，彌足珍貴。

(4) 總結（少歌，五句）

少歌曰：

與美人之抽思兮，並日夜而無正。驕吾以其美好兮，敖朕辭而不聽。

這四句可譯爲：我爲君王謀方略，日以繼夜不敢停；他卻向我誇人好，輕視我話而不聽。這四句充分表現出了詩人內心的痛苦和無奈，也是對回憶往事一層的小結。

第二層次　撫今（四十三句）

本層次主要寫自己眼下謫居漢北、遠離懷王后的孤獨、憂傷、思念和苦惱等心情，可以分爲兩層來理解。

1.寫現時謫居漢北的心情（二十三句）

(1)交代背景（三句）

倡曰：

有鳥自南兮，來集漢北。

說清自己已到漢北，以鳥自喻，極富感情。另外，這二句表明上邊的文字顯然不是寫來到漢北以後的事，作品的層次十分清楚。

(2)**寫孤獨**（四句）

好姱佳麗兮，判獨處此異域。既惸獨而不群兮，又無良媒在其側。

此層寫：品德高尚貌俊美，離京獨處此異鄉。孤獨無依不合群，又無知音在身旁。兩個「獨」字，寫盡詩人當時憤懣孤獨之情。

(3)**寫憂傷**（四句）

道卓遠而日忘兮，願自申而不得。望北山而流涕兮，臨流水而太息。

前二句敘述道卓遠，君日忘，凸現詩人自申不得之困境；後二句描寫「流涕」、「太息」，抒發委屈、傷痛之情。史載，楚懷王十七年，丹陽大戰，楚軍敗績，秦取漢中之郡。據《漢書·

地理志》記載，「北山」即漢中郡旬陽縣境內之山。屈子「望北山而流涕」，足證其除有忠君思想之外，還有愛國思想。在此國土淪喪之際，他迫切地希望能回到君王身邊，出謀劃策，以救亡圖存，但此想法「不得」實現，故他爲國土淪喪而哭，爲自己壯志未酬而哭。

(4) **寫思念**（八句）

望孟夏之短夜兮，何晦明之若歲？惟郢路之遼遠兮，魂一夕而九逝。曾不知路之曲直兮，南指月與列星。願徑逝而未得兮，魂識路之營營。

孟夏本是短暫夜，爲何如今長若年？雖然郢都路遙遠，靈魂一夜去多次。不知回路多曲直，明月列星作標誌。直接回郢不可能，夢魂尋歸特繁忙。這八句十分生動，詩人思念故鄉、君王，長夜難眠，夢魂九逝；南望星月，執著不移。屈子忠君愛國之情，熾熱若火，堅如磐石，流芳百世，光照汗青！

(5) **寫苦惱**（四句）

何靈魂之信直兮，人之心不與吾心同！理弱而媒不通兮，尚不知余之從容。

詩人從兩個角度寫自己的苦惱。前二句作對比：自己忠信正直，他人卻不相同。言外之意，他人飛黃騰達，自己卻處境困厄。後二句講因果：因爲理弱媒拙，所以君王「不知余之從容」。此大層採用直接抒情的方法，層層深入地抒發自己曲折、複雜的思想感情。如蔣驥所云：

「此敘謫居漢北以後不忍忘君之意……甚於痛哭矣！」[37]

2.寫繫心懷王的苦惱（十六句）

亂詞。屈原對懷王的感情很深，儘管暫時被黜，但他仍然十分思念懷王。前八句寫爲了表達急於向懷王陳情的心思，他溯流而上，狂顧南行：

長瀨湍流，泝江潭兮。狂顧南行，聊以娛心兮。
軫石崴嵬，蹇吾願兮。超回志度，行隱進兮。

後八句寫他欲進不敢，心煩意亂：

低佪夷猶，宿北姑兮。煩冤瞀容，實沛徂兮。
愁歎苦神，靈遙思兮。路遠處幽，又無行媒兮。

急切想回，而又不敢；進退維谷，心煩意亂。屈原一腔忠君愛國之心竟無表達之機，他苦惱之極。

3.結尾（四句）

道思作頌，聊以自救兮。憂心不遂，斯言誰告兮。

【37】蔣驥《山帶閣注楚辭》，上海：上海古籍出版社，一九八四年版，頁一二四－頁一二五。

詩人撫今思昔，對懷王，既充滿希望，但又無比失望。因此，「道思作頌」只是爲了「聊以自救」；而滿腔憂憤，又能向誰訴說？無奈之情，溢於言表。

縱觀《抽思》全篇，八十八句之中只有「衆果以我爲患」和「人之心不與吾心同」兩句是涉及到讒佞之臣的，其他八十六句都是直接或間接地對懷王傾訴衷情。屈子對懷王的一片忠貞之心在此詩中表現得尤其淋漓盡致。

第五節 《懷沙》探析

解題

懷：懷念，思念。沙：地名，即長沙，汨羅江就在長沙附近。懷沙：即思念長沙，想去長沙。屈原長期流放，複用無望，抱定了必死的決心。此篇語氣「雖爲近死之音，然紆而未鬱，直而未激。」[38]故雖然司馬遷以爲此篇乃屈原「懷石」自沉前之絕筆，但後世不少人認爲太史公此言恐非事實。

那麼，屈原臨死之前爲什麼會思念長沙，想去長沙呢？

清人蔣驥，《山帶閣注楚辭》在《漁父》注結尾處寫道：

抑《湘中記》云：湘水至清，深五六丈，下見底了了。則原之赴死，亦不忘清醒之意也夫。[39]

【38】蔣驥《山帶閣注楚辭》，上海：上海古籍出版社，一九八四年版，頁一三〇。

【39】上書頁一五七。

其在《懷沙》注結尾處又設問：

> 原嘗自陵陽涉江湘，入辰溆，有終焉之志，然卒返而自沉……然則奚不死於辰溆？曰：原將下著其志，而上悟其君，死而無聞，非其所也。長沙為楚東南之會，去郢未遠，固與荒徼絕異。且熊繹始封，實在于此，原既放逐，不敢北越大江，而歸死先王故居，則亦首丘之意，所以眷眷有懷也。[40]

總結上述文字，蔣驥認為屈原選擇到汨羅自沉的原因有三：一為「湘水至清」，在此自沉，「不忘清醒之意」；二為屈原自沉，目的是「下著其志，而上悟其君」，而在辰溆則「死而無聞，非其所也」，惟「長沙為楚東南之會，去郢未遠，固與荒徼絕異」；三為「熊繹始封，實在于此，原既放逐，不敢北越大江，而歸死先王故居，則亦首丘之意」。

蔣驥所述第一條，似乎說服力不強，因為沅湘流域，清澈之水，所在多有，即如沅江，不僅水清，而且景美。《涉江》云：「朝發枉渚兮，夕宿辰陽。」而據《水經注》記載，從辰陽到枉渚，或「灣狀半月，清潭鏡澈，上則風籟空傳，下則泉響不斷」；或「綠蘿蒙冪，頹岩臨水……其迭響若鐘音，信為神仙之所居」；枉渚附近，更是「修溪一百餘里，茂竹便娟，披溪蔭渚」[41]如此水清景美神仙所居之處，若為「不忘清醒之意」，屈子根本不必捨沅赴湘，故蔣氏此說牽強，不能成立。

其第二條有理，因為戰國後期「長沙為楚東南之會」這一點，已為典籍和出土文物所證明。

【40】上書頁一二九—頁一三〇。

【41】酈道元《水經注》，中華書局，二〇〇九年版，卷三十七。

從政治角度說，秦始皇初年，「分天下以為三十六郡」「以監縣也」，而長沙就是這三十六郡之一。《史記．貨殖列傳》從經濟角度載曰：

衡山、九江、江南、豫章、長沙，是南楚也，其俗大類西楚。[42]

也就是說，早在西漢之前，長沙就已是相當繁華的大都會。另外，沈從文《中國古代服飾研究》一書載曰：

惟從近年長沙、信陽楚墓出土大量彩繪男女俑看來，……商業發展占顯著地位。[43]

其又寫道：

近年湖南長沙和湖北江陵一帶出土西漢初年細繡紋紗羅，薄如煙霧，且有仿泥金銀印花彩繪薄質織物，紗衣每件重量不到一市兩，近似漢人所說的「霧縠」、南朝人所說的「天衣」。刺繡精細所達到的工藝水準都是難以設想的。[44]

【42】司馬遷《史記》，北京：中華書局，一九八二年版，頁三二六八。

【43】沈從文《中國古代服飾研究》，上海書店出版社，二〇〇五年版，頁六六。

【44】沈從文《中國古代服飾研究》，上海書店出版社，二〇〇五年版，頁一九三。

長沙若非「楚東南之會」、工商業高度繁榮發達，怎能有上述文物？既然是大都會，人煙稠密，消息靈通，汨羅離長沙很近，屈原自沉汨羅一事，定會口口相傳，不徑而走，天下皆知，因此就能達到「下著其志，而上悟其君」的目的。而相比之下，辰陽、漵浦在湘西萬山叢中，「深林杳以冥冥兮，乃猿狖之所居。山峻高以蔽日兮，下幽晦以多雨。」如此荒涼偏僻，人跡罕至，屈原自沉，必然默默無聞，焉能「下著其志，而上悟其君」？所以說，蔣驥的第二條理由不但能夠成立，而且還十分有說服力。

蔣驥的第三條理由與事實略有出入，但也有一定道理。先說他之所述與事實略有出入，因爲汨羅並非「熊繹始封實在於此」。《史記・楚世家》載曰：

> 周文王之時，季連之苗裔曰鬻熊。鬻熊子事文王，早卒。其子曰熊麗，熊麗生熊狂，熊狂生熊繹。熊繹當周成王時，舉文、武勤勞之後嗣，而封熊繹于楚蠻，封以子男之田，姓羋氏，居丹陽。

此處「丹陽」，《史記》「集解」徐廣注曰：「在南郡枝江縣。」《括地志》云：「歸州巴東縣東南四里歸故城，楚子熊繹之始國也。又熊繹墓在歸州秭歸縣。」《輿地志》云：「秭歸縣東有丹陽城，周遍八里，熊繹始封也。」[45]《後漢書》「郡國四」「南郡」條下載曰：「枝江侯國，本羅國，有丹陽聚。」[46]根據以上資料可知，蔣驥「熊繹始封實在于此（長沙）」一語並不準確；「熊繹始封」之國乃故羅國，在湖北枝江縣、秭歸附近，而非湖南長沙。

【45】司馬遷《史記》第五冊，北京：中華書局，一九八二年版，頁一六九一—頁一六九二。
【46】范曄《後漢書》，鄭州：中州古籍出版社，一九九六年版，頁一八三。

然而，蔣氏此說也有一定道理，因爲汨羅確實也是楚人「先王故居」。《漢書．地理志》載：「長沙國……縣十三：臨湘、羅、連道……」。「羅」即汨羅，應劭注曰：「楚文王徙羅子自枝江居此。」師古注曰：「盛弘之《荊州記》云，縣北帶汨水，水原出豫章艾縣界，西流注湘。沿汨北去縣三十里，名爲屈潭，屈原自沉處。」[47]楚文王，西元前六八九年－西元前六七七年之間爲楚國君主，與齊桓公幾乎同時。應劭注中之「羅」，指熊繹封邑故羅國。「子」，指熊繹當年被封之爵位。「羅子」就是熊繹之後裔，因爲他們繼承了熊繹的爵位。另外，「熊繹墓在歸州秭歸縣」，那麼，從熊繹去世到楚文王即位這漫長的三百多年來，一直守護宗廟祖墳的「羅子」必是熊繹的嫡傳後裔才合情理。也就是說，熊繹的嫡傳後裔在屈原生前三百多年（楚文王時，西元前六八〇年左右）即已被遷徙到了湖南汨羅。所以汨羅確實也是楚人的「先王故居」，屈原選擇到汨羅自沉，確如蔣驥所云：「原既放逐，不敢北越大江，而歸死先王故居，則亦首丘之意」。

除以上原因外，我認爲，屈原選擇到長沙附近的汨羅自沉，還有一個很重要的原因，就是政治共鳴。因爲湖北枝江的熊繹嫡傳後裔，是被當時的掌權者（楚文王）趕出世居之地，遷徙到湖南汨羅來的。這是宗族內部鬥爭的結果。《春秋左氏傳》桓公十二至十三年載曰：

> 伐絞之役，楚師分涉于彭。羅人欲伐之。使伯嘉諜之，三巡數之。
>
> 十三年春，楚屈瑕伐羅，鬥伯比送之。還，謂其御曰：「莫敖必敗。舉趾高，心不固矣。」遂見楚子，曰：「必濟師！」楚子辭焉。入告夫人鄧曼。鄧曼曰：「大夫其非眾之謂，其謂君撫小民以信，

【47】班固《漢書》，北京：中華書局，一九八七年版，頁一六三九。

訓諸司以德，而威莫敖以刑也。莫敖狃于蒲騷之役，將自用也，必小羅。君若不鎮撫，其不設備乎！夫固謂君訓眾而好鎮撫之，召諸司而勸之以令德，見莫敖而告諸天之不假易也。不然，夫豈不知楚師之盡行也？」楚子使賴人追之，不及。莫敖使徇于師曰：「諫者有刑！」及鄢，亂次以濟，遂無次。且不設備。及羅，羅與盧戎兩軍之，大敗之。莫敖縊于荒穀。群帥囚于冶父以聽刑。楚子曰：「孤之罪也。」皆免之。【48】

此則史料證明，在熊繹始封之地的熊氏後裔，十分聰明善戰，區區兩個小邑居然能夠擊敗甚至逼死來犯的楚國最高軍事統帥！這一仗是打贏了，但後果嚴重。故羅邑離楚當時的都城不遠，長久留在原地，必成楚王心腹之患。楚武王自知理虧，並未怪罪枝江羅子，但他死後，楚文王上臺，一邊將楚都搬遷至郢城，一邊將枝江羅子遷徙到湖南汨羅，這樣，既可消除心腹之患，又能守住南楚大門，一舉兩得，輸贏互逆。屈原曾爲左徒、三閭大夫，官居顯位，卻因爲政治主張與當局者不同，兩次被流放至荒僻之地。「同是天涯淪落人」，正是這種與先人政治上的共鳴情感，使屈原不辭辛苦離開沅江流域，而「寧赴」長沙附近的汨羅自沉。此舉正好表現了屈原「信非吾罪而棄逐兮，何日夜而忘之」的感情，亦即所謂「下著其志」也。

總之，長沙附近的汨羅確實也是楚人的「先王故居」，屈原在此自沉就能表現「首丘」之

【48】孔穎達《春秋左傳正義》，見《十三經注疏》，北京：中華書局，一九八〇年版，頁一七五六—頁一七五七。

情；又是熊繹後裔被遷之地，到此自沉，正好可以「下著其志」；更重要的是，汨羅緊靠大都會長沙，資訊流通快捷，自沉之後，有可能達到「上悟其君」的目的。這三條，就是屈原選擇到汨羅自沉的原因。

關於屈原寫作《懷沙》的時間和地點，文本開篇寫道：「滔滔孟夏兮，草木莽莽。傷懷永哀兮，汨徂南土。」「孟夏」即農曆四月。南朝《續齊諧記》云：「屈原五月五日投汨羅水」[49]。由此可知，《懷沙》寫於投江前的農曆四月。《漁父》詩云：「屈原既放，游于江潭……屈原曰：……寧赴湘流，葬于江魚之腹中」。蔣驥云此「江」爲沅江。《懷沙》云「汨徂南土」，「徂」，去，往。「南土」，指洞庭湖之南的地方。可見，《懷沙》是農曆四月裡寫於從沅江前往長沙的途中，故有「懷」意。

[49] 吳均《續齊諧記》，見《欽定四庫全書》子部．小說家類．異聞之屬。

層次

（如下）

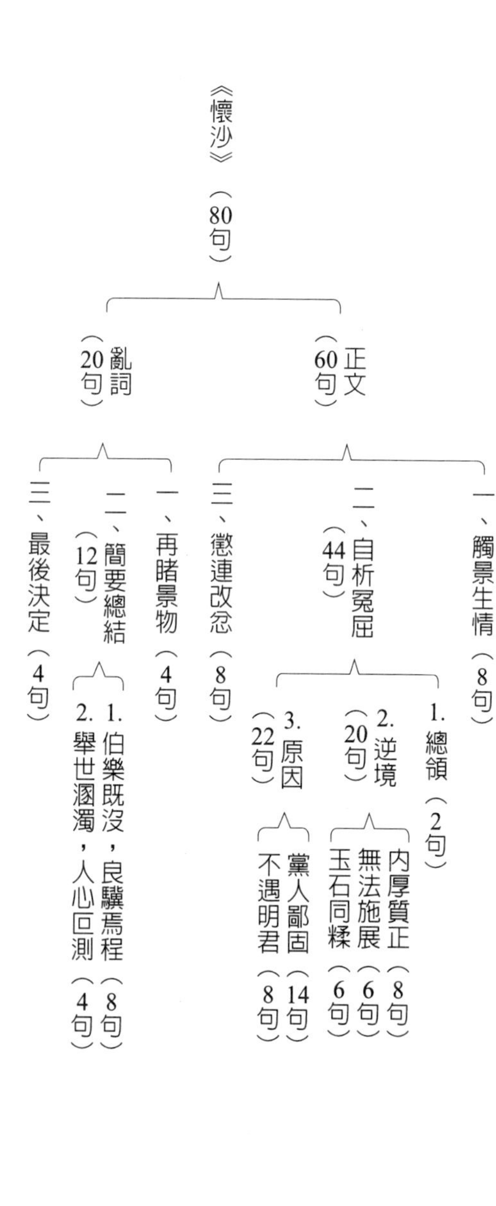

說明

《懷沙》是屈原前往汨羅途中的抒情明志之作。全詩八十句，分正文和亂詞兩大部分。在正文部分，詩人清理自己痛苦紊亂的思想。亂詞部分是在清理思想的基礎上作出最後的決定。

正文。六十句，可分三個層次。

第一層次　觸景生情（八句）

滔滔孟夏兮，草木莽莽。傷懷永哀兮，汩徂南土。眴兮杳杳，孔靜幽默。鬱結紆軫兮，離慜而長鞠。

前四句通過環境的勾勒，寫出前往汨羅（洞庭湖之南的地方）途中的憂傷、悲哀：炎炎酷暑夏四月，草木長得大又密。滿腹傷心長悲哀，疾速前往汨羅鄉。後四句通過氛圍的渲染，表現孤單寂寞而引起的委屈、痛苦：放眼望去黑沉沉，原野一片靜悄悄。委屈痛苦不能解，遭遇憂患久困窮。

第二層次　自析冤屈（四十四句）

1. 總領（二句）

撫情效志兮，冤屈而自抑。

這二句可譯爲：強壓激情理思緒，心中冤屈先自析。從而引出下面兩層意思。

2. 逆境（二十句）

詩人回顧自己被黜之後的處境。這二十句可分成有內在關係的三個小層次。

(1)**內厚質正**（八句）

刓方以爲圜兮，常度未替。易初本迪兮，君子所鄙。
章畫志墨兮，前圖未改。內厚質正兮，大人所盛。

前四句是說，（自己）曾想削方變爲圓，但是常法不能變。改變初衷隨流俗，大人君子都鄙棄。後四句表示自己守道不移（「章畫志墨」），品質方正。但是——

(2)**無法施展**（六句）

巧倕不斲兮，孰察其揆正。玄文處幽兮，蒙瞍謂之不章。
離婁微睇兮，瞽以爲無明。

此六句可譯爲：不讓巧匠砍木頭，誰能知他技藝高？黑色花紋在暗處，盲人說它不顯著。離婁好眼微張開，盲人說他已失明。詩人連用三個比喻，暗示頃襄王上臺後的二三年裡一直沒有重用屈原。這個資訊對於彌補屈原身世十分重要。因爲未被重用，不能施展自己傑出的才能，以致——

(3)**玉石同糅**（六句）

變白以爲黑兮，倒上以爲下。鳳皇在笯兮，雞鶩翔舞。
同糅玉石兮，一概而相量。

由於上面的原因，自己正處於黑白顚倒，鳳凰被困，雞鴨歡舞，玉石同糅的尷尬境地。

3.原因（二十二句）

身遭冷遇，處境狼狽，這是現象，那麼原因何在？屈子總結了兩點。

(1)黨人鄙固（十四句）

夫惟黨人鄙固兮，羌不知余之所臧。任重載盛兮，陷滯而不濟。
懷瑾握瑜兮，窮不知所示。邑犬群吠兮，吠所怪也。
非俊疑傑兮，固庸態也。文質疏内兮，眾不知余之異采。
材樸委積兮，莫知余之所有。

屈原十分傷心、憤慨：黨人鄙陋又頑固，不想知道我抱負。重大責任我能擔，打入冷門辦不成。美德文采我都有，身遭冷遇無法顯。城裡群狗齊聲叫，以爲看到一怪人。懷疑誹謗俊傑士，本是庸人之常態。文質彬彬未外揚，本人奇才衆不知。如丢木材一大堆，無人知道我才幹！

(2)不遇明君（八句）

重仁襲義兮，謹厚以爲豐。重華不可遌兮，孰知余之從容。
古固有不並兮，豈知其何故？湯禹久遠兮，邈而不可慕。

屈子認爲，（自己）反覆積累仁和義，謹守深藏自珍惜。舜帝不可再相遇，誰人理解我舉動？明君賢臣不同時，古來如此是何故？商湯夏禹已久遠，不可思慕與追隨。總之，詩人認爲自己懷才被黜最根本的原因是重華不逢，湯禹久遠。

第三層次 懲連改忿（八句）

懲連改忿兮，抑心而自強。離慜而不遷兮，願志之有像。
進路北次兮，日昧昧其將暮。舒憂娛哀兮，限之以大故。

這是撫情效志、冤屈自抑的結果。如果說，作品開頭詩人還「傷懷永哀」，「鬱結紆軫」，但經過上面一番冷靜的自我清理，屈子已決定：不再生氣不再恨，鍛煉自己更堅強。遭到禍患不變心，效法前賢是我願。沿著沅江向北方，天色昏暗日將暮。舒解憂愁止悲哀，人生道路已到頭。此處貌似解脫，實乃絕望，爲下面的最後決定作了準備。

1.亂詞（二十句）

此篇「亂詞」跟他篇頗有不同，不是尾聲，而是高潮。此二十句也可分爲三個小層次。

第一層次 再睹景物（四句）

亂曰：
浩浩沅湘，分流汩兮。修路幽蔽，道遠忽兮。

前面五十二句，是詩人在閉目凝視，潛心思考。當探索再三、萬無生路、心情反倒平靜之時，他又睜開眼來，但是湘水滔滔，濤聲湍急，修路幽蔽，前途渺茫。

第二層次　簡要總結（十二句）

1.伯樂既沒，良驥焉程（八句）

懷質抱情，獨無匹兮。伯樂既沒，驥焉程兮。
民生稟命，各有所錯兮。定心廣志，余何畏懼兮。

此八句可譯爲：品質高潔情忠貞，偏偏沒有人證明。可惜伯樂已經死，良馬怎麼顯才能？人民千萬各命運，安排處置都不同。定下心來放寬懷，我有什麼可畏懼？

2.舉世溷濁，人心叵測（四句）

曾傷爰哀，永歎喟兮。世溷濁莫吾知，人心不可謂兮。

此四句可譯爲：非常憂傷哀不止，日日夜夜長歎息。舉世混濁不知我，人心叵測不堪說。

第三層次　最後決定（四句）

知死不可讓，願勿愛兮。明告君子，吾將以爲類兮。

悲劇的大幕即將合攏，詩人大聲疾呼：知死不讓，寧折不彎！這是飽含血淚的呼喊，震撼千古人心；這是響徹雲霄的旋律，永垂文學史冊！

第六節　《思美人》探析

解題

關於《思美人》的寫作時間和地點問題，前人說法紛紜。有認爲作於懷王時期的，有認爲作於頃襄王時期的，但彼儕均無實據，多半屬於猜測。另外，關於《思美人》一詩的對象問題，王逸、蔣驥、胡文英等以爲是思懷王，姜亮夫先生也力主此說；而汪瑗、游國恩和郭沫若等以爲是思頃襄王，總之亦衆說紛紜，莫衷一是。

在前人未能解決《思美人》一詩寫作時地和「思」之對象問題的情況下，我們今天只能細讀文本，並聯繫有關歷史文獻作深入的研究，方有可能找到解決的途徑。

反覆誦讀《思美人》，會發現，人們閱讀此詩後會提出幾個「爲什麼」：

1.此詩前後思想感情色彩變化甚大。先是「攬涕而佇眙」、「蹇蹇之煩冤」、「陷滯而不發」、「沈菀而莫達」——沉痛，憂傷；接著是「吾將蕩志而愉樂兮，遵江夏以娛憂」，「竊快在中心兮，揚厥憑而不俟」——樂觀，自信；最後又「固朕形之不服兮，然容與而狐疑」，「獨煢煢而南行兮，思彭咸之故也」——狐疑，無奈。爲什麼同一首詩中感情起伏變化如此之大？

2.此詩開頭和結尾的思想感情與《離騷》、《惜誦》、《抽思》和《哀郢》諸篇相似，而中間部分的感情色彩爲什麼與上述諸篇有如此巨大的差別？除了前舉歡樂之情外，這中間部分還流露出了屈子十分自信的情緒：「芳與澤其雜糅兮，羌芳華自中出。紛鬱鬱其遠蒸兮，滿內而外揚。情與質信可保兮，羌居蔽而聞章。」而屈子在其他篇章中則頗不自信，如《離騷》云：「蘇糞壤以充幃兮，謂申椒其不芳。」《惜往日》亦云：「芳與澤其雜糅兮，孰申旦而別之？」《思美人》中間部分出現如此怪異，究竟此時發生了什麼事情？

3.詩中有云：「遷逡次而勿驅兮，聊假日以須時。」他要等待什麼時機？

4.屈原作品中經常出現景物描寫，但往往都有用意。《思美人》中間部分寫明「開春發歲兮，白日出之悠悠。」作者究竟想表現什麼？

5.《思美人》前一部分「思美人兮，攬涕而佇眙」的結果是：「指嶓冢之西隈兮，與纁黃以爲期。」「嶓冢」在哪裡？屈子爲什麼要專寫此山？

要想解答這些問題，王夫之的一個說法會有啓迪意義。《楚辭通釋》在解讀「開春發歲」等句時云：

> 初春韶日，喻頃襄初立，且有更新之望。原雖不見任，而猶未罹重譴，故將集思廣謀，攬芳搴美以有爲于國。乃頃襄不可與言，無夏少康、燕昭王之志，則懷芳自玩，誰與聽之？[50]

王逸在《離騷》章句序中已經指出：「《離騷》之文，依《詩》取興，引類譬喻」。《湘夫人》開篇有一個景物描寫：「嫋嫋兮秋風，洞庭波兮木葉下。」王逸注云：「以言君政急則衆民愁，

[50] 王夫之：《楚辭通釋》，續修四庫全書，同治四年本，卷四，頁二三四。

而賢者傷矣。」五臣注云：「喻小人用事，則君子棄逐。」[51]古來注家均已注意到楚辭中景物描寫有比喻之義。所以，王夫之對「開春發歲」等句的解釋，可以信據。換言之，《思美人》一詩作於頃襄王元年春天。確定了這一點，《思美人》全篇的意思便可豁然貫通，以上五個問題亦可迎刃而解。

要之，《思美人》前半部分（前三十句）是在思念懷王。屈原與懷王至少有二十五年的君臣關係，而且在相當長一段時間內，「王甚任之」，所以，屈原雖曾一度遭懷王黜疏，但他仍忠心耿耿，苦苦思念：「攬涕佇眙」，「蹇蹇煩冤」。他把個人的不幸歸結爲「媒絕路阻」和「沈菀莫達」。儘管致辭不成，然仍不改初衷，繼續等待。「嶓冢」乃山名，張衡《西京賦》中有云：「終南太一，隆崛崔崒，隱轔鬱律；連岡嶓冢，抱杜含鄠，歠灃吐鎬。」[52]這裡明確指出，「嶓冢」即「終南」、「太一」，即今之秦嶺。「嶓冢」（秦嶺）當年是秦國腹地。頃襄王初年，楚懷王被扣秦國，所以，《思美人》中「指嶓冢之西隈兮，與纁黃以爲期」一句表明，以上內容實是表達對懷王的深深思念之情。

《思美人》後半部分（三十六句）是在寫頃襄王初年時屈原的心思。他開始以爲改朝換代，應該萬象更新，所以有了一線希望，以爲有了改換命運的時機。他十分自信，以爲自己「羌芳華自中出」，「紛鬱鬱其遠蒸兮，滿內而外傷。情與質信可保兮，羌居蔽而聞章。」但是，經過一段時間的「儃佪」之後，他失望了，只好「獨煢煢而南行」。

---

[51] 轉引自《楚辭補注》中華書局本，一九八三年版，頁六五。

[52] 李善注《文選》，中華書局，一九七七年版，頁三七。

結論是：《思美人》作於頃襄王元年春天的郢都城內，表達的是在這個歷史轉捩點上屈原複雜的思想感情及其發展變化的過程。

「思美人」這個題目出自詩篇開頭，這裡的「美人」是指楚懷王。而詩篇後半部分屈子「觀」的則是頃襄王。

層次

（如下）

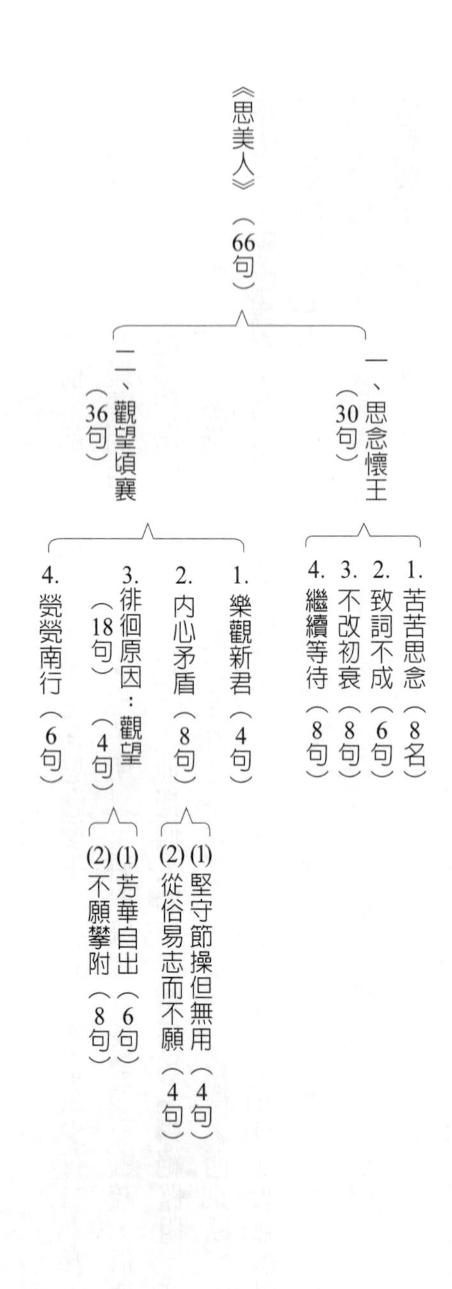

說明

「解題」中已證明，此篇當作於懷王末年（已被扣秦國）、頃襄王初年的郢都，表達了在這歷史轉捩點上屈原複雜的思想感情及其發展變化的過程。他先是思念懷王，但寄言不成，又不願改變初衷；而對頃襄王，他徘徊觀望，最後失望，只好煢煢南行。全詩六十六句，分兩大層次：

第一層次 思念懷王（三十句）

本層又可分四個小層次：

1.苦苦思念（八句）

思美人兮，攬涕而佇眙。媒絕路阻兮，言不可結而詒。
蹇蹇之煩冤兮，陷滯而不發。申旦以舒中情兮，志沈菀而莫達。

這個開頭，情意深重。這裡所寫的「攬涕佇眙」、「蹇蹇煩冤」，只能是對懷王的感情。因爲屈原與懷王至少有二十來年的君臣關係，甚至在相當長一段時間內，「王甚任之」，所以，屈原雖曾遭懷王一度黜疏，但仍忠心耿耿，苦苦思念。相比之下，從《懷沙》所寫看來，頃襄王上臺後並未重用屈原，所以絕不會有讓他涕淚交流、忠貞不渝的感情。屈原把個人在懷王時代的不幸歸結爲「媒絕路阻」和「沈菀莫達」。這兩點正好引起下文。

2.致詞不成（六句）

願寄言於浮雲兮，遇豐隆而不將。因歸鳥而致辭兮，羌迅高而難當：高辛之靈盛兮，遭玄鳥而致詒。

前四句是說：想托浮雲捎句話，碰上豐隆偏不幹；欲叫鴻雁帶個信，它卻飛得高又快。這兩個是比喻，且是正比。後二句說：當年帝嚳真神靈，能遇燕子代送禮。這是反比之法。通過正反對比，屈原進一步表明上文所述的自己在懷王時代「媒絕路阻」和「沈菀莫達」。

3.不改初衷（八句）

欲變節以從俗兮，愧易初而屈志。獨歷年而離愍兮，羌馮心猶未化。寧隱閔而壽考兮，何變易之可爲？知前轍之不遂兮，未改此度。

這一層次交代詩人當年思想上的矛盾鬥爭：（曾經）打算變節從世俗，自感慚愧又委屈。常年累月遭憂患，憤懣之心不能消。寧肯忍憂直到老，怎能變節易初志？知道前途不順利，執意不改志更堅。這段真實的書寫顯示屈原是個有血有肉，有思想有感情的真人，而非某些學者想像的猶如廟宇中那些高高在上一成不變的偶象！其實，直到他晚年，他有時還想「刓方爲圓」、「易初本迪」，只是經過激烈的思想鬥爭之後他還是堅持「常度未替」、「前圖未改」（《懷沙》）罷了。

4.繼續等待（八句）

車既覆而馬顛兮，蹇獨懷此異路。勒騏驥而更駕兮，造父為我操之。遷逡次而勿驅兮，聊假日以須時。指嶓冢之西隈兮，與纁黃以為期。

在困難的處境中，詩人勒馬換車，逡巡緩行，假日須時，而仍相信目標會實現。「嶓冢」，即秦嶺，在漢中之北，是漢江、嘉陵江的發源地，當時屬秦國腹地。此處用「嶓冢」一詞，有暗指楚懷王當時被扣秦國之意。故「指嶓冢之西隈兮，與纁黃以為期」二句，表現了屈原對懷王的思念之情和某種期待。

第二層次　觀望頃襄（三十六句）

1.樂觀新君（四句）

開春發歲兮，白日出之悠悠。吾將蕩志而愉樂兮，遵江夏以娛憂。

這二句寫春天到來萬象更新。王夫之釋文有理：「初春韶日，喻頃襄初立，且有更新之望。」（注在「解題」中）屈子以為，政權更迭，可能會給自己帶來一線希望。所以他說，我且沿著江夏縱情歡樂，消除懷王時代因「媒絕路阻」而造成的「沈菀莫達」。

2.內心矛盾（八句）

攬大薄之芳茝兮，搴長洲之宿莽。惜吾不及古人兮，吾誰與玩此芳草？
解萹薄與雜菜兮，備以爲交佩。佩繽紛以繚轉兮，遂萎絕而離異。

此層用了兩組比喻。前四句爲一組：草木叢中采香芷，拔取長洲冬生草。可惜未及見古賢，與誰同賞此芳草。詩人是說，自己堅守節操，但是並無用處。後四句爲另一組：采來萹竹與雜草，左右交叉掛身上；數量很多相纏繞，很快枯死都扔掉。詩人是說，自己企圖從俗易志，但是並非本心眞願。所以他內心十分矛盾、痛苦。

3.徘徊原因（十八句）

以上兩組比喻表明，經過一段時間觀察，屈原頭腦十分清醒：頃襄王朝的腐朽黑暗依然如故。因此，他陷入了徘徊彷徨之中——

吾且儃佪以娛憂兮，觀南人之變態。竊快在中心兮，揚厥憑而不俟。

前二句寫徘徊觀望。對「南人」一詞，以前騷家之注均不中肯綮。《國語．周語中》「鄭伯，南也」句下，賈侍中注云：「南者，在南服之侯伯。或云，南，南面君也。」[53]由此可知，此處「南人」，即在「南」之人，指當時已身爲侯伯之人，即頃襄王。「變態」，不正常的態

【53】清．董增齡《國語正義》，巴蜀書社，一九八五年版，卷二頁八。

度，意指與懷王不一樣的作派。所以，詩人內心之中萌生一線希望，暫時拋棄原有的憂愁和憤懣。下面十四句進一步寫出徘徊的原因：

(1) **芳華自出**（六句）

芳與澤其雜糅兮，羌芳華自中出。紛郁郁其遠蒸兮，滿內而外揚。
情與質信可保兮，羌居蔽而聞章。

這六句表明，詩人很自負：芬芳污垢相混雜，香花最終能現出。芳氣鬱鬱掩不住，內外流溢處處揚。情志本質確實好，身處幽蔽美名彰。詩人堅信：儘管社會上魚目混珠、芳澤雜糅，但正義、人才，最終一定會「遠蒸」、「外揚」和「聞章」。

(2) **不願夤緣**（八句）

令薜荔以為理兮，憚舉趾而緣木。因芙蓉而為媒兮，憚褰裳而濡足。
登高吾不說兮，入下吾不能。固朕形之不服兮，然容與而狐疑。

這八句表明，屈原心中清楚：在黑暗齷齪的官場羅網中，要想固位或晉升，必須屈身夤緣，同時拉攏小人，所以，（他曾）想叫薜荔作媒人，不願舉足攀樹枝；欲托芙蓉來搭橋，又怕撩衣沾濕腳。但他堅絕不願意出賣人格、拋掉自尊，因此只能「然容與而狐疑」——只好遲疑且徘徊。

4.煢煢南行（六句）

廣遂前畫兮，未改此度也。命則處幽吾將罷兮，願及白日之未暮也。
獨煢煢而南行兮，思彭咸之故也。

詩人最後說：（自己）想方設法求實現，至今未改此志向。身處幽蔽我很累，好在太陽未落山。孤獨無依向南行，心中想著彭咸事。「命則處幽吾將罷」一句表明詩人已經意識到自己在頃襄王時代不會有什麼好的前途，所以又開始「思彭咸」了。「南行」，王逸等家均未作注，明人汪瑗釋爲「遭放逐於江南也」[54]，清人蔣驥釋爲「指遵江夏言」[55]。《毛詩正義》在《詩經．邶風．擊鼓》「土國城漕，我獨南行」句下有注曰：南行「尤勞苦之甚」，疏文進而曰：「恐有死傷，故爲尤苦。」屈子對頃襄王十分失望，故在全詩最後寫「獨煢煢而南行」，句式與感情同《擊鼓》中的相類，似乎已經意識到自己未來將有厄運，所以接著寫道：「思彭咸之故也。」

總之，在屈原作品中，《思美人》的思想內容是比較特殊的，即前後感情色彩大相迴異，再參之以遙指「嶓冢」和「開春發歲」爲特殊詞語，可以判斷，本篇寫在、頃襄王元年春天，他思念懷王，觀望頃襄。

【54】汪瑗《楚辭集解》，北京古籍出版社，一九九四年版頁二一三。
【55】蔣驥《山帶閣注楚辭》，上海古籍出版社，一九五八年版，卷四頁一三三。

第七節 《惜往日》探析

解題

「惜往日」是以篇首三字爲題。「惜」，痛惜。「往日」，指自己一生政治上的遭遇和遺憾。儘管是以篇首三字爲題，但這三個字高度概括了全篇的思想內容，具有統領全篇的作用，完全符合寫作學上對標題的要求。因此，後世有些學者攻擊此詩屬於「無標題」之列，實在是「雞蛋裡挑骨頭」了。

對於此詩內容的理解，前人說法種種，唯清人蔣驥講的頗爲中肯，可供借鑒。其云：

《惜往日》，其靈均絕筆歟？夫欲生悟其君不得，卒以死悟之……故大聲疾呼，直指讒臣蔽君之罪，深著背法敗亡之禍，危辭以撼之，庶幾無弗悟也。苟可以悟其主者，死輕於鴻毛，故略子推之死而詳文君之悟，不勝死後餘望焉！《九章》惟此篇詞最淺易，非徒垂死之言，不暇雕飾，亦欲庸君入目而易曉也。嗚呼！又孰知佯聾不聞也哉！[56]

歷史上曾有一些學者質疑《惜往日》是否爲屈原所著，如南宋魏了翁、明人許學夷、清人曾國潘、吳汝綸、近人陸侃如、馮沅君、劉永濟和胡念貽等人，或以「神氣不類」爲由，或因「文詞淺顯」之故，如此等等，均屬牽強，不足採信。魏了翁更因爲《惜往日》中提及了伍子胥而

【56】 蔣驥《山帶閣注楚辭》，上海古籍出版社，一九五八年版，卷四頁一三七。

欲否定屈原的著作權，以爲屈原「絕不稱胥以自況也」[57]。此眞可笑！《涉江》中也提及了伍子胥，並將其列入忠臣賢士之列，難道也要否定屈原對《涉江》的著作權嗎？

還有少數人認爲《惜往日》非屈子絕筆，此更不值一駁，因爲詩歌最後兩句——「不畢辭而赴淵兮，惜壅君之不識」——已明白無誤地告訴人們：此篇乃屈子絕筆。

層次

（如下頁）

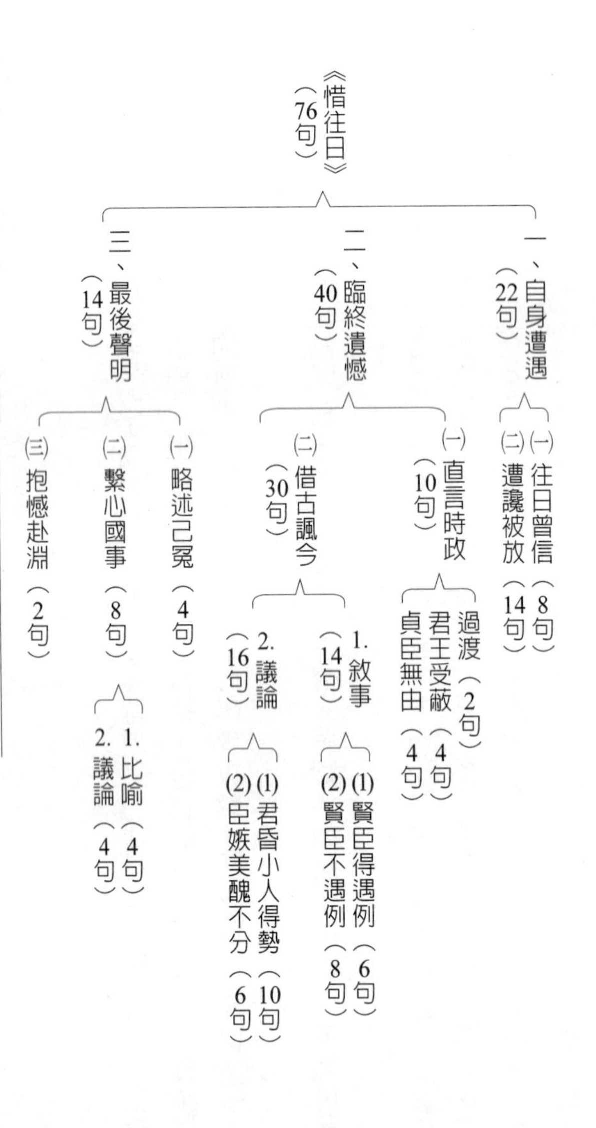

【57】魏了翁《鶴山渠陽經外雜抄》卷二，見《楚辭文獻研讀》，二〇一一年版，頁一〇七。

說明

《惜往日》是屈原絕筆，抒寫了詩人臨終之前的遺憾，進一步表現了屈原眞誠、闊大的愛國情懷，文詞質直，不加雕飾。全詩七十六句，分三個層次。

第一層次 自身遭遇（二十二句）

《惜往日》全詩有三個「惜」字，可以說，一個「惜「字，統領全篇。開篇這個「惜」字是痛惜先信後遷的遭遇。此層次可分二個小層次。

㈠懷王時代受信施政（八句）

惜往日之曾信兮，受命詔以昭時。奉先功以照下兮，明法度之嫌疑。國富強而法立兮，屬貞臣而日嬉。秘密事之載心兮，雖過失猶弗治。

屈原一生從政生涯只在懷王時代，頃襄王上臺後未用屈原，且不久就「怒而遷之」，所以本層所寫只能是懷王時代的事。其云：當年曾經受信任，接受詔命整時政。繼承先業愛下民，說明法度疑難處。國家富強制度立，全權交我王自樂。黽勉從事又專心，雖有過失未受治。此層所講，同《離騷》精神相符，因爲在《離騷》中屈子追求的「美政」，其中一個重要內容就是修明法度。他曾經揭露昏君佞臣「固時俗之工巧兮，偭規矩而改錯；背繩墨以追曲兮，競周容以爲度。」這是屈子遭讒被逐的根本原因。如果說《離騷》是從反面寫明屈原在位時的施政綱領和實踐，那麼《惜往日》則從正面表示了這一點。

(二)頃襄時代遭讒被遷（十四句）

心純龐而不泄兮，遭讒人而嫉之。君含怒而待臣兮，不清澄其然否。
蔽晦君之聰明兮，虛惑誤又以欺。弗參驗以考實兮，遠遷臣而弗思。
信讒諛之溷濁兮，盛氣志而過之。
何貞臣之無罪兮，被離謗而見尤，慚光景之誠信兮，身幽隱而備之？

此層主要針對頃襄王時期被遷之事。此層前十句講述被逐原因：素性敦厚愼言語，小人嫉妒讒害我。君王含怒對待我，沒有弄清是與非。小人遮蔽君耳目，空言迷惑又欺騙。不加審核和考察，君王貶我未多思。相信讒諛污濁言，勃然大怒責罰我。此與《史記》本傳所載完全吻合。本傳載曰：「長子頃襄王立，以其弟子蘭爲令尹。楚人既咎子蘭以勸懷王入秦而不反也。令尹子蘭聞之大怒，卒使上官大夫短屈原于頃襄王。頃襄王怒而遷之。」後四句抒寫被遷之後的心情：不服，難過。「慚光景之誠信兮」這兩句，注釋種種，其實，如果看出「光景之誠信」乃定語後置句式，則全句意思就十分明白清楚。「光景之誠信」，即「誠信之光景」，可以直譯爲明亮的日光和月影。後四句是講：爲何忠臣無有罪辜，反遭誹謗受到遷逐，羞見麗日和明月，退居幽隱躲避一邊？詩人氣憤之情溢於言表。

第二層次 臨終遺憾（四十句）

㈠直言時政（十句）

臨沅湘之玄淵兮，遂自忍而沉流。
卒沒身而絕名兮，惜壅君之不昭。君無度而弗察兮，使芳草爲藪幽。
焉舒情而抽信兮，恬死亡而不聊。獨障壅而蔽隱兮，使貞臣而無由。

前二句講：走近湘江深淵水，豈能忍心沉爭流？次四句講不忍的原因之一：「惜壅君之不昭」——最終沒身滅聲名，只恨昏君不開明。君王糊塗不考察，賢人放逐棄原野。」末四句講原因之二——「獨障壅而蔽隱」：倘能申訴表忠信，即使死了也甘心。偏多障礙和堵塞，忠貞之臣無路行。屈子對懷王感情深厚，稱之曰「靈修」、曰「香草」（蓀），曰「美人」，而此時對頃襄王則斥之爲「壅君」，其憎惡之情溢於言表。蔣驥言之有理：「《九章》惟此篇詞最淺易，非徒垂死之言不加雕飾，亦欲庸君入目而易曉也。」

㈡借古諷今（三十句）

本層次實際還是臨終遺憾，但用的是借古諷今法，尤顯深沉、剴切。前十四句敘述史事，後十四句加以議論。

1.敘事（十四句）

聞百里之爲虜兮，伊尹烹於庖廚，呂望屠於朝歌兮，寧戚歌而飯牛。

不逢湯武與桓繆兮，世孰云而知之！
吳信讒而弗味兮，子胥死而後憂。介子忠而立枯兮，文君寤而追求。
封介山而爲之禁兮，報大德之優遊。思久故之親身兮，因縞素而哭之。

這十四句詩可分兩組：第一組六句，以百里、伊尹、呂望和寧戚四人爲例，說明賢臣得遇；第二組八句，以子胥、介子二人爲例，說明賢臣不遇。

2. 議論（十六句）

或忠信而死節兮，或訑謾而不疑。弗省察而按實兮，聽讒人之虛辭。
芳與澤其雜糅兮，孰申旦而別之？何芳草之早夭兮，微霜降而下戒。
諒聰不明而蔽壅兮，使讒諛而日得。
自前世之嫉賢兮，謂蕙若其不可佩。妒佳冶之芬芳兮，嫫母姣而自好。
雖有西施之美容兮，讒妒入以自代。

在以上敘事的基礎上，屈子議論，探求規律。前十句說：君昏，則小人得勢——忠信之人倒死節，奸人佞臣反重用。君王弗察不調查，只聽讒人虛妄言。芬芳污垢濁一起，誰能天天去分辨？爲何芳草早夭亡，微霜已降無戒備。君王一旦受蒙蔽，讒諛小人日得勢。後六句說：臣嫉，必美醜不分——自古奸臣嫉賢者，總說香草不可佩。嫉妒美女如花貌，醜婦故作妖媚態。雖有美貌如西施，醜婦讒妒要取代。這兩點，正是臨終遺憾的內涵。

第三層次 最後聲明（十四句）

本層次則是對沉江之舉的聲明。這十四句可分三個小層次，主次詳略十分清楚。

㈠略述己冤（四句）

願陳情以白行兮，得罪過之不意。情冤見之日明兮，如列宿之錯置。

對上邊遭讒被遷之事作簡要總結：本想陳情說清楚，沒想反倒得罪過。眞情冤狀日分明，如同星宿有度數。屈子此時對宦海浮沉已較冷靜，只講得罪不意，冤情日明，餘皆略而不言。

㈡繫心國事（八句）

乘騏驥而馳騁兮，無轡銜而自載；乘泛泭以下流兮，無舟楫而自備。背法度而心治兮，辟與此其無異。寧溘死而流亡兮，恐禍殃之有再。

這是聲明的重點。前四句以車船爲喻體：乘著駿馬長馳騁，沒有韁繩車將倒；乘著筏子向下流，沒有楫槳船要翻。後四句點明本體：背離法度搞心治，如乘車船無轡楫。寧可一死隨流水，只怕再受亡國禍。

應該指出：此處「禍殃」是國之「禍殃」，並非單純的個人「禍殃」。對個人禍殃，屈子早已「定心廣志，余何畏懼兮」（《懷沙》）；而對國之「禍殃」，詩人則「恐」之「有再」。上一小層次談的就是個人禍殃，詩人語氣較冷漠，僅僅說明「不意」和「日明」而已；此一小層次講到國之「禍殃」，詩人則感情激越，大聲疾呼。這個對比，更鮮明地表現出了一個偉大愛國者的闊大胸襟。

㈢抱憾赴淵（二句）

不畢辭而赴淵兮，惜壅君之不識！

話沒說完投深淵，痛惜昏君不知我！此詩以「惜」字開篇，以「惜」字收尾。上邊說明自己即使臨死，考慮的也主要是國家安危，並非區區一己之私，可惜昏君頃襄一直不了解自己！古人標榜：「士爲知己者死」，即是說古人最大的遺憾自然也就是「不知己」。屈子正是帶著這個最大遺恨告別人世的。惜哉！惜哉！

第八節 《橘頌》探析

解題

《橘頌》的寫作年代是楚辭研究史上的又一個難題。王逸《章句》認爲《橘頌》乃「屈原自喻才德如橘樹」，而在談及屈原寫作《橘頌》的年齡時，前云「言己……年且衰老」，後云「言己幼少」，相互矛盾，莫衷一是。朱熹《楚辭集注》對此問題基本上是避而不談，儘管他將「幼志」釋爲「自幼而已有此志」，將「年歲雖少」釋爲「言其本性自少而然」，兩個「自」字，使此二詞的解釋明顯異乎他人，似乎別有含意，但也只是閃爍其辭，不敢斷言。

宋代以後，人們開始研究這個問題，提出幾種不同的說法。大體上有兩類，一類認爲是屈原仕途坎坷後所作，主要人物有王夫之、蔣驥、林雲銘和湯炳正等；另一類認爲是屈原早期作品，並非放逐之後所作，持這種看法的人較多，主要人物有汪瑗、陳本禮、郭沫若、林庚、姜亮夫、譚介甫、馬茂元、聶石樵、胡念貽、褚斌傑、周建忠等。這些不同說法之間，互相駁斥，但由於都是證據不足，很難定於一尊。現代楚辭學大家游國恩先生對此頗感頭疼，其《屈原作品介紹》中講到《橘頌》時云：「這篇短短的詠物詩也很可能是再放時所作。」[58]此處「很可能」三個字表示游先生對這種說法僅是勉強認可而已。而此句後他又用括弧加了一句：「有人據篇中『嗟爾幼志』及『年歲雖少』之文，定爲屈原早年的作品。」這表明他對「早年說」也並非完全排斥。以上兩段話證明，游國恩先生對此難題也感到無法解決，所以只能模棱兩可，不作定論。

看來，僅從文本一個角度來探討《橘頌》的寫作年代，已經是很難取得共識了，我們應該以文本爲根基，聯繫時代背景和風俗習慣作綜合研究。

馬茂元先生曾言：《橘頌》「由於作品本身沒有正面透露出寫作時代的消息，因而也就很難得出確切不移的結論。」[59]而在我們看來，《橘頌》這個題目就似乎曲折地透露出了關於寫作年代的若干資訊。

先說「頌」。《詩．大序》曰：「頌者，美盛德之形容」[60]。王逸在爲《橘頌》作注最後總結曰：「美橘之有是德，故曰頌。」[61]因此除了個別學者居然能從這篇美橘之詩中體會出「沉痛

【58】《游國恩學術論文集》，北京：中華書局，一九八九年版，頁二二五。
【59】馬茂元《楚辭選》，北京：人民文學出版社，頁一六八。
【60】孔穎達《毛詩正義》，見《十三經注疏》，北京：中華書局，一九八〇年版，頁二七二。
【61】洪興祖《楚辭補注》，北京：中華書局，一九八三年版，頁一五五。

誓言」和「悲憤」「情思」外，恐怕極大多數讀者只能從中感受到熱烈的讚美之情。那麼，屈原是在什麼情況下爆發出這種強烈的讚美之情的？

再說「橘」。天下植物衆多，屈原爲什麼偏偏要專門來頌橘？

順著這兩個問題去探討，庶幾可以揭示出關於《橘頌》寫作年代的若干資訊。

先探討第一個問題。英國十九世紀著名的文藝批評家威廉．赫士列特在《泛論詩歌》一文中強調：「詩歌是幻想和感情的白熱化。」[62]這種「白熱化」的「幻想和感情」從何而來？劉勰《文心雕龍．明詩》有云：「人稟七情，應物斯感；感物吟志，莫非自然。」[63]「物」者，客觀事物也，客觀環境也。鍾嶸《詩品．總論》列舉「楚臣去境，漢妾辭宮」等種種事件之後亦云：「凡斯種種，感蕩心靈，非陳詩何以展其義？非長歌何以騁其情？」[64]那麼，屈原是在什麼環境中或者是在遇到什麼人生重大事件時才激發起對橘子的「白熱化」的「幻想和感情」，並加以熱烈的讚美，籍此來表白自己的堅定志向的呢？是「洞房花燭」夜？是「金榜題名」時？還是……「金榜題名」是後世之事，當與《橘頌》的寫作動機關係不大；「洞房花燭」是要繁衍子嗣，傳宗接代，與「獨立不遷」、「秉德無私」等無涉。衆所周知，在古人的人生道路上，除「洞房花燭」、「金榜題名」外，還有一個十分重大的事情，那就是「加冠之禮」。記載先秦禮數的著名典籍《儀禮》將「士冠禮」列爲全書之首，其次才是「士婚禮」（「洞房花燭」）等。另外，《橘頌》內容是「美橘之有是德」，形式上則基本是四字句式，且變化不大，顯得比較古樸。

【62】英．赫士列特著、袁可嘉譯《泛論詩歌》，見《古典文藝理論譯叢》，北京：人民文學出版社，一九六一年版，第一冊，頁六一。

【63】黃叔琳等注《文心雕龍校注》，上海：中華書局，一九六一年版，頁三四。

【64】鍾嶸《詩品》，見郭紹虞主編《中國歷代文論選》，北京：中華書局，一九六二年版，頁二七一。

《文心雕龍．頌贊》篇有云：頌贊之文，「古來篇體，促而不廣，必結言於四字之句，盤桓於數韻之辭」，還專門指出：「三閭《橘頌》，情采芬芳，比類寓意，又覃及細物矣。」[65]我們發現，《橘頌》形式上的特點同《儀禮．士冠禮》中所載祝辭有相仿之處。如《士冠禮》中祝辭有云：

令月吉日，始加元服。
棄爾幼志，順而成德。
壽考惟祺，介爾景福。
吉月令日，乃申爾福。
敬爾威儀，淑愼爾德。
眉壽萬年，永受胡福。
……

這些祝詞的思想內容和藝術水準當然不能同《橘頌》相提並論，彷彿一爲巍巍高山，一爲一抔黃土，但我們可以從這篇文獻切入，作進一步探索。

著名楚辭學家趙逵夫先生已將《橘頌》與古時冠禮聯繫在一起，其《屈原與他的時代》一書中從六個方面來證明這一點，可謂灼見，但他說《橘頌》是屈原「在舉行冠禮之後抒寫懷抱之

[65] 楊明照《文心雕龍校注》，上海：中華書局，一九六一年版，頁五七—頁五八。

作」，還說「《橘頌》作于楚威王六年」，[66]這兩個觀點值得商榷。湖北楚辭學者黃崇浩先生在其《屈子陽秋》一書中也將《橘頌》與「冠禮」聯繫在一起，但他認爲《橘頌》是屈原爲他父親「代擬」的「給他加冠而讀的《冠詞》或曰《冠辭》」[67]，這個說法則不可信。

古人重禮，尤重冠禮。先秦時代，「士之子恒爲士冠禮。」「其大夫始仕者二十，已冠訖。」[68]據《士冠禮》記載，冠禮十分隆重，前期準備就需三日，首先由筮人在家廟門前占卜確定吉日；舉禮之日，父母、兄弟、僚友及筮贊一衆人等都衣著整齊，莊重肅穆，禮儀周全，幾近繁瑣（詳見《儀禮·士冠禮》）。既然「士之子恒爲士冠禮」，屈原當然也不會例外。對於青年屈原來說，「冠禮」是一件人生大事，其後便可由「童子」變爲成人，進而步入仕途，實現自己的理想、抱負，因此，印象必然深刻，情緒肯定激動。特別是士冠禮正式舉行前（即三天準備期間）有酒宴：「冠者（按，指冠禮主角）升筵坐，左執爵，右祭脯醢，祭酒，興……」此類記述說明，舉行冠禮酒宴時，青年屈原儼然成爲中心，要不斷向父母、師長敬酒，同時也要接受他人賀酒，其盛況可想而知。尤其酒宴進行過程中必然會有師長及親友們的諸多勉勵之語，當更能振奮人心，激發起即將步入仕途的青年屈子的遠大抱負和高尚情操。古代文人雅士有個習慣——「開瓊宴以坐花，飛羽觴而醉月，不有佳詠，何伸雅懷？」[69]酒酣之後的青年屈原此時怎能不詩興大發？

【66】趙逵夫《屈原與他的時代》，北京：人民文學出版社，二〇〇二年版，頁一一三、頁一一五。
【67】黃崇浩《屈子陽夥》，湖北人民出版社，二〇〇三年版，頁一六五—頁一六六。
【68】唐·賈公彥《儀禮注疏》，見《十三經注疏》，北京：中華書局，一九八〇年版，頁九四五。
【69】李白《春夜宴從弟桃花園序》，見《李太白全集》，北京：中華書局，一九七七年版，頁一二九二。

另外，把《橘頌》中的「嗟爾幼志」與《士冠禮》中的「棄爾幼志」連在一起，似乎可以發現，青年屈子酒酣「吟志」，不僅是文人雅士的習慣，而且還是「士冠禮」中的一個「儀程」——在酒酣之際，長輩們總會鼓勵剛剛步入成年的「冠主」酒酣吟志，借此了解這個晚輩的思想，然後在冠禮正式進行那個莊重肅穆的時刻加以引導。屈原《橘頌》所讚歎的「獨立不遷」、「蘇世獨立」等思想在長輩們心目中自然是「幼稚可笑」的，所以在正式舉行冠禮的「祝詞」中劈頭就說「棄爾幼志，順而成德」。總之，《橘頌》中的「嗟爾幼志」與《士冠禮》中的「棄爾幼志」絕不僅僅是某些詞語上的巧合，而是存在著內在的必然的聯繫。在這點上，我與逵夫先生的看法有相同的地方，但正因爲有「嗟爾」、「棄爾」等這些語言的聯繫，才恰恰證明《橘頌》不是作於「舉行冠禮之後」，而是作於冠禮舉行之中。

逵夫先生說「《橘頌》作于楚威王六年」，因爲在他看來近人胡念貽推算出的屈原出生之年（楚宣王十七年）「最爲可信」。逵夫先生否定清人鄒漢勳、陳瑒和劉師培等根據殷曆、周曆和夏曆所推算出來的結果（屈原出生於楚宣王二十七年），其根據是顧炎武的話：「古有不用干支名歲」，「後人謂干支歲，癸亥歲，非古人」。[70]我查了一下，逵夫先生此處抄寫顧炎武二十個字，其中居然錯了七個字。顧氏原文爲：「古人不以甲子名歲」，「後人謂甲子歲、癸亥歲，非古也」[71]。另外，先秦古人固然「不以甲子名歲」，但也極少使用「攝提格」、「單閼」、「執徐」等等名歲，詳見拙著《楚辭原物》[72]，故顧氏此條理由乏力。第三，顧氏所舉證據，有《爾

【70】趙逵夫《屈原與他的時代》，北京：人民文學出版社，二〇〇二年版，頁一一五。
【71】顧炎武《日知錄》卷二十，見《欽定四庫全書》子部．雜家類．雜考之屬。
【72】拙著《楚辭原物》，呼和浩特：內蒙古大學出版社，二〇〇八年版。

雅》、《史記・曆書》、《呂氏春秋・序意篇》、賈誼《鵩鳥賦》和許慎《說文》後敘等，均爲漢人著述，這說明他還是承認這些文獻價值的，因此，雖然「古人不以甲子名歲」，但後人依據漢代人的資料逆推一些歷史事件並標上「干支」名稱，似乎並不等於這些推算一定就錯。我還查到，早在鄒漢勳、陳瑒和劉師培之前，乾隆十一年，丁元正就已與當時「嗜古博學，尤精歷數」之人一起，推算出一張「屈原年譜」，亦認爲屈原生於楚宣王二十七年正月[73]，與鄒、陳、劉相似。不同時代，不同身份的人，用不同的方法來推算屈子誕生之年，居然得出相同的結論，這就不能不讓人重視了。

根據屈原作品的內容來判斷，我覺得清人丁元正、鄒漢勳、陳瑒和劉師培等人的推算較爲可靠，即屈原生於楚宣王二十七年（西元前三百四十三年）。屈原的冠禮當在楚懷王五年，因此，《橘頌》作於楚懷王五年。

再探討第二個問題。楚地植物衆多，屈賦中所載芳草嘉木，據宋人吳仁傑《離騷草木疏》匯綜，有四十四種之多。其中出現次數較多的芳草有：蘭、蕙、荷、

植物名		出現次數	所在篇名
芳草	蘭	29次	離騷、東皇太一、雲中君、湘君、湘夫人、少司命、山鬼
	蕙	14次	離騷、湘君、湘夫人、少司命
	荷	9次	離騷、湘夫人、少司命、河伯、招魂
	芷	5次	離騷、湘夫人、招魂
	菊	3次	離騷、禮魂、惜誦
嘉木	桂	11次	離騷、東皇太一、湘君、湘夫人、大司命、東君、山鬼、遠遊、招魂
	椒	10次	離騷、東皇太一、湘夫人、惜誦、悲回風
	辛夷	3次	湘夫人、山鬼、涉江
	木蘭	3次	離騷、惜誦

【73】丁元正《擬屈原大夫年譜》，見《楚辭文獻叢刊》第六十二冊，北京：國家圖書館出版社，二〇一四年版，頁三四六。

芷、菊等；出現次數較多的嘉木有：桂、椒、辛夷、木蘭等。列表如上頁：

上述芳草嘉木都出現在衆所公認爲屈原被逐後的作品之中。在屈原的其它作品中都沒有出現過「橘」字，這就產生了一個令人深思的問題——屈子爲何不專門寫「蘭頌」、「菊頌」或「桂頌」、「柏頌」等等，而偏要專門寫《橘頌》呢？要想搞清這個問題，除要了解「士冠禮」等歷史知識外，還必須了解先秦的一些天文知識和風俗習慣。

《離騷》有云：「攝提貞于孟陬兮，惟庚寅吾以降。」王逸注曰：「正月爲陬。」這說明，屈原生日在正月，月名爲「陬」。這種干支紀月之法，頗爲複雜多變，即使在春秋戰國時代也僅僅爲少數掌握天文知識的人所獨用。《離騷》此句證明，屈原正是這樣的人。古人「冠必筮日」，即舉行冠禮時必須通過占卜，選擇吉日良辰，但月份卻不必另行卜占，因爲這有固定的月份。《夏小正》載曰：「冠子娶婦之時」定在二月[74]。又，《爾雅．釋天》記載「月名」時有云：「月在甲曰畢，在乙曰橘」。宋人邢昺疏曰：「設若正月得甲則曰畢、陬，二月得乙曰橘、如」[75]。據此推算，屈原二十歲時，恰好仍是正月在甲，曰「陬」；二月在乙，曰「橘」。《離騷》已明言斯年正月名「陬」，自然表明屈原也會知曉此年二月名「橘」。

司馬遷《史記．貨殖列傳》載曰，「安邑千樹棗，燕、秦千樹栗，蜀、漢、江陵千樹橘」[76]。《漢書．地理志》曰，「江陵，故楚郢都」[77]。這兩則文獻證明，橘是郢都地區的特

【74】清．徐世溥《夏小正解》，見《欽定四庫全書》經部．夏小正卷。
【75】晉．郭璞注、宋．邢昺疏《爾雅注疏》，見《十三經注疏》，北京：中華書局，一九八〇年版，頁二六〇八。
【76】司馬遷《史記》第十冊，北京：中華書局，一八八二年版，頁三二七六。
【77】班固《漢書》第六冊，北京中華書局，一九六二年版，頁一五六六。

產。某些學者根據詩中「南國」二字就認爲此篇作於屈原放逐南行途中見橘之後的說法顯然是不能成立的。屈原自幼生長在橘樹的盛產地，所以當然十分了解橘子的各種特性。那麼，他又爲什麼要極其熱情的歌頌橘樹呢？

黑格爾講到「靈感」時有段名言：「作爲一個天生的具有才能的人，他與一種碰到現存的材料發生了關係，通過一種外緣，一個事件……他自覺有一種要求，要把這種材料表現出來，並且因此也表現他自己。」[78]屈原在正月剛剛過完二十歲生日，二月又舉行成人冠禮。加冠之日，可以想見其精神振奮，情緒昂揚。告別童年，即將踏上仕途，在此重大轉折之點，任何人都會考慮未來的人生道路究竟應該怎樣走。屈原獨立不群的思想在此也表現了出來。常規的冠禮「祝辭」、「醴辭」等要求「冠者」「順爾成德」，「淑慎爾德」，「以成厥德」以「承天之休」，「承天之祐」，「承天之慶」，但屈原恰恰相反，他看中了橘樹「獨立不遷」，「深固難徙」，「蘇世獨立」，「閉心自愼」和「秉德無私」等與傳統道德不同的「幼志」。正是這種「自幼而已有」的思想，奠定了屈原後來一生「舉世皆濁我獨清，衆人皆醉我獨醒」的道路。酒後性起，詩興大發，恰巧又逢橘月，必然會激發起屈原對橘子的強烈的「幻想和感情」，從而摹仿冠禮儀式中之祝辭而作《橘頌》以自勵，這該是「莫非自然」之事，也當是《橘頌》的寫作動機。《橘頌》，既是屈原人格的自我寫照，也是他初入仕途的宣言書。

總之，將《離騷》之「陬」、《橘頌》之「橘」、《橘頌》中的「嗟爾幼志」、《士冠禮》中的「棄爾幼志」等，與先秦紀月之法及《士冠禮》筮日卜月等資訊聯繫到一起考察，人們不難看出其中內在的必然關係，也因此，可以探索出《橘頌》寫作的大致背景。從史料價值說，《橘

【78】黑格爾《美學》，北京：人民文學出版社，一九五九，頁三五五。

頌》一詩也許恰好填補了屈原生平資料的一個空白。

結論：

「士冠禮」上激動人心的氛圍，再加二月名「橘」的誘因，當可觸發屈原對橘樹的「白熱化」的「幻想和感情」。據此可推斷，《橘頌》當寫於屈原二十歲時的二月間。如按清人的推算，當是楚懷王五年二月。

層次

（如下）

《橘頌》（36句）
- 一、習性（6句）
- 二、狀貌（10句）
- 三、幼志（12句）
- 四、榜樣（8句）

說明

《橘頌》是一首詠物詩，頌的是橘樹，實際是在抒寫自己的情操。全詩三十六句，可分爲四個層次。

第一層次　習性（六句）

後皇嘉樹，橘來服兮。受命不遷，生南國兮。
深固難徙，更壹志兮。

這裡強調橘樹的習性是生於南國，志向專一。屈子用橘樹自喻，表現出強烈的思鄉戀土的愛國情結。

第二層次　狀貌（十句）

綠葉素榮，紛其可喜兮。曾枝剡棘，圓果摶兮。
青黃雜糅，文章爛兮。精色內白，類任道兮。
紛緼宜修，姱而不醜兮。

詩人從五個角度來描寫橘樹：

1. 綠葉白花，說素雅；
2. 枝刺圓果，喻貞介；
3. 青黃雜糅，顯文彩；
4. 精色內白，明任道；
5. 紛緼宜修，指芬芳。

這裡，寫的是橘樹，但難道不也是人間眞人君子的風度嗎？而這，正是詩人欽慕效仿的對象。

第三層次　幼志（十二句）

嗟爾幼志，有以異兮。獨立不遷，豈不可喜兮？
深固難徙，廓其無求兮；蘇世獨立，橫而不流兮；
閉心自愼，不終失過兮；秉德無私，參天地兮。

頭二句爲總領，下面從五個方面談橘樹的「幼志」。兩句一意，一句敘述，一句說明。

1. 獨立不遷。
2. 深固難徙。
3. 蘇世獨立。
4. 閉心自愼。
5. 秉德無私。

第四層次　榜樣（八句）

願歲並謝，與長友兮。淑離不淫，梗其有理兮。
年歲雖少，可師長兮。行比伯夷，置以爲像兮。

此層爲總結，說橘樹是自己的榜樣，當然也是世人的榜樣。爲什麼是榜樣呢？有三條理由：

1. 願歲並謝（四季常青志堅貞），
2. 椒離不淫（外貌美麗不過火），
3. 行比伯夷（品行能與伯夷比）。

《橘頌》是中國最早最成功的一首詠物詩。清人對詠物詩有很好的解釋，云：「詠物詩要不即不離」[79]。「不離」，就是不能離開所詠之物；「不即」，就是不能只寫物之本身，更重要的是要有所寄託。《橘頌》就是這樣的一首佳作。林雲銘釋此詩曰：「句句是頌橘，句句不是頌橘，但見原與橘，分不得是一是二，彼此互映，有鏡花水月之妙。」[80]詩中頌橘，兩言「志」，一爲「壹志」，一爲「幼志」，合起來就是：從小就具有的專一的志向。那麼，這是一種什麼樣的志向呢？詩中兩言「不遷」，此乃全篇「詩眼」。這也確實是橘樹的本性。《晏子春秋》卷六有云：「橘生淮南則爲橘，生於淮北則爲枳，葉徒相似，其實味不同」[81]。而屈子此詩讚頌橘樹的「不遷」之性，指的就是：愛鄉戀土的情結、獨立不羈的人格、無私無畏的品德和閉心自愼的修養。這是自然界橘樹的特性，也是社會上眞人君子的品格，就是屈原要一生執著追求的品格！一個年方弱冠的青年就已具有如此高潔的志向，怎能不令人肅然起敬？這首詩對於青少年學生尤其有教育意義。記得三十多年前，我教授大一年級一個班的學生《古代文學作品選》，第一節有意先講《橘頌》。過兩天又去上課，只見教室的後牆上，書法寫的好的學生已用楷書寫成大幅

【79】吳雷發《說詩管蒯》，見民國八年丁集新編《昭代叢書》。
【80】林雲銘《楚辭燈》卷三，見《楚辭文獻叢刊》，國家圖書館出版社，二〇一四年版，第四十六冊，頁四七。
【81】張純一《晏子春秋校注》，見《諸子集成》第六冊，石家莊：河北人民出版社，頁一五九。

《橘頌》，學生全體起立向我致敬坐下後，居然全班集體高聲背誦《橘頌》。我當時熱淚盈眶，情不自禁地隨著他們一起高聲背誦起來。此情此景，即使已經過去三十餘年了，但仍彷彿閃耀在眼前。

第九節 《悲回風》探析

解題

《九章．悲回風》過去長期被誤解：「眞僞問題」居然討論了幾百年，內容上被說成是「反映了道家方士的思想」[82]，藝術上被斥之爲「直致無潤色」，甚至是「顚倒重複，倔強疏鹵」[83]。以致蔣驥這樣的騷學大家都慨歎曰：「楚辭《悲回風》篇，舊是難處，諸解紕繆，不可勝辨。」[84]但眞正的藝術品是不怕別人誤解的，好像珍珠蒙塵，終有一天會被拭去塵埃，露出其璀璨奪目的光彩。隨著楚辭研究的深入，《悲回風》的價值開始得到人們的重視。馬茂元先生生前對《悲回風》「眞僞問題」的討論曾經作過一個既謹愼又明確的判斷：過去種種懷疑論，「至目前爲止，尚不足以推翻屈原的著作權。」[85]這句話可以說是代表了當代大多數學者的態度。至於《悲回風》的藝術成就，當年九十高齡的姜亮夫先生更是慧眼獨具，曾熱情地讚歎說：

【82】胡念貽《先秦文學論集》，北京：中國社會科學出版社，一九八一年版，頁三二六。
【83】朱熹《楚辭集注》，上海古籍出版社，一九七九年版，頁七三。
【84】蔣驥《山帶閣注楚辭》〈楚辭餘論〉，上海古籍出版社，頁二二九。
【85】馬茂元《楚辭注釋》，武漢：湖北人民出版社，一九八五年版，頁四〇六。

> 《悲回風》，特點更加突出，可以說古今作者都沒有這樣的一篇文章。我認爲《悲回風》是屈子作品《離騷》這一大類裡面的最高峰。[86]

如此看來，楚辭研究史上的一樁冤案，大概昭雪有望，屈子地下有靈，亦可莞爾瞑目。當然，還有些問題，學術界仍存在著爭論，比如《悲回風》的寫作時地問題就是其中最激烈的一個。

關於《悲回風》的寫作時地問題，歷史上衆說紛紜，但仍多猜測，不足爲據。當代一些騷學名家趨向於認同蔣驥的說法，認爲《悲回風》寫於屈子沉江前一年的秋天。蔣驥《山帶閣注楚辭》在《悲回風》注的最後這樣寫道：

> 此篇繼《懷沙》而作……原死以五月五日，茲其隔年之秋也歟？[87]

可是，蔣驥這個觀點根本說不通。

首先，從這兩首詩所表現的地理概念來考察。《懷沙》「亂詞」寫道：「浩浩沅湘，分流汨兮。」此處「沅湘」並舉，實際偏指湘水。因爲《惜往日》有云：「臨沅湘之玄淵兮，遂自忍而沉流。」《史記，屈原列傳》記載：屈原最後「遂自投汨羅以死。」由此可知：「沅湘之玄淵」即指「汨羅」；「沅湘」偏指湘水流域；《懷沙》寫作地點是在前往汨羅的途中。而《悲回風》寫道：「馮昆侖以瞰霧兮，隱岷山以清江。」此處「昆侖」，歷史上也是說法種種，王逸將此

---

[86] 姜亮夫《楚辭今繹講錄》，北京出版社，一九八一年版，頁六〇、頁六九。

[87] 蔣驥《山帶閣注楚辭》，上海古籍出版社，頁一四四。

釋爲「神山」，是不妥當的，姜亮夫先生曾對此提出嚴厲的批評：「這是不負責任的態度」[88]。那麼，《悲回風》中的「昆侖」究竟是指哪座山呢？四川湯炳正先生在《屈賦新探》中對此有新說：

……這裡的「昆侖」，也跟《離騷》等篇的神話境界不同，而是跟「岷山」一樣均系蜀中實地。[89]

湯炳正先生根據「昆侖」、「岷山」等地名，進而指出：

此蓋屈原身居楚之西南國境，故馳騁遐思以抒懷。可見，《悲回風》之作，應仍在溆浦一帶，而非湘水流域。[90]

湯先生的論證是有力的。蔣驥既然在《懷沙》注中承認「此原遇漁父之後，決計沉湘，自沅越湖而南之所作也」[91]，而《悲回風》寫在蜀山附近、溆浦一帶，《懷沙》則寫在汨羅附近、湘水流域，又怎麼能說《悲回風》「繼《懷沙》而作」？難道是屈原到湘水流域寫了《懷沙》，就又跑回湘西去寫《悲回風》嗎？

[88] 姜亮夫《楚辭今繹講錄》，北京出版社，一九八一年版，頁二九。
[89] 湯炳正《屈賦新探》，濟南：齊魯書社，一九八四年版，頁七九。
[90] 上書，頁八〇。
[91] 蔣驥《山帶閣注楚辭》〈楚辭餘論〉，上海古籍出版社，頁一二六。

其次，從兩首詩所表現的時間概念來考察。《懷沙》開篇寫道：「孟夏滔滔，草木莽莽。」孟夏是四月。《史記》載曰：屈原寫《懷沙》不久即「自投汨羅以死」。這同民間流傳的屈原「五月五日遂赴清泠之水」一事是吻合的。這裡，時間概念很明確：從《懷沙》寫作到詩人沉江，只有半個月到一個月樣子。如果《悲回風》確是「繼《懷沙》而作」，那麼就應當寫在此期間，即寫在孟夏末或仲夏初。但詩中劈頭寫道：「悲回風之搖蕙兮，心冤結而內傷」；中間還寫道：「薠蘅槁而節離兮，芳已歇而不比。」這些詩句明明白白地告訴讀者：此詩寫在秋天。因此，蔣驥此說顯然有悖於《史記》所載和原詩內容。他大概意識到時間問題上不能自圓其說，所以文章最後推測道：「茲其隔年之秋也歟？」即推測《悲回風》寫在屈原沉江前一年的秋天。而這又與上述《史記》本傳所載相悖，因此，稍有一點邏輯思維的人都會看出蔣氏此說之謬誤了。

第三，從作品思想內容之異同考察。屈子在孟夏所作的《懷沙》中斬釘截鐵般地宣布：「知死不可讓，願勿愛兮，明告君子，吾將以為類兮！」於是在仲夏之初所作的《惜往日》中宣布：「臨沅湘之玄淵兮，遂自忍而沉流」；「不畢辭而赴淵兮，惜壅君之不識！」「遂自投汨羅以死。」而屈子在《悲回風》的結尾處喊道：「驟諫君而不聽兮，任重石之何益？心絓結而不解兮，思蹇產而不釋。」不能不死，死又不能，這是《悲回風》的主題。如此迥異對立的思想，能挨在一起嗎？怎麼能說《悲回風》是「繼《懷沙》而作」呢？

根據以上三點，可以判定：蔣驥之說不能成立！

其實，《悲回風》的寫作地點，作品文本已經交代明白：

馮昆侖以瞰霧兮，隱岷山以清江。

詩人這裡用的是互文見義法，「昆侖」、「岷山」相類，均為蜀中之山。這就表明，詩人此時仍在緊挨蜀地的湘西南地區。那是他入湘後期，早已年過花甲了。

《悲回風》是一首抒情詩，表現屈子後期思想深處一場激烈的矛盾鬥爭。又是一場上下求索，但已不是熱烈地追求「美政」，而是痛苦地探索自身前途，即不能不死，死又不能。全詩一百一十句，分兩大層次，可用下圖表示：

層次

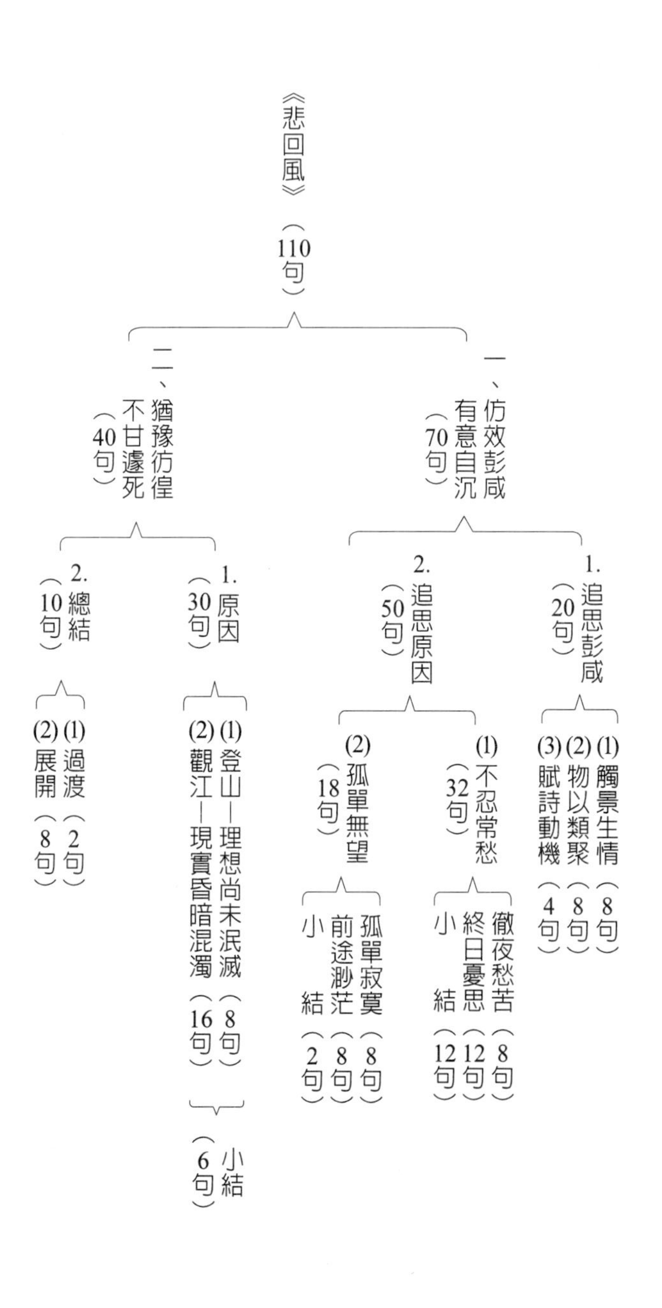

說明

第一層次　效仿彭咸，有意自沉（七十句）

這一層次用現實主義創作方法寫明效仿彭咸的決心和原因。七十句，分兩個層次，先寫決心，後講原因。

㈠追思彭咸（二十句）

1.觸景生情（八句）

悲回風之搖蕙兮，心冤結而內傷。物有微而隕性兮，聲有隱而先倡。
夫何彭咸之造思兮，暨志介而不忘！萬變其情豈可蓋兮，孰虛僞之可長！

前四句悲歎秋風搖蕙。蕙是一種香草，象徵賢人志士。詩人由秋風搖蕙自然而然地想起了殷時因「諫其君不聽，自投水而死」的彭咸：追念彭咸是為何，高風亮節不能忘。詩人說這是自己的眞情，而非一時的虛僞。

2.物以類聚（八句）

鳥獸鳴以號群兮，草苴比而不芳。
魚葺鱗以自別兮，蛟龍隱其文章。故荼薺不同畝兮，蘭茝幽而獨芳。
惟佳人之永都兮，更統世以自貺。

前二句寫鳥獸相號，草苴相比，是從正面立意，次四句寫了兩組對比：魚、龍一組，荼、薺一組，更顯蘭茝獨芳，是從反面立意。以上從正反兩個方面寫物以類聚，實喻人以群分，詩人借此說明自己不爲小人所知是正常現象。也因此，末二句就明確宣告，自己要以「佳人」（前賢，即彭咸）爲榜樣：思慕前賢好品德，千年萬代是榜樣。

3. 賦詩動機（四句）

眇遠志之所及兮，憐浮雲之相羊。介眇志之所惑兮，竊賦詩之所明。

浮雲：指天上。相羊：同「徜徉」。此句如後世李白「欲上青天攬明月」之意，可譯爲：本人抱負很高遠，願上九霄攬明月。後二句中，介：耿介。眇：同「渺」，遼遠之意。惑：不爲人所理解。因爲自己耿介高尚的人格不爲人所理解，所以他要「賦詩」以自明，由此引起下文。

(二) 追思原因（五十句）

詩人爲什麼要追思彭咸呢？他從兩個方面來解釋：

1. 不忍常愁（三十二句）

(1) 徹夜愁苦（八句）

惟佳人之獨懷兮，折芳椒以自處。曾歔欷之嗟嗟兮，獨隱伏而思慮。
涕泣交而淒淒兮，思不眠以至曙。終長夜之曼曼兮，掩此哀而不去。

惟：思。佳人：指前賢。獨：與衆不同。前二句可譯爲：前賢胸襟異於衆，獨抱幽芳以自守。想到這裡，詩人感喟又讚歎，儘管自己現在隱居伏處，但仍思念國事。涕淚交流心淒涼，愁思不眠到天亮。長夜漫漫如何過，哀愁綿綿心不暢。

(2) **終日憂思**（十二句）

寤從容以周流兮，聊逍遙以自恃。傷太息之愍憐兮，氣於邑而不可止。
糾思心以爲纕兮，編愁苦以爲膺。折若木以蔽光兮，隨飄風之所仍。
存彷彿而不見兮，心踴躍其若湯。撫珮衽以案志兮，超惘惘而遂行。

在這個層次裡，詩人用了兩個比喻：一爲思緒糾纏如縛帶，一爲內心激烈如沸水。詩人憂思之重可想而知。

(3) 小結（十二句）

歲忽忽其若頹兮，時亦冉冉而將至。薠蘅槁而節離兮，芳已歇而不比。
憐思心之不可懲兮，證此言之不可聊。寧溘死而流亡兮，不忍爲此之常愁？
孤子吟而抆淚兮，放子出而不還。孰能思而不隱兮，昭彭咸之所聞。

這十二句寫在夜愁日思的情況下，老之將至，芳歇不比，因此詩人萌發了「不忍爲此之常愁」而「昭彭咸之所聞」的念頭。

2. 孤獨無望（十八句）。此可分三個小層次來理解

(1) 孤單寂寞（八句）

登石巒以遠望兮，路眇眇之默默。入景響之無應兮，聞省想而不可得。愁鬱鬱之無快兮，居戚戚而不可解。心鞿羈而不開兮，氣繚轉而自締。

前四句寫景：道路渺渺，一片沉寂，不見人影，不聞聲響，聽看心想都不成。這是一個何等難熬的孤單寂寞的環境啊！次四句生情，那是自然的事情，清人蔣驥對這幾句的解讀可資參考，其云：「此又承上言欲死而未忍忘君，故登高以望之，而熟視不睹其影、靜想不聞其聲，則愁思轉增矣。」

(2) 前途渺茫（八句）

穆眇眇之無垠兮，莽芒芒之無儀。聲有隱而相感兮，物有純而不可爲。邈漫漫之不可量兮，縹綿綿之不可紆。愁悄悄之常悲兮，翩冥冥之不可娛。

頭二句寫景：天地靜穆無邊際，原野迷茫不清楚。次二句有哲理味道，照應開篇的「物有微而隕性兮，聲有隱而先倡。」但開篇那兩句是對歷史的回顧，而此二句則是對未來的展望。末四句抒情，用了「邈漫漫」、「縹綿綿」、「愁悄悄」、「翩冥冥」這一串疊韻詞來形容，把詩人對前途的那種悲戚、絕望的感情推到了高潮。

(3) 小結(二句)

淩大波而流風兮,托彭咸之所居。

孤單寂寞,前途渺茫,詩人只好「淩大波而流風兮,托彭咸之所居。」王逸《章句》云:「彭咸,殷賢大夫,諫其君不聽,自投水而死。」[92]仿效彭咸,就是決心沉江自殺;但屈原一生追求的「美政」理想尚未實現,所以他猶豫彷徨,不甘遽死,這就是下一層次的內容。

第一層次,不論是寫景還是抒情,都用寫實手法。

第二層次　猶豫彷徨,不甘遽死(四十句)

前三十句講原因,後十句作總結。

1. 猶豫彷徨的原因(三十句)

詩人通過奇特的想像和生動的描繪來抒寫自己的感情,表明自己不甘遽死的兩個原因,最後小結。本部分又可分三個小層次。

(1) 登山(八句)——原因之一:**理想尚未泯滅**。即

上高岩之峭岸兮,處雌蜺之標顛。據青冥而攄虹兮,遂儵忽而捫天。吸湛露之浮涼兮,漱凝霜之紛紛。依風穴以自息兮,忽傾寤以嬋媛。

【92】洪興祖《楚辭補注》,北京:中華書局,一九八三年版,頁一三。

屈子爲讀者展現了一幅瑰麗奇特的圖畫：詩人攀上高峰，停在彩虹頂端，背倚青天，手摸天宇，吸引清露，含漱白霜。這是一個多麼偉岸、純潔而又瀟灑、超脫的形象。但這絕不如某些學者所云，是什麼「方士口吻」，而僅僅是幻想，用以表明：屈子即使在痛不欲生的時刻，理想尚未泯滅，抱負仍在閃光，他似乎還在懷念著政治生涯。可惜，這只是一種空想：依倚風洞，正要休息，轉身即醒，更加痛苦。

(2) 觀江（十六句）——原因之二：現實昏暗混濁。即

馮昆侖以瞰霧兮，隱岷山以清江。憚湧湍之磕磕兮，聽波聲之洶洶。
紛容容之無經兮，罔芒芒之無紀。軋洋洋之無從兮，馳委移之焉止？
漂翻翻其上下兮，翼遙遙其左右。泛潏潏其前後兮，伴張弛之信期。
觀炎氣之相仍兮，窺煙液之所積。悲霜雪之俱下兮，聽潮水之相擊。

理想的火花轉瞬即逝——「忽傾寤以嬋媛」，詩人又回到昏暗濁亂的現實中來，「馮昆侖以瞰霧兮，隱岷山以清江。」他從不同角度描繪江水的形狀：磕磕洶洶之聲，紛紛茫茫之狀，不知所從，曲折翻騰，忽上忽下，時左時右，無方位，有信期，要麼暑氣蒸騰，要麼霜雪俱下……所有這些，都是象徵，如王逸、洪興祖所解釋的，是「言己思念君國而衆人俱共毀己」，「此言楚國變亂舊常，無定法也」，「此言楚國上下昏亂，無綱紀也」[93]總之，「觀江」一層：是當時楚國社會狀況的一種藝術折射，表現了詩人對現實的關切。而這種昏暗濁亂的現實恰好與詩人的理

【93】洪興祖《楚辭補注》，北京：中華書局，一九八三年版，頁一六〇。

想抱負形成鮮明的反差和尖銳的矛盾。

(3) 小結（六句）

借光景以往來兮，施黃棘之枉策。求介子之所存兮，見伯夷之放跡。
心調度而弗去兮，刻著志之無適。

正是以上兩個原因，詩人不甘心立即去死。「黃棘」非地名，而是一種植物名稱，「亦芳香貞烈而棘刺之物，故藉以寓意歟」[94]。夢幻傾瘖、瞰霧清江之後，滿含冤枉但又傲然不屈的詩人，柱著彎彎的黃棘拐杖，欲「求介子之所存」，「見伯夷之放跡」。然而，這樣做，違背了詩人當年的志向、抱負，所以「心調度而弗去兮，刻著志之無適。」胡文英言之中肯，曰：「心雖若有所調度而實不能去者，以深明吾志之不他適而已。」[95]

2. **總結**（十句）

「曰」字歷來解釋不一。筆者同意「上當脱一『亂』字」說，因爲以下詩句確乎是對全詩第二大層次內容的總結，起到了「亂詞」的作用。

[94] 蔣驥《山帶閣注楚辭》〈楚辭餘論〉，上海古籍出版社，頁二三〇。
[95] 胡文英《屈騷指掌》，北京古籍出版社，一九七九年版，卷三頁三七。

(1) **過渡**（二句）

曰：

吾怨往昔之所冀兮，悼來者之愓愓。

「往昔之所冀」，朱熹釋曰：「謂猶欲有爲于時」[96]，即照應前面「登山」一層。詩人過去希望爲王前驅，「存君興國」，但在當時昏暗的政治環境裡，不但實現不了，反遭讒毀廢黜，所以他「怨」。「悼來者之愓愓」，蔣驥釋曰：「言危亡將至而可懼也」[97]，似乎與「觀江」一層有關係。下面八句便是對這二句的展開。

(2) **展開**（八句）

浮江淮而入海兮，從子胥而自適。望大河之洲渚兮，悲申徒之抗跡。驟諫君而不聽兮，任重石之何益！心絓結而不解兮，思蹇產而不釋。

因爲「怨往昔之所冀」，所以他曾思念子胥（傳說其死後「歸神大海」）和申徒（因「非其世」「遂負石沉於河」）；但因爲「悼來者之愓愓」，所以他又不想走申徒等人的道路：「驟諫君而不聽兮，任重石之何益？」這樣兩種極其矛盾的思想感情交織在一起，詩人更加愁苦憂傷：

【96】朱熹《楚辭集注》，上海古籍出版社，一九七九年版，頁一〇三。
【97】蔣驥《山帶閣注楚辭》，上海古籍出版社，頁一四三。

「心絓結而不解兮，思蹇產而不釋。」這同開篇兩句的氛圍完全吻合，從而使全篇構成了一個有機的整體。

第二章第四節中，我已說過：「爲了充分渲洩自己極其痛苦、悲傷的感情，屈原充分運用了各種藝術手法，使《悲回風》的藝術成就達到了一個新的高峰；而且，詩人儘管消沉、頹廢，但在痛苦到極點企圖一死了之的時刻，他一想到國家，一想到君王，就「心調度而弗去」、「心絓結而不解」，這再次表明，屈原確實是一個堅定的、高尚的愛國者！」總之，《悲國風》感情之水的渲洩，既激烈奔放又井然有序，是古代抒情詩中的又一精品。

第七章 《遠遊》探幽（附《卜居》、《漁父》探析）

第一節 《遠遊》探析

解題

清代以來，在《遠遊》的欣賞過程中有個最麻煩的問題，就是這個作品的眞僞問題。歷史上最有名的楚辭學家，如王逸、朱熹等人是肯定《遠遊》乃屈原所著。王逸云：

《遠遊》者，屈原之所作也。屈原履方直之行，不容於世，上爲讒佞所譖毀，下爲俗人所困極。章皇山澤，無所告訴，乃深惟元一，修執恬漠。思欲濟世，則意中憤然，文采鋪發，遂敘妙思，托配仙人，與俱遊戲，周曆天地，無所不到。然猶懷念楚國，思慕舊故，忠信之篤，仁義之厚也。是以君子珍重其志，而瑋其辭焉。[1]

王逸這段解說，簡明扼要，言之有理。在王逸爲楚辭所作的解題中，此乃頗爲中肯之一。然而，清代胡濬源《楚辭新注求確》判《遠遊》非屈原所作，其云：「韓眾，亦稱韓終，秦始皇時方士，明見《史記》〈秦紀〉，在屈子之後，屈子何以得之而羨之。即此便見《遠遊》非屈子所作。」[2]此後，吳汝綸、胡適、陸侃如、何其芳、郭沫若、胡念貽、馬茂元和褚斌傑等著名騷學家，均附和此議。他們最「有力」的一條理由就是胡氏所云，甚至說，《遠遊》提到「韓眾」，便是此篇非屈原所作的「鐵證」。可是，這個「鐵證」並不「鐵」。靈庚兄《楚辭章句疏

【1】洪興祖《楚辭補注》，北京：中華書局，一九八三年版，頁一六三。
【2】胡濬源《楚辭新注求確》，見《楚辭文獻叢刊》，北京：國家圖書館出版社，二〇一四年版，第五十九冊，頁一三九。

證》對此進行了有力的批駁。其云：

> 韓眾，古之得道者，非專指齊方士。補注引《列仙傳》：「齊人韓終爲王采藥，王不肯服，終自服之，遂得仙也。」後據此以此篇爲非屈子所作，謬也。《文選》卷一五張衡《思玄賦》「想依韓以流亡」，舊注：「韓眾獲道輕舉，故思依之以流亡也。」《全後漢文》卷二三班彪《覽海賦》：「命韓眾與岐伯，講神篇而校靈章。」《御覽》卷六六九「道部」一一「服餌」上引《仙經》：「韓眾服昌蒲十三年，身生毛，日視書萬言，皆誦之。」則皆以得道者通名，與秦人韓眾非一人也。[3]

「岐伯」，傳說是黃帝時的著名醫師，而有一位韓衆竟是與岐伯同時代人。因此，胡濬源、陸侃如筆下的「鐵證」也就被粉碎，判《遠遊》爲僞作的觀點也就不能成立了。

懷疑論者們還有兩條比較有名的「論據」，一是《遠遊》中的「道家思想」並非屈原思想，二是《遠遊》「抄襲」了《離騷》中的詩句。而這兩條證據也是站不住腳的。

《遠遊》一詩確實流露出了道家「無爲」的思想，但對此要進行具體分析。本書第二章中已經指出，屈原是人，不是神，不是廟宇中的泥塑木雕。屈子的思想發展不是靜止的湖泊，而是奔騰的大江，波浪起伏，有高潮，也有低潮。他作爲一個有抱負有才幹的政治家，卻被逐湘西多年，彼時已經離開政治舞臺十多年，而且周圍的環境是：

> 深林杳以冥冥兮，乃猿狖之所居。

【3】黃靈庚《楚辭章句疏證》，北京：中華書局，二〇〇七年版，第三冊頁一七五四。

山峻高以蔽日兮，下幽晦以多雨。
霰雪紛其無垠兮，雲霏霏而承宇。
哀吾生之無樂兮，幽獨處乎山中。

——《涉江》

在《遠遊》中他還感歎自己年紀老大，已入生命後期——

恐天時之代序兮，耀靈曄而西征。
微霜降而下淪兮，悼芳草之先零。
聊仿佯而逍遙兮，永歷年而無成。

客觀和主觀兩個方面的情勢把詩人逼到了萬般無奈、徹底絕望的境地，只好——

內惟省以端操兮，求正氣之所由。
漠虛靜以恬愉兮，淡無爲而自得。

這難道不是合情合理的邏輯嗎？

至於說因《遠遊》「抄襲」或「摹擬」了《離騷》等詩篇的詩句就斷其爲「後人的摹擬之作」，這個理由更爲蒼白無力。詩人在相同的環境和相同的心情之時，吟誦出相似的詩句，是極爲自然的事。如《九辯》這同一首詩中，前半部分說「何時俗之工巧兮，背繩墨而改錯」，後半部分又寫道：「何時俗之工巧兮，滅規矩而改鑿。」這難道就可說成是「表現了作者寫作技藝的低劣，而且表現出思想的蒼白無力」？就要懷疑其著作權的眞僞？

郭沫若更離奇。他在《屈原研究》中說：「《遠遊》一篇結構與司馬相如《大人賦》極相似，其中精粹語句甚至完全相同……據我的推測，（《遠遊》）可能即是《大人賦》的初稿。」[4]郭氏早期是詩人，流亡日本時也弄過一些學術研究，但後期主要是政治家，大概無暇對學術作更精微的研究，所以才發出如此不負責任的謬論。金榮權先生有篇題爲《〈楚辭·遠遊〉作者考論》，他儘管也因「韓衆」這個所謂的「鐵證」等「理由」而否定屈原對《遠遊》的著作權，但在《遠遊》與《大人賦》的關係上說了一句公道話：「如果仔細比較《遠遊》與《大人賦》兩篇，我們就可以發現，只能是《大人賦》抄襲了《遠遊》，而不會是《遠遊》抄襲了《大人賦》。」[5]他從幾個方面對此觀點，亦即對郭沫若的觀點進行了有力的駁斥。

沒有眞正摸透《遠遊》的思想內容，尤其沒有弄清楚全詩的脈絡層次，而只抓住詩中的隻言片語而妄下判斷，這就是那些懷疑論者的癥結所在。今後，那些懷疑論者們可以繼續懷疑，這是他們的權利，但只要我們釐清《遠遊》的層次，那些懷疑的理由也就不攻自破了。

【4】郭沫若《屈原研究》，轉引自馬茂元《楚辭注釋》，武漢：湖北人民出版社，一九八五年版，頁四二三。

【5】金榮權《〈楚辭·遠遊〉作者考論》，發表於《中州學刊》二〇〇五年第六期。

層次

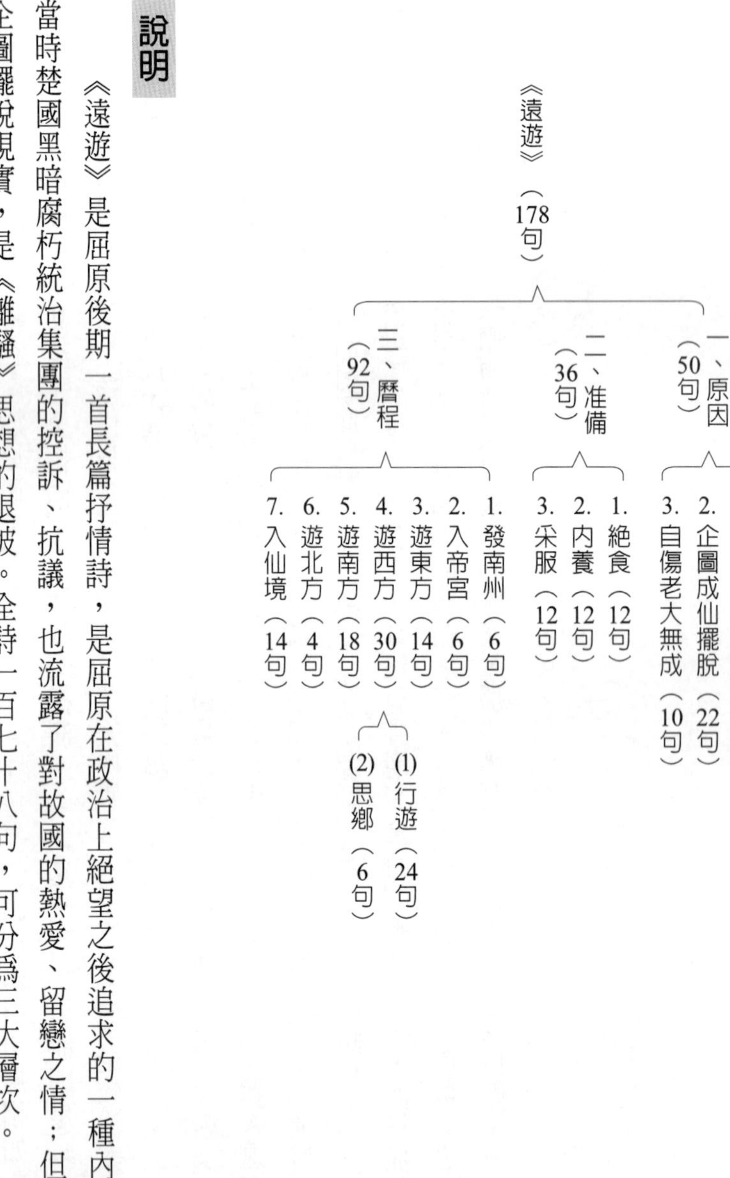

說明

《遠遊》是屈原後期一首長篇抒情詩，是屈原在政治上絕望之後追求的一種內心解脫，是對當時楚國黑暗腐朽統治集團的控訴、抗議，也流露了對故國的熱愛、留戀之情；但從總體上講是企圖擺脫現實，是《離騷》思想的退坡。全詩一百七十八句，可分爲三大層次。

第一層次　原因（五十句）

此層次明確宣布：詩人之所以要遠遊，就是因爲苦於時俗迫厄，企圖成仙擺脫，另外，自傷老大無成。此五十句，又可分三個層次。

1.苦於時俗迫厄（十八句）

悲時俗之迫厄兮，願輕舉而遠遊。質菲薄而無因兮，焉托乘而上浮？
遭沉濁而污穢兮，獨鬱結其誰語！夜耿耿而不寐兮，魂營營而至曙。
惟天地之無窮兮，哀人生之長勤。往者余弗及兮，來者吾不聞。
步徙倚而遙思兮，怊惝怳而乖懷。意荒忽而流蕩兮，心愁淒而增悲。
神倏忽而不反兮，形枯槁而獨留。

頭二句開宗明義，概述了遠遊的一個重要原因：群小嫉妒迫害。這同《離騷》的遠逝原因相同。但在寫作《離騷》時，詩人還有一線希望，「將上下而求索」，而在這首詩中，屈子已經絕望，只能「願輕舉而遠遊」。人生在世要超脫，猶如拔著頭髮想上天，事實上是不可能的。因此緊接的兩句是詩人痛苦的呻吟；「質菲薄而無因兮，焉托乘而上浮？」蔣驥云：「章首四語，乃作文之旨也。原自以悲屨無聊，故發憤遠遊以自廣。然非輕舉，不能遠遊；而質非仙聖，不能輕舉；故慨然有志於延年度世之事。蓋皆有激之言而非本意也。」此論中肯，錄以備考。

次四句，詩人具體敘述自己的愁苦之狀：遭逢昏君和讒佞，可愁思煩冤又無處訴苦，只好夜不能寐，魂憂至曙。

再四句是抒情：想到天地無窮盡，哀歎人生多憂患。以往賢人未趕上，後代明君我不聞。唐人陳子昂《登幽州台歌》似乎從此章脫化而成：「前不見古人，後不見來者。念天地之悠悠，獨愴然而涕下。」

末六句進一步敘寫悲憤之狀：詩人的精神已到了近似恍惚麻木的地步，只留下一具憔悴枯槁的形體。此已與《漁父》的描寫相同，寫作時間大概也相距不遠。

2.企圖成仙擺脫（二十二句）

內惟省以端操兮，求正氣之所由。漠虛靜以恬愉兮，淡無爲而自得。
聞赤松之清塵兮，願承風乎遺則。貴眞人之休德兮，美往世之登仙；
與化去而不見兮，名聲著而日延。奇傅說之托辰星兮，羨韓眾之得一。
形穆穆以浸遠兮，離人群而遁逸。因氣變而遂曾舉兮，忽神奔而鬼怪。
時彷彿以遙見兮，精皎皎以往來。超氛埃而淑尤兮，終不反其故都。
免眾患而不懼兮，世莫知其所如。

前四句是理解全詩主題之關鍵。在黑暗現實政治的逼迫下，詩人消極反抗，轉向內心自適，追求所謂正氣。冷漠恬靜，淡泊無爲，這是詩人追求的極則，也是《遠遊》思想的主旋律。正是這個主旋律，才引出了下面八句中的聞赤人、貴眞人、美往世、奇傅說和羨韓衆等。赤松、傅說、韓衆等都是過去傳說中的成仙之人。最後十句，寫詩人嚮往這些仙人，目的是離人群，超氛埃，從而「免衆患而不懼」，讓世人不知自己的去處。

3. 自傷老大無成（十句）

本層有兩個意思。

(1) **傷老**（六句）

恐天時之代序兮，耀靈曄而西征。微霜降而下淪兮，悼芳草之先零。

聊仿佯而逍遙兮，永歷年而無成。

前四句用自然景物比喻年紀老大，已入生命後期。「耀靈」、「微霜」指時光變遷；「芳草」顯然自指。次二句次序倒裝，直抒老大無成之悲哀。

(2) **絕望**（四句）

誰可與玩斯遺芳兮，晨向風而舒情。高陽邈以遠兮，余將焉所程？

前二句感傷知己難期；後二句哭訴祖業難複。主觀和客觀兩個方面的形勢把詩人逼到了萬般無奈、徹底絕望的境地，「遠遊」成仙已成了解脫痛苦的唯一途徑。

以上五十句，說明了遠遊的原因，也向讀者暗示了此篇與《離騷》思想迥異的根據。那些「偽作」論者很應該仔細鑽研這一層次。

第二層次　準備（三十六句）

上層次在敘述必須遠遊的同時還提出了一個問題：「質菲薄而無因兮，焉托乘而上浮？」第二層次就是解決這個問題的，即為遠遊作準備。由菲薄之質變為成仙之質，詩人以為有三條措施：絕食、內養和采服。三十六句自然分成這三個小層次。

1.絕食（十二句）

重曰：
春秋忽其不淹兮，奚久留此故居。軒轅不可攀援兮，吾將從王喬而娛戲。
餐六氣而飲沆瀣兮，漱正陽而含朝霞。保神明之清澄兮，精氣入而粗穢除。
順凱風以從遊兮，至南巢而壹息。見王子而宿之兮，審壹氣之和德。

「重」，洪興祖補注曰：「再也，非輕重之重。」[6]此注恐不確，因為如果此「曰」為「再」，那下一節之「曰」難道是「三曰」嗎？正確的解釋是：「重」乃音樂詞語。《爾雅．釋樂》云：「宮，謂之『重』。」[7]「宮」乃古代五音之首，故「重」可指音樂、歌聲。這個注釋符合「重曰」二字在詩歌的地位，因此「重曰」可以譯為，「歌聲唱道」。究竟是誰的「歌聲」？未明，引人深思。如果是詩人自己，那麼這「重曰」二字似乎就多餘了。前二句承上，與第一層次中的第三小層次相銜接。次二句啓下。接著的四句講不食人間煙火：五穀雜糧都不吃，

【6】洪興祖《楚辭補注》，北京：中華書局，一九八三年版，頁四。
【7】宋．邢昺《爾雅注疏》，見《十三經注疏》，北京：中華書局，一九八〇年版，頁二六〇一。

吞吸六氣天地精。神志清明又澄澈，納新吐故粗穢除。末四句引起下層，因爲詩人見到王子喬先表敬意，後詢問元氣養成之術。下面就是王子喬的回答。

2.內養（十二句）

曰：

道可受兮，不可傳；其小無內兮，其大無垠。

無滑而魂兮，彼將自然；壹氣孔神兮，於中夜存。

虛以待之兮，無爲之先；庶類以成兮，此德之門。

此層爲王喬的回答。十二個短句實爲六個長句。前二個長句講元氣之玄妙。後四個長句講內養功夫，關鍵是「無滑而魂兮彼將自然」，「虛以待之兮無爲之先」，即神魂不亂就自然，清靜無爲閒情欲。

3.采服（十二句）

聞至貴而遂徂兮，忽乎吾將行。仍羽人於丹丘兮，留不死之舊鄉。

朝濯發于湯穀兮，夕晞余身兮九陽。吸飛泉之微液兮，懷琬琰之華英。

玉色頩以脕顏兮，精醇粹而始壯。質銷鑠以汋約兮，神要眇以淫放。

所謂「采服」，即蔣驥所云：「益取天地萬物之精以充其氣，而大其養，此求正氣之終事也。」[8]前四句講遠遊目的。詩人聽了王子喬的回答，就急急忙忙前往尋求。中四句講爲達此目的而朝濯發、夕晞身、吸飛泉、懷琬琰。末四句講準備的結果。

至此，「仙質即成，而遂能輕舉以上浮也」[9]，下層轉入遠遊歷程。

第三層次　曆程（九十二句）

本層次爲全詩主體部分，敘述遠遊的全過程，按照地點的轉移，可分爲七個層次。

1. 發南州（六句）

嘉南州之炎德兮，麗桂樹之冬榮。
山蕭條而無獸兮，野寂寞其無人。載營魄而登霞兮，掩浮雲而上征。

前二句講希望。從上下文意可體會到：「嘉」，實指詩人初放江南時的希望、幻想。中二句寫失望，即是客觀環境的描寫，也是詩人主觀心理的反映。末二句寫因失望而下的決心，即「登霞」、「上征」。

2. 入帝宮（六句）

命天閽其開關兮，排閶闔而望予。召豐隆使先導兮，問大微之所居。
集重陽入帝宮兮，造旬始而觀清都。

【8】蔣驥《山帶閣注楚辭》，上海古籍出版社，一九八四年版，頁一四八。
【9】上書，頁一四九。

前二句似與《離騷》中的相同，實際命意正好相反。《離騷》升天為求高丘神女，充滿希望，大肆渲染長達二十八句；而此處只為遁世遠遊，絕望之極，故僅寥寥六句。

3.遊東方（十四句）

朝發軔於太儀兮，夕始臨乎於微閭。
屯余車之萬乘兮，紛溶與而並馳。駕八龍之婉婉兮，載雲旗之逶蛇。
建雄虹之采旄兮，五色雜而炫耀。服偃蹇以低昂兮，驂連蜷以驕驁。
騎膠葛以雜亂兮，斑漫衍而方行。撰餘轡而正策兮，吾將過乎句芒。

前二句過渡，講來到東方之玉山（「於微閭」）。下面十二句描寫車馬、旌旗。寫車馬，生動、形象；寫旌旗，鮮明、多姿。

4.遊西方（三十句）

在遠遊歷程中，此層最長，是「遊北方」一層的七倍半。為什麼呢？姜亮夫先在分析屈原對四方的態度時說：「而西方則是追念祖先、寄託感情的地方，因為楚國的發祥地在西方……高陽氏來自西方，即今之新疆、青海、甘肅一帶，也就是從昆侖山來的……所以他的作品一提到西方就神往。」[10]這三十句可以分成兩個層次。

[10] 姜亮夫《楚辭今繹講錄》，北京古籍出版社，一九八一年版，頁二九—頁三〇。

(1) **行遊**（二十四句）

曆太皓以右轉兮，前飛廉以啓路。陽杲杲其未光兮，淩天地以徑度。
風伯為余先驅兮，氛埃辟而清涼。鳳皇翼其承旗兮，遇蓐收乎西皇。
攬彗星以為旍兮，舉斗柄以為麾。叛陸離其上下兮，遊驚霧之流波。
時曖曃其曭莽兮，召玄武而奔屬。後文昌使掌行兮，選署眾神以並轂。
路曼曼其修遠兮，徐弭節而高厲。左雨師使徑侍兮，右雷公以為衛。
欲度世以忘歸兮，意恣睢以担撟。內欣欣而自美兮，聊偷娛以淫樂。

此層極喜。前四句過渡，交代西遊的路線、時間。次四句描寫前導陣容：風伯、鳳凰。「蓐收」、「西皇」，表明詩人已到西方。王逸云：「西皇所居，在於西海之津也。」再四句描寫標誌：「彗星為旍，斗柄為麾」。再四句寫後衛：玄武奔屬，衆神並轂。再四句寫左右：雨師徑侍，雷公為衛。末四句抒寫極其欣喜之情。總之，遊西方，極講排場，極其隆重。

(2) **思鄉**（六句）

涉青雲以汎濫遊兮，忽臨睨夫舊鄉。僕夫懷余心悲兮，邊馬顧而不行。
思舊故以想像兮，長太息而掩涕。

此層極悲。前四句與《離騷》結尾處相似。「舊鄉」指楚先人高陽發祥之地。姜亮夫先生說：「看見故鄉爲什麼還悲呢？就是他看見了先人創業之不易」[二]，所以「長太息而掩涕」。

5.遊南方（十八句）

泛容與而遐舉兮，聊抑志而自弭。指炎神而直馳兮，吾將往乎南疑。
覽方外之荒忽兮，沛罔象而自浮。祝融戒而還衡兮，騰告鸞鳥迎宓妃。
張《咸池》奏《承雲》兮，二女禦《九韶》歌。使湘靈鼓瑟兮，令海若舞馮夷。
玄螭蟲象並出進兮，形蟉虯而逶蛇。雌蜺便娟以增撓兮，鸞鳥軒翥而翔飛。
音樂博衍無終極兮，焉乃逝以徘徊。

此層重歌舞。前四句過渡。「炎神」、「南疑」，表示已到南方。次四句寫炎神接待。接著八句極寫歌舞之盛。末二句抒寫留戀難去之感想。前邊「發南州」是在地上，是「上征」的出發地；此層「遊南方」是在天上，二者並不相同。

6.遊北方（四句）

舒並節以馳騖兮，逴絕垠乎寒門。軼迅風於清源兮，從顓頊乎增冰。

此層十分簡略、抽象，可見詩人對北方很陌生、無感情。

【二】姜亮夫《楚辭今繹講錄》，北京古籍出版社，一九八一年版，頁五一。

7.入仙境（十四句）

曆玄冥以邪徑兮，乘間維以反顧。召黔嬴而見之兮，爲余先乎平路。
經營四荒兮，周流六漠。上至列缺兮，降望大壑。
下崢嶸而無地兮，上寥廓而無天。視倏忽而無見兮，聽惝恍而無聞。
超無爲以至清兮，與泰初而爲鄰。

此層爲遠遊終極之境。前八句寫入仙境之過程。次六句想像進入仙境後的感覺。如果上文游四方，詩人還有歡樂、悲傷、熱烈、陰冷等感情、感覺，而此層中是什麼都沒有了，無地、無天、無見、無聞——「超無爲以至清兮，與泰初而爲鄰。」這也就是遠遊準備中所講要追求的那種「漠虛靜以恬愉兮，澹無爲而自得」的境界。

對此結尾，洪興祖曾經發出過疑問：

按《離騷》、《九章》皆托遊天地之間，以泄憤懣，卒從彭咸之所居。至此章獨不然，初曰「長太息而掩涕」，思故國也，終曰「與泰初而爲鄰」，則世莫知其所如矣。[12]

「莫知其所如」，即《卜居》中所寫：「竭知盡忠，而蔽障於讒，心煩慮亂，不知所從。」洪氏能從整體角度解讀屈原作品，這點是很好的，但他未能從整體角度來分析屈原一生的思想發

【12】洪興祖《楚辭補注》，北京：中華書局，一九八三年版，頁一七五。

展軌跡，所以才產生了這種不該有的疑問。人的思想感情，總是隨著客觀環境的變化而不斷變化的，猶如大江流水，波濤起伏，有高潮，也有低潮。屈原的思想發展，也不是一成不變的。他是人，同一般人的思想感情一樣，也有喜怒哀樂，也是雙向逆反，有高潮，有低潮，最終定格在高潮。《遠遊》所表現的這種追求「無天」、「無地」、「無見」、「無聞」和「無爲」的思想，是長期放逐湘西那個惡劣環境及政治抱負未得施展的憤懣之情，逼得他一時產生的消極思想。這恰好證明，屈原是一個眞實的歷史人物，而不是人們虛構的廟宇中那些永遠不變的泥塑木雕而成的神仙偶像。

不過，屈子並未一味沉浸在此消極悲觀的思想之中，他很快就振奮起來了。詩人在《遠遊》中寫到過自己當時的形象：「神倏忽而不反兮，形枯槁而獨留。」這同《漁父》篇中所寫「顏色憔悴，形容枯槁」極爲相似，可見兩篇所寫時間相距不會太遠。而在《漁父》篇中，屈子悲憤地唱道：

新沐者必彈冠，新浴者必振衣。
安能以身之察察，受物之汶汶者乎？
寧赴湘流，葬于江魚之腹中，
安能以浩浩之白，而蒙世俗之塵埃乎？

於是才進而有了《懷沙》和《惜往日》，終於使屈子的形象定格在其思想的最高潮上，造就了中國文學史上一位最傑出的偉大的愛國詩人。

從文學技巧角度看，「歷程」這一層次寫得十分精采：內容敘述，手法多變，詳略有致；感情發展，波瀾起伏，跌宕有致，而且有的描寫特別生動，堪稱絕唱。可惜，不少讀者都似乎疏忽了這一篇傑作。

第二節 《卜居》賞析

解題

關於《卜居》的眞僞問題，歷史上爭論亦頗激烈。王逸以爲《卜居》、《漁父》均「屈原之所作也。」宋人洪興祖開始懷疑，其云：「《卜居》、《漁父》，皆假設問答以寄意耳。而太史公《屈原傳》、劉向《新序》、嵇康《高士傳》或采《楚辭》、《莊子》漁父之言以爲實錄，非也。」[13]其後，明人張京元、清人崔述直接否定。近現代直至當代不少騷學名家（如胡適、陸侃如、游國恩、郭沫若、馬茂元、褚斌傑等）亦持否定之論。當然也有不少楚辭專家是堅持認爲《卜居》和《漁父》的作者是屈原的，如陳子展、姜亮夫和湯炳正先生等。其中，陳子展先生更是對否定論進行了比較全面的駁斥。此類文字太多，篇幅限止，無法過錄。其實，如果仔細吟誦王逸《漁父》之序，就會發現，此事叔師早已說清。其云：

> 《漁父》者，屈原之所作也。屈原放逐，在江、湘之間，憂愁歎吟，儀容變易。而漁父避世隱身，釣魚江濱，欣然自樂。時遇屈原川澤之域，怪而問之，遂相應答。楚人念屈原，因敘其辭以相傳焉。[14]

【13】洪興祖《楚辭補注》，北京：中華書局，一九八三年版，頁一七九。

【14】同上。

有些學者說王逸此序「前後矛盾」，非也，恰恰是王逸準確地說清了事實眞相。他先層敘事實，最後寫道：「楚人思念屈原，因敘其辭以相傳也。」[15]「敘」者，述也，陳述，記述。「辭」者，當然是漁父與屈原的互相應答之辭，即《漁父》。屈原時代，書寫困難，更無印刷，其作品，「楚人高其行義，瑋其文采，以相教傳」[16]，有的可能是書之於竹帛，但更多的大概是口耳相傳。王逸在《天問》序中明言：《天問》乃屈原「仰見圖畫，因書其壁……楚人哀惜屈原，因共論述」[17]。《天問》就是這樣口耳相傳流傳下來的。《天問》爲屈原所著，這是古今極大多數學者公認的，所以，同樣是「楚人」「敘其辭以相傳」的《卜居》和《漁父》，著作權也應屬於屈原。後代一些學者偏要用具有印刷技術和紙張書寫方便的條件，去要求沒有紙張只有竹帛，沒有印刷技術只有口耳相傳的屈原作品，是否強人所難了？

另外，「眞僞」之爭不過是學究們之事，廣大讀者最關心的還是要欣賞作品的優美，從中汲取精神養份。而欣賞作品或研究作品，必須「知人論世」，那些否定論者直到今天也說不出這些「非屈原所作」的作品的「眞正作者」是誰，那麼，如何「知人論世」？如何理解作品所表達的那種感天動地、強烈無比的激情？而如果回歸眞相，通過屈原的身世遭遇和坎坷經歷，讀者就會十分容易理解作品所表達的思想內容了。所以，本書是在《卜居》和《漁父》爲屈原所作這個前提下進行探析的。

「卜居」這個題目，準確地概括了全詩的內容。「卜」，問卜，詢問之意。「居」，處，

[15] 同上。
[16] 上書，頁四八。
[17] 上書，頁八五。

是動詞，即處世，此處動詞用作名詞，指代處世之方。「卜居」，即詢問處世的方法、態度。屈子忠而被謗，信而見疑，長期被放，「不得複見」，似乎「心煩慮亂，不知所從」，實際心明眼亮，洞穿一切，故而用「卜居」的方式向當時黑暗的政治現實提出抗議。換言之，屈子這是明知故問，全篇乃「憤激之辭也」（蔣驥語）。

關於這段問卜之事的時間地點，前人以爲不知，我則以爲可以考知。《卜居》開篇云：「屈原既放三年，不得複見。」本書第二章中已經證明，屈原在懷王十六年被逐後，史載其在懷王十八年又能從齊國返回楚廷當面勸諫懷王，說明那次被「放」的時間不足三年，因此，《卜居》絕不可能寫在懷王時代。史載頃襄王三年時，「令尹子蘭聞之大怒，卒使上官大夫短屈原于頃襄王。頃襄王怒而遷之」。《哀郢》寫屈原「東遷」之始是「仲春」二月，那應該已經是頃襄王四年的事情了。至夏浦時，已經是「至今九年而不復」。由此可知，《卜居》所寫之事當發生在頃襄王七年屈原流蕩於江夏地區之時。這難道不是明明白白的嗎？

層次

（如下）

《卜居》（48句）
- 一、背景（11句）
- 二、屈原問（28句，10問）
- 三、太卜答（9句）

說明

朱熹在《卜居》序中云：「屈原哀憫當世之人習安邪佞違背正直，故陽爲不知二者之是非可否，而將假蓍龜以決之。遂爲詞，發其取捨之端，以警世俗。」[18]這段話可資借鑒。《卜居》全篇四十八句，可分三個層次。

第一層次 背景（十一句）

屈原既放三年，不得複見。
竭知盡忠，而蔽障於讒；心煩慮亂，不知所從。
乃往見太卜鄭詹尹，曰：「余有所疑，願因先生決之。」
詹尹乃端策拂龜，曰：「君將何以教之？」

前六句寫屈原忠而被謗，既放三年，心慮煩亂。後五句敘述他向鄭詹尹問卜經過。

第二層次 屈原反問（二十八句）

屈原曰：
「吾寧悃悃款款樸以忠乎，將送往勞來斯無窮乎？

【18】朱熹《楚辭集注》上海古籍出版社，一九七九年版，頁一一三。

寧誅鋤草茅以力耕乎，將游大人以成名乎？
寧正言不諱以危身乎，將從俗富貴以偷生乎？
寧超然高舉以保眞乎，將哫訾栗斯喔咿儒兒以事婦人乎？
寧廉潔正直以自清乎，將突梯滑稽如脂如韋以潔楹乎？
寧昂昂若千里之駒乎，將泛泛若水中之鳧與波上下偷以全吾軀乎？
寧與騏驥亢軛乎，將隨駑馬之跡乎？
寧與黃鵠比翼乎，將與雞鶩爭食乎？
此孰吉孰凶何去何從？
世溷濁而不清：
蟬翼爲重，千鈞爲輕；
黃鐘毀棄，瓦釜雷鳴；
讒人高張，賢士無名。
吁嗟默默兮，誰知吾之廉貞？」

蔣驥等學者以爲前十九句爲一小層，「皆問卜之辭」；後九句爲第二小層，「皆憤激之辭」。我認爲：這二十八句包括十問，全部是問卜之辭，也全部是憤激之辭；這兩點很難作爲分層的根據。

從形式上考查，前八問句型大致相同，是八個排比句，而第九、第十問的句型相差很大。從內容上考查，前八問是從個人品德角度詰問，表現了屈子不從俗、不諂媚、不油滑、不追風的高風亮節和處世態度，同時也是從側面揭露了當時楚國的黑暗現實。如果說，前後層次只是鋪墊、映襯，那麼，這個層次才是眞正的屈原的聲音——「屈原之所作也」。《卜居》的價值正在這二十八句上。儘管有人詆巇這段話「語義太膚」[19]，或「思想深度不夠」[20]，但事實上，這八個反詰句，思想深刻，意境高遠，猶如排炮，響徹雲霄，聲如金石，震撼千古，一個堂堂正正、頂天立地的偉丈夫形象，屹然矗立在千百年來的中華文明史上！那些只知搖頭擺尾咬文嚼字的腐儒，焉能與此並肩！而且這一連八個反詰句，氣勢磅礴，力壓群奸，藝術性十分高超，是文學史上之所罕見。此層第九問是對前八問的小結，明知故問，欲擒故縱，意境深化，引人深思。第十問更是筆鋒犀利，形象生動，通過鮮明的對比，不但揭露了當時楚國黑暗的社會現實，而且具有很強的典型性，是歷朝歷代腐敗社會的生動寫照。這段文字與《離騷》、《哀郢》和《涉江》諸篇的風格極其相似，可居然還有人說這不是屈原所作，眞是可笑至極！文學批評歷來講究「知人論世」——這也是「古訓」。那些否定論者硬說此篇非屈原所作，那麼究竟是何人所作？他爲什麼要這樣作？他有屈原那樣的慘痛遭遇和坎坷經歷嗎？能產生出如此感天動地強烈無比的激情嗎？不是爲了欣賞作品之美，只是爲了逞一時口舌之快，或故作標新立異以圖譁衆取寵，就去肆意作踐古人，如此學風，令人不齒！

第三層次　太卜答（九句）

詹尹乃釋策而謝曰：

【19】張京元《刪注楚辭》〈卜居〉序，北京：國家圖書館出版社，二〇一四年版。

【20】馬茂元《楚辭注釋》，湖北人民出版社，一九八五年版，頁四六四。

「夫尺有所短，寸有所長；
物有所不足，智有所不明；
數有所不逮，神有所不通。
用君之心，行君之意，龜策誠不能知事。」

前一句過渡。次六句是太卜的遁詞，由三組對比構成。後三句爲正面回答。「用君之心，行君之意」，這八個字意味深長，似有欣賞屈子精神之意。

第三節　《漁父》賞析

解題

此篇的「眞僞」問題，上篇「解題」中已作分析。

此篇的寫作時地，也是可以考證出來的。詩中「寧赴湘流葬于江魚之腹中」一句表明，屈原此時尚未抵達湘江流域，而是還在湘西地區。蔣驥認爲詩中「游于江潭」之「江」乃沅江，言之有理。屈原在頃襄王四年被遷時已經四十九歲，其從郢都「遷」出，運舟逡巡，九年之後才抵達夏浦，那時他已五十八歲。「涉江」之後，登鄂渚、邸方林、上沅江、發枉渚、宿辰陽、入漵浦，以後長期盤桓於湘西萬山叢中。《漁父》詩中描述屈原當時的形象是：「顏色憔悴，形容枯槁」，此同《遠遊》詩中「形枯槁而獨留」所述相仿，可證兩詩作時不會相距太遠。《遠遊》詩中有云：「春秋忽其不淹兮，奚久留此故居。」「久留」二字表明其在湘西的時間也當至少有幾年之久，所以此時的屈子應當早已年過花甲。

篇中「漁父」，王逸指爲「避世隱身」之人，大概也是從浮沉的宦海中脫身之來的，所以才能有與屈原這番堪稱經典永存的應答之辭。

層次

（如下）

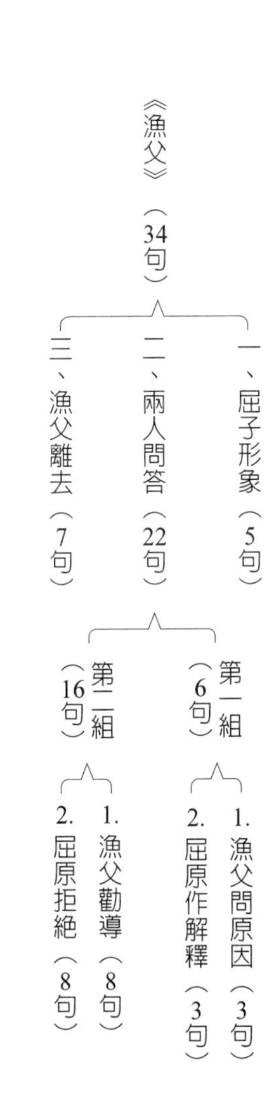

說明

《漁父》作於頃襄王時代，《史記》本傳幾乎全文抄錄，表現了屈原被逐之後的形象和思想。此篇三十四句，可分三個層次。

第一層次　屈子形象（五句）

屈原既放，游于江潭，行吟澤畔，顏色憔悴，形容枯槁。

此層描寫生動，但又言簡意明。「既放」二字，十分深沉。此時的屈原，被放已經至少十多年了！「顏色憔悴，形容枯槁」，蔣驥釋曰：「近死之容色也。」[21]《悲回風》中，屈原糾結於不能不死，死又不能的痛苦；《遠遊》中企圖追求「漠虛靜以恬愉，淡無爲而自得」，但這是今人所說的「精神鴉片」，猶如一個人拔著頭髮想上天，根本改變不了屈原靈魂深處的原則——「亦余心之所善兮，雖九死其猶未悔！」這就爲下面那兩組經典的問答作好鋪陳。

第二層次　兩人問答（二十二句）

漁父見而問之曰：
「子非三閭大夫歟？何故至於斯？」
屈原曰：
「舉世皆濁我獨清；眾人皆醉我獨醒，是以見放。」

漁父曰：
聖人不凝滯于物，而能與世推移。
世人皆濁，何不淈其泥而揚其波？
眾人皆醉，何不餔其糟而歠其釃？
何故深思高舉，自令放爲？」

[21] 蔣驥《山帶閣注楚辭》，上海古籍出版社，一九八四年版，頁一五六。

屈原曰：

「吾聞之，新沐者必彈冠，新浴者必振衣。

安能以身之察察，受物之汶汶者乎？

寧赴湘流，葬于江魚之腹中，安能以皓皓之白，而蒙世俗之塵埃乎？」

此層中有兩組問答。

第一組六句：漁父問原因（三句），屈原作解釋（三句）。漁父此問有史料價值。懷王十八年，屈原被從放地召回複用，但複用後究竟擔任什麼官職，史料並無記載，漁父此問可證明屈原被複用後擔任的是「三閭大夫」，即他家世襲之職。漁父此問是明知故問，因爲當年懷王客死秦國歸喪於楚，「楚人既咎子蘭以勸懷王入秦而不反」，「令尹子蘭聞之大怒，卒使上官大夫短屈原于頃襄王。頃襄王怒而遷之。」此事肯定沸沸揚揚，舉國皆知，能叫出屈原最後官職，說明「漁父」亦當是從官場上退隱下來的，如此大事，焉能不知？屈原的回答與《離騷》《哀郢》諸篇中表達的意思一樣，但更直接，更明白。《離騷》有云：「衆皆競進以貪婪兮，憑不厭乎求索……忽馳騖以追逐兮，非余心之所急。」「衆不可戶說兮，孰云察余之中情。世並舉而好朋兮，夫何煢獨而不予聽。」《哀郢》有云：「衆讒人之嫉妒」、「衆踥蹀而日進」。讀者從屈原的這個回答中，既可以看到他的崇高之處，亦能夠分析出他的悲劇之因。

第二組十六句：漁父勸導（八句）。所謂「淈其泥而揚其波」，就是隨波逐流，同流合污；所謂「餔其糟而歠其釃」，就是人云亦云，亦步亦趨。屈原當然不會答應，他斷然拒絕（八句）。「新沐者必彈冠，新浴者必振衣」，是兩個比喻，是說人要自尊自愛，要堅守節操，也就是下句中的「身之察察」。最後四句猶如宣誓，斬釘截鐵，擲地有金石之聲。

第三層次 漁父離去（七句）

漁父莞爾而笑，鼓枻而去。

歌曰：

「滄浪之水清兮，可以濯吾纓，滄浪之水濁兮，可以濯吾足。」

遂去，不復與言。

此處漁父的「莞爾而笑」，實際是對屈原答語的讚賞。王逸注曰：「滄浪之水清兮，可以濯吾纓」，乃政治清明，可「沐浴升朝廷」；「滄浪之水濁兮，可以濯吾足」，乃政治黑暗，「宜隱遁也」。此注中肯。「纓」，帽帶子，指代烏紗帽，即如果政治清明，就可以乾乾淨淨在朝爲官；「足」，腳，在官場中踩髒了，洗一洗，趕快走向清白的田園山林。原來前面的設問、勸導，只不過是試探，而結尾的歌聲，卻是眞的指引、安慰。這個結尾，意味深長，引人深思。

第八章　「二一招」理惑

第一節 「二招」著作權之爭述略

關於《大招》和《招魂》作者問題，歷史上衆說紛紜，已經讓一些學者吵得猶如一團「亂麻」，「剪不斷，理還亂」。

《招魂》的作者，太史公曰：「余讀《離騷》、《天問》、《招魂》、《哀郢》，悲其志。適長沙，觀屈原所自沉淵，未嘗不流涕，想見其爲人。」四篇作品中，其他三篇均爲屈原所著，可見司馬遷認爲《招魂》乃屈原所著。而王逸《章句》偏偏卻要將《招魂》摘出來，說是「宋玉之所作也」。如果他確有所據，言之成理，後人會認同他的改動，但王逸說明這個論點的《招魂》序文本身卻乖戾難解。其先說「宋玉憐哀屈原，忠而斥棄，愁懣山澤，魂魄放佚，厥命將落，故作《招魂》，欲以複其精神，延其年壽。」後又說「外陳四方之惡，內崇楚國之美，以諷諫懷王，冀其覺悟而還之也。」[1]這究竟是「憐哀屈原」，還是要「諷諫懷王」？唐人李善聰明，看出其前後矛盾，故在《文選》中將這後半句話大膽地刪除了[2]。今人靈庚兄精明，不敢刪除，但將「欲以複其精神，延其年壽」這十個字併入下句，又引黃氏《補注杜詩》卷三一《冬深》「難招楚客魂」之洙引「『懷王』作『君』」[3]，企圖以此來助王逸補前後矛盾之漏洞。可惜這是徒勞的。因爲「複其精神，延其年壽」這八個字顯然是照應「魂魄放佚，厥命將落」的，故李善引文在「延其年壽」後加了一個「也」字，以示此句結束。而「外陳」云云是又一個意思，同上文明顯有別。黃氏《補注杜詩》所引「『懷王』作『君』」，其義不明。如果「君」代

[1] 洪興祖《楚辭補注》，北京：中華書局，一九八三年版，頁一九七。

[2] 李善注《文選》，北京：中華書局，一九七七年版，卷三十三，頁四七二。

[3] 黃靈庚《楚辭章句疏證》第四冊，北京：中華書局，二〇〇七年版，頁一九五二—頁一九五三。

「懷王」，那麼前後意思並無多大改變，仍是矛盾。如果有意用「君」來代「屈原」，倒是不矛盾了，但屈原是什麼身份？古代政壇有「諫官」、「諫議大夫」等職位，他們是「諫」誰的？且「洙引」無據，只可備考，以考證嚴謹出名的靈庚兄敢以此作斷言嗎？

另外，從宋玉的年齡和身份看，也不大可能作出《招魂》來。吳廣平君力主《招魂》作者為宋玉，是這一學派的中堅人物。他在「宋玉生卒年新考」中考證出「宋玉大約生於楚頃襄王元年」[4]。這裡就有個大漏洞了。屈原一生兩次被放。第一次在楚懷王十六年，但史料又載懷王十八年他就已經能出使齊國並返回郢都諫勸懷王，可見這次被放，時間不到二年；且這個時期懷王並無出訪並被扣秦國之事，根本談不上「冀其覺悟而還之也」。這時的屈原大約三十一歲，而宋玉尚未出生。無論從客觀還是主觀角度看，懷王十六年至十八所之間，都不存在屈原「厥命將落」之說和「宋玉憐哀屈原」之事。屈原第二次被放在頃襄王四年之後，「九年」（頃襄王十三年）之後作《哀郢》。此時的屈原，還「日夜」不忘返回郢都，故肯定離其「厥命將落」還有相當一段時期。此時的宋玉，不過約莫十三四歲，他與懷王有多深的感情？且懷王早已客死秦國，頃襄王執政已經十二三年，他又為什麼要「招」懷王「冀其覺悟而還之也」？總之，王逸《招魂》序所持「宋玉所作」之說，存在較多漏洞，不能令人信服。

歷史上，還有不少人儘管也不同意《招魂》為宋玉所作，卻又創造出「屈原招懷王生魂」、「屈原招頃襄王」等等怪異之說，不一而足，既亂且惑，然證據乏力，難令人信服。

再說《大招》的作者，王逸明明說「屈原之所作也。或曰景差，疑不能明也。」然而八百多年來，竟然觀點對立，紛爭不斷。倘若寫出對立雙方的名號、題目來，會開出一張很長的單子。

[4] 吳廣平《宋玉研究》，長沙：嶽麓書社，二〇〇四年版，頁一九。

可以說，這是楚辭研究中的又一團「亂麻」。

正本必須清源。要想理順這團「亂麻」，必須從矛盾的源頭入手。歷史上最早否定《大招》爲屈原所作者，當推宋代的洪興祖和朱熹。後來的那些否定論者，只是在他倆的基礎上再作若干想像、推測而已，不足爲憑。

洪興祖認爲：班固《漢書．藝文志》上載明「屈原賦二十五篇」，因此，「《漁父》以上是也，《大招》恐非屈原作。」[5]這個懷疑，初看有理，細究乏力。我們當然要尊重古人的一些說法，但一定要清楚這些說法產生的具體背景或環境。班固《藝文志》的寫作背景，他在序言中已寫清楚：

> 戰國縱橫，眞僞分爭，諸子之言紛然淆亂。至秦患之，乃燔滅文章，以愚黔首。漢興，改秦之敗，大收篇籍，廣開獻書之路。迄孝武世，書缺簡脫，禮壞樂崩……至成帝時，以書頗散亡，使謁者陳農求遺書於天下。詔光祿大夫劉向校經傳諸子詩賦……[6]

此段文字表明，「屈原賦二十五篇」這句話是產生在「書缺簡脫」、「書頗散亡」這個大背景下。因此，說「屈原賦二十五篇」，究竟是哪二十五篇？而且，屈原作品是否就是二十五篇？這些恐怕都不好回答。如《招魂》一詩，按照洪興祖的說法就不在「二十五篇」之內，但司馬遷肯定地指出此篇與《離騷》、《天問》、《哀郢》一樣爲屈原所作，而且他還親自「讀」過，後

【5】洪興祖《楚辭補注》，北京：中華書局，一九八三年版，頁二一六。

【6】班固《漢書》第六冊，北京：中華書局，一九六二年版，頁一七〇一。

人絕對不能忽視這個事實。因此，細究起來，洪氏用「二十五篇」之說來否定屈原著作權的說法恐怕難以服人。

朱熹否定《大招》爲屈原所作，其推理過程如下：首先把責任推到王逸身上，說此問題「自王逸時已不能明矣」，其次是想方設法證明《大招》「決爲」景差所作，從而徹底否定屈原對《大招》的著作權。朱熹名氣大，而且寫得又彷彿煞有其事，幾百年來頗迷惑了一些人。可是，仔細研究王逸原話及朱熹有關文字，人們會發現朱老夫子如果不是粗枝大葉沒有通讀叔師全部原話，就是斷章取義有意背反以「標新立異」。王逸原話全文如下：

> 《大招》者，屈原之所作也。或曰景差，疑不能明也。屈原流放九年，憂思煩亂，精神越散，與形離別，恐命將終，所行不遂，故憤然大招其魂，盛稱楚國之樂，崇懷、襄之德，以比三王，能任用賢，公卿明察：能薦舉人，宜輔佐之，以興至治，因以風諫，達己之志也。[7]

這段話，意思十分明確：《大招》是屈原所作。至於有人說是景差所作，王逸加以否定，認爲「疑不能明也」。以上兩句話，前者爲正面立論，後者從反面證明，語意十分明確。如果還有人認爲這兩句話有歧義，那麼，王逸接著又比較詳細地介紹了屈原寫作《大招》的背景、心情和動機，語意更加明確、肯定。因此，後人只要稍微客觀公正一點，就不會曲解王逸原意。另外解釋《大招》頭八句時，王逸再次明確寫道：「屈原放在草野，憂心愁悴，精神散越，故自招其

[7] 洪興祖《楚辭補注》，北京：中華書局，一九八三年版，頁二一六。

魂。」[8]《大招》是「自招」還是「他招」，這個問題可以討論，而有一點是十分明確的，即王逸再次確定無疑地向人們昭示：《大招》乃屈原所作，這裡連半點含混之處都沒有。

但是，朱熹非要把一盆髒水潑到王逸頭上，將其一正一反、對照鮮明的觀點，扭曲爲同類並列、含混不清的謬論。朱熹原文如下：

> 《大招》不知何人所作，或曰屈原，或曰景差，自王逸時已不能明矣。

這番話同王逸本意相差太遠了，叔師地下有靈，定會憤然抗議。朱熹反王逸本是一貫的。在大招著作權問題上，他反王逸，不僅歪曲叔師原意，甚至落到強辭奪理的地步。他挖空心思，生拉硬扯、牽強附會地斷定：《大招》」決爲差作無疑也。」其原文如下：

> 其謂景差，則絕無左驗，是以讀書者，往往疑之。（周按：此乃王逸「或曰景差，疑不能明也」之意）然今以宋玉《大小言賦》考之，則凡差語，皆平淡醇古，意亦深靖閒退，不爲詞人墨客浮誇豔逸之態，然後乃知此篇決爲差作無疑也……[9]

對這段充滿主觀臆斷的文字，蔣驥在《楚辭餘論》中作了有力駁斥：

【8】上書，頁二一七。

【9】朱熹《楚辭集注》，上海古籍出版社，一九七九年版，頁一四五。

其（按指《大招》）梗概略具於此，夫豈宋玉景差之徒，好辭而不敢直諫者所能彷彿其萬一哉？且《大小言賦》，本皆玉所著，意在假人以弦己長，固未必果出於諸人之口；即所謂差語，亦徒以謾詞相競，未見所謂平淡閒退也，又可以是一決此篇爲差作乎？[10]

總之，朱熹否定《大招》爲屈原所作的根據也不能成立。

理清了紛爭的源頭，《大招》爲屈原所作這個眞相也就十分明白。但洪、朱之後，否定者仍源源不斷。直至近代，郭沫若、游國恩、湯炳正等騷學大家仍堅決否定屈原對《大招》的著作權，或云「是秦人的文章」[11]，或云「乃是漢人模擬《招魂》之作」[12]，或云「至早是西漢初年一個無名氏的作品」[13]。這些學者當然也都提出了一些「根據」，但他們都是在《大招》是「僞作」的前提下用後代人的一些說法來當作「論據」。只是他們沒有問一問自己：難道屈原的作品就不能作爲先秦習俗的根據？靈庚兄甚至說《大招》乃「後漢好事者所以招屈原之辭」[14]！如果此事屬實，作爲「後漢」人的大學者王逸居然不知道此事還要說「《大招》者屈原之所作也」，誰能相信此事？另外，劉向是前漢學者，他居然將「後漢」人的作品收進了「楚辭」集中，豈非怪事！如此等等，這場紛爭，啓發至深：主觀臆測，斷章取義，無中生有，攪亂是非，使一個本來明明白白的問題，竟然混淆了幾百年，至今嚴重干擾著對屈原作品的欣賞、評論和宣傳，並且

【10】蔣驥《山帶閣注楚辭》，上海古籍出版社，一九八四年版，頁二四四。
【11】郭沫若《屈原研究》，轉引自殷光熹《楚辭注評》，北京：中國社會科學出版社，二〇一五年版，頁四二七。
【12】湯炳正《屈賦新探》，濟南：齊魯書社，一九八四年版，頁一〇五。
【13】游國恩先生《楚辭概論》，轉引自《楚辭文獻研讀》，桂林：廣西師範大學出版社，二〇一一年版，頁一三四。
【14】黃靈庚《楚辭章句疏證》第五冊，北京：中華書局，二〇〇七年版，頁二七三三。

浪費了多少人的時間和精力！但願再也不要出現這樣的蠢事。另外，歷史上出現如此混亂的紛爭，其原因，清人林雲銘有過一針見血的揭露：那些學者「全不顧其篇中文義」，「反添上許多強解，附會穿鑿，把靈均絕世奇文埋沒殆盡，殊可歎也！」[15]要之，脫離文本，孤立地爭論作者問題或寫作時地問題，是永遠不會有定讞的。

二《招》的著作權問題，當然可以、甚至必然還會討論下去。但對廣大讀者來說，只要了解文本，結合史料，就能欣賞到屈原作品的魅力。

第二節　「二招」寫作時地新考

關於這個問題，王逸以爲《大招》寫在「屈原放流九年」之際，是其「自招」；《招魂》是「宋玉憐哀屈原，忠而斥棄，愁懣山澤，魂魄放佚，厥命將落」時所作，也就是在屈原流放的後期。不管是「自招」還是「他招」，總而言之是招屈原。這裡面就出現了一個問題：從「二招」內容看，寫的都是帝王生活，此與屈原身份不符。日本作家松本張清指出：

> 眾所周知，在《楚辭》的《招魂》中所寫的正是告訴離開肉體的魂魄不要去鬼怪居住的幽都，要它快些回來，而畫中富麗堂皇的宮殿才是你居住之處，那裡有許多美女在等待你，服侍你，你可隨意挑選所喜歡的人，一旦厭惡還可以撤換。我認爲這種想像構圖完全和出土的永泰公主墓壁畫以及懿德太子墓壁畫中的美人群象圖一樣……特別是參觀了唐代的御陵之後，就會感到它們表現的完全是人間的現

【15】林雲銘《楚辭燈》，見《楚辭文獻叢刊》第四十六冊，國家圖書館出版社，二〇一四年版，頁一五九—頁一六〇。

實世界。【16】

屈原並非帝王，即使在其鼎盛時期也不過是個「左徒」而已，絕對不會享受到「二招」中所寫的那種豪華奢侈的生活（甚至能讓「九侯淑女」「遞代」「侍宿」）以及「文異豹飾，侍陂陀些。軒輬既低，步騎羅些」那樣森嚴的警衛。所以，如果說「二招」是在招屈原，這顯然不能令人信服。因此，王逸所說的「二招」寫作背景就很不可靠。現在，不少學者認爲，「二招」均爲招懷王之魂；但在其招魂的年代先後上有分歧意見。

在沒有其它確鑿記載的情況下，從作品本身分析恐怕最爲可靠。《大招》的開頭那個層次顯示了詩篇的寫作背景。其云：

青春受謝，白日昭只。春氣奮發，萬物遽只。冥淩浹行，魂無逃只。魂魄歸來，無遠遙只。

開頭四句與《思美人》中「開春發歲兮，白日出之悠悠」相仿。王夫之解釋《思美人》那兩句詩云：「初春韶日，喻頃襄初立，且有更新之望。」【17】此意亦可用於《大招》這幾句，即暗喻頃襄王初即位給詩人心理上帶來的希望。這也說明，《大招》當寫於與《思美人》相仿的時代背景裡，即頃襄王執政初年。其後四句中，「冥」，王逸釋曰：「北方之神也」；「淩」，朱熹釋爲

【16】尹錫康、周發祥主編《楚辭資料海外編》，武漢：湖北人民出版社，一九八六年版，頁四三三—頁四三四。

【17】王夫之《楚辭通釋》，續修四庫全書本，清同治四年版，卷四，頁二三四。

「冰凍也」；「浹」，王逸釋曰：「遍也」。這幾句詩的意思是說：北方到處是寒冷的天氣，魂靈不要到處亂跑，趕快回來吧。一個「逃」字，明確寫出了所招對象的處境狀況。《史記・楚世家》載曰：

（頃襄王二年）楚懷王逃歸，秦覺之，遮楚道，懷王恐，乃從間道走趙以求歸……（趙）恐，不敢入楚王，楚王欲走魏，秦追之，遂與秦使複之秦。[18]

作品與史料互為呼應，當非偶然巧合。由這春天的景象和這個與史料相符的「逃」字，可以推之：《大招》當寫於頃襄王二年楚懷王欲從秦國「逃歸」之後，屈原此時尚未被遷，人仍在郢都，此詩目的是在招懷王生魂。古人有招生魂之風俗，杜甫《彭衙行》有云：「延客已曛黑，張燈啓重門。暖湯濯我足，剪紙招我魂。」[19]朱熹在《楚辭辯證》中寫道：「蓋當時關、陝間風俗，道路勞苦之餘，則皆為此禮，以祓除而慰安之也。」[20]

朱熹在《楚辭辯證》中談到《招魂》時還引用過古人一則關於招魂的資料，其云：

近世高抑崇作《送終禮》云：「越俗有暴死者，則亟使人徧以衢路以其姓名呼之，往往而蘇。」以此

【18】司馬遷《史記》第五冊，北京：中華書局，一九八二年版，頁一七二。
【19】山東大學中文系《杜甫詩選》，北京：人民文學出版社，一九八〇年版，頁九六。
【20】朱熹《楚辭集注》，上海古籍出版社，一九七九年版，頁二〇四。

言之，觀古人于此誠有望其複生，非徒爲是文具而已也。[21]

這則資料對於理解《招魂》頗重要。朱熹似乎想說這是在招生魂，這就錯了，因爲這裡是針對「暴死者」來說明的。不過此則資料與《招魂》內容倒是相符，因爲屈原確實對懷王「有望其複生」的強烈願望。詩中寫道：

帝告巫陽曰：

有人在下，我欲輔之。魂魄離散，汝筮予之。

「有人在下」一句中的「人」，古人釋爲「賢人」或屈原，不通。今天騷學家一般釋爲懷王，有理。「下」，當指冥界。「魂魄離散」，敘述「魂」已離軀幹（即高氏所謂之「暴死」）。故這幾句是在暗喻此人（指懷王）已經死去。《楚世家》載曰：

頃襄王三年，懷王卒于秦，秦歸其喪于楚。楚人皆憐之，如悲親戚。[22]

《屈原列傳》載曰：

【21】同上。

【22】司馬遷《史記》第五冊，北京：中華書局，一九八二年版，頁一七二九。

長子頃襄王立，以其弟子蘭爲令尹。楚人既咎子蘭以勸懷王入秦而不返也。屈平既嫉之……令尹子蘭聞之大怒，卒使上官大夫短屈原于頃襄王。頃襄王怒而遷之。[23]

這些史料所載與《招魂》內容相互印證，可以看出：《招魂》當寫於頃襄王三年懷王客死秦國、屈原被「頃襄王怒而遷之」之後，是在招懷王亡魂。

要之，二「招」都是在招懷王之魂，或生魂，或亡魂。以前有學者因爲此詩寫於頃襄王時期，所以就說《招魂》是在招頃襄王，那是根本不可能的。要想理解這一點，必須知道屈原與懷王之間深厚的君臣情誼。《史記》本記中記載，懷王早年信任屈原：

（屈平）入則與王圖議事，以出號令；出則接遇賓客，應對諸侯。王甚之。[24]

後來，儘管由於上官大夫「讒之」，「王怒而疏屈平」，但「兵挫藍田」，之後，「懷王悔不用屈原之策以至於此，於是複用屈原。屈原使齊，還聞張儀已去，大爲王言張儀之罪，懷王使人追之，不及。」[25]直到懷王三十年，屈原仍可面見懷王並進諫。君臣關係二十多年，情誼之深，可以想見。這種感情在《離騷》中也有明確的表現：

【23】司馬遷《史記》第八冊，北京：中華書局，一九八二年版，頁二四八四—頁二四八五。
【24】上書，頁二四八一。
【25】盧元駿《新序今注今譯》，天津古籍出版社，一九八七年版，頁二四〇—頁二四一。

余固知謇謇之爲患兮，忍而不能舍也！指九天以爲正兮，夫唯靈修之故也！

還如：

日月忽其不淹兮，春與秋其代序；惟草木之零落兮，恐美人之遲暮；不撫壯而棄穢兮，何不改乎此度也？乘騏驥以馳騁兮，來吾道夫先路！

屈原與頃襄王頂多是三年的君臣關係，而且這三年，似乎頃襄王並未重用屈原，屈原也只是在觀察頃襄王，哪能有多麼深厚的感情？

《招魂》把屈原對懷王的這種深厚的感情表達得頗爲充分。帝命巫陽「汝筮予之」，即先占卜，然後再招魂，但其居然敢持異議：「掌夢，上帝其難從！」「掌夢」，是官職名，就是掌夢之官。《周禮》載有掌舍、掌葛、掌染、掌炭、掌節等等官職名，可爲此證明。古法，均假借夢境、幻覺與天帝對話，並代天帝行事，所以巫陽才有這段話：「掌夢官啊，上帝的命令很難服從」，其理由是：「若必筮予之，恐後之謝，不能複用。」意思是說：如果一定要先占卜，再招魂，恐怕要耽誤時日，懷王遺體腐爛，魂魄即使招來也沒有作用了。正是這種迫切、強烈的感情，使巫陽（詩人的化身）敢於違抗天帝之命，迫不及待地「下招」，用滿腔激情熔鑄了一篇生動壯麗的招魂詞——「外陳四方之惡，內崇楚國之美」。不過，《招魂》中彌漫著一種絕望的呼喚。在「有人在下」，「魂魄離散」的前提下，詩歌只能痛苦而無望地呼喊：「魂兮歸來，反故居些！」此外再無別的任何指望。「亂詞」表現的也只是回憶和悲哀：「湛湛江水兮上有楓，目及千里兮傷春心。」這些內容同《大招》形成了鮮明的對比。

《大招》中表現的是一種充滿希望的呼喚，多處寫出對所招者的充滿熱情的期望：

魂魄歸來，閒以靜只。自恣荊楚，安以定只。
逞志究欲，心意安只。窮身永樂，年壽延只。
魂乎歸來，樂不可言只。
曼澤怡面，血氣盛只。永宜厥身，保壽命只。
魂兮歸來，正始昆只。
魂兮歸來，賞罰當只。
魂乎歸來，尚賢士只。
魂乎歸來，國家爲只。
魂乎歸來，尚三王只。

如果所招對象已經死去，屈原再發出這樣熱情洋溢的期盼和召喚，甚至還希望其「年壽延只」，「保壽命只」等等，那是根本不可思議的。所以，《大招》的感情色彩足以證明此篇確在招懷王生魂，而《招魂》則是在招懷王的亡魂。

根據以上論證，我們可以得出結論：《大招》招懷王生魂，約寫於頃襄王二年懷王被拘秦國外逃不遂之後的郢都，詩中充滿熱情的喚喚與期待；《招魂》招懷王亡魂，約寫於頃襄王三年懷王客死於秦、屈原被「頃襄王怒遷之」之後，通篇彌漫一種絕望悲傷的感情。因此，給屈原作品排序時，理應將《大招》列於《招魂》之前。

第三節 《大招》層次分析

層次

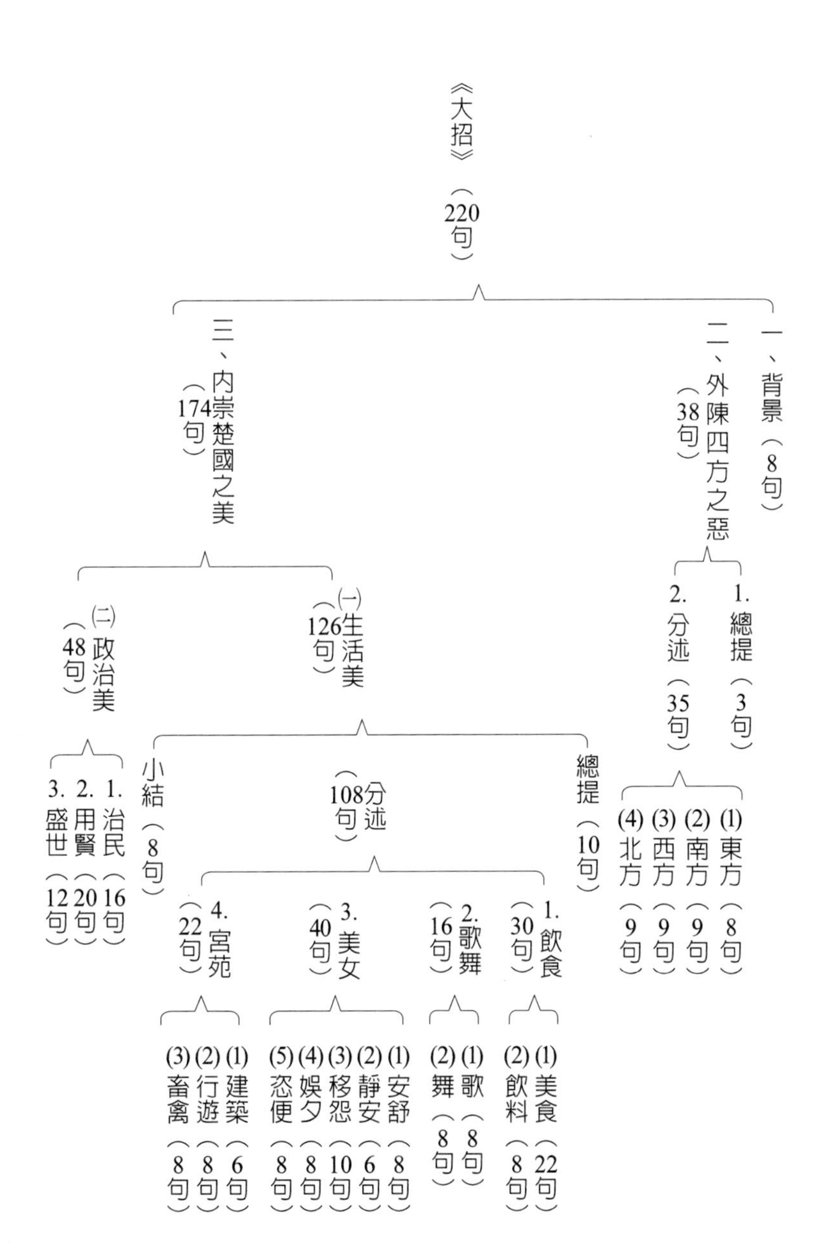
《大招》（220句）
一、背景（8句）
二、外陳四方之惡（38句）
1.總提（3句）
2.分述（35句）
(1)東方（8句）
(2)南方（9句）
(3)西方（9句）
(4)北方（9句）
三、內崇楚國之美（174句）
(一)生活美（126句）
總提（10句）
分述（108句）
1.飲食（30句）
(1)美食（22句）
(2)飲料（8句）
2.歌舞（16句）
(1)歌（8句）
(2)舞（8句）
3.美女（40句）
(1)安舒（8句）
(2)靜安（6句）
(3)移怨（10句）
(4)娛夕（8句）
(5)恣便（8句）
4.宮苑（22句）
(1)建築（6句）
(2)行遊（8句）
(3)畜禽（8句）
小結（8句）
(二)政治美（48句）
1.治民（16句）
2.用賢（20句）
3.盛世（12句）

說明

《大招》全篇二百二十句，可分三大層次。首先交代背景，然後外陳四方之惡，內崇楚國之美，思路十分清晰。

第一層次　交代背景（八句）

青春受謝，白日昭只。春氣奮發，萬物遽只。
冥凌浹行，魂無逃只。魂魄歸來，無遠遙只。

開頭四句與《思美人》中「開春發歲兮，白日出之悠悠」相仿。王夫之解釋《思美人》那兩句詩云：「初春韶日，喻頃襄初立，且有更新之望。」[26]此意亦可用於《大招》這幾句，即暗喻頃襄王初即位給詩人心理上帶來的希望。這也說明，《大招》當寫於與《思美人》相仿的時代背景裡，即頃襄王執政初年。另外，後四句祈請北方的「魂靈」「無逃」（莫亂跑），這一個「逃」字，更印證了這一點。《史記．楚世家》載曰：

（頃襄王二年）楚懷王逃歸，秦覺之，遮楚道，懷王恐，乃從間道走趙以求歸……（趙）恐，不敢入楚王，楚王欲走魏，秦追之，遂與秦使複之秦。[27]

【26】王夫之《楚辭通釋》，續修四庫全書本，清同治四年版，卷四，頁二三四。
【27】司馬遷《史記》第五冊，北京：中華書局，一九八二年版，頁一七二九。

作品與史料互爲呼應，當非偶然巧合。由此可以推測：《大招》當寫於頃襄王二年，是在招懷王生魂。

第二層次 外陳四方之惡（三十八句）

本層次共三十八句。前三句爲總提：

> 魂乎歸來，無東無西，無南無北只！

這東、西、南、北四字，自然引起下文。以下三十五句爲分述，即曆述東、西、南、北四方，各有特點，但厭惡之情，貫穿始終，而且非常鮮明。

1. 東方（八句）

> 東有大海，溺水浟浟只。螭龍並流，上下悠悠只。霧雨淫淫，白皓膠只。魂乎無東，湯谷寂寥只。

海水滔滔，霧雨淫淫，寂寞無聊，怎能前往？

2. 南方（九句）

> 魂乎無南！
> 南有炎火千里，蝮蛇蜒只。山林險隘，虎豹蜿只。

鰅鱅短狐，王虺騫只。魂乎無南，蜮傷躬只。

炎熱尤比，毒蛇猛獸，如此猙獰，千萬別去！

3.西方（九句）

魂乎無西！

西方流沙，漭洋洋只，豕首縱目，被發鬟只。

長爪踞牙，誒笑狂只。魂乎無西，多害傷只。

大漠流沙，野豬狂笑。驚悸人心，不可涉足！

4.北方（九句）

魂乎無北！

北有寒山，逴龍赩只。代水不可涉，深不可測只。

天白顥顥，寒凝凝只。魂乎無往，盈北極只！

冰天雪地，河深難測，陰森可怕，哪能前往！

以上，從東南西北四個方面極寫境外之惡。

第三層次 內宗楚國之美（一百七十四句）

本大層又可分兩個方面，一是生活美，二是政治美。

㈠生活美

此層共一百二十六句。前十句爲總提：

魂魄歸來，閒以靜只。自恣荊楚，安以定只。逞志究欲，心意安只。窮身永樂，年壽延只。魂乎歸來，樂不可言只。

這個引子有兩點値得注意：(1)「窮身永樂，年壽延只」云云，明確告訴讀者，此詩乃在招懷王生魂，因爲如果懷王已死，還談得上什麼「年壽延只」？(2)「魂乎歸來，樂不可言只」兩句，領起下文，即分別從飲食、歌舞、美女和宮苑等幾個方面來寫「樂不可言」。

1.飲食（三十句）

先寫美食（二十二句），極力鋪陳各種各樣的飯食、佳餚。看來先秦時飯食種類較少：

五穀六仞，設菰米只。

即只有稻、稷、麥、豆、麻及菰米。而佳餚則已豐富多樣：

鼎臑盈望，和致芳只。內鶬鴿鵠，味豺羹只。
魂乎歸來，恣所嘗只。
鮮蠵甘雞，和楚酪只。醢豚苦狗，膾苴蓴只。
吳酸蒿蔞，不沾薄只。魂兮歸來，恣所擇只。
炙鴰烝鳧，煔鶉陳只。煎鰿臛雀，遽爽存只。
魂乎歸來，麗以先只。

這裡，山珍海味，飛禽走獸，品種繁多，表明戰國後期，先人的美食文化已經十分發達。

後寫飲料（八句）：

四酎並孰，不歰嗌只。清馨凍飲，不歠役只。
吳醴白櫱，和楚瀝只。魂乎歸來，不遽惕只。

此從釀法、冷凍、勾兌三個角度來反映當時的酒文化。

2.歌舞（十六句）

先寫歌（八句）：

代秦鄭衛，鳴竽張只。伏戲《駕辯》，楚《勞商》只。
謳和《揚阿》，趙簫倡只。魂乎歸來，定空桑只。

歌曲種類，從地域角度看，有代、秦、鄭、衛、楚、趙；從時間角度看，古有伏戲《駕辯》，今有楚歌《勞商》；從樂器角度看，有竽、簫、瑟等。

後寫舞（八句）：

二八接舞，投詩賦只。叩鐘調磬，娛人亂只。
四上競氣，極聲變只。魂乎歸來，聽歌撰只。

歌樂舞三位一體。舞姿美好，樂曲悠揚，歌聲動聽。

3.美女（四十句）

此節甚長，詩人從女色的五個作用角度來分層描寫。這五小層的關鍵詞均在每段最後，點明女色的五個作用分別是：能使人舒愁、靜安、移怨、娛夕與恣便。

(1) **舒愁**（八句）

朱唇皓齒，嫭以姱只。比德好閒，習以都只。
豐肉微骨，調以娛只。魂乎歸來，安以舒只。

(2) **靜安**（六句）

嫮目宜笑，娥眉曼只。容則秀雅，稚朱顏只。
魂乎歸來，靜以安只。

(3) 移怨（十句）

姱修滂浩，麗以佳只。曾頰倚耳，曲眉規只。
滂心綽態，姣麗施只。小腰秀頸，若鮮卑只。
魂乎歸來，思怨移只。

(4) 娭夕（八句）

易中利心，以動作只。粉白黛黑，施芳澤只。
長袂拂面，善留客只。魂乎歸來，以娭昔（夕）只。

(5) 恣便（八句）

青色直眉，美目媔只。靨輔奇牙，宜笑嗎只。
豐肉微骨，體便娟只。魂乎歸來，恣所便只。

游國恩先生否定屈原對《大招》的著作權，根據之一便是此「青色直眉」句，他引《禮記·

禮器》注，敘述「以青爲黑」是秦二世朝趙高「以後語」[28]。其實，這個觀點並不新鮮，蔣驥《楚辭餘論》中早已加以駁斥。[29]另外，游先生似乎未能眞正了解「青眉」之「青」。「青」色分有多種。《書．禹貢》「（梁州）厥土青黎」句下有注云：「色青黑沃壤」。[30]《荀子．勸學》篇有云：「青取之于藍而青于藍」[31]。因此，「青眉」之「青」，實際是一種近乎淺黑之色，有何不可？又，靈庚兄以《全陳文》爲據，云「周、秦以蛾眉爲好，漢以後以平直爲美」[32]，這大概也是他否定屈原著作權而認爲是「後漢好事者」所作的一大根據。靈庚兄應該想一想，是《全陳文》能證明秦漢習俗，還是楚辭更能證明秦漢習俗？還有，游先生和靈庚兄等不應該脫離《大招》整體內容來談個例。《大招》此層講宮庭中的各種美女，其作用有舒愁、靜安、移怨、娛夕與恣便等，眉毛之狀有「娥眉」、「曲眉」和「直眉」等，眉毛之色既有「黛黑」，也還有淺黑。而現在有些學者非要古時宮庭裡只能有同一類美女，眉毛的形狀、顏色也要統統劃一整齊。這可能嗎？

4.宮苑（二十二句）

詩人從建築的壯麗、行遊的奢華及畜禽的衆多這三個角度來描寫楚國君王的宮苑。

[28] 游國恩《楚辭概論》，見《楚辭文獻研讀》，廣西師範大學出版社，二〇一一年版，頁一三四。
[29] 蔣驥《山帶閣注楚辭》，上海古籍出版社，一九八四年版，頁二四三。
[30] 孔穎達《尚書正義》，見《十三經注疏》，北京：中華書局，一九八〇年版，頁一五〇。
[31] 王先謙《荀子集解》，見《諸子集成》，石家莊：河北人民出版社，一九八六年版，頁一。
[32] 黃靈庚《楚辭章句疏證》第四冊，北京：中華書局，二〇〇七年版，頁二七九六。

(1) **建築**（六句）

夏屋廣大，沙堂秀只。

南房小壇，觀絕霤只。曲屋步壛，宜擾畜只。

前二句寫宮殿的闊大壯麗，後四句寫建築時的精心設計。

(2) **行遊**（八句）

騰駕步遊，獵春囿只。瓊轂錯衡，英華假只。

茝蘭桂樹，郁彌路只。魂乎歸來，恣志慮只。

先寫車駕華麗：玉飾車輪金衡木，花紋美麗放光彩。後寫環境優美：香茝蘭草桂花樹，鬱鬱蔥蔥滿道路。

(3) **畜禽**（八句）

孔雀盈園，畜鸞皇只。鵾鴻群晨，雜鶖鶬只。

鴻鵠代遊，曼鷫鷞只。魂乎歸來，鳳皇翔只。

這裡寫明當時苑林中至少有八種珍禽：孔雀、鸞鳥、鳳凰、鵾雞、鴻鶴、鶖鶬、天鵝、鷫鷞，等等。

以下八句，總結生活美：

曼澤怡面，血氣盛只。永宜厥身，保壽命只。室家盈廷，爵祿盛只。魂乎歸來，居室定只。

此八句，照應本層次（「生活美」）的開頭十句，更加有力地證明：《大招》招的是懷王生魂！如果懷王此時已經病死，還侈談什麼「曼澤怡面，血氣盛只」？又如何理解「永宜厥身，保壽命只」？又怎麼能「魂乎歸來，居室定只」？朱熹在《招魂》集注之序中，以為「荊楚之俗，乃或以是（招魂之禮）施之生人」，在《楚辭辯證．招魂》中還舉實例以加證明。[33]招魂之禮可「施之生人」，朱氏言之有理；然移之《招魂》，恐怕搞錯了對象，因為《大招》才是招生魂，而《招魂》則是招亡魂，詳見拙文《〈大招〉二論》。至於蔣驥以為此詩「故紀其歸葬之時而招之」，「既死而言壽，乃不忍死其君之意」[34]，云云，純屬強辭比附，斷不可從！

(二)政治美（四十八句）

本層次從治民、用賢、盛世這三個角度來寫政治清明、太平盛世，表明了詩人的政治理想及對懷王的殷切希望。

【33】朱熹《楚辭集注》，上海古籍出版社，一九七九年版，頁一三三、頁二〇四。

【34】蔣驥《山帶閣注楚辭》，上海古籍出版社，一九八四年版，頁一七一、頁一七三。

1. **治民**（十六句）

作者從兩個角度來寫。

(1) **愛護百姓**（八句）

接徑千里，出若雲只。三圭重侯，聽類神只。
察篤夭隱，孤寡存只。魂兮歸來，正始昆只。

此寫各級官吏斷案精細如神，能夠訪察民生疾苦，慰問鰥寡孤獨。這是詩人的政治理想，即使在今天看來也是進步的思想觀點。

(2) **治民方略**（八句）

田邑千畛，人阜昌只。美冒眾流，德澤章只。
先威後文，善美明只。魂乎歸來，賞罰當只。

蔣驥云：此層「先以威武齊民，而後以文德綏之，故既善美而又精明也。」[35]這個分析頗爲中肯。

2. **用賢**（二十句）

前十句與上層銜接緊密：

【35】上書，頁一七七。

名聲若日，照四海只。德譽配天，萬民理只。
北至幽陵，南交阯只。西薄羊腸，東窮海只。
魂乎歸來，尚賢士只。

因爲治民有方，所以名聲若日，光照四海；德譽配天，萬民安寧。接著四句，北南西東，極寫德政影響之大。末二句講，即使如此，還要舉賢用士，從而引起下文。

後十句具體敘寫用賢：

發政獻行，禁苛暴只。舉傑壓陛，誅譏罷只。
直贏在位，近禹麾只。豪傑執政，流澤施只。
魂乎歸來，國家爲只。

舉賢用士，目的就是實行仁政，禁苛止暴，誅奸譏罷，澤被百姓，從而國家安定，天下太平。這樣，也就自然而然將全詩推向最高潮——也就是詩人的最高政治理想。

3. 盛世（十二句）

雄雄赫赫，天德明只。三公穆穆，登降堂只。
諸侯畢極，立九卿只。昭質既設，大侯張只。
執弓挾矢，揖辭讓只。魂乎來歸，尚三王只！

詩人認爲，只要懷王回來，朝廷就有權威，大臣會更團結，諸侯全來朝拜，天下就會實現夏禹、商湯和周文王那樣的盛世！可惜，秦國不會讓楚國成爲霸主，懷王也因此不可能歸國，而詩人的呼喚，客觀上否定了頃襄王的權威和德政，因此厄運自然很快就要降臨到詩人頭上！

第四節 《招魂》層次分析

《招魂》是屈原在頃襄王四年春季，被遷流亡江夏途中，於雲夢附近，觸景生情，追招懷王亡魂的一篇傑作，「窮工極態」[36]「豐蔚穠秀」[37]，司馬公讀而悲其志。王叔師以爲宋玉所作，有誤，訛傳千年，本章第一節有專門辨析，此不贅述。

《招魂》全篇二百六十六句，可分三大層次：自敘、設想和亂詞。先圖解如下：

【36】蔣驥《山帶閣注楚辭》，上海古籍出版社，一九八四年版，頁二三六。

【37】明·楊愼《丹鉛雜錄》卷八，見《叢書集成初編》，上海：商務印書館，一九三六年版。

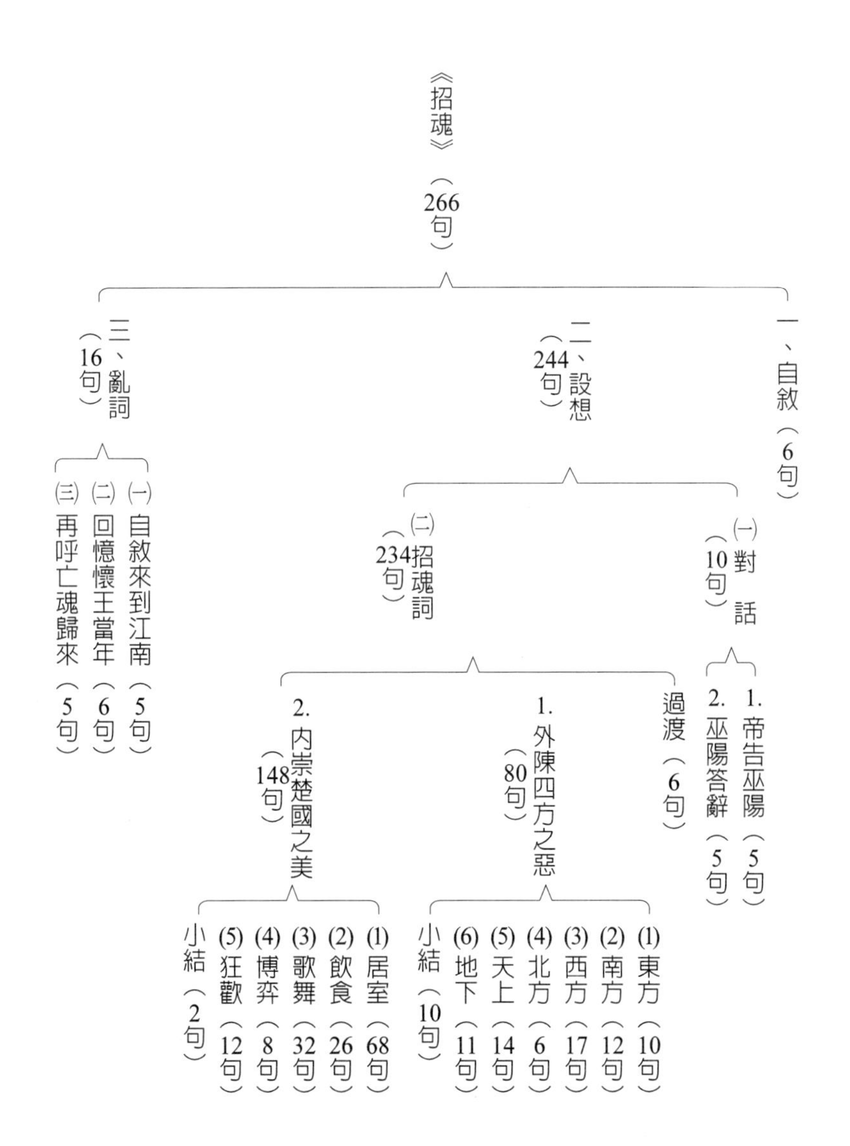
《招魂》（266句）
一、自敘（6句）
二、設想（244句）
(一)對話（10句）
1. 帝告巫陽（5句）
2. 巫陽答辭（5句）
(二)招魂詞（234句）
過渡（6句）
1. 外陳四方之惡（80句）
(1)東方（10句）
(2)南方（12句）
(3)西方（17句）
(4)北方（6句）
(5)天上（14句）
(6)地下（11句）
小結（10句）
2. 內崇楚國之美（148句）
(1)居室（68句）
(2)飲食（26句）
(3)歌舞（32句）
(4)博弈（8句）
(5)狂歡（12句）
小結（2句）
三、亂詞（16句）
(一)自敘來到江南（5句）
(二)回憶懷王當年（6句）
(三)再呼亡魂歸來（5句）

說明

第一層次　自敘（六句）

朕幼清以廉潔兮，身服義而未沫。主此盛德兮，牽於俗而蕪穢。上無所考此盛德兮，長離殃而愁苦。

前四句大意是說，我從小清正廉潔，堅持正義，至今不變，但被奸臣誣陷，反而成了「壞人」。後二句中，「上」當指頃襄王，因爲當時懷王被扣秦國，「怒而遷」屈原的絕不會是懷王；而且，懷王離楚行秦前，屈原能當面直諫：「秦，虎狼之國，不可信；不如無行。」足見其當時尚未被遷。「長離殃而愁苦」，詩人內心十分憂愁痛苦。總之，這六句詩表現了「令尹子蘭聞之大怒，卒使上官大夫短屈原于頃襄王怒傾襄王而遷之」以後詩人的感情。

第二層次　設想（二百四十四句）

此層爲全詩主體。《史記・楚世家》載曰：「頃襄王三年，懷王卒于秦，秦歸其喪于楚。楚人皆憐之，如悲親戚。」此時屈原自然更加悲痛。屈子悲傷，他不願相信這是事實，他「設想」懷王能夠復活返回故國「庶可以得政行道而哀憐此江南無辜之民，而拯之也」[38]，所以譜寫了這曲充滿感情的招魂詞。

本層次可分兩個部分：前十句假想上帝與巫陽對話；後二百三十四句爲招魂詞。

【38】胡文英《屈騷指掌》，北京古籍出版社，一九七九年版，卷四頁二四。

甲、「對話」（十句）

帝告巫陽曰：有人在下，我欲輔之。魂魄離散，汝筮予之！

巫陽對曰：掌夢，上帝其難從！若必筮予之，恐後之謝，不能複用。

「帝告巫陽」一句當然是假想，是南方風俗所致。朱熹《楚辭辯證》載曰：

近世高抑崇作《送終禮》云：「越俗有暴死者，則亟使人偏以衢路以其姓名呼之，往往而蘇。」以此言之，觀古人于此誠有望其複生，非徒爲是文具而已也。[39]

屈原本義很明確：懷王客死，他很悲痛，所以求助於天帝和神力，「誠有望其複生」。「有人」，指懷王。「下」，指下界、地獄，懷王當時已經客死，自然是「在下」了。胡念貽認爲「我欲輔之」一句說明懷王「並沒有死」[40]，理由不充分。從後兩句（「魂魄離散，汝筮予之」）看，「有人」確實已死，但天帝不希望他死，還要輔助他，所以才要巫陽「汝筮予之」。爲什麼既已客死，還「欲輔之」？這正明顯地飽含著詩人對懷王的深厚感情，一定程度上也表現了當時楚國人民的感情。

「帝」與「巫陽」的對話還有一層意思，即表現出屈原希望懷王復活歸國行政的那種迫切

【39】朱熹《楚辭集注》，上海古籍出版社，一九七九年版，頁二〇四。

【40】胡念貽《先秦文學論集》，北京：中國社會科學出版社，一九八一年版，頁三三七。

之感，強烈之感。帝命巫陽「汝筮予之」，即先占卜，然後再招魂；但巫陽居然敢持異議：「掌夢，上帝其難從！」「掌夢」，是官職名，就是掌夢之官。古巫作法，均假借夢境、幻覺與天帝對話，並代天帝行事，所以巫陽才有這段話：「掌夢官啊，上帝的命令很難服從」，其理由是：「若必筮予之，恐後之謝，不能複用。」意思是說：如果一定要先占卜，再招魂，恐怕要耽誤時日，懷王遺體腐爛，魂魄即使招來也沒有作用了。正是這種感情，才使巫陽（詩人的化身）違抗天命，迫不及待地「下詔」。據此可知，《招魂》當作於頃襄王四年春季屈原被遷之後剛剛踏上遷途之際。曾有人在網路上表示對上文所說「表現出屈原希望懷王復活歸國行政」一句感到大惑不解。我的回答是：首先，這是屈原的「設想」，而非生活中的眞實；其次，這恰恰表現出當時屈原的極度失望與痛苦，難道此非情理之中的事情嗎？

乙、招魂詞（二百三十四句）

這個部分最長。前六句爲過渡，其後可分兩層：一「外陳四方之惡」；二「內崇楚國之美」。

先是過渡（六句）

> 巫陽焉乃下招曰：魂兮歸來！
> 去君之恒幹，何爲四方些？舍君之樂處，而離彼不祥些！

此層承上啓下。「巫陽下招」承上。後四句領起下邊兩大層。「不祥」，總領「四方之惡」；「樂處」，暗指「楚國之美」。

一、外陳四方之惡

此層八十句，有七個層次，先述東、南、西、北、天上、地下，後作小結。

1.東方不可托（十句）

魂兮歸來，東方不可以托些！
長人千仞，惟魂是索些；十日代出，流金鑠石些。
彼皆習之，魂往必釋些；歸來歸來，不可以托些。

「長人」之典，出自《山海經》；「十日」之說，見於《莊子》。「惟魂是索」、「流金鑠石」、「魂往必釋」云云，十分恐怖，乃屈子想像。

2.南方不可止（十二句）

魂兮歸來，南方不可以止些！
雕題黑齒，得人肉以祀，以其骨爲醢些。
蝮蛇蓁蓁，封狐千里些；
雄虺九首，往來倏忽，吞人以益其心些。
歸來歸來，不可以久淫些！

所謂南人野蠻，毒蛇猛獸，此皆古人誇張，屈子用以警告亡魂，勸其歸來。

3.西方更危險（十七句）

魂兮歸來，西方之害，流沙千里些！
旋入雷淵，爢散而不可止些。幸而得脫，其外曠宇些。
赤蟻若象，玄蜂若壺些。五穀不生，叢菅是食些。
其土爛人，求水無所得些。彷徉無所倚，廣大無所極些。
歸來歸來，恐自遺賊些。

這是一幅沙漠景象：流沙千里，蜂蟻奇特，五穀不生，酷熱無水。如此環境，誰能忍受？

4.北方不可留（六句）

魂兮歸來，北方不可以止些！
增冰峨峨，飛雪千里些。
歸來歸來，不可以久些？

屈子楚人，不諳北國，只聞大概，寒冷而已，故此層極簡略，與《大招》相似。

5.上天危險（十四句）

魂兮歸來，君無上天些！
虎豹九關，啄害下人些。一夫九首，拔木九千些。
豺狼從目，往來侁侁些。
懸人以嬉，投之深淵些；致命於帝，然後得瞑些。
歸來歸來，往恐危身些。

陳述東南西北，縱然不少想像，畢竟還有地域特色；描寫天上地下，則為純粹虛構，更加陰森可怕。

6.入地遭殃（十一句）

魂兮歸來，君無下此幽都些！
土伯九約，其角觺觺些；敦脄血拇，逐人駓駓些；
三目虎首，其身若牛些。此皆甘人！
歸來歸來，恐自遺災些。

陰曹地府，牛鬼蛇神，醜惡無比，兇殘至極，焉可前往，勸君速歸。

7.小結（十句）

魂兮歸來，入修門些！工祝招君，背行先些。

秦篝齊縷，鄭綿絡些。招具該備，永嘯呼些。
魂兮歸來，反故居些。

此層敘述現實的招魂儀式，繪聲繪色，總束前六小層。

二、內崇楚國之美

此層一百四十八句，分五個層次，即從居室、飲食、歌舞、博奕、狂歡五個方面讚美楚國。所記豪華至極，分明君王生活，以此吸引亡魂，早日複生歸國。

1.居室（六十八句）

此層描寫君王居室，既有正宮，還有別墅；美女侍候，環境幽雅，富麗輝煌，人間天堂。六十八句，層次如下：

居室（68句）
- (1)開頭（4句）
- (2)正宮（42句）
  - 建築（24句）：房屋（8句）、環境（4句）、陳設（12句）
  - 侍女（18句）：時間（4句）、地位（4句）、儀容（6句）、傳情（4句）
- (3)別墅（20句）
  - 裝飾（8句）
  - 環境（12句）：水中（6句）、陸上（6句）
- (4)結尾（2句）

(1) 開頭（四句）

天地四方，多賊奸些！像設君室，靜閒安些。

頭二句承上，後二句啓下。

(2) 正宮（四十二句）

前二十四句繪建築之狀；後十八句寫侍女之美。

①建築（二十四句）

房屋軒敞（八句）

高堂邃宇，檻層軒些。層台累榭，臨高山些。

網户朱綴，刻方連些。冬有突廈，夏室寒些。

環境幽雅（四句）

川谷徑複，流潺湲些；光風轉蕙，泛崇蘭些。

陳設華美（十二句）

經堂入奥，朱塵筵些。砥室翠翹，掛曲瓊些。

翡翠珠被，爛齊光些。蒻阿拂壁，羅幬張些。纂組綺縞，結琦璜些。室中之觀，多珍怪些。

②侍女（十八句）。從時間、地位、儀容、傳情四個角度來寫。

A.遞代侍宿（四句）

蘭膏明燭，華容備些；二八侍宿，夕遞代些。

B.淑女衆多（四句）

九侯淑女，多迅衆些；盛鬋不同制，實滿宮些。

有些學者堅持認爲《招魂》是在招屈原之魂，試問，屈原是何身份能讓「九侯淑女」「遞代」「侍宿」？作爲一個嚴肅的學者，絕不能爲了固執己見就任意糟蹋屈原作品！

C.儀態萬方（六句）

容態好比，順彌代些；弱顏固植，謇其有意些；姱容修態，絙洞房些。

D.眉目傳情（四句）

蛾眉曼睩，目騰光些；靡顏膩理，遺視矊些。

以上四十二句，是寫正宮，豪華奢侈，人間天堂。

(3)別墅（二十句）。**從建築和環境兩個方面來寫。**

①建築（八句）

離榭修幕，侍君之閒些。翡帷翠帳，飾高堂些。

紅壁沙版，玄玉梁些。仰觀刻桷，畫龍蛇些。

此層與上層之「建築」，除屋宇裝飾不同外，更主要的是作用不同：「侍君之閒些」。由此可斷定其爲別墅。

②環境（十二句）。

水中：

坐堂伏檻，臨曲池些。

芙蓉始發，雜芰荷些。紫莖屏風，文緣波些。

陸上：

文異豹飾，侍陂陀些；軒輬既低，步騎羅些。

蘭薄戶樹，瓊木籬些。

這裡寫到警衛森嚴，儼然帝王氣派，怎能是一個小小的大夫所能享有的待遇？

(4) 結尾（二句）

魂兮歸來，何遠爲些？

以上，鋪寫居室之美，竭力招魂速歸。

2. 飲食（二十六句）

主要記寫各種佳餚、美酒，固然意在招魂，但客觀上反映了戰國時期社會生產力狀況，有相當高的認識價值。此二十六句，層次如下：

- 飲食（26句）
  - 開頭（2句）
  - 主體（22句）
    - 主食（2句）
    - 佳餚（14句）
    - 美酒（6句）
  - 結尾（2句）

開頭（二句）：

室家遂宗，食多方些。

「多方」二字，總領下文。

(1) 主食（二句）

稻粢穱麥，挐黃粱些。

此非想像，當時糧食作物之概況由此可見。

(2) 佳餚（十四句）

大苦咸酸，辛甘行些。肥牛之腱，臑若芳些。

和酸若苦，陳吳羹些。胹鱉炮羔，有柘漿些。

鵠酸臇鳧，煎鴻鶬些。露雞臛蠵，厲而不爽些。

粔籹蜜餌，有餦餭些。

這裡，羅列了戰國時君王的一張菜譜，引人開胃，招魂回歸。

(3) 美酒（六句）

瑤漿蜜勺，實羽觴些。挫糟凍飲，酎清涼些。

華酌既陳，有瓊漿些。

美酒加蜜，重醲冰鎮，如此工藝，至今依舊。

結尾（二句）：

歸反故室，敬而無妨些。

引誘亡魂：只要回到自己家，敬酒盡醉無妨礙。此句收束「飲食」一層。

3. 歌舞（三十二句）

此層完整地記述了一次歌舞演出的場面。此三十二句，層次如下：

- 歌舞（32句）
  - 過渡（2句）
  - 主體（30句）
    - (1) 名曲（4句）
    - (2) 演員（8句）
    - (3) 歌舞（10句）
    - (4) 場面（8句）

過渡（二句）：

肴羞未通，女樂羅些。

上句承上，下句啓下。

(1) **名曲**（四句）

陳鐘按鼓，造新歌些：《涉江》、《采菱》，發《揚荷》些。

《涉江》、《采菱》、《揚荷》皆楚國歌名。

(2) **演員**（八句）

美人既醉，朱顏酡些。嬉光眇視，目曾波些。
被文服纖，麗而不奇些。長髮曼鬋，豔陸離些。

(3) **歌舞**（十句）

二八齊容，起鄭舞些。衽若交竿，撫案下些。
竽瑟狂會，搷鳴鼓些；宮庭震驚，發《激楚》些。
吳歈蔡謳，奏大呂些。

(4) **場面**（八句）

士女雜坐，亂而不分些。放陳組纓，班其相紛些。

鄭、衛妖玩，來雜陳些。《激楚》之結，獨秀先些。

此上三十二句，生動地描寫了楚國宮中一次歌舞演出的場面。

4.博弈（八句）

此層記載了當時的賭具和弈法：

菎蔽象棋，有六簙些；分曹並進，遒相迫些。成梟而牟，呼五白些。晉制犀比，費白日些。

5.狂歡（十二句）

描寫酒酣謳歌，吟詩作賦的盛況：

鏗鐘搖簴，揳梓瑟些。娛酒不廢，沉日夜些。蘭膏明燭，華鐙錯些。結撰至思，蘭芳假些。人有所極，同心賦些。酎飲盡歡，樂先故些。

整個招魂詞的結尾（二句）：

魂兮歸來，反故居些！

以上二百三十四句爲招魂詞。從作品本身說，是詩人的設想之詞，即借用民間招魂的形式，抒發希望懷王還魂歸國行政的心情。從客觀效果說，還有兩層意義：一是採用對比、誇張手法，表現了作者的愛國思想；二是反映了當時社會生產力的發展水準，今日仍有一定的認識價值。

第三層次　亂詞（十六句）

此層照應開頭，可分三個層次。

1.自敘來到江南（五句）

獻歲發春兮，汩吾南征。
綠蘋齊葉兮白芷生，路貫廬江兮左長薄，倚沼畦瀛兮遙望博。

前二句點明詩人傾襄王四年春季被遷南行；後三句寫路上所見之景：綠蘋長葉，白芷初生；廬江邊上，草木叢生；春水滿澤，一望無際。他觸景生情，撫今思昔，更加懷念懷王，也就必然回憶起當年追隨懷王、於此附近（雲夢）夜獵的場景。

2.回憶懷王當年（六句）

青驪結駟兮齊千乘，懸火延起兮玄顏烝。
步及驟處兮誘聘先，抑騖若通兮引車右還。
與王趨夢兮課後先，君王親發兮憚青兕。

聯繫前後文意，可知頭二句只是幻覺而已，同上層「倚沼畦瀛兮遙望博」和下層「皋蘭被徑兮路斯漸」形成鮮明反差，從而抒發眷戀、回憶之情。中二句的主語是詩人自己，生動、活躍，不無自豪之意。末二句活畫出一位英武君王的形象。詩人以當年追隨懷王、君臣親密的場面，反襯被頃襄遷謫江南的現實，用意十分明顯。

3.再呼亡魂歸來（五句）

朱明承夜兮時不可淹，皋蘭被徑兮路斯漸。
湛湛江水兮上有楓，目極千里兮傷春心。
魂兮歸來哀江南！

第一句是過渡，表明回憶結束。其後三句與「亂詞」第一層次遙相呼應。「皋蘭被徑」與「綠蘋齊葉兮白芷生」相應；「路斯漸」、「湛湛江水」與「倚沼畦瀛」和「廬江」相仿；「目極千里」與「遙望博」相合。前呼後應，表明詩人又回到現實中來。現實是淒涼的：花草長滿小路，行人極其稀少；當年寬闊大路，而今水沒其道；江水湛湛，楓葉蕭蕭，滿目淒涼，春心傷悲，詩人感情推向最高潮：「魂兮歸來哀江南！」

按：《左傳》昭公三年載曰：鄭伯如楚，楚子「以田於江南之夢」[41]。又，《後漢書・劉表傳》載曰：初平元年，「詔書以表爲荊州刺史，時江南宗賊大盛……江夏賊張虎、陳坐……乃

【41】《十三經注疏》，北京：中華書局，一九八〇年版，頁二〇三一。

降，江南悉平。」[42]故「亂詞」中「夢」（雲夢）和「江南」等詞語表明，《招魂》一詞確作於頃襄王四年春被遷離郢流亡江夏之時。

結論：《招魂》前六句自述頃襄王三四年時的不幸遭遇；由此引起假想，通過帝與巫陽的對話，表現出迫切希望懷王復活歸國行政的心情，進而產生大段招魂詞，「外陳四方之惡，內崇楚國之美」；「亂詞」回到現實，目睹江南放地，撫今思昔，感情更加激蕩，自然大聲疾呼：「君王啊，快回來吧，可憐可憐這江南的無辜之人吧！」明是招懷王之亡魂，實是責頃襄之昏聵；而愛國思想，猶如一條紅線貫穿始終。全篇首尾圓合，渾然一體，確是「窮工極態」之作。

【42】范曄《後漢書》，鄭州：中州古籍出版社，一九九六年版，頁六九七—六九八。

第九章　《九辯》新箋

第一節 《九辯》解題

《九辯》是我國古代僅次於《離騷》的長篇政治抒情詩。

《九辯》本是古曲名，《離騷》、《天問》和《山海經》中均有記載。宋玉此詩只是沿用古曲名而已，至於是否採用了古曲《九辯》的曲調，今天已經不得而知。對於「九辯」一詞的解釋，說法種種，王夫之的解釋可備一考。其云：「九者，樂章之數，凡樂之數，至九而盈，故黃鐘九寸，寸有九分。不具十者，樂主乎盈，盈而必反也。……辯，猶遍也，一闋謂之一遍。蓋以效夏啓《九辯》之名。紹古體而爲新裁，可以被之管弦，其辭激宕淋漓，異於《風》《雅》，蓋楚聲也。」[1]

關於此詩的作者，明代以前無爭議，都認爲是宋玉。明代焦竑開始質疑，其後一些喜歡疑古的學者，如張京元、梁啓超、劉永濟和譚介甫等繼之。然而他們的種種理由，均缺乏力度，故不能爲大多數學者採信。

宋玉是戰國末期楚國鄢人。古代文獻中沒有一篇正式的宋玉傳記，但《史記》、《漢書》和《新序》等古籍中有關於宋玉的零星記載。關於宋玉的生卒年，學術界有爭議，主要是關於「陽春」「白雪」對話的時間各本有出入，《新序．雜事一》載爲「楚威王問于宋玉曰」[2]，同一作品，《昭明文選》則載爲「楚襄王問于宋玉曰」[3]（今傳託名宋玉的十餘篇作品大多言襄王時事），前後相差三四十年，孰是孰非，爭論不休。比較可信的是司馬遷在《史記．屈原列傳》中所記載的：「屈原既死之後，楚有宋玉、唐勒、景差之徒者，皆好辭而以賦見稱；然皆祖屈

[1] 王夫之《楚辭通釋》，續修四庫全書本，清同治四年版，卷八，頁二五二。
[2] 盧元駿《新序今注今譯》，天津古籍出版社，一九八七年版，頁三〇。
[3] 唐．李善注《文選》，北京：中華書局，一九七七年版，卷十九頁二六四。

原之從容辭令，終莫敢直諫。其後楚日以削，數十年竟爲秦所滅。」[4]宋玉是「屈原既死之後」的人，那麼「威王問」之說顯然有誤，「襄王問」之說較爲可靠。吳廣平君《宋玉研究》一書考證出「宋玉大約生於楚頃襄王元年」，與游國恩先生所考相近。《九辯》中的宋玉已經入仕爲官，且能「登山臨水兮送將歸」，古人二十歲後方可入仕，若廣平說成立，《九辯》當作於楚頃襄王二十年之後。楚都凡四徙。《楚世家》載頃襄王「二十一年，秦將白起遂拔我郢，燒先王夷陵。楚襄王兵散，遂不復戰，東北保于陳城。」[5]故《九辯》亦不大可能作於南郢（屈原《哀郢》之郢）。

對於《九辯》思想內容的分析，可以說，至今仍未深入。《九辯》的主題是什麼？是「閔惜其師」屈原，還是抒發自己失意之情？詩中的「貧士」，究竟是宋玉本人，還是友人，或其他人？至今未有確論。原因就在於對《九辯》層次的研究，八百多年來沒有多少進展。

《九辯》層次，宋代之前，衆說紛紜。

洪興祖的分法，就同歷史上的一些分法不同，而且，從他的注中可以發現，在他之前，各個本子的分法也有差異。如，他認爲從「何時俗之工巧兮，背繩墨而改錯」至「信未達乎從容」爲一層，又從「竊美申包胥之氣盛兮」至「恐溘死不得見乎陽春」爲又一層，但他在此層後注曰：「一本自『霜露慘凄而交下』至此，爲一章。」[6]而在「蹇淹留而躊躇」句又注曰：「舊本自『霜露慘凄而交下兮』至此，爲一章。」[7]他將「何氾濫之浮雲兮」至「妒被離而障之」分爲兩章，而在「妒被離而障之」句下，洪氏又注曰：「舊本自『何氾濫之浮雲兮』至此，爲一

【4】司馬遷《史記》第八冊，北京：中華書局，一九八二年版，頁二四九一。
【5】司馬遷《史記》第五冊，北京：中華書局，一九八二年版，頁一七三五。
【6】洪興祖《楚辭補注》，北京：中華書局，一九八三年版，頁一九二。
【7】上書頁一九三。

章。」[8]如此等等，可見在洪氏之前，《九辯》層次分法較亂。

朱熹在《楚辭集注》中更以教師爺的口氣，否定歷史上的各種分法。他在首段後寫道：

章既無名，舊本連寫，或分或合，易致差誤，今既厘正，因各標章次以別之。[9]

在「無衣裘以禦冬兮，恐溘死而不得見乎陽春」句下，他寫道：

舊本此章誤分「竊美申包胥」以下為別章，……既斷語脈，又不韻，又使章數增減不定，今皆正之。[10]

在「卒壅蔽此浮雲兮，下黯淡而無光」句下，他寫道：

此章首尾，專言「壅蔽」之禍，而舊本誤分「荷裯」以下為別章，今正之。[11]

全詩最後，他將「堯舜皆有所舉任兮，故高枕而自適」至末尾斷為一層次，並寫道：

……舊本誤分「賜不肖之軀」以下為別章，則前段無尾，後段無首，而不成文矣，今正之。[12]

根據以上資料可以知道：宋代以前，《九辯》研究，或不注意層次劃分，或者層次比較混

[8] 洪興祖《楚辭補注》，北京：中華書局，一九八三年版，上書頁一九六。
[9] 朱熹《楚辭集注》，上海古籍出版社，一九七九年版，頁一二〇。
[10] 上書頁一二六。
[11] 上書頁一二九。
[12] 上書頁一三一。

亂；而朱熹，是第一個爲《九辯》「各標章次」以明確層次的人。

有宋以來，一些學者對《九辯》層次的剖析，基本上未能脫離朱熹的框架。一九八五年湖北人民出版社的《楚辭研究集成．楚辭注釋》可爲代表。此書《九辯》一詩的層次分法，照搬朱熹的成果，若說有所進步，那就是將前八個段落（朱熹曰「章」）分別加上了比較簡明的段意，不象朱老夫子那麼朦朧。第九個段落沒有概括出段意，不知何意。可以說，宋代以後，漫長的八百多年來，學術界對於《九辯》層次的研究基本處於停滯狀態。

縱觀前人對《九辯》層次的分法，其是否準確，可以討論，但都有一個問題，即未能從整體的角度來觀照各個層次，彷彿此詩是由若干沒有內在聯繫的各個部分湊合而成。已故劉永濟先生明白寫道：「……益信《九辯》各章，實每章自成一篇，與《離騷》不同。」[13]即以「集成」本觀之，前八段之「段意」過錄如下：

1.因秋興悲。
2.具體敘述自己的遭遇。
3.中言悲秋。
4.申言事君不合。
5.結合自己遭遇，慨歎於賢才遇合之難。
6.有感於楚國國運的阽危、自己處境的窮困。
7.歎時光之流駛，悲事業之無成。
8.痛斥讒人蔽君，敗壞國事。

【13】劉永濟《屈賦音注詳解》，上海古籍出版社，一九八三年版，頁六七。

此八個「段意」本身歸納是否準確，姑且不論，但試問，以上各段之間有何聯繫？有何區別？全篇又如何結構？如此等等，恐怕「注釋」作者沒有說清，至少現在，八個「段意」本身還未能回答這些問題。

如「前言」所說，文學創作，當然以形象思維爲主，但也必然輔之以抽象思維。高爾基寫道：「藝術家應該努力使自己的想像和邏輯、直覺、理性的力量平衡起來。」[14]而文學欣賞過程中，也必須有理性認識，即必須從對作品形象的感知中抽象出理性的結論，從而把握作家創作時的邏輯和理性思維。文學批評是一種科學活動。文學批評要想正確把握自己的物件，更必須將分散的、片斷的、表面的感性印象加以集中歸納，找出各部分印象之間的內在聯繫，獲得由局部到整體，由整體到局部的理性認識，如果只是停留在作品各個部分的孤立掃描上，那麼，就恐怕很難準確地判斷出作品的思想藝術價值。因此，正確分析《九辯》層次，找出各大小層次之間內在的有機的聯繫，是當前《九辯》研究必須解決的課題。絕不能讓存在兩千多年的朦朧狀態再延續下去了！

第二節 《九辯》層次分析

《九辯》是一首政治抒情詩，悲愁是其基調，「專思君兮不可化，君不知兮可奈何」兩句爲全篇詩眼。此詩感情螺旋式上升，層層遞進深化，儘管情重於理，但思維軌跡依然清晰，可用下頁圖表示：

【14】高爾基《文學論文選》，人民文學出版社，一九五八年版，頁三一三。

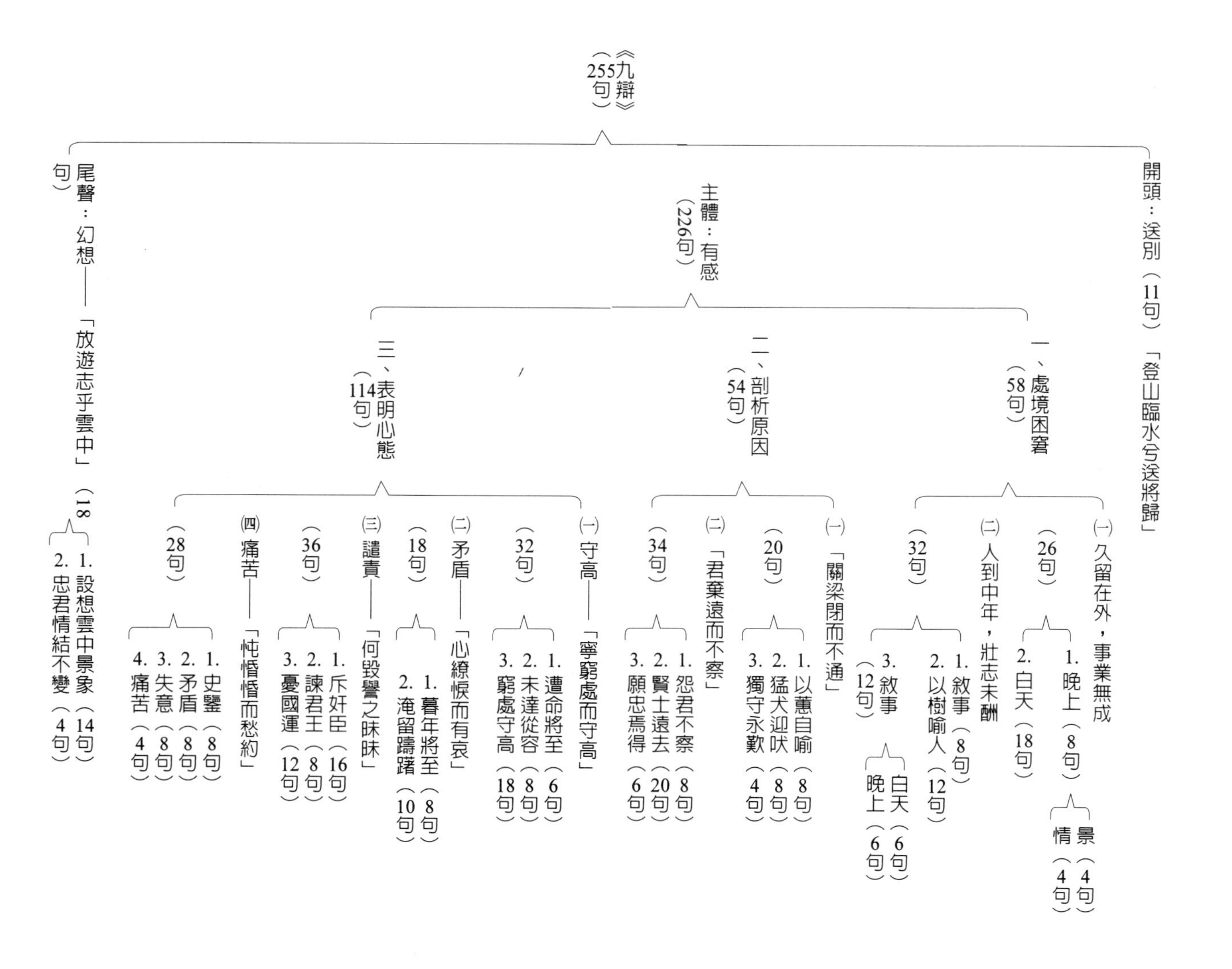
《九辯》（255句）
開頭：送別（11句）「登山臨水兮送將歸」
主體：有感（226句）
一、處境困窘（58句）
(一)久留在外，事業無成
（26句）
1. 晚上（8句）
景（4句）
情（4句）
2. 白天（18句）
(二)人到中年，壯志未酬
（32句）
1. 敘事（8句）
2. 以樹喻人（12句）
3. 敘事（12句）
白天（6句）
晚上（6句）
二、剖析原因（54句）
(一)「關梁閉而不通」
（20句）
1. 以蕙自喻（8句）
2. 猛犬迎吠（8句）
3. 獨守永歎（4句）
(二)「君棄遠而不察」
（34句）
1. 怨君不察（8句）
2. 賢士遠去（20句）
3. 願忠焉得（6句）
三、表明心態（114句）
(一)守高——「寧窮處而守高」
（32句）
1. 遭命將至（6句）
2. 未達從容（8句）
3. 窮處守高（18句）
(二)矛盾——「心繚悷而有哀」
（18句）
1. 暮年將至（8句）
2. 淹留躊躇（10句）
(三)譴責——「何毀譽之昧昧」
（36句）
1. 斥奸臣（16句）
2. 諫君王（8句）
3. 憂國運（12句）
(四)痛苦——「忳惽惽而愁約」
（28句）
1. 史鑒（8句）
2. 矛盾（8句）
3. 失意（8句）
4. 痛苦（4句）
尾聲：幻想——「放遊志乎雲中」（18句）
1. 設想雲中景象（14句）
2. 忠君情結不變（4句）

說明

《九辯》全詩二百五十五句，由送別——處境——原因——心態——幻想這幾部分組成，而且層層遞進，構思縝密，絕非什麼「章自成篇」，隨意湊成！具體說明如下：

第一層次　開頭（十一句）

《九辯》開頭爲讀者描寫一個送別的場面，是抒情主人公（宋玉）送別「失職」「將歸」的老友。

悲哉，秋之爲氣也！蕭瑟兮草木搖落而變衰。
憭慄兮若在遠行，登山臨水兮送將歸。
泬寥兮天高而氣清，寂寥兮收潦而水清。
憯淒增欷兮薄寒之中人，愴怳懭悢兮去故而就新。
坎廩兮貧士失職而志不平，
廓落兮羇旅而無友生，惆悵兮而私自憐。

這十一句可分爲三個層次。前兩小層均用情景交融之法寫送別場景，而各有側重。第一小層，頭兩句寫：秋風蕭瑟眞可悲，樹葉紛飛草枯黃。此從草木著眼寫秋景。第三句與第四句，一敘「遠行」，一敘「送歸」，主語顯然不同。「憭慄兮若在遠行」是指友人淒淒涼涼向遠方走去：「登山臨水兮送將歸」是指詩人「登山臨水」送友人回鄉。第二小層，前兩句寫：晴空萬里秋風涼，碧水沉寂路空曠。這兩句從天地落墨寫秋景。下兩句「憯淒增欷」、「愴怳懭悢」皆在寫「去故就新」之人，即抒情主人公的友人。第三小層，即最後三句，過渡，承上啓下。老友「遠行」的原因是「失職」，故「坎廩兮貧士失職而志不平」乃照應「憭慄兮若在遠行」。詩人當時並未「失職」，「登山臨水兮送將歸」之後也就必然會產生「廓落兮羇旅而無友生」的孤單之感以及同病相憐的「惆悵」之情。

一些研究者以爲，「坎廩兮貧士失職而志不平」一句，是「作者自敘生平的句子」[15]。殷光熹先生新著亦認爲「貧士」乃「作者自稱」[16]。這個看法，與《九辯》全篇內容不合，因爲從「登山臨水兮送將歸」，「去鄉離家兮來遠客」，「以爲君獨服此蕙兮，羌無以異於衆芳，閔奇思之不通兮，將去君而高翔」，「願賜不肖之軀而別離兮」等詩句看，詩人此時尚未「失職」回鄉。郭沫若生前有云：「宋玉在做《九辯》的當時依然在做官，只是官做得不夠大，他在發牢騷」；「宋玉並不貧」，只是「神經過敏」而已[17]。有些學者大概也感到將「貧士」釋爲宋玉與詩歌內容不合，故將「貧士」籠統地釋爲「貧苦的讀書人」[18]，然此亦與《九辯》內容不合。

這十一句，爲全詩奠定了「悲愁」的基調，從內容角度看，可以說是找到了一個最好的切入點，因爲老友「失職」遠去，詩人登高送行，兔死狐悲，自然「惆悵」、「自憐」。他「惆

【15】《楚辭鑒賞集》，人民文學出版社，一九八八年版，頁一三七。
【16】殷光熹《楚辭注評》，中國社會科學出版社，二〇一五年版，頁三五〇。
【17】郭沫若《關於宋玉》，見《新建設》一九五五年第二期。
【18】吳廣平《宋玉集》嶽麓書社，二〇〇一年版，頁二。

悵」、「自憐」什麼呢？立即引起下文內容，故下文方是全詩主體。

王逸、洪興祖、朱熹等古人及當代一般研究者均將其後八句劃歸上層。今反覆玩味，那八句詩的內容與下文似更緊密，劃歸下面層次才是更合理的。另外，在形式上，開頭這十一句長短參差，幾乎每句有「兮」，且居句中，而後八句式整齊，「兮」在單句之末，二者顯然有別。

第二層次　主體（二百二十六句）

此層次詳細地抒發因老友「失職」遠去而引起的內心感情波瀾：處境困窮—剖析原因—表明心態。三層內容，遞進深化。

一、處境困窮（五十八句）

這五十八句，兩個角度，兩個層次。

1.久留在外，事業無成（二十六句）

詩人「去鄉離家」久留在外而事業無成，故夜不能寐，晝忘進食。此二十六句可分兩個小層次：

(1)夜不能寐（八句）

燕翩翩其辭歸兮，蟬寂寞而無聲；雁廱廱而南遊兮，鵾雞啁哳而悲鳴。

獨申旦而不寐兮，哀蟋蟀之宵征。時亹亹而過中兮，蹇淹留而無成。

此層前四句寫景，後四句抒情。這八句詩的寫法對後人影響甚大，阮藉《詠懷詩》（八十二首）首篇似乎濫殤於此。阮詩寫道：

夜中不能寐，起坐彈鳴琴。薄帷鑒明月，清風吹我襟。
孤鴻號外野，翔鳥鳴北林。徘徊將何見？憂思獨傷心。

《九辯》那八句與阮籍此八句相比，內容並不相同，一個想做官，一個要出世；另外阮籍所處政治環境險惡，發言玄遠，隱晦曲折，而《九辯》則直言陳情，胸襟坦露；但是在表現手法和題材選擇上，可謂異曲同工，繼承發展之軌跡十分明顯。

(2) 晝忘進食（十八句）

悲憂窮戚兮獨處廓，有美一人兮心不繹。
去鄉離家兮來遠客，超逍遙兮今焉薄？
專思君兮不可化，君不知兮可奈何！
蓄怨兮積思，心煩憺兮忘食事。願一見兮道余意，君之心兮與余異。
車既駕兮朅而歸，不得見兮心傷悲。倚結軨兮長太息，涕潺湲兮下沾軾。
慷慨絕兮不得，中瞀亂兮迷惑。私自憐兮何極，心怦怦兮諒直。

此層以賦爲主。前六句具體詮釋上層末句「蹇淹留而無成」。「淹留」者，「去鄉離家兮來遠客，超逍遙兮今焉薄？」「無成」者，「專思君兮不可化，君不知兮可奈何！」這兩句乃全篇

「詩眼」。後十二句敘事、議論、抒情融爲一體，因爲事業「無成」，故終日煩惱忘食，行車涕淚橫流。在語言上，此層每句中都有一個「兮」字，讀時音節與前後詩句完全不同。

2.人到中年，壯志未酬（三十二句）

上層從久留在外（空間）角度著筆，此層從人到中年（時間）角度落墨。此三十二句可分成三個小層次：獨悲凜秋，以樹喻人，晝夜太息。

(1)獨悲凜秋（八句）

皇天平分四時兮，竊獨悲此凜秋。白露既下百草兮，奄離披此梧楸。去白日之昭昭兮，襲長夜之悠悠。離芳藹之方壯兮，余萎約而悲愁。

這裡，用自然界的秋天暗示人生的秋天。人到中年，壯志未酬，詩人自然要日夜悲愁。

(2)以樹喻人（十二句）

秋既先戒以白露兮，冬又申之以嚴霜。收恢台之孟夏兮，然坎傺而沉藏，葉菸邑而無色兮，枝煩挐而交橫。顏淫溢而將罷兮，柯彷彿而萎黃。萷櫹椮之可哀兮，形銷鑠而瘀傷。惟其紛糅而將落兮，恨其失時而無當。

這寫的是樹，實際是寫入，寫詩人自己。瞧，秋天的樹，葉子枯萎，支杈雜亂，主幹伶仃，樹皮乾澀，樹梢光禿……而這難道不正是詩人面色憔悴、形容枯槁的形象折射嗎？

(3) 晝夜太息（十二句）

這十二句是對上邊「去白日之昭昭兮，襲長夜之悠悠」的解說。

白日相佯，詩人——

攬騑轡而下節兮，聊逍遙以相佯。歲忽忽而遒盡兮，恐余壽之弗將。
悼余生之不時兮，逢此世之俇攘。

長夜難熬，詩人——

淡容與而獨倚兮，蟋蟀鳴此西堂。心怵惕而震盪兮，何所憂之多方！
仰明月而太息兮，步列星而極明。

那麼，詩人爲什麼如此悲傷、晝夜太息呢？原因是前層所述「離芳藹之方壯兮，余萎約而悲愁」（青春年華已消逝，人到中年堪悲愁）。前呼後應，此三十二句確是一個有機的單元。

以上五十八句是抒發詩人登高臨水送友遠離時產生的兔死狐悲之情。造成自己這種困窮處境的原因是什麼呢？詩歌內容繼續展開。

二、剖析原因（五十四句）

詩人認爲自己久留在外、人到中年而事業「無成」的原因有兩個，一爲奸臣擋道，「關梁閉而不通」；一為君王昏庸，「君棄遠而不察」。

1.「關梁閉而不通」（二十句）

此二十句又分為三小層意思。

(1) **以蕙自喻**（八句）

竊悲夫蕙華之曾敷兮，紛旖旎乎都房；何曾華之無實兮，從風雨而飛揚？以為君獨服此蕙兮，羌無以異於眾芳。閔奇思之不通兮，將去君而高翔。

這八句是前面「處境」一層意思的延續、深化。前四句提出問題，第五、六兩句加以解答。所謂「蕙華無實」，所謂「事業無成」，原來就是君王未能對自己另眼相看、格外照顧，只是把自己混同於一般的小吏：「以為君獨服此蕙兮，羌無以異於眾芳」。自鳴清高，未得重用，自然要「閔奇思之不通兮，將去君之高翔。」（自傷奇才不被用，真想離君高飛去）不過，這是氣話，「將去君」不等於「定去君」，實際上是「不去君」，所以要探究「蕙華無實」的原委——

(2) **猛犬迎吠**（八句）

心閔憐之慘淒兮，願一見而有明。重無怨而生離兮，中結軫而增傷。豈不郁陶而思君兮，君之門以九重。猛犬狺狺而迎吠兮，關梁閉而不通。

「猛犬」喻指小人，就是奸臣，「狺狺迎吠」就是誣陷誹謗，惡意中傷，故而造成「君之門以九重」、「關梁閉而不通」、無法「一見」君王而「有明」的處境。詩人氣憤、憂傷，情郁於中，必形於言——

(3) **獨守永歎**（四句）

皇天淫溢而秋霖兮，后土何時而得乾。塊獨守此無澤兮，仰浮雲而永歎。

秋雨綿綿，道途泥濘，獨立荒草，烏雲蔽日，這些均爲比喻，含蓄道出自己所處的困境；而「永歎」，是詩人對於自我形象的一筆勾勒。

2. **「君棄遠而不察」**（三十四句）

奸臣中傷、擋道，是自己「蕙華無實」的一個原因，但並非唯一原因，更非主要原因。詩人的頭腦很清醒，他知道，另一個原因，或者說是更重要的原因，是君王昏庸、「不察」。此三十四句分三小層。

(1) **怨君不察**（八句）

這個小層次裡包含兩個意思，兩反兩正，點出段旨。兩反是：

何時俗之工巧兮，背繩墨而改錯？卻騏驥而不乘兮，策駑駘而取路？

譯文是：爲何小人能取巧，背棄法度改措施？爲何不用千里駒，騎著劣馬去趕路？這兩個疑問的答案，都是在說君王不察。以下是兩個正面解答：

當世豈無騏驥兮，誠莫之能善禦。見執轡者非其人兮，故駶跳而遠去。

譯文是：當代豈無千里駒，只是無人來駕馭！駕車沒有好車手，騏驥紛紛都離去！詩人對君王「蓄怨」的一面，這裡第一次得到明確的表現。面對如此「不察」之君，詩人怎麼辨呢？

(2) **賢士遠去**（二十句）

鳧雁皆唼夫粱藻兮，鳳愈飄翔而高舉。圓鑿而方枘兮，吾固知其鉏鋙而難入。
眾鳥皆有所登棲兮，鳳獨遑遑而無所集。願銜枚而無言兮，嘗被君之渥洽。
太公九十乃顯榮兮，誠未遇其匹合。謂騏驥兮安歸？謂鳳皇兮安棲？
變古易俗兮世衰，今之相者舉肥。騏驥伏匿而不見兮，鳳皇高飛而不下。
鳥獸猶知懷德兮，何云賢士之不處。驥不驟進而求服兮，鳳亦不貪餵而妄食。

此層比興與直陳相結合。「鳧雁」、「鳥獸」、「鳳皇」、「騏驥」等顯然都是比喻，別有所托；「太公」、「賢士」爲直陳。表達上，「鳳鳥」爲中心，「鳧雁」、「眾鳥」爲反襯，「騏驥」、「太公」爲烘托。另外「圓鑿方枘」、「相者舉肥」與「賢士不處」、「太公未遇」分別從正反兩面申述「高飛」之原因。以上兩小層，從表面上看是申述自己欲「高舉」、「高飛」的原因，實際是發牢騷，詩人的情愫遠非如此簡單。

(3) **願忠焉得**（六句）

君棄遠而不察兮，雖願忠其焉得？欲寂寞而絕端兮，竊不敢忘初之厚德。
獨悲愁其傷人兮，馮鬱鬱其何極！

譯文是：國君棄我不明察，我想效忠不可能。眞想一刀斷思念，當年恩德不敢忘。前思後想使人愁，滿腔悲憤何時完。此層足以說明：「高飛」仍是氣話。「專思君兮不可化」是詩人追求的人生目標，他只是抱怨「君不知」、「君不察」而已，哪會眞的「去君」而「高飛」？這就觸發了他更加複雜纏綿的心態——

三、表明心態（一百一十四句）

詩人「無成」之原因已經十分清楚，而「去君」「高飛」又僅僅是氣話，絕不會眞的實行，那麼就必然會造成守高—矛盾—譴責—痛苦這種種回環複雜的感情旋渦。

1.守高——「寧窮處而守高」（三十二句）

(1)遭命將至（六句）

霜露慘淒而交下兮，心尚幸其弗濟；霰雪紛糅其增加兮，乃知遭命之將至。

願僥倖而有待兮，泊莽莽與野草同死。

譯文是：白霜珠露齊降下，本望它們早消失；雪珠雪片紛紛揚，方知厄運將臨頭。先前幻想有僥倖，置身荒野才絕望。由於前面所說的原因，詩人不被重用已成事實，而且，還將遭到更大冷落。對此遭際，他頭腦中十分清醒。怎麼辦呢？

(2) 未達從容（八句）

> 願自往而徑游兮，路壅絕而不通；欲循道而平驅兮，又未知其所從。然中路而迷惑兮，自壓按而學誦。性愚陋以褊淺兮，信未達乎從容。

這八句寫內心的三組矛盾：(1)想見君王直接陳情，但是小人阻隔道路不通；(2)打算從此隨波逐流，但是舉步猶豫不知如何開頭；(3)企圖強壓心志埋頭讀書，但是本性不改很難從容。矛盾種種，無法處理，出路只有一條——

(3) 窮處守高（十八句）

> 竊美申包胥之氣盛兮，恐時世之不固。何時俗之工巧兮，滅規矩而改鑿。獨耿介而不隨兮，願慕先聖之遺教。處濁世而顯榮兮，非余心之所樂。與其無義而有名兮，寧窮處而守高。食不偷而爲飽兮，衣不苟而爲溫。竊慕詩人之遺風兮，願托志乎素餐。蹇充倔而無端兮，泊莽莽而無垠。無衣裘以禦冬兮，恐溘死不得見乎陽春。

詩人認爲，企圖像申包胥那樣主動效忠，可惜時代已經不同；企圖像小人們那樣投機取巧，可自己又認爲那是胡鬧。因此，他決定遵從先聖遺教，守法正直，不能「濁世顯榮」，寧願「窮處守高」。

雖然「高」，但畢竟「窮」，食不飽，衣不溫。竊慕「遺風」，托志「素餐」云云，是唱離調，實際上，他心裡充滿委屈（「蹇充倔而無端」），又悲觀失望（「恐溘死不得見乎陽春」）。這就必然引起他內心更大的矛盾、憂傷——

2.矛盾——「心繚悷而有哀」（十八句）

(1) **暮年將至**（八句）

靚杪秋之遙夜兮，心繚悷而有哀。春秋逴逴而日高兮，然惆悵而自悲。四時遞來而卒歲兮，陰陽不可與儷偕。白日晼晚其將入兮，明月銷鑠而減毀。

此層主要強調自己暮年將至。他欲「窮處守高」，又想得到重用，所以年齡老大，必然「有哀」「自悲」，矛盾猶豫——

(2) **淹留躊躇**（十句）

歲忽忽而遒盡兮，老冉冉而愈弛。心搖悅而日幸兮，然怊悵而無冀。中憯惻之悽愴兮，長太息而增欷。年洋洋以日往兮，老寥廓而無處。事亹亹而覬進兮，蹇淹留而躊躇。

此層主要講他內心矛盾：既天天盼（「日幸」），又無指望；既「老冉冉而愈弛」，又「事亹亹而覬進」；上文既想「愈飄翔而高舉」，這裡又「蹇淹留而躊躇」。詩人活得實在太累了！

3.譴責——「何毀譽之昧昧」(三十六句)

在矛盾、絕望之中，作者無以解脫，只好憤而譴責，即指責奸臣，勸諫君王。此層內容同前邊「無成」之因相仿，但感情更加激烈；另外，前面的「關梁閉而不通」、「君棄遠而不察」，主要局限於個人「無成」之因；而這一層次境界有所提高，開始由斥奸臣、諫君王，聯想到國運「危敗」上來。此三十六句，可以分爲三小層次。

(1)斥奸臣(十六句)

何氾濫之浮雲兮，猋壅蔽此明月！忠昭昭而願見兮，然陰曀而莫達。
願皓日之顯行兮，雲濛濛而蔽之。竊不自料而願忠兮，或黕點而汙之。
堯舜之抗行兮，瞭冥冥而薄天。何險巇之嫉妒兮，被以不慈之僞名。
彼日月之照明兮，尚黯黮而有瑕；何況一國之事兮，亦多端而膠加。

前八句採用比喻(「浮雲」、「明月」、「皓日」、「雲蔽」)和反覆的手法，正面痛斥奸臣擋道、蒙騙國君。後八句採用類比法，以「堯舜抗行」而「被僞名」爲喻，說明自己品德高尚而遭嫉妒、誹謗。

(2)諫君王(八句)

被荷裯之晏晏兮，然潢洋而不可帶。既驕美而伐武兮，負左右之耿介。
憎慍惀之修美兮，好夫人之慷慨。眾踥蹀而日進兮，美超遠而逾邁。

前二句爲比喻。「君王荷衣很好看，可惜帶子繫不上」，實際含義如王逸所云：君王「自以爲有賢名之德」，「貌雖香好，然浩浩蕩蕩（糊裡糊塗）而不可帶，又易敗也。」[19]朱熹釋云：「此亦謂有美名而無實用者也。」[20]次二句爲直陳，王逸注云：君王「內無文德，不納忠言，外好武備，而無名將。」末四句套用《哀郢》成句，批評君王好惡不分，是非顛倒，遠賢親邪，「荒怠邪僻，臣下又承其意，莫之敢違」（朱熹語）。這八句勸諫君王，感情沉痛，語言激切。

(3) 憂國運（十二句）

> 農夫輟耕而容與兮，恐田野之蕪穢。事綿綿而多私兮，竊悼後之危敗。
> 世雷同而炫耀兮，何毀譽之昧昧。今修飾而窺鏡兮，後尚可以竄藏。
> 願寄言夫流星兮，羌倏忽而難當。卒壅蔽此浮雲兮，下暗漠而無光。

此十二句由對奸臣、昏君的譴責，上升到一個比較高的境界，即不再糾纏於區區個人「無成」、得失之上，而是深入到君昏臣奸對國家前途的危害上來。「農夫輟耕而容與兮，恐田野之荒穢」二句，前人有多種解釋，我以爲朱熹的說法比較更接近詩歌原意。其注云：「言不恤國政而嬉遊也。」[21]確切些說，這兩句是個借喻，意思是說：就像農夫停止耕作不務正事，必然導致田野蕪穢顆粒無收一樣，「浮雲蔽月」、君王昏庸的必然結果就是政治黑暗，國勢頹敗。下面兩

[19] 洪興祖《楚辭補注》，北京：中華書局，一九八三年版，頁一九四。
[20] 朱熹《楚辭集注》，上海古籍出版社，一九七九年版，頁一二八。
[21] 朱熹《楚辭集注》，上海古籍出版社，一九七九年版，頁一二八。

句就點明了此喻之本體：「事綿綿而多私兮，竊悼後之危敗。」詩人因此痛心於「世雷同而炫曜兮，何毀譽之昧昧」這個現實，以爲只要國君覺悟，「修飾窺鏡」，「尚可以竄藏」，即國家還會有希望。他多麼希望將此看法告訴君王（「願寄言夫流星兮」），但現實中怎麼可能實現呢？「卒壅蔽此浮雲兮，下暗漠而無光！」這個社會太黑暗了！於是，詩人陷入更加難於自拔的痛苦之中——

4. 痛苦——「忳惛惛而愁約」（二八句）

(1) 以史爲鑒（八句）

堯舜皆有所舉任兮，故高忱而自適。諒無怨於天下兮，心焉取此怵惕？乘騏驥之瀏瀏兮，馭安用夫強策？諒城郭之不足恃兮，雖重介之何益？

此八句以歷史爲例，說明人才之重要。堯舜重用人才，故能高枕無憂地治理天下；而長城高牆、堅甲利兵等，實際是不可靠的。此層既是上面憂慮國運的原因，也是下面更加矛盾的緣由。

(2) 更加矛盾（八句）

邅翼翼而無終兮，忳惛惛而愁約。生天地之若過兮，功不成而無效。願沉滯而不見兮，尚欲布名乎天下。然潢洋而不遇兮，直怐愗而自苦。

上一層講人才重要，而詩人認爲自己就是人才，但是不被重視信用，「功不成而無效」。他思前想後無結果，憂鬱煩悶何時了！既然社會黑暗，好壞不分，那就「沉滯不見」算了吧。但是詩人「尚欲布名乎天下」，於是他又一次慨歎君王昏庸——

(3)無人善相（八句）

莽洋洋而無極兮，忽翱翔之焉薄？國有驥而不知乘兮，焉皇皇而更索？
寧戚謳于車下兮，桓公聞而知之。無伯樂之善相兮，今誰使乎譽之？

前二句講自己「翱翔焉薄」，即「功不成而無效」。次二句責問君王昏庸不識人才。再二句讚美桓公賢明，善識人才。末二句直斥當時的統治者不能象伯樂那樣「善相」。

(4)憂鬱痛苦（四句）

罔流涕以聊慮兮，惟著意而得之；紛純純之願忠兮，妒被離而障之。

這短短四句，實際是對前面所有愁情的一個簡要概括：失意流淚細考慮，希望國君留意我；耿耿一心忠君王，小人嫉妒造障礙。

以上二百二十六句，是全詩主體，是因爲送別老友而引起的強烈而又複雜的情愫。以下十八句爲尾聲。已故劉永濟先生擅自加上「亂曰」二字（王、洪、朱諸本均無），固然不妥，但也不失爲明見。

第三層次 尾聲（十八句）

此層寫想像。人們在失望或絕望之後總會產生某種新的想像、幻想。此詩主體主要寫詩人

「專思君兮不可化，君不知兮可奈何」的可悲處境，分析其原因，抒發其愁情。詩人心中明白，自己的處境不可能有改變，於是產生了一種幻想。這十八句詩可以分爲兩個層次。

1.設想雲中景象（十四句）

願賜不肖之軀而別離兮，放遊志乎雲中。
乘精氣之摶摶兮，騖諸神之湛湛。驂白霓之習習兮，曆群靈之豐豐。
左朱雀之茇茇兮，右蒼龍之躍躍。屬雷師之闐闐兮，通飛廉之衙衙。
前輕輬之鏘鏘兮，後輜乘之從從。載雲旗之委蛇兮，扈屯騎之容容。

開頭二句爲過渡。詩人覺得黑暗的社會現實與自己理想抱負之間的矛盾實在尖銳，無法調和，沒有任何解脫的希望，所以在老友「失職」「遠行」之際，他自然也表示要選擇「別離」這一出路。如果說，他在前面也講過氣話，如「將去君而高翔」，「鳳愈飄翔而高舉」，等等，但實際上他是不願意離去的，說完氣話後，總要表示「心閔憐之慘淒兮，願一見而有明」，「欲寂寞而絕端兮，竊不敢忘初之厚德」，「事亹亹而覬進兮，蹇淹留而躊躇」，就是說，本意還是不想離去。這一次好像是眞的了，不但明確請求君王「賜不肖之軀而別離兮，放遊志乎雲中」，而且還充分想像「放遊雲中」的奇麗景觀。可惜詩人還不是眞心願意別離——

2.忠君情結不變（四句）

計專專之不可化兮，願遂推而爲臧。賴皇天之厚德兮，還及君之無恙。

譯文是：忠君情結絕不變，作個榜樣來推廣，仰仗皇天好品性，保佑我君無禍殃！總之，全詩結尾又回到開頭，回到主題上——「專思君兮不可化，君不知兮可奈何？」

第三節 《九辯》的寫作特色

魯迅先生在《漢文學史綱要》中評論說：「《九辯》本古辭，玉取其名，創爲新制。雖馳神逞想，不如《離騷》，而淒怨之情，實爲獨絕。」[22]此評確實中肯。

《九辯》在寫作上與屈原作品的區別可歸納爲三點。

一、立意不如屈賦

此可從《九辯》與《哀郢》的比較中看出來。《九辯》一詩襲用了或基本襲用了《哀郢》中的八句詩。諫君王的四句：「憎慍惀之修美兮。好夫人之慷慨。衆踥蹀而日進兮，美超遠而愈邁。」兩詩完全相同。斥奸臣的四句：「堯舜之抗行兮，瞭冥冥（《哀郢》為「杳杳」）而薄天。何險巇（《哀郢》為「眾讒人」）之嫉妒兮，被以不慈之僞名。」兩詩大致相似。儘管關鍵的詞語相同或相近，但兩詩在立意上卻有很大區別。首先，目的不同。《哀郢》是屈原被「頃襄王怒而遷之」九年之後，雖然「心絓結而不解兮，思蹇產而不釋」，但仍在憂慮國運，繫心民衆：「哀州土之平樂兮，悲江介之遺風」，警告君王「曾不知夏之爲丘兮，孰兩東門之可蕪」。他正因爲預見到國家將亡之危機，所以才懷戀故都，責斥奸佞。《哀郢》塑造出了一個范仲淹稱

[22] 魯迅《漢文學史綱要》，北京：人民文學出版社，一九七三年版，頁二五。

之為「先天下之憂而憂，後天下之樂而樂」的高大政治家的形象。而《九辯》表明，宋玉當時還在職，他只是因為自己的官職不高，覺得沒被重用，所以反反覆覆地抱怨：「專思君兮不可化，君不知兮可奈何」，「事亹亹而覬進兮，蹇淹留而躊躇」，「以為君獨服此蕙兮，羌無以異於衆芳」，「君棄遠而不察兮，雖願忠其焉得」。抱怨解絕不了問題，所以他才斥奸臣，而對國君，他只是勸諫而已。《九辯》儘管一定程度上也揭露當時黑暗社會和腐朽政治，但塑造的只是一位「悲憂窮戚」「私自憐」的小吏形象。其次，風格迥異。在《哀郢》中，詩人儘管也流淚、歎息、傷懷，但目標明確，意志堅定，曰：「羌靈魂之欲歸兮，何須臾而忘反！」「信非吾罪而棄逐兮，何日夜而忘之！」甚至用「鳥飛反故鄉兮，狐死必首丘」來表達對故鄉和故都的忠貞之情。而《九辯》中詩人始終矛盾、猶豫、痛苦、失意，不知所措。他實際已經找到自己「蹇淹留而無成」的最終原因是「君不知兮可奈何」，但詩歌最後四句還要向「不察」之君獻媚：忠君（我）之心絕不變，作個榜樣來推廣。仰仗上天好品性，保佑君王無病殃。經過比較，二詩立意、風格之高下立判。因此，太史公讀《哀郢》而「悲其志」，對宋玉則曰：雖「好辭而以賦見稱，然皆祖屈原之從容辭令，終莫敢直諫」。魯迅先生對司馬遷此話作了進一步的解釋：「蓋掇其哀愁，獵其華豔，而『九死未悔』之概失矣。」[23]換句話說，屈原作品中有錚錚鐵骨，而宋玉作品中更多的是諂媚味道。

【23】魯迅《漢文學史綱要》，北京：人民文學出版社，一九七三年版，頁二五。

二、悲秋勝於屈賦

歐陽修有云：「宋玉比屈原，時有出藍之色。」[24]在「悲秋」這點上最爲典型。「悲秋」始於屈賦。《湘夫人》開篇唱道：「帝子降兮北渚，目眇眇兮愁予。嫋嫋兮秋風，洞庭波兮木葉下。」《悲回風》亦開篇唱道：「悲回風之搖蕙兮，心冤結而內傷。」然而，這僅僅是隻言片語，《九辯》則是塑造了一個立體的全方位的悲秋環境。試看：

悲哉秋之爲氣也，蕭瑟兮草木搖落而變衰。
憭慄兮若在遠行，登山臨水兮送將歸/
泬寥兮天高而氣清，寂寥兮收潦而水清。
憯淒增欷兮薄寒之中人，愴怳懭悢兮去故而就新/
燕翩翩其辭歸兮，蟬寂寞而無聲；
雁廱廱而南遊兮，鵾雞啁哳而悲鳴。
獨申旦而不寐兮，哀蟋蟀之宵征。
時亹亹而過中兮，蹇淹留而無成/
皇天平分四時兮，竊獨悲此凜秋。
白露既下百草兮，奄離披此梧楸。
去白日之昭昭兮，襲長夜之悠悠。

[24] 轉轉引自劉剛等編《宋玉研究資料類編》，北京：商務印書館，二〇一五年版，頁一〇一。

離芳藹之方壯兮，余萎約而悲愁／
秋既先戒以白露兮，冬又申之以嚴霜／
收恢台之孟夏兮，然坎傺而沉藏，
葉菸邑而無色兮，枝煩挐而交橫。
顏淫溢而將罷兮，柯彷彿而萎黃。
萷櫹槮之可哀兮，形銷鑠而瘀傷。
惟其紛糅而將落兮，恨其失時而無當／
……

如此情景交融，以秋襯悲，淒怨之情，堪爲獨絕。後世悲秋佳作，模式盡仿此詩。如，元人王實甫《西廂記．正宮．端正好》：

碧雲天，黃花地，西風緊，北雁南飛。
曉來誰染霜林醉，總是離人淚。

馬致遠散曲《天淨沙．秋思》：

枯藤老樹昏鴉，小橋流水人家，古道西風瘦馬，夕陽西下，斷腸人在天涯。

因此，人們把「悲秋之祖」的桂冠，給了宋玉，而非屈原。

三、語言繼承屈賦

《九辯》開頭十一句，「散文化」色彩較濃，句式之長，竟有十字、十一字之多，此與《卜居》、《漁父》中屈原之語相仿。「悲憂窮戚兮獨處廓」這十八句，「兮」字居中，與《九歌》一樣。其他句式與《離騷》等相似。《九辯》全篇有三十八個疊字，音節鏗鏘，韻味深長，堪與《悲回風》並肩，其用法也與《悲回風》相同。凡疊字用在開頭的，必與一單字相聯；試看下表：

《九辯》	《悲回風》
雁雍雍而南遊	超惘惘而遂行
時亹亹而過中	歲忽忽其若頹
心怦怦兮諒直	路眇眇之默默
歲忽忽而遒盡	愁鬱鬱之無快
馮鬱鬱其何極	居戚戚而不可解
老冉冉而愈弛	穆眇眇之無垠
年洋洋以日往	莽芒芒之無儀
事亹亹而覬進	邈漫漫之不可量
忠昭昭而願見	縹綿綿之不可紆
雲濛濛而蔽之	愁悄悄之常悲
瞭冥冥而薄天	翩冥冥之不可娛

罔芒芒之無紀　遭翼翼而無終
軋洋洋之無從　忳惛惛而愁約
漂翻翻其上下　莽洋洋而無極
翼遙遙其左右　紛純純之願忠
泛潏潏其前後　事綿綿而多私

凡疊字用在句末的，前往往有一「之」字相配，試看下表：

《悲回風》	《九辯》
曾歔欷之嗟嗟	去白日之昭昭
終長夜之曼曼	襲長夜之悠悠
憚湧湍之磕磕	被荷裯之晏晏
聽波聲之洶洶	何毀譽之昧昧

《九辯》篇末設想雲中景象的十四句中竟接連出現十一個這樣的句式，可以說，宋玉將這種從屈賦中承繼來的句式運用到了登峰造極的地步。

主要參考文獻一覽

王　逸：《楚辭章句》（《楚辭文選叢刊》，北京：國家圖書館出版社，二〇一四年版，第一冊）
洪興祖：《楚辭補注》（《楚辭文選叢刊》，第十一冊）
朱　熹：《楚辭集注》（《楚辭文選叢刊》，第二十六冊）
吳仁傑：《離騷草木疏》（《楚辭文選叢刊》，第三十冊）
張京元：《刪注楚辭》（《楚辭文選叢刊》，第三十三冊）
汪　瑗：《楚辭集解》（《楚辭文選叢刊》，第三十四冊）
黃文煥：《楚辭聽直》（《楚辭文選叢刊》，第三十八冊）
李陳玉：《楚詞箋注》（《楚辭文選叢刊》，第三十八冊）
王夫之：《楚辭通釋》（《楚辭文選叢刊》，第四十五冊）
林雲銘：《楚辭燈》（《楚辭文選叢刊》，第四十五冊）
賀貽孫：《騷筏》（《楚辭文選叢刊》，第四十七冊）
蔣　驥：《山帶閣注楚辭》（《楚辭文選叢刊》，第五十一冊）
夏大霖：《屈騷心印》（《楚辭文獻叢刊》，第五十六冊）
邱仰文：《楚辭韻解》（《楚辭文獻叢刊》，第五十七冊）
胡濬源：《楚辭新注求確》，見《楚辭文獻叢刊》，第五十八冊）
胡文英：《屈騷指掌》（《楚辭文選叢刊》，第五十九冊）
戴　震：《屈原賦注》（《楚辭文選叢刊》，第六十二冊）
陳本禮：《屈辭精義》（《楚辭文選叢刊》，第六十三冊）
馬其昶：《屈賦微》（《楚辭文選叢刊》，第六十七冊）
聞一多：《楚辭校補》（《楚辭文選叢刊》，第十冊）

饒宗頤：《楚辭地理考》（《楚辭文選叢刊》，第七十三冊）
游國恩：《離騷纂義》（北京：中華書局，一九八〇年版）
游國恩：《天問纂義》（北京：中華書局，一九八二年版）
游國恩：《游國恩楚辭學術論文集》（北京：中華書局，一九八九年版）
林　庚：《天問論箋》（北京：人民文學出版社，一九八三年版）
姜亮夫：《楚辭學論文集》（上海：上海古籍出版社，一九八四年版）
姜亮夫：《楚辭今繹講錄》（北京：北京出版社，一九八一年版）
姜亮夫：《屈原賦今譯》（北京：北京出版社，一九八七年版）
湯炳正：《屈賦新探》（濟南：齊魯書社，一九八四年版）
褚斌傑：《楚辭選評》（西安：三秦出版社，二〇〇四年版）
馬茂元：《楚辭選》（北京：人民文學出版社，一九五八年版）
馬茂元：《楚辭研究集成》（武漢：湖北人民出版社，一九八五年版）
聶石樵：《屈原論稿》（北京：人民文學出版社，一九八二年版）
劉永濟：《屈賦音注詳解》（上海：上海古籍出版社，一九八三年版）
錢鍾書：《管錐篇》（北京：中華書局，一九八六年版）
胡念貽：《先秦文學論集》（北京：中國社會科學出版社，一九八一年版）
何劍熏：《楚辭拾瀋》（成都：四川人民出版社，一九八四年版）
孫作雲：《天問研究》（北京：中華書局，一九八九年版）
周勳初：《九歌新考》（上海：上海古籍出版社，一九八六年版）
張正明：《張正明學術文集》（武漢：湖北人民出版社，二〇〇七年版）

殷光熹：《楚辭論叢》（成都：巴蜀書社，二〇〇八年版）
殷光熹：《楚辭注評》（北京：中國社會科學出版社，二〇一五年版）
毛　慶：《屈騷藝術研究》（武漢：湖北人民出版社，二〇〇六年版）
趙逵夫：《屈原和他的時代》（北京：人民文學出版社，二〇〇二年版）
趙逵夫：《屈騷探幽》（成都：巴蜀書社，二〇〇四年版）
黃靈庚：《楚辭章句疏證》（北京：中華書局，二〇〇七年版）
黃靈庚：《楚辭與簡帛文獻》（北京：人民出版社，二〇一一年版）
潘嘯龍：《屈原與楚辭研究》（合肥：安徽大學出版社，一九九九年版）
周建忠：《楚辭論稿》（鄭州：中州古籍出版社，一九九四年版）
周建忠：《楚辭與楚辭學》（長春：吉林人民出版社，二〇〇〇年版）
周建忠：《楚辭考論》（北京：商務印書館，二〇〇三年版）
徐志嘯：《日本楚辭研究論綱》（北京：學苑出版社，二〇〇四年版）
徐志嘯：《楚辭研究與中外比較》（上海：上海古籍出版社，二〇一四年）
吳廣平：《宋玉研究》（長沙：嶽麓書社，二〇〇四年版）
劉　剛：《宋玉研究資料類編》（北京：商務印書館，二〇一五年版）
金榮權：《宋玉辭賦箋評》（鄭州：中州古籍出版社，一九九一年版）
孔穎達：《尚書正義》（十三經注疏本，北京：中華書局，一九八〇年版）
孔穎達：《毛詩正義》（十三經注疏本）
賈公彥：《儀禮注疏》（十三經注疏本）
孔穎達：《禮記正義》（十三經注疏本）

何晏集解邢昺疏：《論語注疏》（十三經注疏本）
趙岐注孫奭疏：《孟子注疏》（十三經注疏本）
邢昺：《爾雅注疏》（十三經注疏本）
孔穎達：《春秋左傳正義》（十三經注疏本）
韋昭注董增齡疏：《國語正義》（成都：巴蜀書社，一九八五年版）
高誘注：《戰國策》（上海：上海書店，一九八七年版影印本）
司馬遷：《史記》（北京：中華書局，一九八二年版）
班固：《漢書》（北京：中華書局，一九六二年版）
範曄：《後漢書》（鄭州：中州古籍出版社，一九九六年版）
趙曄：《吳趙春秋》（四庫全書本）
王先謙：《荀子集解》（諸子集成本）
高誘注：《呂氏春秋》（諸子集成本）
高誘注：《淮南子》（諸子集成本）
劉向：《新序》（四庫全書本）
劉向：《說苑》（四庫全書本）
郭璞注：《山海經》（四庫全書本）
永瑢等撰：《四庫全書總目》（北京：中華書局，一九六五年版）
蕭統編李善注：《文選》（北京：中華書局，一九七七年版）
劉勰：《文心雕龍》（四庫全書本）
鍾嶸：《詩品》（四庫全書本）

後記

改完最後一章，我酣睡了十幾個小時。醒來後，頭枕胳膊，繼續琢磨這本書的寫作。我反覆詢問自己，爲什麼要寫這本書？這本書有什麼特點，即這本書的價值是什麼？

二十幾年來，我先後寫了七本關於楚辭的書，如今年逾七十，爲什麼還要寫這本書呢？二十三年前，姜亮夫先生爲我主持的「楚辭研究」專欄題詞，寫了十二個大字：「研究屈原作品，弘揚民族精神」。姜老當時年逾九十，尚且心繫楚辭，心繫民族精神，今吾等七旬之輩，更應努力奮進。而現在研究屈原作品文本的人似乎越來越少，以今年在淮安召開的楚辭國際學術研討會爲例，收到研究楚辭的論文一百四十二篇，其中屬於文本研究的僅有三十一篇，占總數的百分之二十二．一，其他大多是關於文獻資料整理和作家研究的。不是說文獻資料的整理和作家生平思想的研究等等沒有必要，而是說文本研究的比例太少這實在不夠正常。況且這即使少有的文本研究，也有待深入。我在大會開幕式上所作的主旨演講中從四個方面對此進行了論述。[1]這個現象對於楚辭研究來說不是好事，歷史上關於楚辭作品的種種爭議，其原因，清人林雲銘曾一針見血的指出：是由於那些學者「全不顧其篇中文義」，「反添上許多強解，附會穿鑿，把靈均絕世奇文埋沒殆盡，殊可歎也！」[2]要之，脫離文本去「研究」楚辭，恐非治學正道。

因此，這本主要研究楚辭文本的小書，在眼下應該說還是有必要的。當然，一人之力不可能改變大局，但是積水成淵，積土成山，倘有更多的同仁來認眞地參與到這件事中來，相信楚辭研究一定會更加深入。

任何一本書，總得有它自己鮮明的特點，這才有存在的價值。如果一味摹倣他人或拾人牙

【1】見《職大學報》二〇一五年第五期。

【2】林雲銘《楚辭燈》，見《楚辭文獻叢刊》第四十六冊，國家圖書館出版社，二〇一四年版，頁一五九—頁一六〇。

慧，那還不如不寫。這本小書有兩個特點，一是層次分析，二是作品篇第。

我重視楚辭作品的層次分析，是在多年的教學實踐中被「逼」出來的，前言中已經講到這點。一旦意識到這個問題的重要，我就在各種學術討論場合大聲疾呼，反覆提倡，並多次實踐。湖南老友鄭中鼎先生在一篇文章中記述了這一點。其云：

中鼎與秉高君初會于桂林一九八九年冬，時值中西南職大文科協作會，秉高爲代表華北之佳賓也。碧螺玉簪陽朔漓水之間，秉高首倡「層次分析」，諸同仁亦以爲然也，而秉高其「沾沾」而未「自喜」之情，至今依稀。於斯有一九九〇年秋包頭定稿會，以秉高爲主編之九職大聯編《中國古代文學精選名篇解析》一書終於出籠，一小小異葩也——所異者即該書之標榜，即秉高所沾沾而不自喜之「層次分析」也。葩而異者，雖小小，亦可貴也。

中鼎嘗有幸忝列該書「責任編委」，赴包頭陰山漠上，匆匆定稿，匆匆離去，於「層次分析」雖以爲然而未深以爲然也。該書之「層次分析」雖貫而穿之未深而透之，諸編委亦各顯神力，理性與神感齊飛，「層次」共鑒賞一色，其所呈繽紛，故欠「純粹」也——孰優孰劣，非所論也，不可論也，亦不必論也——要之，近日蒙秉高賜讀新作《屈原賦解析》不禁拍案喜曰：斯作，「層次分析」之「純而粹」者也，秉高約可沾沾而兼以自喜者也。

他還講到了這種層次分析法對教學的幫助——

況夫屈賦之「本心本旨」非徒難明即或明亦難道明，故有讀《離騷》涕泗滂沱而不知其所云者，非所怪也——中鼎其一也，教讀《離騷》，哽咽有之，而常不知板書何字也，今得《屈原賦解析》，庶幾乎可免此難乎？[3]

華中師範大學已故教授、博士生導師、中國屈原學會前副會長張正明先生在一篇文章中亦對秉高這種層次分析法進行了專門的評價。他首先指出這個問題之重要，其云：

今人讀古詩，難度最大而疑點最多的是楚辭。這難度和疑點，一在詞語上，二在結構上。詞語問題是楚辭和其他古詩都有的，彼此程度不等而已。從東漢的王逸起，前賢已爲詮釋楚辭做了很細很深的工作，雖歧見尚多，但今人只要勤看前賢所做的古訓和注疏，就不難從字面上把楚辭大致讀通了。

至於結構問題，在古詩中，卻是楚辭所獨有的。比楚辭早出的《詩經》諸詩，無論風、雅、頌，結構都簡單明瞭，用建築做比喻，多半是各層都類同的三層樓房或者四層樓房。比楚辭晚出的，如唐詩、宋詞，大抵格律謹嚴而篇幅短小，結構也不成其爲問題。楚辭則不然，在王逸《楚辭章句》收錄的諸篇中，只有《橘頌》、《招魂》、《大招》、《卜居》、《漁父》五篇層次明晰，此外幾乎每篇都像一座迷宮。而且，前賢所做的楚辭結構解析工作還不多，使人深以爲憾。

楚詩歌是殊相本位的詩歌，緣由在於楚文化是殊相本位的文化。後世稱之爲楚辭的楚詩歌，篇篇都有殊相，篇篇都有領異標新之處。況且，楚辭的迴旋錯綜和騰挪跌宕遠較其他古詩爲甚。由此，其章法顯得篇篇獨特。其中《離騷》的章法，雖以詼詭譎怪喻之亦不爲過。所謂章法問題，就是結構問題。假如說，詩歌的句式整齊是一種有形的、簡單的建築美，那麼，詩歌的章法奇妙就是一種無形的、複

[3] 鄭中鼎《讀屈原賦解析，兼議「層次分析」》，見《職大學刊》一九九四年第二期。

雜的建築美了。

然後，他對秉高在《楚辭解析》中所作的努力給予了高度的評價。其云：

友人周秉高君雅好楚辭無形的建築美，潛心探索，積有年所，頗多創獲。其近作《楚辭解析》是研究楚辭結構的專著，乃古往今來所僅見。藝術問題總有見仁見智之異，秉高君當然不會期望讀者全盤認可他所做的解析。但讀者會發現秉高所做的解析確實獨闢蹊徑，足成一家之言。[4]

鄭中鼎教授是北京大學一九五八級的高材生，對人對事向來十分認眞，甚至近似苛刻；張正明先生乃資深教授，其學風之嚴謹衆所公認。有此二位的評價，儘管四十餘年來的探索十分艱辛，但秉高也深感欣慰了。

關於屈賦篇第，「前言」中已說明其重要性。其實，前賢們已經注意到這個問題，不少學者在此課題上進行過有益的探索。秉高這次列出的屈賦篇第，當屬繼承後的創新，也許不一定能很快得到廣泛認同，但我相信，嚴肅的學者們一定會尊重事實，期待眞相。無有椎論，焉來大輅？

不知不覺，在楚辭研究這條崎嶇的山路上我已攀登了四十餘年。四十餘年來，我得到了楚辭學界不少前輩和友人的影響、支持或幫助。已故的，有游國恩先生、姜亮夫先生、褚斌傑先生和張正明先生等；在世的，有崔富章、殷光熹、蔣南華、方銘、毛慶、徐志嘯、周建忠、黃靈

[4] 張正明《盡顯楚辭建築美》，見《陰山學刊》二〇〇四年第六期。

庚、潘曉龍、郭丹、林家驪、張崇琛、黃震雲和蔡靖泉等先生。人要懂得感恩。在《楚辭原物》的「後記」中我已敘述了與這些前輩和友人的關係或交往經過，並對他們表示了由衷的敬意和謝意，此處不再重複。這裡，我要對自己的家人表示心意了。

內人陳秀蘭，在我人生最困難的時期沒有離開我，而是一手抱著繈褓中的兒子，一手攙著年方三歲的女兒，堅定地守在徒立四壁的斗室之中，默默地等候我的歸來。她本是會計師，在工作上與我的專業沒有交集，但四十餘年來，日常做飯、洗衣、打理家務和照顧老小等等事情都由她包攬過去，爲我騰出了大量的作學問的時間。

二十多年前的邊陲，電腦尚未普及，那時我還不會使用電腦，因此編撰《新編楚辭索引》一書完全憑手工製作卡片。近萬張卡片，平時鋪滿桌上、床上和地上，稍不小心或窗外風來，碰亂或吹亂了原來的次序，頃刻便成一鍋粥。這時往往由放假回來的女兒周謐幫我整理、分類。而且，她眼尖心細，非常挑剔，能糾正我手稿中不少失誤。稿子殺青後，一家出版社的社長聞訊即帶著助手來到我書齋，說要「考」我一百個字，以檢驗這本書稿的準確性。當他每任意說出楚辭中的一個字時，我總能憑手稿在幾秒鐘之內報出該字在楚辭中出現的頻率和所在詩行的序碼，因此只「考」了五十來個字，他就笑道，這本書給我吧，立即發排。三個月後，我就收到了散發出縷縷油墨香的樣書。這時，我不由想到女兒的整理和「挑剔」，心中說，此書的成功有她的一份功勞啊！

我現在能熟練地在電腦上打字，是兒子周誼手把手教會的。但由於在電腦技術上我仍是個「二把刀」，每當操作失誤造成故障時，一個電話，他就會及時趕來幫助消除，或打電話指導我解決問題。在寫作此書時，需要掃描大量參考資料，但我不會這個技術，又是周誼幫助做了這項工作，不管是中午還是子夜，只要我的短信發過去，他都會儘快將資料掃描並通過網路發給我，從而保證我能夠及時閱讀、研究。本書寫作的最後階段，在反覆核實引文的準確性時，我發現魯迅《古小說鉤沉》對屈原投江一事的引文與吳均《續齊諧記》原文有出入，還發現其他一些學者對古文獻的引述也時有舛誤，於是我就決定將凡是《四庫全書》和《續四庫全書》中的引文，全部提出與原始文獻作一一校勘。《四庫全書》和《續四庫全書》中的資料太浩瀚了，我的電腦技術有限，無法迅速從資料庫中調出所需原始底本。還是周誼在此時幫了我這個大忙，他每每從浩瀚的電腦資料庫中找出底本，然後我念稿本，他看底本，二者對勘，以求相符。兒媳李月華爲幫我借閱一些參考資料也常奔波於圖書館和我書齋之間。

我從未對家人說過一個「謝」字，現在借這個機會，眞誠地向他們說一聲：「謝謝！」

二〇一五年十一月二十日於鹿城書齋

國家圖書館出版品預行編目資料

楚辭探析／周秉高著．——初版．——臺北市：五南，2016.04
面；　公分．
ISBN 978-957-11-8502-6（平裝）

1.楚辭　2.研究考訂

832.18　　105000953

1XCE

楚辭探析

作　　者— 周秉高（114.6）
發 行 人— 楊榮川
總 編 輯— 王翠華
副總編輯— 蘇美嬌
責任編輯— 邱紫綾
封面設計— 陳翰陞
出 版 者— 五南圖書出版股份有限公司
地　　址：106台北市大安區和平東路二段339號4樓
電　　話：(02)2705-5066　　傳　真：(02)2706-6100
網　　址：http://www.wunan.com.tw
電子郵件：wunan@wunan.com.tw
劃撥帳號：01068953
戶　　名：五南圖書出版股份有限公司
法律顧問　林勝安律師事務所　林勝安律師
出版日期　2016年4月初版一刷
定　　價　新臺幣550元

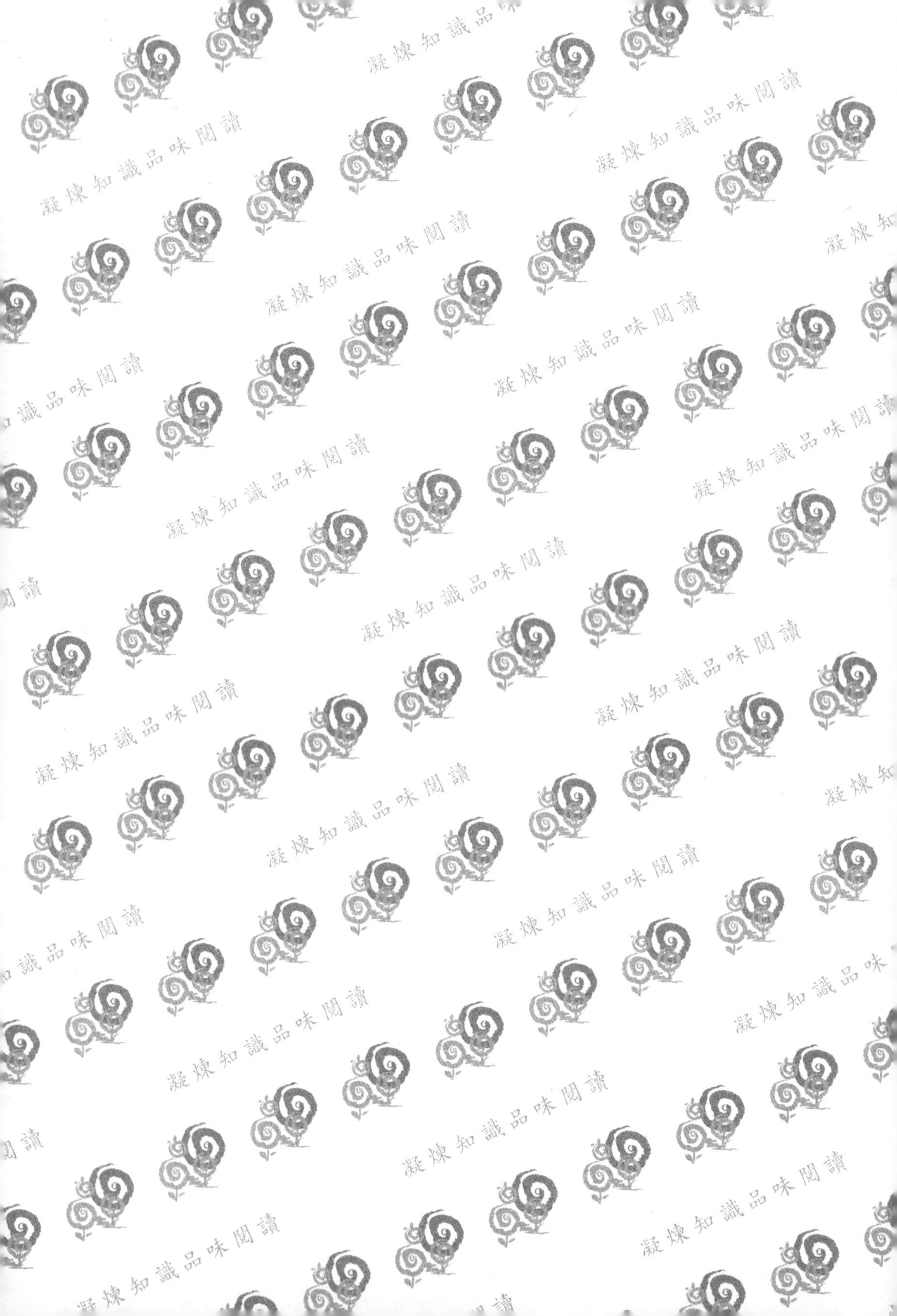
凝煉知識品味閱讀